W0370068

Le bûcher des innocents

DU MÊME AUTEUR

AUX EDITIONS HARLEQUIN

DANS LA COLLECTION BEST-SELLERS

Zone d'ombre (N° 204)

SHIRLEY PALMER

Le bûcher des innocents

BEST SELLERS

éditions Harlequin

Si vous achetez ce livre privé de tout ou partie de sa couverture, nous vous signalons qu'il est en vente irrégulière. Il est considéré comme « invendu » et l'éditeur comme l'auteur n'ont reçu aucun paiement pour ce livre « détérioré ».

Cet ouvrage a été publié en langue anglaise
sous le titre :
THE TRADE

Traduction française de
PIERRE NICOLAS

HARLEQUIN®

est une marque déposée du Groupe Harlequin
et Best-Sellers® est une marque déposée d'Harlequin S.A.

Photo de couverture
© MARK DOWNEY / MASTERFILE

Toute représentation ou reproduction, par quelque procédé que ce soit, constituerait une contrefaçon sanctionnée par les articles 425 et suivants du Code pénal.
© 2003, Shirley Palmer. © 2005, Traduction française : Harlequin S.A.
83-85, boulevard Vincent-Auriol, 75013 PARIS — Tél. : 01 42 16 63 63
Service Lectrices — Tél. : 01 45 82 47 47
ISBN 2-280-08692-1 — ISSN 1248-511X

Ce livre est dédié à toutes les personnes qui ont à souffrir de ces crimes particulièrement atroces.

REMERCIEMENTS

Je remercie tout d'abord mes éditeurs, Dianne Moggy et Amy Moore-Benson, pour leur patience et leur soutien indéfectible au cours de cette année.

Merci également à Ken Atchity, de l'AEI ; à Andrea McKeown, pour ses remarques avisées ; au sergent Ray Verdugo, ex-inspecteur à la section homicide de la police criminelle de Los Angeles ; et à Hae Jung Cho, ancien directeur de l'*Alliance contre l'esclavage et le trafic humain*, à Los Angeles.

Enfin, un immense merci à mon infatigable documentaliste, Mignon McCarthy, sans qui ce livre n'aurait pu voir le jour. Non seulement elle a contribué à recueillir les faits qui ont servi de trame à tout le récit, mais son enthousiasme et son sens des mots m'ont beaucoup aidée. Ce fut un vrai plaisir de travailler avec elle.

J'assume, bien sûr, l'entière responsabilité des erreurs éventuelles.

Ce livre est un ouvrage de fiction. Les événements décrits n'ont pas eu lieu et il n'existe pas de clubs très spéciaux de ce type à Malibu — en tout cas, pas à notre connaissance. Pour servir l'intrigue, l'auteur a pris de surcroît quelques libertés avec la topographie de ce petit paradis californien. Elle s'en excuse par avance.

Dans la perception du plus petit réside le secret
D'une vision claire ;
Dans la protection du plus faible se trouve le secret
De toute force.

LAO TSEU

1.

Une nuée d'étincelles creva l'écran de fumée, sauta par-dessus l'autoroute et alla embraser les herbes sèches le long du bitume. Un bosquet d'eucalyptus s'enflamma comme s'il était imbibé d'essence. Brusquement, il devint impossible d'y voir à un mètre.

Matt Lowell se retint d'écraser la pédale de l'accélérateur. Son van vide brinquebalait déjà suffisamment derrière sa camionnette et le vent qui soufflait à plus de 120 km/h menaçait de la renverser à tout instant.

Au carrefour de Trancas Canyon, la station-service était déserte. Aucune âme qui vive dans la boutique attenante, aucune lumière. En revanche, on pouvait voir à travers la purée de pois des flashes rouges et bleus. Un barrage de police bloquait l'accès à l'autoroute de la côte, en direction du nord et du sud.

Suivant les indications d'un policier, Matt alla se garer sur le parking d'une supérette et reconnut l'agent Bobby Eckhart. Tous les deux se connaissaient depuis la maternelle. Ils avaient usé leurs culottes sur les mêmes bancs, dormi sous les mêmes tentes scoutes et défié ensemble avec leur surf les plus belles vagues de Rincon à Baja.

Il baissa sa vitre. Aussitôt, l'haleine âcre du désastre le saisit à la gorge. Odeur de landes brûlées mélangée à celle des maisons et des vies qui partaient en fumée les unes après les autres, à deux pas de là.

— Bobby ! hurla-t-il. Il faut absolument que je passe !

La main en visière, Bobby tenta de percer la fumée pour voir qui l'apostrophait, puis le rejoignit à pas pressés. Avec ses yeux rouges, son visage de mineur qui vient de passer six jours au fond et son uniforme, d'ordinaire impeccable, déchiré en plusieurs endroits, il semblait tout droit sorti de l'enfer.

— Ecoute, Matt, tout est bloqué, mais on envoie un convoi du côté de Kanan Dume. Il est possible qu'ils aient besoin de ton van pour charger des animaux. Tu pourrais aller avec eux ?

Matt jeta un coup d'œil autour de lui. Des véhicules de toutes sortes, véritables arches de Noé, arrivaient sur le parking, sous la supervision d'un policier débordé. Des meubles et des cartons entassés à la va-vite dépassaient des coffres. Sous l'œil anxieux des adultes, les enfants serraient très fort leurs compagnons favoris — chiens, chats, un canari dans sa cage, un poisson dans son bocal. Une remorque en tôles soudées croulait sous le poids de moutons affolés. Ici, deux cochons hurlaient comme sur le point d'être égorgés ; là, des boucs semblaient prêts à charger. Plus loin, plusieurs vans manquaient d'exploser sous les ruades de chevaux paniqués.

— Bobby, mes chevaux sont en bas, à Ramirez. Il faut que je les sorte de là.

— Margie Little est partie là-bas avec deux remorques, il y a une bonne heure. Ils sont sûrement en sécurité à Agoura, maintenant.

— Tu es sûr qu'elle a bien embarqué les deux miens ?

Le policier secoua la tête.

— Non, mais je ne peux pas te laisser aller là-bas. Pas pour l'instant. L'endroit a été entièrement évacué, il n'y a plus personne. Désolé.

Il se mit à tousser violemment. Passant la tête à sa portière, Matt scruta l'épais rideau de fumée qui barrait la route.

— Bon sang ! Que fabriquent les pompiers ? Ils sont en vacances ou quoi ?

— On les attend. Par endroits, le feu a tout détruit jusqu'à la mer, et on a un taré qui joue avec son briquet dans l'arrière-pays, le long de Mulholland.

Tout détruit jusqu'à la mer… Matt sentit son cœur faire un bond dans sa poitrine. Sa maison était sur la plage, avec son chien enfermé à l'intérieur.

— Est-ce que je peux emprunter Malibu Road ? demanda-t-il tout en redoutant la réponse.

— La voie est bloquée dans les deux sens, mais la zone a déjà été évacuée. Escondido, Latingo Shore… On n'a oublié personne. Aux dernières nouvelles, ça ne se passait pas trop mal, mais le vent a l'air de repartir.

— Bobby, il faut que j'y aille. Barney est enfermé dans la maison.

Bobby s'immobilisa, comme frappé par la foudre. Il connaissait ce bon vieux labrador depuis toujours.

— Merde ! Matt, je suis vraiment désolé, mais les consignes sont strictes : aucune circulation sur la voie rapide entre ici et Topanga. Seuls les flics et les pompiers sont autorisés à passer…

Il s'interrompit et jeta un coup d'œil à son collègue débordé. L'agent Bobby Eckhart, matricule 8712, avait toujours servi la loi sans sourciller, mais pour Matt et Barney, dans de telles circonstances…

Il se pencha vers Matt et marmonna :

— Bon, fais vite. Ne prends pas de risques et tâche d'être discret. Tu comprendras que je ne peux pas te suivre toutes sirènes hurlantes.

Sur ces mots, il alla retrouver son collègue.

Matt fit demi-tour sans perdre une seconde. Reprenant la route, il découvrit un paysage lunaire. Les plages bordées de noir étaient désertes. Aucune voiture garée le long de Zuma Beach, aucun surfeur bombant le torse, sa planche sur la tête. Par deux fois, des oiseaux tombèrent du ciel juste devant lui, épuisés par leur fuite effrénée ou brûlés par les flammes.

Une fois à Ramirez, Matt quitta la voie rapide, puis s'arrêta devant le portail d'un tunnel construit sous l'autoroute — un raccourci vers le canyon où étaient parqués ses chevaux. Ce satané portail était fermé. Dire qu'on l'avait installé à la demande d'une vedette de cinéma dont les arguments sécuritaires avaient ému le syndicat du lotissement. Au final, la starlette s'était mariée, avait fait don de sa villa à une association, ne laissant d'elle qu'un mauvais souvenir et cette porte en fer qui lui barrait maintenant la route.

Il descendit de sa camionnette et alla tapoter fébrilement le code sur la console brûlante. Sans résultat. Jurant comme un charretier, il martela le numéro avec force. Le portail se mit à trembler, mais décida finalement de rester clos. Au bord de la crise de nerfs, Matt enfonça les touches une à une et donna de grands coups de pied dans le portail quand il se remit à vibrer. Tout ce qu'il obtint fut un court-circuit et une volute de fumée noire qui anéantit ses espoirs une bonne fois pour toutes.

Se promettant de remercier comme il se devait la responsable, il retourna à sa camionnette.

Peut-être que Margie avait effectivement réussi à emporter les chevaux. Si elle n'en avait pas eu le temps, elle avait au moins ouvert les portes des box, leur laissant une chance de s'en sortir tout seuls. Beaucoup de propriétaires avaient été contraints de faire ce pari sous l'assaut des flammes lors des terribles incendies de 1978. De toute façon, il n'y avait plus rien qu'il puisse encore faire pour eux. Mais pour Barney, si.

Le chien était enfermé près de la plage et il restait peut-être une chance de le sauver. S'il laissait le van ici, il pouvait être sur place en dix minutes.

Sautant de la camionnette, il se précipita à l'arrière de son véhicule. Son optimisme retomba bien vite : la fixation métallique du van s'était muée en fer rouge. Autour de lui, les flammes menaçaient maintenant les eucalyptus plantés au bord de la route. Il alla chercher des gants, puis, pendant ce qui lui parut une éternité, s'escrima à libérer la camionnette de son encombrant attelage. Sans succès.

Soudain, le feu jaillit des buissons en crépitant, s'attaqua à un couple de cèdres et commença son avancée le long des troncs d'eucalyptus. Très vite, la cime enflammée des arbres oscilla sous le vent, laissant tomber une pluie d'étincelles à cinquante mètres à la ronde. Ces poussières de feu trouvèrent leur chemin jusqu'à l'avoine des chevaux et le van s'embrasa lui aussi. Quelques secondes plus tard, c'était au tour de la camionnette. Matt avait à peine eu le temps de s'écarter.

Il s'enfuit en direction de la plage. L'asphalte fondu collait à ses semelles. *Je ne vais pas y arriver*, pensa-t-il — ou peut-être le hurlait-il tout en courant. *Bon sang, je ne vais vraiment pas y arriver.* Dans ce brasier infernal, huit cents mètres lui paraissaient tout à coup insurmontables. Au bord de la route, les eucalyptus centenaires semblaient autant de torches gigantesques ; les arbres martyrisés balançaient autour d'eux des feuilles incandescentes, prêtes à s'abattre sur l'herbe sèche comme autant de missiles diaboliques. Plus loin, les luxueuses caravanes de Sunset Pines, si prisées une semaine plus tôt, s'enflammaient les unes après les autres. L'acier couinait sous les morsures de la chaleur. Matt vit les toits en tôle onduler avant d'être littéralement arrachés par des rafales furieuses.

Enfin, il atteignit la plage. Les pieds dans l'eau, le restaurant L'Anse gourmande avait pour l'instant échappé au massacre, mais on l'avait abandonné à son sort. Personne sur le ponton de bois dont il ne resterait bientôt plus que les pilotis.

Matt fracassa d'un coup de poing la porte vitrée qui menait aux cuisines. Passant le bras entre les éclats, il chercha la poignée et réussit à ouvrir. L'endroit, d'ordinaire dominé par le bruit des casseroles et les cris du chef, était aujourd'hui plongé dans un silence terrifiant. Matt ouvrit un réfrigérateur près de la porte et attrapa quelques bouteilles d'eau bien fraîches — un trésor. Puis il ressortit dans l'air chaud.

Dehors, le ciel offrait une mare orangée, polluée de courants gris. La fumée était encore si dense par endroits qu'il était impossible de voir le soleil. De la cendre et des grains de sable fin tourbillonnaient dans le vent et la fumée vous brûlait les yeux aussi sûrement que de l'acide. Les sublimes villas qui faisaient face à la mer n'avaient pas été épargnées malgré leurs piscines. Les murs mêmes de la falaise étaient en feu. Les flammes dévoraient les fleurs violettes qui pendaient au bord de l'à-pic, offrant des bouquets incandescents aux vagues. La mer était d'un bronze profond, comme vêtue d'un habit de deuil bordé d'une dentelle d'écume.

Matt marchait vite sur cette plage fantomatique. Sans ralentir, il se débattit avec sa veste et la trempa dans l'eau salée. Les vagues ballottaient toutes sortes de débris au milieu des cadavres d'oiseaux et de poissons. La mer elle-même était devenue brûlante.

Matt se couvrit la tête de sa veste humide. Il se tenait à distance des buissons enflammés que jetait la falaise, mais les vagues ralentissaient sa course. A chaque instant, il priait afin de ne pas tomber dans un trou — il avait assez surfé sur cette côte pour savoir qu'un homme, fût-il robuste, pouvait être rapidement emporté au large par un temps pareil.

Un peu plus loin, la plage s'élargit et la falaise se fit moins abrupte. Un lieu plus familier et moins hostile. Matt passa devant chez les Edwards en y jetant un coup d'œil. Les escaliers roussis qui menaient à la maison manquaient de s'effondrer à chaque rafale, tel un jeu de dominos, mais ils tenaient encore. Dans cette fournaise asphyxiante, sous ce ciel d'apocalypse, Matt avait l'impression d'être le dernier survivant sur terre après une catastrophe nucléaire. Ses poumons le brûlaient atrocement. Même à quelques mètres de la mer, les vents venus de Santa Ana bannissaient de l'air la moindre trace d'humidité.

Il prit une petite rasade d'eau qui avait tiédi dans la bouteille. Plus loin, il aperçut un goéland ou un pélican mort sur le sable, sans doute empêtré dans un vieux filet de pêche. La mer ne tarderait pas à venir le chercher pour lui faire un tombeau. Matt continua à avancer, les yeux fixés sur ce point. Mais quand il s'en approcha enfin, il constata qu'il ne s'agissait pas d'un pélican. Peut-être une poupée, emmaillotée dans un linge orangé. Il y jeta un dernier regard en passant à côté, fit quelques pas de plus, tenta de se concentrer sur Barney qui l'attendait — en vain. Quelque chose dans l'image de cette poupée ensablée le gênait et, sans trop savoir pourquoi, il revint sur ses pas.

Une vague plus forte que les autres se brisa à ses chevilles et alla cogner l'étrange paquet. Celui-ci bougea légèrement, puis se mit à rouler, emporté par le ressac. Instinctivement, Matt se pencha pour l'arrêter.

En voyant de quoi il s'agissait, son sang se glaça d'un coup, comme si la fournaise avait soudain cédé la place au blizzard. Il porta délicatement la petite forme contre son torse et lui prit le pouls.

Il sentit sous ses doigts l'infime vibration d'un battement de cœur.

2.

Après avoir ôté le tissu humide qui enveloppait sa trouvaille, Matt se contorsionna pour retirer son polo et l'enroula autour du nouveau-né. Une petite fille. Elle avait les yeux fermés et les poings serrés. Des boucles blondes collaient à son front diaphane.

Il balaya la plage du regard, mais les nuages de sable mêlé de cendres empêchaient d'y voir à plus de deux mètres. Des lapins et un couple de ragondins s'étaient blottis à l'abri d'un rocher, à quelques pas d'un groupe de mouettes. Rien qui ressemble à une silhouette humaine.

Qui diable oserait abandonner un bébé dans de telles circonstances ?

Désemparé, Matt serra le bébé contre sa poitrine pour lui communiquer un peu de sa chaleur et reposa sa veste sur ses épaules de façon à les protéger tous les deux des rafales de vent. Puis il se dirigea vers l'escalier des Edwards. Le fait qu'il tienne encore debout signifiait peut-être que les pompiers s'occupaient de la propriété.

Tout en courant, il scruta de nouveau la plage dans l'ultime espoir d'y comprendre quelque chose. Le sable fin disparaissait sous un monceau d'algues et de détritus vomis par l'océan — filets de pêche éventrés, fragments de plastique, cagettes en polystyrène… Mais aucune trace de sang, aucune de ces empreintes qu'une mère laisse d'habitude quand elle donne la vie.

Lorsqu'il parvint au pied de la maison des Edwards, il s'arrêta net. Les escaliers. Sa dernière chance s'était envolée avec eux. Depuis qu'il les avait aperçues, vacillantes, quelques minutes plus tôt, le vent avait eu raison des marches.

Il plissa les yeux et scruta les alentours pour tenter de trouver une autre issue, un chemin qui le mènerait, même à travers les rochers, en haut de la falaise. Seulement, une fois au sommet, que ferait-il ? Les flammes se voyaient d'en bas.

Il hésita un instant. Peut-être valait-il mieux qu'il retourne au restaurant, plus proche que sa maison. Mais pour connaître la violence des incendies dans la région, il savait que la bâtisse avait peut-être été dévorée depuis son passage. Et la marée recommençait à monter.

Non. Il fallait qu'il trouve un chemin jusque chez lui, coûte que coûte.

Cela faisait bien une heure qu'il courait dans le sable et dans l'eau, escaladant les rochers où, en temps normal, des phoques se prélassaient. Mais, ce soir, il n'avait vu aucun signe de vie. Les phoques avaient préféré se décommander.

Lorsqu'il arriva en vue de ses escaliers, il pressa le pas dans un regain d'espoir. Depuis la plage, il apercevait sa petite maison grise, intacte derrière son mur de protection. Les deux immenses villas voisines avaient beaucoup plus souffert. Pas étonnant, vu que leurs riches propriétaires n'y venaient qu'une ou deux fois par an et que leurs jardins n'étaient pas entretenus.

Les flammes se dirigeaient maintenant vers les pelouses verdoyantes de l'université de Pepperdine et elles semblaient avoir légèrement ralenti leur course. Combien de riverains avaient pesté contre ces étendues de gazon nécessitant, selon eux, beaucoup trop d'eau ? C'était pourtant cette herbe grasse qui ralentissait aujourd'hui la course du feu et offrait un poste avancé aux pompiers.

Malheureusement, ce répit n'avait rien de définitif, Matt le savait. Car si le vent tournait de nouveau — et il en était bien capable —, les braises auraient tôt fait de revenir par ici, et sa maison était vulnérable. Elle partirait en fumée en un rien de temps.

Arrivé en haut des escaliers, il poussa la porte de sa cuisine enfumée. Aussitôt, une énorme masse de poils lui sauta dessus, manquant de le renverser. Barney semblait à la fois terrifié et immensément soulagé de le voir.

— Ça va, Barney. Tout va bien, mon grand.

Le bébé toujours dans les bras, Matt se défit tant bien que mal de l'étreinte exubérante de son labrador, puis attrapa le téléphone. Aucune tonalité : la ligne était coupée. Il secoua violemment l'appareil, prêt à le lancer contre le mur, avant de se raisonner. Bien sûr que la ligne était coupée, tous les fils devaient être endommagés. Comment avait-il pu l'oublier, même l'espace d'une seconde ? Ce n'était pourtant pas le premier incendie auquel il assistait, à trente-six ans. Par chance, il lui restait son portable.

Le bébé sur un bras, il fouilla de sa main libre sa veste puis les poches de son pantalon. Rien. le portable avait dû tomber quelque part, entre la plage et les rochers.

Il posa doucement le bébé sur le canapé du salon et lui toucha la joue. Elle était froide. Plus froide que lorsqu'il l'avait trouvé au pied de la falaise. Il posa ses doigts sur son cou pour lui prendre le pouls, mais aucune palpitation, même ténue, ne vint le rassurer. Il réessaya sur son minuscule poignet, puis sur son cou. Rien.

Le cœur battant la chamade, il s'agenouilla devant le bébé, lui pinça le nez et souffla doucement dans sa bouche. Une fois, deux fois, trois fois... Il savait que c'était inutile. Elle ne respirait plus, tout était fini. La petite fille était morte pendant cette heure de course contre la montre ; elle était morte dans ses bras sans même qu'il s'en aperçoive. Aurait-il dû sentir quelque chose à ce moment-là ? Oui, sans doute.

S'asseyant sur ses talons, il regarda ce petit corps inerte. Elle avait rendu son dernier souffle si peu de temps après avoir pris le premier... Elle était si fragile encore, si légère, que le coussin du canapé s'était à peine déformé quand il l'avait posée dessus. De longs cils bordaient ses yeux clos — des yeux dont il ne connaîtrait jamais la couleur. Quel genre de femme pouvait abandonner pareil trésor, seul sur une plage, pendant un incendie ?

Les minutes passaient. Barney poussa la main de son maître avec son museau, puis il s'assit, comme s'il comprenait et se mit à pousser un hurlement. Un son aigu, déchirant, qui résonna douloureusement dans la maison. Un cri de désespoir qui aurait aussi bien pu sortir de la gorge de son maître.

Effondré, Matt lui caressa la tête en inspirant profondément. L'air, chargé de cendres, était de plus en plus chaud et la fumée avait complètement envahi la pièce. Barney le bouscula pour le forcer à réagir. Matt savait que le temps pressait, surtout s'il voulait détremper un peu ses murs et son toit. Après avoir regardé une dernière fois le petit ange immobile, il recouvrit son visage avec un pan du polo et se leva.

— Allez, viens voir par là, mon grand.

Il attrapa la laisse de Barney et l'emmena dans la chambre. Là, il pourrait venir le chercher rapidement s'il fallait déguerpir.

S'approchant de la fenêtre, il jeta un coup d'œil à l'extérieur. Des particules noires semblables à des nuées de criquets obscurcissaient le ciel et recouvraient la moindre parcelle au gré des vents tournants. Un paysage digne de Pompei. Matt se déshabilla, enfila un jean sec, une chemise propre, des chaussettes et des bottes. Une fois prêt, il alla chercher dans le débarras un grand sac de sport pour y mettre les quelques objets auxquels il tenait particulièrement. La photo de Ginn et lui, Barney à leurs pieds, datant de l'été précédent ; le portrait de sa mère dans son cadre un peu vieillot, et l'album photos de son enfance. Hors de question de le laisser derrière lui, celui-là. Sa mémoire de cette époque s'était émoussée au fil des années et seules ces photographies jaunies lui redonnaient un semblant de vie. Il jeta par-dessus l'album quelques sous-vêtements, une ou deux chemises, un jean, et y ajouta enfin ses livres préférés et son ordinateur portable. C'était tout. Rien d'autre ici n'avait de valeur à ses yeux. Sauf la maison elle-même, bien sûr. Mais serait-elle encore debout dans une heure ?

En guise de masque, il se mit un bandana sur le nez et la bouche et le noua derrière la tête. Puis, son sac sur l'épaule, il alla chercher des serviettes dans l'armoire à linge. Il déposa le sac dans la cuisine, là où il l'attraperait le plus facilement, et sortit en claquant la porte. Il courut vers le petit garage construit près de la route. Sur l'autoroute de la côte, les sirènes et le vrombissement des moteurs se faisaient de plus en plus distincts : les camions de pompiers approchaient. Mais ils devaient encore s'arrêter en route. Arriveraient-ils à temps ? Rien n'était moins sûr. Matt décida que, le cas échéant, il irait se réfugier avec Barney dans la mer, son sac sur la tête. Et il laisserait brûler sa maison — la maison de sa mère.

Il contourna le garage pour entrer sur le côté. Sans électricité, impossible d'ouvrir la grande porte coulissante. Se repérant aisément malgré l'obscurité, il ouvrit la portière de la Range Rover et s'installa au volant. Il écrasa la pédale de l'accélérateur, lâcha le frein à main et lança la voiture contre le rideau métallique. Sous le choc, le cadre se décrocha avant de s'effondrer bruyamment, emportant la porte avec lui. Matt sortit de la voiture et alla récupérer dans le garage trois planches de surf appartenant à Bobby et deux des siennes qu'il jeta sans ménagement dans le coffre. Il lança ensuite une échelle dans le jardin, remonta dans la voiture et la gara dans l'allée. Plusieurs des villas alentour étaient déjà en flammes.

En courant, il alla appuyer l'échelle contre la maison et revint vers le tuyau d'arrosage, intact, devant le garage. Les gestes méthodiques, il déroula le tuyau, ouvrit le robinet et pria pour que quelque chose se passe. Il y eut un gargouillis, puis l'eau jaillit, balayant ses craintes. Après avoir humidifié son bandana et ses serviettes, il grimpa à l'échelle et se mit à arroser la maison et le jardin tout en chassant avec ses serviettes les braises virevoltantes.

Si l'eau continuait à jaillir avec autant de force, si le vent oubliait de changer de cap et s'il réussissait à chasser les braises avec ses serviettes — que de si —, alors peut-être parviendrait-il à sauver la maison maternelle.

Minuit. Le ciel sombre était toujours strié de rouge, mais quelque chose avait changé. Les rafales semblaient venir du large, à présent, et l'air devenait peu à peu plus respirable.

Matt redescendit de son toit et contempla les dégâts. Les villas voisines n'avaient pas échappé au désastre. Quant à sa propriété, le portail, les arbres, les buissons bien taillés et le bougainvillée que sa mère avait planté pour se protéger des regards indiscrets, étaient partis en fumée. Ne restait que la maison. Cernée de fumerolles, maculée de suie, mais intacte au milieu des ruines.

Le pire était passé, heureusement. Car les pompiers n'avaient toujours pas montré le bout de leur lance. Apercevant une voiture de police, Matt courut jusqu'à la route pour lui faire signe. La voiture ralentit et le policier descendit sa vitre. Visiblement, la présence de Matt sur les lieux était loin de le ravir.

— Qui êtes-vous ? aboya-t-il sèchement. La zone a été évacuée. Seul le personnel autorisé a le droit d'y circuler.

Dommage qu'il ne soit pas tombé sur Bobby, songea Matt en retenant un soupir. Tant pis. Il voulait voir un policier, eh bien, c'était un policier.

— J'habite ici, répondit-il sans plus de détails. Vous avez trois minutes ? J'ai quelque chose à vous montrer.

— Vous avez vos papiers ?

— Bien sûr.

Il chercha son portefeuille dans la poche arrière de son jean et lui tendit son permis de conduire.

— Qu'est-il arrivé à votre bras ? demanda le policier en prenant le permis.

Baissant les yeux, Matt découvrit avec surprise une longue entaille sur son bras. De larges traînées de sang maculaient sa peau, ainsi que le côté de sa chemise.

— Je ne sais pas. J'ai dû me couper en cassant la vitre de L'Anse gourmande. Je cherchais de l'eau.

— Je vois, dit le policier en lui rendant ses papiers. Ecoutez, je reviens vous voir dès que je peux. Il faut d'abord que j'inspecte la zone jusqu'au bout de la route. On n'est pas encore sortis de l'auberge.

Un camion de pompiers arrivait derrière eux, crachant des jets puissants sur chaque flammèche. Les hommes inspectaient les toits encore fumants. Le policier voulut leur céder la place, mais Matt courut après la voiture.

— Attendez, ne partez pas ! Il faut que vous me suiviez à l'intérieur, tout de suite. Ça va vous paraître insensé, mais j'ai un bébé mort chez moi.

La voiture stoppa net. Le policier l'observa longuement par la vitre, puis se gara sur le bas-côté. Après avoir fouillé dans sa boîte à gants à la recherche d'une lampe torche, il descendit de voiture et éclaira tour à tour le visage de Matt, les restes noircis du bougainvillée, le garage, le jardin. Quand il balaya la maison de sa torche, Barney, la truffe collée à la fenêtre de la chambre, se mit à aboyer.

Allongeant le bras, le policier saisit sa radio.

— Ici le 103. J'ai un témoin qui me parle d'un macchabée au…

Il se tourna vers Matt, les sourcils froncés.

— C'est quoi, l'adresse ?

Matt répondit. Le policier répéta l'adresse dans sa radio avant de raccrocher.

— Comment se fait-il que vous n'ayez pas évacué les lieux en même temps que les autres ?

— Je n'étais pas ici quand l'ordre a été lancé. Je suis arrivé plus tard, en passant par la plage.

— Vous vous appelez comment, déjà ?

— Matthew Lowell. Et vous ?

— Agent Timms.

Agé d'une trentaine d'années, Timms avait des cheveux foncés coupés court et se tenait droit comme un I. Il traversa le jardin derrière Matt, puis le suivit dans la cuisine.

Sans piper mot, Matt ouvrit la porte du réfrigérateur. A part un petit paquet enveloppé d'un polo bleu clair, les étagères étaient vides.

— Ça veut dire quoi, ça ? lança froidement Timms. C'est votre sens de l'humour ?

Matt désigna du menton les œufs, les bouteilles de jus de fruits et les autres aliments empilés dans l'évier.

— Avec cette chaleur, je ne savais pas quoi faire. Je me suis dit que si la maison brûlait, on aurait une chance de retrouver son corps dans le frigo. Je ne sais pas… Je l'ai trouvée sur la plage hier soir, en rentrant chez moi.

— Seigneur ! gémit Timms avant de s'approcher du réfrigérateur.

Matt détourna le regard. Même dans la demi-obscurité, il ne supportait pas de revoir ce visage glacé.

— Il y a beaucoup de sang sur ce T-shirt, remarqua Timms.

— Ce doit être le mien. Je n'avais pas vu que je m'étais blessé.

— Vous dites que vous avez découvert cet enfant… Dois-je en conclure que vous n'étiez pas là quand il est né ?

— Non. Comme je vous l'ai dit, je l'ai trouvé en rentrant chez moi. J'ai enlevé mon polo et je l'ai emmailloté dedans. De toute façon, je n'avais que ça sous la main.

— Je vois, dit Timms. Une petite fille… Où m'avez-vous dit que vous l'aviez trouvée, exactement ?

— Sur la plage.

Le policier se tourna vers lui, le bébé dans les mains.

— Monsieur Lowell, depuis combien de temps habitez-vous à cette adresse ?

— J'y ai passé presque toute ma vie. La maison appartenait à mes parents. En fait, leur résidence principale était à Point Dume, mais nous passions énormément de temps ici. Au départ, ils avaient l'intention de raser cette vieille casemate pour construire quelque chose de plus moderne à la place. Mais ma mère… Bref, j'ai vécu essentiellement ici depuis que j'ai quitté la fac. Quatorze ans, en gros.

— Je vois. Bien, je ne peux pas faire venir les services concernés. La voie est toujours bloquée dans les deux sens et, même pour un cas comme celui-ci, il est peu probable qu'on les laisse passer. Je retourne à ma radio. Vous, ne vous éloignez pas.

Un instant, Timms parut se demander ce qu'il devait faire du petit corps qu'il tenait encore dans les mains, puis il décida de le reposer là où il l'avait pris. Il allait sortir de la cuisine quand un bruit de pas l'arrêta. Bobby Eckhart fit son apparition sans frapper.

— Matt, que se passe-t-il ? Tout va bien ?

Bobby était de retour. Les cheveux blonds coupés en brosse, il avait le ventre plat et les épaules carrées, une carrure due à des années de surf sur les plus beaux rouleaux de la côte Ouest. Mais ses yeux étaient méconnaissables —pupilles dilatées, prunelles bleues veinées de rouge.

Il se tourna vers Timms, visiblement inquiet.

— Pete, c'est quoi cette histoire ? J'ai entendu ton appel pour le macchabée…

— Monsieur Lowell affirme qu'il a trouvé un bébé mort sur la plage.

— Quoi ? Où ça ?

— Je ne peux pas le dire avec précision, répondit Matt en haussant les épaules. J'essayais de rejoindre la maison. C'était un peu après l'escalier des Edwards.

— Merde alors ! Quel âge à peu près ?

— Quelques heures seulement. En tout cas, pas plus d'un jour.

— Quelle horreur… Et toi, comment tu vas ? s'enquit Bobby en le détaillant de la tête aux pieds. Tu saignes !

— Ce n'est rien. Je cherchais de l'eau. J'ai cassé une vitre pour entrer dans le resto de Jimmy.

Pendant qu'ils parlaient, Timms avait rouvert le réfrigérateur et déshabillé le petit corps de son linceul de fortune.

— Bordel, regardez-moi ça ! s'exclama Bobby.

— J'ai déjà vu, merci, grinça Matt avant de sortir de la cuisine.

Dans son dos, il entendit Bobby s'adresser à son collègue.

— Pete, je pense que tu devrais l'emmener rapidement à la morgue. Les juges demanderont une autopsie.

— Tu connais ce type ? demanda Timms.

— Depuis que je suis né. La moitié des planches de surf

dans sa bagnole sont à moi. Je viens souvent ici après le boulot et on va surfer ensemble.

— Voyez-vous ça. Alors, il vaut peut-être mieux que ce soit toi qui prennes le bébé et moi qui recueille son témoignage.

Matt contemplait l'océan, son autre ami de toujours. Ici, malgré la proximité de Los Angeles, les lumières de la ville ne masquaient pas les étoiles. Sauf cette nuit. Cette satanée fumée orange qui stagnait encore dans le ciel avait décidé de le priver de firmament.

S'il lui était resté un peu d'énergie, il serait bien rentré dans le lard de l'agent Timms. Il n'aimait pas son ton ni ses insinuations, car, manifestement, ce type mettait en doute sa version des faits. Pourtant, il resta là, les yeux fixés sur l'océan. Les événements de ces dernières heures lui étaient revenus à la mémoire d'un coup, comme s'il avait subitement repris conscience. Exténué, brisé, il ressentait une sorte de cassure au fond de lui. Laquelle ? Il ne savait pas très bien, il était encore trop tôt pour l'analyser.

Quand la voix de Bobby retentit derrière lui, c'est à peine s'il tourna la tête.

— Timms est parti, lui apprit son ami. Au fait, où est Barney ? Il va bien ?

— Un peu secoué, mais ça va. Je l'ai enfermé dans ma chambre.

— Bien. J'ai vu Margie Little. Tes chevaux sont en sécurité à Agoura. Ce serait bien que tu ailles les chercher rapidement : elle a récupéré beaucoup d'animaux sur son passage et ses box sont pleins à craquer. Sainte femme.

— Je passerai les prendre le plus vite possible. Et chez toi ? Pas de dégâts ?

Bobby hocha la tête. Son épouse Sylvie et lui vivaient dans une petite villa, située sur les hauteurs du Las Flores Canyon.

— On s'en sort bien. J'ai juste perdu un de mes cèdres, en

face de l'entrée. Bon, il faut que j'y aille, j'ai encore une longue nuit devant moi.

Il lui tapota l'épaule affectueusement.

— Ne t'inquiète pas pour le bébé, je m'en charge. Occupe-toi plutôt de ton bras.

— Ouais, ouais.

Matt ne se retourna pas pour le voir partir, le petit corps dans les bras. Il entendit le bruit de ses pas décroître, puis il y eut un bruit de moteur, le hurlement d'une sirène, et tous ces sons s'éloignèrent dans la nuit avant de s'éteindre.

Le vent soufflait de nouveau vers le large. Il faudrait des jours pour maîtriser complètement ce maudit incendie.

3.

— Matt, tu as entendu ce que je viens de dire ? demanda Ned avant de s'approcher de la fenêtre. Qu'est-ce qui se passe de si captivant en bas ?

En ce jour d'Halloween, la petite place de San Vincente Boulevard à Brentwood avait des airs de fête foraine, avec ses vitrines élégantes décorées de crêpe orange, ses piles de citrouilles riantes et ses épouvantails grimaçants. Les trottoirs disparaissaient sous une multitude d'enfants déguisés — sorcières hautes comme trois pommes, dragons, fées et, bien sûr, sosies de Harry Potter. Même les parents arboraient d'étranges couvre-chefs. Posté devant la fenêtre, Matt fixait un petit lapin rose avec des oreilles tombantes et une petite queue blanche, que sa maman avait installé sur une énorme citrouille pour que le père immortalise l'instant.

— Jolie maman, commenta Ned.

Matt fit tourner son fauteuil et se réinstalla devant son bureau en prenant garde de ne pas écraser Barney qui dormait juste en dessous. Cela faisait quatorze ans qu'il partageait ce cabinet d'architectes avec son frère Ned, un cabinet moderne et élégant. Sur les murs étaient exposées les photographies de leurs principales réalisations.

— Je t'écoute, répondit-il enfin. Qu'est-ce que tu disais ?

— Je te disais que Mike Greffen avait appelé à propos de

cette réfection dans le centre, sur San Julian et Pico. Tu as eu le temps de t'en occuper ?

— Pas encore. J'avais prévu d'y faire un saut lundi quand le feu s'est déclaré. Je sais que c'est une ancienne usine textile et qu'elle est vide depuis des années. Le prix devrait se fixer en conséquence.

— Il y a quoi autour ?

— Ce qu'on peut imaginer dans un quartier qui a subi la débandade du textile. Avec en plus quelques fabriques d'industrie légère, du résidentiel assez délabré… Pas très engageant. Mais il y a peut-être moyen d'y construire des studios et quelques locaux commerciaux.

Depuis qu'ils avaient ouvert leur cabinet, ils avaient déjà créé des centaines de bureaux élégants dans des zones sinistrées à l'intention de ces cadres qui jugent stériles les grands buildings modernes des quartiers d'affaires. Ils avaient réhabilité des immeubles voués à la démolition, construit des logements sociaux dans d'anciennes gares désaffectées, reconverti des églises abandonnées en salles de concert, ouvert des ateliers d'avant-garde et des galeries d'art dans tout le centre-ville. Maintes fois récompensés, ils étaient reconnus autant par la mairie que par les habitants de la région, et leur talent leur assurait une santé financière que beaucoup de confrères leur enviaient.

Matt regarda son frère déplier sa carcasse de près de deux mètres — il faisait une bonne tête de plus que lui — et nota une fois encore qu'il ressemblait de plus en plus à leur père : même tête massive, mêmes rides autour de la bouche et des yeux, mêmes tempes grisonnantes. Sans doute lui ressemblerait-il aussi quand il serait plus vieux. Malgré leurs dix ans de différence, leur lien de parenté avait toujours été évident.

Ned attrapa sa veste sur le dossier de sa chaise et l'enfila.

— J'appellerai Mike demain matin. Sur ce, je me sauve. Il faut que je sois à la maison avant que les petits monstres commencent à frapper à la porte pour avoir des bonbons. Julie me tuera si j'arrive en retard… Tu viens avec moi ?

— Non, merci. Pas ce soir.

Il le dévisagea avec attention.

— Matt, tu n'as pas l'air bien. Je sais que ça ne fait que deux jours que c'est arrivé, mais je n'ai pas envie que tu plonges. Tu manges, au moins ? Tu dors ?

Matt eut un sourire ironique.

— Tu te prends pour ma mère ou quoi ? Allez, file.

Ned posa les mains sur le dossier de la chaise.

— Pour ce bébé mort… Tu as envie d'en parler ?

— Il n'y a rien à en dire. Va-t'en !

— Je sais que c'était un truc horrible, Matt, mais ce ne sont pas tes affaires. Tu t'es juste trouvé au mauvais endroit au mauvais moment. Tu ne connaissais pas ce bébé. Tu n'aurais rien pu faire d'autre pour le sauver. Des merdes pareilles arrivent tous les jours.

— Je confirme, répliqua Matt sèchement. D'ailleurs, ça m'est arrivé.

— Tu sais très bien ce que je veux dire.

— Tu as raison sur un point : ce ne sont pas mes affaires.

Sauf qu'il pensait tout le contraire. La veille, il avait passé plusieurs heures à arpenter la plage avec deux policiers afin de retrouver l'endroit exact où il avait découvert le bébé. Les recherches n'avaient rien donné. Pas un seul indice.

— Dans ce cas, pourquoi ne m'accompagnerais-tu pas ? Tu distribuerais des bonbons aux gosses du quartier pendant que nous emmènerions nos deux monstres terroriser le voisinage. Comme l'an dernier.

— Non. Pas cette année.

Parce qu'il y avait une grande différence avec l'année précédente. Parce qu'à l'époque, Ginn et lui étaient toujours ensemble. Quand elle voyait des enfants, sa joie rayonnait tout autour d'elle.

Elle leur souriait, admirait leurs costumes, riait aux éclats… Radieuse et magnifique. Elle adorait les enfants.

— Ne fais pas ta tête de mule, rétorqua Ned. Si tu veux, tu peux venir vers 22 heures. On a du champagne au frais. Julie a invité plusieurs amis, dont Susan Dean. A mon avis, elle ne vient que pour te voir. C'est une architecte brillante et ravissante, ce qui ne gâche rien. D'ailleurs, je ne sais vraiment pas ce qu'elle te trouve, ajouta-t-il en lui envoyant une tape dans le dos.

— Tu joues les agents matrimoniaux, maintenant ? Ned, je croyais que tu t'en allais.

— Ecoute, si c'est encore à cause de Ginn, je te rappelle que tu es le premier responsable.

— Minute : c'est elle qui m'a laissé tomber, pas l'inverse.

— Pas à moi, Matt. Elle a trente-cinq ans et elle a envie d'avoir des enfants. Toi, tu ne veux même pas entendre parler de mariage. Est-ce que tu lui as laissé la moindre porte de sortie ?

— Ferme-la, Ned, OK ?

— Désolé d'avoir osé ouvrir mon clapet devant sa seigneurie, dit Ned en levant les mains en signe de capitulation. A demain, alors.

Matt attendit que son frère ait disparu pour faire rouler son fauteuil jusqu'à la fenêtre. Mais le petit lapin et sa mère n'étaient plus là.

Revenant à son bureau, il décrocha le téléphone et composa un numéro qu'il connaissait par cœur. Le standard du poste de police de Malibu lui apprit que Bobby était absent. Matt lui laissa un message, histoire de laisser une trace de son appel.

La circulation était paralysée sur l'autoroute de la côte. Les véhicules de pompiers regagnaient leur base au sud et leurs moteurs faisaient plus de bruit que tout un escadron de blindés. En direction du nord, la situation n'était guère meilleure. Les voitures avançaient à une allure d'escargot. Matt vit même, au niveau de Topanga Canyon, un vendeur slalomer entre les files pour proposer des T-shirts sur lesquels on pouvait lire : *« J'ai échappé aux terribles incendies de Malibu Topanga. »* Il ne manquait pas de culot, celui-là.

A l'embranchement, Matt montra son permis de conduire prouvant qu'il était résident. On le laissa passer sans problème. Quelques restaurants avaient réussi à rouvrir leurs portes pour Halloween. Se doutant qu'ils étaient bondés de clients cornus munis de fourches et de citrouilles, Matt préféra commander depuis sa voiture un menu à emporter.

Il arriva chez lui à la nuit tombée. Lorsqu'il descendit de la Range Rover, l'odeur étouffante de la cendre humide l'assaillit à la place des douces fragrances de cyprès et de thym sauvage. L'air iodé empestait la fumée, pour des semaines sans doute.

Il ouvrait la porte quand le téléphone sonna. Il pressa le pas vers la cuisine, suivi d'un Barney tout excité. Peut-être Ginn venait-elle s'enquérir de l'état de la maison et de la santé des chevaux. Ou s'inquiétait-elle pour Barney. C'était elle qui l'avait trouvé. Une petite boule de poils jaunes de deux mois, avec une étrange étoile blanche sur le front, enfermée dans un chenil. Matt se rappelait avec précision le jour de son anniversaire, deux ans plus tôt, quand elle lui avait posé le chiot sur ses genoux…

Dans la cuisine, il alluma la lumière, laissa tomber son dîner sur le comptoir et décrocha.

— Allô ?

— Salut, Matt, lança une voix enjouée à l'autre bout du fil. Comment ça va ?

— Bien, Jim. J'ai entendu dire que tu avais retrouvé ton resto intact. Je suis content pour toi.

Jimmy McPhee, un ami de longue date, tenait le restaurant L'Anse gourmande sur la plage.

— Ouais, grâce à Dieu. Le seul dégât que j'aie à déplorer, c'est une vitre brisée dans la cuisine ! Tu y crois, toi ?

— J'ai bien peur que ce soit moi le coupable, avoua Matt en jetant un coup d'œil à son bras bandé. J'ai aussi volé un peu d'eau dans ton frigo.

— Tu étais dans la baie pendant l'incendie ? Matt, tu m'épateras toujours ! Comment as-tu fait ?

— Ma bonne étoile, je suppose. Enfin, j'ai quand même perdu ma camionnette et mon van près du tunnel. Ils ont dû les enlever depuis. Tu as vu passer les gars ?

— Ouais, ils sont venus. Et ils ont embarqué un sacré paquet de tôles brûlées, tu peux me croire.

Tout en discutant, Matt remplit la gamelle de Barney, attrapa une canette de bière dans le frigo et passa dans le salon. Il alluma la télévision sans le son avant de s'installer dans le canapé.

— L'église de Saint-Aïdan a échappé aux flammes, elle aussi. Le clocher est un peu cramé par endroits, mais la célébration de Thanksgiving est maintenue, dimanche prochain.

— D'accord, j'essaierai d'y être.

En fait, Matt n'allait plus à l'église qu'une fois par an, le dimanche précédant l'anniversaire de la mort de sa mère. Elle avait disparu vingt-six ans plus tôt alors qu'il n'avait qu'une dizaine d'années. Il se rappelait qu'il faisait beau, qu'elle était sortie chercher une glace… et il ne l'avait plus jamais revue. Le chauffard qui l'avait écrasée avait écopé de deux ans. Depuis, chaque année, aux alentours du 20 juin, son père montait de Palm Springs et ils allaient tous les trois avec Ned assister à la messe de Saint-Aïdan. Après quoi, ils déjeunaient immanquablement chez Jimmy.

Matt zappa sur les nouvelles locales. Les incendies ne faisaient déjà plus la une, remplacés par les faits divers et la vie trépidante de Los Angeles. Pourtant, dans l'arrière-pays de Malibu encore fumant, des dizaines de personnes avaient tout perdu et elles mettraient des mois, voire des années, pour s'en remettre.

Il éteignit la télévision et attendit que son ami en vienne enfin au sujet qui l'intéressait. Il y eut un silence plus long que les autres.

— Bon, Jim, qu'est-ce que tu avais à me dire, au juste ? demanda-t-il finalement.

— Ben… Deux flics m'ont rendu visite aujourd'hui. Ils m'ont posé des questions sur toi.

Matt sortit sur sa terrasse avec le téléphone. Le Pacifique s'étendait devant lui, ses vaguelettes bruissant doucement dans la nuit. Un quartier de lune montait au-dessus de l'horizon et les étoiles scintillaient dans le ciel clair.

— Qu'est-ce qu'ils voulaient savoir ?

— Juste si je t'avais vu le jour de l'incendie. J'ai dit que non, mais ils ont insisté : *« Vous en êtes bien sûr ? »* Tu vois le genre de questions, se moqua Jim avec une gaieté un peu forcée. Qu'est-ce que tu as encore fait, dis-moi ? Tu as essayé de cambrioler la maison des Edwards pendant qu'elle brûlait ?

— Ouais. J'aurais bien voulu emporter un des anges en plâtre posés près de la piscine, mais il était trop lourd.

— Matt… Ils avaient l'air sérieux. Tu as un problème ?

— Pas que je sache.

— Ecoute, fils, je connais ton père depuis une bonne trentaine d'années et j'adorais ta mère — paix à son âme. Alors, je ne te demande pas de détails. Mais si je peux t'aider, tu sais que je le ferai.

Matt hocha la tête avec reconnaissance comme si Jimmy pouvait le voir. Depuis la mort de sa mère, presque tous les grands événements — anniversaires, diplômes, nouveaux contrats — se fêtaient chez lui. Et c'était chez lui aussi qu'il avait bu sa première bière lorsqu'il avait enfin atteint l'âge légal.

— Quand j'ai quitté le resto pendant l'incendie, commença-t-il, j'ai voulu rentrer chez moi en passant par la plage et j'ai trouvé le corps d'un bébé.

— Oh, bon sang… Le bébé de qui ?

— Je suppose que c'est ce que les policiers essaient de savoir.

— Ouais, tu as sans doute raison. Quel âge avait-il ?

— C'était un nouveau-né.

Il reprit une gorgée de bière. Il ne pouvait pas se résoudre à avouer que le nourrisson était encore en vie quand il l'avait trouvé dans le sable. Mal à l'aise, il préféra écourter la conversation.

— Merci d'avoir appelé, Jim. Il faut que j'y aille.

— Pas de problème. Si je peux faire quoi que ce soit pour toi, tu m'appelles, OK ?

— Promis.

Il raccrocha et décrocha presque aussitôt. Il composa un numéro qu'il n'avait pas fait depuis plusieurs mois. Après son départ, il lui avait téléphoné quelquefois, mais seulement pour écouter sa voix sur le répondeur. Si elle répondait, il raccrochait immédiatement. Pourtant, un jour, elle avait eu le temps de dire : « Matt, je sais que c'est toi. Arrête ce petit jeu, s'il te plaît. Ne m'oblige pas à me mettre sur liste rouge. »

C'étaient ces quelques mots, froids, lointains, qui lui avaient donné la force d'arrêter. *Je ne l'appelle pas aujourd'hui,* se disait-il. *On verra demain.* Et il n'avait plus jamais composé le numéro de Geneviève Chang.

Après quatre sonneries, il entendit une voix familière : *« Vous êtes bien chez Ginn Chang. Laissez-moi un message et je vous rappellerai. Sinon, tant pis pour vous. »*

Il hésita. Il avait envie de lui parler du bébé, des flics qui posaient des questions sur lui, de toute cette histoire. Il voulait… Que voulait-il au juste ? Le mariage ? Des enfants ? Il écrasa le téléphone sur son socle et se dirigea vers sa chambre, Barney sur ses talons.

Tendu comme une corde, il s'allongea sur son lit tout en se massant la nuque. Puis il attrapa la photo de Ginn avec lui qui avait retrouvé sa place sur la table de nuit. Il en connaissait chaque détail, mais il ne put s'empêcher d'étudier une nouvelle fois cette image des jours heureux. Ginn portait un short blanc sexy et un haut de maillot de bain. Ventre nu, épaules soyeuses, elle était adossée contre son torse et il l'entourait avec ses bras, le menton posé sur sa tête. Barney se prélassait à leurs pieds, avec l'air jovial d'un labrador encore insouciant. Matt se souvenait parfaitement de cette journée. Ned les avait rejoints sur la plage avec sa famille. Il étrennait un nouvel appareil photo numérique et il les avait mitraillés sans relâche jusqu'à ce qu'ils le menacent de jeter son jouet à la mer.

Ned... Il ne s'était pas compliqué la vie, lui. Il avait trouvé la femme qu'il cherchait à vingt-huit ans et s'était marié sans se poser de questions. Il avait acheté une maison, avec une chambre pour chacun des enfants. Un chemin balisé, sans fantaisie, mais sûr.

Matt reposa la photo sur la table de chevet. Depuis le jour où il l'avait rencontrée, il savait que Ginn était la femme qu'il lui fallait. Mais c'était sur la suite à donner à cette belle histoire qu'ils n'étaient pas d'accord.

Il attrapa l'album photos de son enfance qu'il avait reposé sur la table avec le cadre après l'incendie. Il le feuilleta, tournant lentement chaque page comme il le faisait souvent. Toutes les photos prises par son père étaient là. Ned et Matt avec leur mère devant les chevaux, au ranch de Zumirez Drive. Elle en maillot sur une plage, eux lançant un bâton pour donner un peu d'exercice à leurs chiens. Les deux bâtards mordant les vagues pendant que Matt surfait... Sur toutes les photos, sa mère avait un sourire radieux. S'il était bien une chose qu'il n'oublierait jamais, c'était ce sourire large et franc qu'elle gardait aux lèvres en toutes circonstances.

Refermant l'album, il se leva d'un bond.

— Tu viens, Barney ? On va prendre l'air.

Il enfila un vieux jean, des chaussures de marche, et alla ouvrir la porte. Au lieu de dévaler les escaliers qui menaient à la plage, le chien se précipita vers la rue, sa queue s'agitant comme un métronome emballé. A son passage, la lampe extérieure s'alluma automatiquement bien que les fils électriques aient souffert lors de l'incendie. Bientôt, Bobby Eckhart fit son apparition dans le jardin, suivi de Barney.

— Salut, Matt ! Tu rentres ou tu sors ?

— Je sortais promener Barney sur la plage, mais ça peut attendre.

Matt considéra sa tenue avec étonnement — jean noir, veste en cuir et santiags. Il n'avait pas entendu le ronronnement de sa Harley.

— Tu es venu en moto ?

— Non, en dromadaire. Qu'est-ce que tu crois ?

— Quel bon vent t'amène ?

— Il paraît que vous m'avez fait demander, maître ?

— Allez, rentre, imbécile. Tu prendras bien une petite bière ?

— A ton avis ? Est-ce que tu te demandes si le pape est catholique ?

Bobby fit la course avec le chien jusqu'à l'entrée du salon en tentant de le retenir par les poils. Finalement, ils gagnèrent tous les deux et entrèrent ensemble tant bien que mal par la porte étroite. Après quoi, le moins velu des deux dut constater les dégâts sur son pantalon noir.

— Regarde-moi ça, Matt : je suis couvert de poils jaunes. On dirait que je suis son frère. Tu ne brosses jamais ton clébard ou quoi ?

— Tu sais où est rangé son peigne, mon vieux. Vas-y, ne te gêne pas.

— Trop tard, le mal est fait, dit Bobby en ouvrant la porte du réfrigérateur — complètement vide. Tu as quelque chose contre la nourriture ?

— Non. J'ai pris de quoi manger en route.

En réalité, Matt ne pouvait plus ouvrir la porte du frigo sans visualiser le petit corps enveloppé dans son polo. Il en avait déjà commandé un nouveau, conçu différemment, pour ne pas être assailli par cette image chaque fois qu'il avait faim.

— Assieds-toi. Je peux te proposer de l'eau, une bière chambrée ou du whisky. Si tu veux du frais, j'ai une bouteille d'apéritif dans le congélateur.

— Un verre de ton meilleur vin rouge fera très bien l'affaire. J'ai bien l'intention de me coucher en un seul morceau, ce soir.

— Tu t'inquiètes pour quoi au juste ? Pour ta femme ou pour ta Harley ?

Sylvie, la femme de Bobby, était également de la police.

— Sylvie travaille tard, ce soir. C'est pour ça que je suis là. Au fait, pas besoin de faire la cuisine.

Bobby regardait d'un œil vorace les barquettes posées sur le comptoir. Bœuf rôti encore fumant, légumes sautés et purée à l'odeur alléchante.

— Je ne sais pas comment elle peut accepter de passer si souvent en deuxième position, derrière ta moto.

— Détrompe-toi, elle a bien compris son avantage : elle nous a tous les deux.

Tandis que Matt débouchait une bouteille de Merlot, Bobby transvasa le dîner dans un grand plat et le mit dans le micro-ondes. Puis ils s'installèrent autour de la table. Matt prit deux verres à pied et y versa du vin.

— Alors, quoi de neuf ? s'enquit Bobby en buvant une gorgée.

— Tes collègues commencent à poser des questions sur moi.

Matt lui résuma le coup de fil de Jim McPhee. Son ami balaya l'air de la main.

— Ouais, les questions habituelles. La routine. Pas de quoi s'inquiéter.

Il se leva et alla chercher le plat dans le micro-ondes.

— Bobby, qu'est-ce qu'ils vont faire d'elle ?

— Qui, elle ?... Ah, le bébé. Eh bien, s'il ne trouvent pas la mère, elle aura droit à un enterrement civil. A moins qu'ils ne décident de l'envoyer dans un de ces hôpitaux où les apprentis chirurgiens apprennent à se faire la main.

Matt sentit les bouchées qu'il venait d'avaler remonter aussi sec. Il repensa au petit corps qu'il avait porté dans ses bras, à ses membres frêles, à son visage si pâle, et sa nausée s'intensifia.

— Tu veux dire que... Non, ils n'ont pas le droit de la découper au scalpel !

— Mmm. Ça te retourne l'estomac, pas vrai ? lâcha Bobby, la bouche pleine, en se resservant quelques morceaux de bœuf. Mais tu sais, il y a presque un an — en août je crois —, on en a retrouvé trois coup sur coup, des bébés morts. Sur la plage de Santa Clara. Tu ne t'en souviens pas ?

— Non.

— Tu vois ? Tout le monde s'en fout. Ce genre de faits divers se noie dans le grand flot quotidien des infos. D'ailleurs, ces bébés, personne ne vient les réclamer.

— Eh bien, moi, je vais la réclamer. Je n'ai pas envie qu'elle finisse toute seule, disséquée sur un billard.

— Minute, papillon ! Ce n'est pas si simple. Tu ne peux pas te présenter la gueule enfarinée et dire : « Donnez-moi cette enfant ! » Et puis, franchement, pourquoi te compliquerais-tu la vie ?

Quelle question ! Parce qu'elle était morte dans ses bras. Parce qu'il aurait peut-être pu la sauver s'il ne s'était pas focalisé sur sa stupide maison et sur son chien.

— Parce que c'est moi qui l'ai trouvée. Je suppose que c'est une raison suffisante.

Bobby secoua la tête, visiblement soucieux.

— Matt, réfléchis une seconde : un célibataire trouve un bébé vivant, sans personne pour lui servir de témoin. Le bébé meurt. Et là, le type réclame le corps de l'enfant et claque une bonne liasse de billets histoire de lui offrir une sépulture décente… Tu crois peut-être que ça va passer inaperçu ?

— J'essaie juste de faire mon devoir. Tu sais que tu réfléchis comme un flic, toi ?

— Déformation professionnelle, mon vieux. Douze ans de bons et loyaux services. Je te ferai le coup chaque fois.

Une fois ses études finies, Bobby se l'était coulée douce pendant deux bonnes années, préférant longer la côte et jouer avec les vagues plutôt que de se présenter à des entretiens d'embauche. Après quoi, il avait rencontré sa future femme et il était rentré dans le rang — enfin, dans la police.

Matt se leva et alla jeter les restes de son assiette dans le vide-ordures. Puis, se retournant vers Bobby, il posa ses coudes sur le comptoir.

— Alors, tu me conseilles quoi, maintenant ? J'appelle le coroner ?

— Non. Tu laisses courir pendant une semaine et, après, tu appelles.

— Ça risque d'être trop tard.

— On ne peut rien te cacher.

4.

— Vous voyez ce que je voulais dire ? Ce complexe est un véritable petit bijou.

Avec son costume gris impeccable, sa chemise blanche immaculée et sa cravate Hermès, Mike Greffen, agent immobilier, représentait une certaine idée du raffinement masculin. Ses bras moulinaient avec enthousiasme au milieu de ce grand bâtiment abandonné. Les rayons orangés du soleil de cette fin d'après-midi pénétraient à peine par les fenêtres aveugles, barrées de planches et de bâches en plastique ; les excréments d'anciens squatters se mêlaient à ceux des rats ; des clochards y avaient vomi, des chats y étaient morts. Bref, il était difficile de ne pas tourner de l'œil sans un masque à oxygène de première qualité. Mais Mike Greffen, lui, semblait ravi de sa trouvaille.

— Vous savez ce qu'on dit sur l'emplacement ? Avouez que là, c'est imbattable !

L'air dégoûté, Ned posa un pied sur le plancher vermoulu du deuxième étage. Aussitôt, ses tennis blanches disparurent sous un nuage de poussière. Matt retint un sourire. Tous les deux savaient comment il fallait s'habiller pour ce genre de visites : un jean, un polo et une bonne paire de tennis.

— Bon sang, j'ai failli passer au travers ! s'exclama Ned en regardant Mike avec reproche. Qu'est-ce que tu veux qu'on fasse d'une ruine pareille ? Matt, tu as une idée ?

Ned lançait toujours les négociations en énumérant tous les défauts de l'endroit, histoire de faire baisser les prix. C'était lui qui s'occupait de tous les aspects financiers, les prêts bancaires et le reste, et aucun banquier ni conseiller financier au monde ne pouvait rivaliser avec lui. Il avait toujours le dernier mot.

Matt haussa les épaules.

— Moi, j'appellerais tout de suite les bulldozers.

Il allait même envisager la dynamite quand son portable se mit à sonner. Il s'excusa et s'éloigna. Par trois fois, il trébucha sur des lattes mal fixées, manquant de tomber.

— Matt Lowell.

— Salut, Matt. C'est Bobby. Ecoute, il vaut mieux que tu évites d'appeler qui que ce soit pour ce dont on a parlé hier soir. Il y a du nouveau. C'est enregistré ?

— Que s'est-il passé ?

— Je suis au bureau, je ne peux pas te parler maintenant. Je t'expliquerai plus tard. Contente-toi de laisser ton téléphone tranquille, OK ?

— Trop tard. J'ai appelé le coroner ce matin.

— Merde. Et tu as laissé ton nom ?

— Bien sûr que j'ai laissé mon nom !

— Et merde ! répéta Bobby, visiblement inquiet. Enfin, bon... ça ne changera peut-être pas grand-chose. Ça leur arrive souvent de perdre des macchabées à la morgue. Avec un peu de chance, ils ne font pas plus attention aux coups de fil.

— Quels macchabées ? Mais de quoi est-ce que tu parles, à la fin ?

— Je ne peux pas te le dire maintenant. Je t'appellerai ce soir. Ou plutôt non, je passerai. D'ici là, plus un seul appel au coroner.

Bobby raccrocha. Pensif, Matt remit le portable dans sa poche. Il essuya avec sa manche une vitre crasseuse qui avait dû être posée avec la fenêtre d'origine, longtemps auparavant.

A travers, il aperçut une tour de verre de l'autre côté de la rue et, sur les vitres de la tour, le reflet du bâtiment de quatre étages dans lequel il se trouvait. Etrange. Quelqu'un avait acheté une immense ruine en se convainquant que le voisinage était porteur. Mais à en croire les grilles toutes neuves fermées par des chaînes et les tessons de bouteille dressés sur les murs d'enceinte, cette confiance avait des limites.

Stoppant là ses pensées, Matt alla rejoindre ses deux compagnons qui l'attendaient à l'autre bout de la pièce.

— Mike affirme que nous pouvons changer ce tas de pierres en appartements de luxe, railla Ned. Alors, dis-moi un peu… C'est toi l'artiste, c'est toi l'œil de la maison : quel est ton verdict ?

Matt avait le don d'évaluer le potentiel des bâtiments les plus délabrés, d'imaginer de nouveaux volumes, de créer des endroits à vivre sur les fondations les plus sordides — un don qu'il tenait de son père, également architecte. Il savait aussi quand il n'y avait strictement rien à en tirer. Et c'était le cas aujourd'hui.

— Mike, tu ne crois pas sincèrement à ce que tu dis ?

— Bien sûr que si ! Est-ce que je vous mentirais, à vous ? Je suis sûr qu'on peut faire des merveilles avec ces murs. Je sens un gros potentiel…

— Ouais, un potentiel qui se fissurera un peu plus chaque année. C'est un château de cartes, ton truc.

— Tu vois l'immeuble de l'autre côté de la rue ? Il s'est vendu en moins d'une semaine au prix demandé. Il paraît qu'ils vont abattre les cloisons intérieures et construire des appartements de standing. Tout le quartier devrait en profiter.

— Dans tes rêves, Mike, intervint Ned. Dis-moi un peu qui mettrait des billes dans un plan aussi foireux ?

— Ecoute, je n'ai pas la liste des investisseurs sur moi, mais je crois me souvenir que l'acheteur était une boîte canadienne. D'ailleurs, j'aurais pu lui proposer aussi cet immeuble. Mais depuis le temps qu'on travaille ensemble, je voulais que vous soyez les premiers à le voir.

Ils descendirent les marches vermoulues en prenant garde de ne pas se rompre le cou et rejoignirent la lumière du jour.

— N'attendez pas trop longtemps, mes amis, leur conseilla Mike avec emphase. C'est une affaire en or qui va rapporter gros. On parlera de ce petit paradis dans toute la ville.

Sur ces mots, il se glissa au volant de sa luxueuse berline, klaxonna pour chasser un enfant qui jouait devant son capot et disparut dans un crissement de pneus.

— Qu'est-ce qu'on fait, Matt ? On saisit l'offre ? demanda Ned, visiblement peu convaincu.

Matt balaya la rue du regard. A l'arrière de son camion, un homme faisait l'article de coussins en mousse et de rouleaux d'étoffes à des femmes boulottes et burinées, de vieilles Aztèques bien loin de leurs racines. De chaque côté de la rue, d'autres vendeurs d'objets aussi variés qu'inutiles attendaient d'improbables clients. Quant aux enfants, presque tous convergeaient vers un vieux pirate qui tirait ses glaces d'un chariot datant de Mathusalem.

— Non. Laissons cette « superbe affaire » à un autre gogo, conclut-il en regardant sa montre. Allez, on se voit demain.

Matt gara la Range Rover dans ce qui restait de son garage. Il passa devant la Harley rutilante qui prenait le soleil dans le jardin, accoudée sur sa béquille, et poussa la porte de la cuisine.

Dans le salon, Bobby était affalé sur les coussins du canapé, une boîte de crackers à la main, et regardait un match à la télé. Barney, couché à ses pieds, se leva d'un bond pour aller faire la fête à son maître, puis retourna s'asseoir avec espoir près de cette main qui sortait des crackers de sa boîte toutes les dix secondes.

— L'USC Arizona mène le bal, déclara Bobby avec les intonations d'un commentateur sportif. Ah, mince, hors-jeu de l'USC…

Il éteignit la télévision, donna un biscuit au chien et se leva.

— Il va falloir que tu trouves une autre cachette pour la clé. Le pot de fleurs est mort dans d'atroces souffrances.

Matt posa sa mallette sur le comptoir. D'aussi loin qu'il s'en souvienne, il avait toujours caché la clé dans ce pot de fleurs.

— Paix à son âme. J'en achèterai un autre.

— Et pendant que tu y es, pense à remplacer ton portail. Ta baraque est ouverte à tous les vents et tes voisins ne sont jamais là. N'importe qui peut venir te cambrioler en plein jour et sans pied de biche.

— Va trouver quelqu'un pour réparer quoi que ce soit en ce moment ! Vu les dégâts causés par l'incendie, la moitié de Malibu est à la recherche d'ouvriers.

— Je te rappelle que, avec ton boulot, tu connais les meilleurs de toute la région.

— C'est ça… Tu veux que Ned me fasse un infarctus ? Il faut qu'on finisse le complexe Contessa dare-dare. Les baux sont signés, tout doit être prêt dans deux semaines et les ouvriers bossent jour et nuit. De toute façon, Barney retirerait un bras à tout bleu de travail qui oserait pénétrer ici en mon absence.

— J'ai compris. Ce sera ma bonne action de la semaine.

Matt remplit la gamelle du chien, puis il prit une bouteille d'eau dans son nouveau réfrigérateur et alla s'installer dans un fauteuil.

— Alors, que s'est-il passé de si incroyablement important ? demanda-t-il en posant les pieds sur la table basse.

Bobby se rassit et posa les coudes sur ses genoux. Il avait l'air particulièrement grave.

— On a trouvé un autre cadavre sur la route d'Encinal Canyon. Une fille de quatorze ou quinze ans. Blanche.

Matt savait ce que Bobby allait lui annoncer, mais il n'avait pas envie de l'entendre. Une gamine de quatorze ans — presque une enfant.

— Je croyais que le coin d'Encinal avait brûlé.

— Non. Pas le flanc qui descend jusqu'à la plage. De toute façon, elle n'était pas dans la zone de l'incendie. Son corps gisait sur le bord de la route, recouvert de fleurs sauvages. C'est un pompier qui l'a découverte en faisant sa ronde.

— Des fleurs ? Il y avait au moins quelqu'un qui se souciait d'elle.

— A moins qu'un bâtard plus tordu que les autres ait voulu ajouter une touche romantique à son crime.

— Elle est morte comment ?

— Tant qu'on n'a pas les résultats de l'autopsie, on ne peut que spéculer. Elle a été sévèrement battue, mais les cicatrices sont anciennes. Elle a des marques sur la poitrine, comme si on l'avait brûlée avec des cigarettes — ce genre de trucs. Cette pauvre gamine a eu une jeunesse aussi courte que brutale. Ce qui est sûr, c'est que l'enfoiré qui l'a laissée sur le bord de la route voulait qu'on la trouve. Elle était vêtue de façon élégante, bizarre, avec un pantalon de soie bouffant, un petit haut de soie et un chemisier par-dessus. Son pantalon était maculé de sang, mais quelqu'un avait tenté de laver les taches. D'après moi, elle a accouché et une hémorragie s'est déclarée.

— Alors, c'est elle, la mère…

Bobby haussa les épaules.

— Disons que les éléments collent quand on les met côte à côte. La section homicide l'a bien compris. Pour l'instant, sa description ne correspond à aucune personne disparue dans le comté de Los Angeles. Ils ont envoyé le dossier à Sacramento pour voir s'ils ont plus de chance à l'échelon national. J'ai pensé que ça t'intéresserait.

— Et qu'est-ce qui se passera s'ils ne trouvent rien ?

— Pas grand-chose. Le bébé et elle n'avaient aucun signe distinctif permettant de les identifier. Rien qui permette de savoir d'où elles venaient…

— Et les empreintes dentaires ?

— Ils feront un moulage. Mais, tu sais, tout le monde ne va pas chez le dentiste et nous ne disposons pas d'un fichier national avec les quenottes de chaque citoyen. Tout ce qu'on peut faire pour l'instant, c'est vérifier le lien de parenté entre les deux cadavres, expliqua Bobby en donnant un autre cracker à Barney. Franchement, Matt, ne demande pas qu'on te restitue le bébé. Laisse tomber. Toute cette histoire sent mauvais.

Matt alla poser son verre vide dans l'évier.

— Je te l'ai dit, c'est trop tard. J'ai appelé le coroner ce matin. Bon, je sors manger. Sylvie est encore de permanence, ce soir ?

— Ouais, toute la semaine. Matt, tu parles sérieusement ?

— Bien sûr que je parle sérieusement. Tu veux que je fasse quoi ? J'ai appelé le coroner ; il a mon nom, mon adresse, mon numéro de téléphone. S'il avait demandé ma marque de caleçon, je la lui aurais donnée. Alors, tu viens dîner avec moi ?

Bobby poussa un profond soupir.

— D'accord. A l'endroit habituel ?

Matt pensait plutôt au Granita, histoire de se détendre un peu. Mais les prix de ce restaurant étaient un peu prohibitifs pour un policier, même gradé, même avec un deuxième salaire. Bobby accepterait, et, une fois devant le menu, il commanderait une simple salade sous prétexte qu'il fallait qu'il perde du poids.

— On ne change pas une équipe qui gagne. Le Coffee Shop de Googie. C'est parti !

5.

Vendredi, 7 heures. La circulation sur la I-10, entre Santa Monica et le centre-ville, était encore assez fluide, mais dans une heure à peine, les voitures feraient du touche-touche. Un CD de Coltrane dans l'autoradio, Matt luttait contre l'envie de zigzaguer entre les utilitaires distraits et les camions essoufflés. Il quitta la voie express au niveau de la 9e Rue et s'arrêta pour acheter deux grands cafés à emporter. Il évitait les « cafés » que l'on vous sert sur les chantiers, un breuvage infect destiné à attaquer l'estomac comme de la soude.

Vers 7 h 30, il avait rejoint le Contessa, un ensemble de quatre cents appartements milieu de gamme, édifié à la place d'un ancien entrepôt de véhicules d'occasion. Dans ce quartier où, deux ans auparavant, plus personne ne voulait s'aventurer, avaient surgi des piscines, des courts de tennis, un gymnase, une piste bordée d'arbres pour les amateurs de footing. Un refuge urbain, moderne et élégant, à deux pas des axes principaux. La mairie jubilait, persuadée qu'elle pourrait réinvestir très prochainement dans la réhabilitation de toute la zone. Le cabinet des frères Lowell jouait son avenir sur ce projet, dans lequel la construction *ex nihilo* tenait plus de place que la restauration. Jusqu'à présent, tout se passait pour le mieux. Ned avait réussi un coup de maître : négocier à l'avance des contrats avec les deux équipes stars de Los Angeles, qui jouaient leurs parties sur le stade voisin — les Lakers pour le basket et les Kings pour le hockey.

Une bonne demi-douzaine de camions chargés d'arbres tropicaux — des jacarandas — étaient alignés devant le Contessa, sur Bixel Street. Quand les jardiniers auraient fini leur travail, une centaine de ces spécimens rares seraient en terre.

— Salut, Ben ! lança gaiement Matt.

Ben Pressman, le paysagiste, sursauta et fit volte-face. Avec un sourire, Matt lui tendit un des gobelets de café. Tout en buvant, ils se dirigèrent vers les camions afin d'inspecter les jacarandas qu'ils avaient choisis ensemble, un par un. Ils avaient bien fait une dizaine de pépinières avant d'être pleinement satisfaits.

— Plutôt chouettes, hein ? s'exclama Ben.

— Pas mal du tout. J'ai hâte de les voir plantés.

Matt resta sur place toute la matinée. A midi, il mangea des *enchiladas* avec les ouvriers hispaniques, accoudé à l'une de ces camionnettes qui font leur beurre en assurant la tournée des principaux chantiers de la ville, puis régla quelques détails avec le contremaître avant de rentrer à son bureau.

Il était presque 16 heures quand il revint à Brentwood et pénétra dans les bureaux du cabinet Lowell. En le voyant, les deux hommes installés dans la salle d'attente levèrent le nez des magazines d'architecture qu'ils feuilletaient sans conviction.

Matt lança un coup d'œil interrogateur à Marni, sa secrétaire.

— Ces messieurs vous attendaient, monsieur Lowell. Ils sont de la police.

Les deux hommes reposèrent leurs magazines sur la table basse et se levèrent d'un même mouvement.

— Monsieur Lowell ? intervint le plus âgé des deux. Je suis

l'inspecteur Jim Barstow. Et voici mon partenaire, l'inspecteur Eduardo Flores.

Matt jeta un rapide coup d'œil aux badges qu'on lui présentait. Il nota au passage les traces de nicotine sur leurs doigts et la forte odeur de tabac froid que dégageaient leurs costumes.

Après leur avoir serré la main, il les invita à le suivre sachant que Marni, en bonne curieuse, tendait l'oreille. Il les conduisit à son bureau et ferma la porte derrière lui.

Ned leva à peine les yeux de son ordinateur quand il lui présenta les deux inspecteurs. Les invitant à s'asseoir, Matt leur proposa un café qu'ils refusèrent, puis s'installa derrière son bureau.

— Que puis-je pour vous ?

— Nous avons juste quelques questions à vous poser, déclara Barstow d'une voix mécanique. Vous êtes bien Matthew Lowell, l'homme qui a découvert le bébé sur la plage ?

Agé de quarante-cinq ans environ, l'homme avait les cheveux blonds un peu clairsemés et les yeux très bleus.

— Oui. Pendant l'incendie.

— Nous parlons bien de lundi dernier ?

— C'est ça, lundi.

— Le bébé était-il en vie quand vous l'avez trouvé ?

Matt hocha la tête pour cacher son malaise.

— Quelle heure était-il à peu près, monsieur Lowell ?

— Entre 16 h 30 et 17 h 30. C'est difficile d'être plus précis. Une fumée très dense masquait le ciel, mais j'ai eu l'impression que la nuit commençait à tomber. J'en ai déduit qu'il devait être aux alentours de 17 heures. C'est tout ce que je peux vous dire. Vous allez trouver ça incroyable, mais j'ai complètement oublié de regarder ma montre.

Le coéquipier de Barstow daigna esquisser un demi-sourire devant son ironie à peine masquée. Matt l'observa à la dérobée.

La quarantaine tout juste, Flores avait quelques kilos en trop, mais il était plutôt séduisant, dans le genre beauté sombre.

— C'est assez précis pour l'instant, commenta Barstow. Dites-moi, vous travailliez à Malibu, lundi dernier ?

— Non, j'étais ici, à Brentwood. Mais j'ai toujours habité à Malibu. Je sais parfaitement à quelle vitesse un feu progresse quand il est poussé par le vent de Santa Ana. Mes chevaux étaient enfermés à Ramirez Canyon et je les ai imaginés carbonisés. Comme mon chien qui était resté chez moi.

Barstow sortit un calepin et un crayon de la poche de sa veste.

— Vous parlez de votre maison sur Malibu Road ?

— Oui.

— Vous dites que vous avez découvert le bébé à plusieurs kilomètres au nord de cet endroit, entre 16 h 30 et 17 h 30. Pourtant, la zone avait été complètement évacuée à midi, et l'autoroute était coupée dans les deux sens entre Topanga et Trancas Canyon. Comment se fait-il que vous vous soyez trouvé là au beau milieu de l'après-midi ? Vous pouvez m'expliquer ça ?

— Eh bien, j'ai pris la voiture…

Ned l'interrompit.

— Attendez une minute ! C'est quoi, ça ? Un interrogatoire ? Il s'est déjà expliqué devant…

— Laisse tomber, le coupa Matt un peu sèchement. Je m'en occupe.

En réalité, il prenait sur lui pour garder patience. Mais il connaissait la fâcheuse tendance de son aîné à jouer les frères protecteurs. Selon Ginn, Ned refoulait un énorme sentiment de culpabilité : il était à Philadelphie quand leur mère avait été écrasée et il était retourné à l'université dès le lendemain de l'enterrement, laissant Matt tout seul avec son père, dans une maison où flottait partout le fantôme maternel.

Matt se tourna vers l'inspecteur Barstow.

— Vous avez raison. L'autoroute était bien fermée quand je suis arrivé à Topanga.

— Quelle heure était-il ?

— 14 heures, 14 h 30.

Barstow nota la réponse sur son carnet et lui fit signe de continuer.

— J'ai rebroussé chemin jusqu'à la route de Santa Monica, puis j'ai pris la 405 vers le nord, à travers Sepulveda. Ensuite, j'ai emprunté la 101, San Fernando Valley… Ça roulait plutôt mal à cause du feu, mais j'ai réussi à atteindre Las Posas, en dessous d'Oxnard. Là, j'ai quitté la route et j'ai coupé à travers champs en direction de la côte. C'est comme ça que j'ai rejoint l'autoroute.

Barstow tourna les pages de son calepin en arrière et consulta ses notes.

— Quand vous avez pris l'autoroute, vous êtes passé devant Encinal Canyon, n'est-ce pas ?

— Oui.

Matt sentit son ventre se nouer.

— Vous êtes-vous engagé dans Encinal Canyon ?

— Bien sûr que non ! Je vous l'ai dit, j'essayais de me frayer un chemin jusqu'à chez moi.

— Et quand vous êtes arrivé à Trancas Canyon, l'autoroute était toujours bloquée, non ?

— C'est exact. La police était débordée sur le parking de la supérette. Elle organisait un convoi vers Kanan Dume pendant que la voie était encore libre. Je n'ai pas eu beaucoup de mal à contourner le barrage.

— Quel véhicule aviez-vous ?

— Une camionnette et un van.

Flores qui était resté silencieux jusque-là, prit la parole.

— Est-ce que vous venez souvent travailler ici, à Brentwood, avec un van, monsieur Lowell ?

— Non. J'ai changé de véhicule au centre équestre de Malibu. Près de l'autoroute.

— C'est juste avant Encinal Canyon, ça…

— Oui.

Les *enchiladas* qu'il avait avalées à midi pesaient lourdement sur son estomac. Selon toute probabilité, ces flics étaient persuadés qu'il avait utilisé son van pour transporter le corps de l'adolescente jusqu'à Encinal.

— Pourquoi ne pas avoir pris la route de Kanan Dume depuis la 101 ? Pourquoi avoir roulé jusqu'à Las Posas ?

— Je n'étais pas sûr que Kanan Dume était ouvert et je n'avais pas envie de tomber sur un nouveau barrage qui m'aurait obligé à faire demi-tour. Je n'avais pas le temps.

— Et pour la camionnette et le van, monsieur Lowell, vous voulez nous faire croire qu'en plein milieu de l'incendie, le centre équestre vous a prêté une camionnette avec un van ? A mon avis, en de telles circonstances, ils auraient plutôt gardé tous les véhicules dont ils disposaient pour évacuer leurs bêtes…

— La camionnette et le van m'appartiennent. J'ai récupéré mes chevaux au centre équestre très récemment. J'attendais de pouvoir prendre également mes véhicules quand le feu s'est déclaré.

— Où sont-ils aujourd'hui ?

— A la casse d'Oxnard.

— Tiens donc. Et que leur est-il arrivé ? demanda Barstow, le regard plein de sous-entendus.

Matt avait de plus en plus de mal à se contenir. Qu'est-ce que ce clown imaginait ? Il y avait eu un incendie et ses véhicules avaient brûlé. Ce n'était pas plus compliqué que ça !

— J'ai essayé de rejoindre Ramirez Canyon en passant par le tunnel sous l'autoroute, mais les grilles étaient fermées. Le feu m'est tombé dessus. Il a carbonisé la camionnette et le van en un rien de temps. Moi, je m'en suis sorti en courant jusqu'à L'Anse Gourmande, le resto sur la plage. Mais la camionnette et la remorque ne valaient plus un clou. Elles sont parties directement à la casse.

— Je vois, marmonna Barstow qui continuait à prendre des notes. Et que s'est-il passé ensuite ?

— J'ai pris des bouteilles d'eau dans le restaurant et j'ai filé vers le sud par la plage. Entre le restaurant et chez moi, il doit y avoir une dizaine de kilomètres. J'avais fait la moitié du chemin, puisque je venais de dépasser l'escalier des Edwards, quand j'ai vu ce que j'ai pris pour un oiseau mort. C'est en m'approchant que je me suis aperçu qu'il s'agissait d'un bébé.

— Le bébé était vivant quand vous l'avez trouvé ?

Cette fois, Matt ne put contenir son énervement.

— Bon sang, je vous l'ai déjà dit ! Oui, le bébé était vivant.

— Non, vous ne nous l'aviez pas dit. Et ensuite ?

— Son pouls battait faiblement. Je l'ai enveloppé dans mon polo et je suis revenu pour voir si quelqu'un pouvait m'aider chez les Edwards, mais entre-temps, l'escalier s'était écroulé. Alors, je suis allé jusque chez moi.

— Vous n'avez pas pensé à retourner au restaurant ?

— Si, bien sûr, mais pour quoi faire ? Quand j'y étais passé, le feu était déjà à ses portes et il n'y avait personne, pas un pompier à dix kilomètres à la ronde.

— Quand vous êtes-vous aperçu que le bébé était mort ?

— En arrivant chez moi. Je l'ai posé sur le canapé et il m'a semblé gelé. Son cœur ne battait plus. J'ai essayé le bouche-à-bouche, mais c'était trop tard. Il était mort.

Combien de fois avait il revécu ce moment depuis ?

— Vous avez un bras bandé, monsieur Lowell. Que vous est-il arrivé ?

C'était Flores qui avait posé la question. Matt comprit qu'ils jouaient chacun leur rôle, tour à tour. Le gentil et le méchant. Il regarda machinalement son avant-bras. Le lendemain de l'incendie, son médecin lui avait fait deux points de suture avant de lui mettre une bande.

— J'ai cassé une vitre pour prendre de l'eau dans le frigo du restaurant. J'ai dû me couper à ce moment-là, mais je ne m'en suis aperçu qu'après.

— Vous ne vous êtes aperçu qu'après d'une blessure qui vous a valu plusieurs points de suture ?

— Il se passait des choses bien plus graves qu'une entaille sur mon bras, inspecteur Flores. La moitié de Malibu était en flammes !

Flores lui adressa un rictus mi-poli, mi-condescendant.

— Alors, c'est bien votre sang qu'on a trouvé sur le T-shirt qui entourait l'enfant ?

— Oui.

— Pourquoi n'avez-vous pas cherché de l'aide pour sauver le bébé ?

— Où ? J'étais en plein milieu d'une fournaise, le téléphone ne fonctionnait pas et j'avais perdu mon portable sur la plage. Où vouliez-vous que je trouve du secours ?

— Vous auriez pu l'emmener à l'hôpital de Malibu…

— Mais puisque je vous dis qu'il était déjà mort ! Et les flammes coupaient la route tout du long. Pour quelle raison aurais-je pris ce risque ?

— En demandant sa dépouille, vous avez montré un réel intérêt pour cet enfant, monsieur Lowell. Pourquoi ? s'enquit Barstow en plissant les yeux.

Du coin de l'œil, Matt vit son frère ouvrir des yeux ronds — pas étonnant vu qu'il ne lui avait pas parlé de sa démarche. Ned ouvrit la bouche pour parler puis la referma, préférant se taire.

— Il n'y a pas de raison particulière. J'ai juste pensé que… Ecoutez, je n'aime pas l'idée qu'on pourrait découper le corps de ce bébé pour je ne sais quelle expérience.

— Qui vous a dit que ça se passait comme ça ?

— Ce n'est pas le cas, peut-être ?

Barstow haussa les épaules avant d'assener un nouveau coup.

— Une jeune fille a été retrouvée morte hier matin au bord de la route d'Encinal Canyon. C'est peut-être elle, la mère de l'enfant.

— Ah bon ?

— Vous n'avez pas l'air très surpris. Vous connaissiez cette fille ?

— Si je la connaissais ? Non, bien sûr que non, sinon je vous en aurais parlé avant. Ecoutez, j'ai trouvé ce bébé sur la plage pendant l'incendie. J'ai fait tout ce que j'ai pu pour le maintenir en vie, mais malgré tous mes efforts, j'ai échoué — un échec qui me hantera toute ma vie, croyez-moi. Je l'ai mis à l'abri des flammes, j'ai alerté les autorités dès que possible, c'est-à-dire aux alentours de minuit, et j'ai passé des heures à essayer de sauver ma propre maison. Je pensais que c'était la meilleure façon de lui assurer une sépulture décente. Que voulez-vous que je vous dise de plus ?

Flores sortit de nouveau de son silence.

— Pourquoi vous mettez-vous sur la défensive ?

— Je ne suis pas sur la défensive, monsieur Flores.

Matt prit une profonde inspiration afin de reprendre son calme. Flores avait raison, il était bel et bien sur la défensive. Il poursuivit plus posément :

— C'est juste que je ne comprends pas pourquoi vous me parlez de cette jeune fille morte à Encinal.

— Eh bien, disons qu'Encinal n'est pas très éloigné de l'endroit où vous dites avoir trouvé le bébé. Et vous avez montré un vif intérêt pour lui. Nous faisons simplement notre travail. On cherche à savoir qui savait quoi et quand.

Matt soutint son regard. Les lèvres aussi fines qu'une fente, Flores avait des yeux brun foncé que certains auraient trouvé beaux, voire chaleureux, mais à ce moment précis, ils étaient aussi tranchants que du verre.

— Si je peux vous être utile à quoi que ce soit, je suis tout disposé à vous aider, assura Matt. Vous êtes sûrs que cette jeune fille est bien la mère du bébé ?

Aucun des deux inspecteurs ne répondit. Une façon de lui faire comprendre qu'ils étaient là pour poser les questions, pas pour y répondre.

— Accepteriez-vous de vous soumettre à un prélèvement d'ADN ? demanda Flores. Juste une vérification de routine.

— Ça ne va pas, non ? rugit Ned. C'est du n'importe quoi, votre enquête !

Matt dut l'interrompre une nouvelle fois.

— Ned, ne t'en mêle pas, s'il te plaît.

Il se tourna vers Barstow. Le regard venimeux de Flores commençait à sérieusement l'insupporter.

— Pourquoi me demandez-vous ça ?

— Rassurez-vous, monsieur Lowell, c'est une mesure tout à fait ordinaire. Juste un peu de salive, et le tour est joué. Simple et sans douleur.

— Si vous voulez la mienne, de salive, vous n'allez pas tarder à la recevoir ! s'écria Ned. Répondez à ma question : est-ce que mon frère est suspecté de meurtre ?

— Nous n'avons jamais parlé de meurtre, monsieur Lowell. Encore une fois, il s'agit d'une procédure habituelle.

Matt s'enfonça dans son fauteuil, laissant Ned s'expliquer avec les inspecteurs. Il n'avait aucune envie d'entamer une dispute avec son frère devant la police.

— Une procédure habituelle, mon cul ! Et qu'est-ce que vous

allez faire de cet échantillon, après ? Vous l'archiverez, pas vrai ? Et du coup, mon frère, qui n'a rien fait d'autre que d'agir en citoyen modèle, aura son ADN fiché parmi les empreintes génétiques de grands criminels. Et dans un dossier sur la mort suspecte d'une jeune fille, par-dessus le marché !

— L'échantillon sera détruit, déclara Flores.

— Mais bien sûr ! Et nous sommes censés croire le commissariat central de Los Angeles alors qu'il a trempé dans tant de magouilles que même les journaux ne les relèvent plus !

Barstow se tourna vers Matt.

— Réfléchissez, monsieur Lowell. Nous possédons votre T-shirt et nous n'avons pas besoin de votre permission pour le faire analyser.

— Dans ce cas, pourquoi me demandez-vous de la salive ?

— Disons que votre collaboration pourrait jouer en votre faveur…

— Mais de quoi parlez-vous, bon sang ? ! s'exclama Ned, incapable de tenir en place. Ça veut dire quoi « en votre faveur » ? Est-ce que, oui ou non, vous l'accusez de quelque chose ?

— Non, monsieur. Bon, merci à tous les deux. Nous n'allons pas vous déranger plus longtemps. Nous reviendrons un autre jour, promit Barstow avant de poser sa carte de visite sur le bureau de Matt. Et si vous vous souvenez de quoi que ce soit, n'hésitez pas à nous appeler.

Il jeta un coup d'œil à son confrère et tous les deux se levèrent en même temps. Tout en suivant son collègue, Flores se tourna vers Ned.

— Pour votre information, monsieur Lowell, nous ne sommes pas du commissariat central, mais de la section homicide de la police criminelle.

Matt les raccompagna jusqu'à la porte. Avant de sortir, Barstow s'arrêta sur le seuil et le fixa.

— Au fait, comment vont vos chevaux ? Ils s'en sont sortis ?

— Ils vont bien, merci, répondit Matt du bout des lèvres.

Barstow hocha la tête avec un sourire. Puis les deux inspecteurs disparurent, laissant derrière eux une odeur âcre de cigarette et beaucoup de non-dits.

Une chose était claire : ils le suspectaient de meurtre.

6.

Matt éteignit son ordinateur portable et s'écarta de son bureau, installé dans un coin du salon. Pas la peine d'essayer de travailler, il n'arrivait pas à se concentrer. Il s'était échiné sur les mêmes croquis pendant près de trois heures, sans aucun résultat. Immanquablement, ses pensées revenaient aux deux inspecteurs, à leurs questions et à ces deux êtres — une adolescente et un bébé — qui avaient surgi brutalement dans sa vie.

Il alla se servir sa troisième tasse de café de la matinée et s'approcha de la fenêtre. Des rayons de soleil perçaient les nuages accumulés au-dessus de la baie. Entre ombre et lumière, la mer semblait parsemée de louis d'or. La température avait chuté depuis la fin de l'incendie et la météo annonçait des orages.

Matt suivit des yeux un vol de pélicans jusqu'à ce qu'ils disparaissent au loin. Le bout de leurs ailes jouait avec l'écume salée du Pacifique. Dans les années 1970, une campagne censée éradiquer les moustiques à grand renfort de DDT avait failli anéantir plusieurs espèces d'oiseaux migrateurs, dont les pélicans, et ces derniers étaient de retour après une longue absence.

S'arrachant à sa contemplation, Matt décrocha le téléphone et composa le numéro du refuge d'Agoura. On lui répondit presque immédiatement. Il se présenta, puis décrivit ses chevaux : la jument andalouse qu'il avait offerte à Ginn et son mâle à la robe soyeuse.

— Quand puis-je venir les chercher ?

— Le plus tôt sera le mieux, répondit la secrétaire. C'est un vrai zoo, ici. Si vous me dites vers quelle heure vous comptez passer, je les enverrai chercher afin qu'ils soient prêts à votre arrivée.

— Je dois passer un ou deux coups de fil pour trouver un van. Si j'arrive chez vous vers 13 heures, ça ira ?

— Parfait. A tout à l'heure.

Le haras de Margie Little ayant brûlé lui aussi, il appela le centre équestre de Malibu et dut accepter de payer le double du prix habituel. La directrice lui fit bien comprendre qu'elle lui faisait une fleur, d'autant qu'il était parti quelques mois plus tôt pour un autre centre sans donner de raison. Bien sûr, elle le laisserait quand même prendre un van chez elle. Cela aurait été gratuit s'il avait encore été membre, mais comme il ne l'était plus, elle se trouvait obligée de lui faire payer le prix fort. Etc., etc.

Matt fit grimper Barney dans la Range Rover et prit l'autoroute de la côte vers le nord. Les barrages de Topanga et de Trancas Canyon avaient été levés, mais le trafic restait très clairsemé. S'il ne pleuvait pas ce dimanche, des hordes de touristes descendraient de la ville pour venir constater les dégâts. L'air faussement compatissant, ils satisferaient leur voyeurisme en filmant les carcasses de maisons brunies, les cheminées explosées au sol et — avec un peu de chance — un canapé éventré à l'endroit où quelque starlette avait jadis posé son auguste fessier.

Il ralentit en apercevant le panneau d'Encinal Canyon. Le corps de la jeune fille avait été découvert à environ un kilomètre de là. Incapable de résister à la tentation, il quitta l'autoroute pour aller y jeter un coup d'œil et suivit un ruban d'asphalte assez étroit qui s'enfonçait en serpentant vers les massifs montagneux de Santa Monica. Huit cents mètres plus loin, le paysage changea du tout au tout. Les abords de la route, jusque-là décimés par le feu, se firent verdoyants. Portées par des vents changeants, les flammes avaient épargné cette partie du canyon. Les sycomores mêlaient leurs feuilles rouge et or à la chevelure ondulante des saules, au-dessus des buissons de tabac sauvage.

Les gorges de Santa Monica, avec leur enchevêtrement de canyons et de goulets étroits, faisaient partie intégrante de Malibu, au même titre que l'océan. Enfants, Matt et Bobby avaient campé sur chacune de ces collines, exploré le moindre ravin, armés de gourdes et de canifs. Ils avaient croisé des chats sauvages, vu dans leurs jumelles des lynx et des aigles majestueux tournoyant dans le ciel à la recherche d'une proie. Une fois même, ils avaient taquiné un serpent à sonnette du bout d'un bâton. A la lueur de leur lampe torche, ils avaient découvert sur les parois d'une grotte les peintures mystérieuses des Indiens Chumak. Et eux seuls connaissaient — du moins en étaient-ils persuadés à l'époque — cet endroit où le ruisseau terminait sa course dans une cuvette rocheuse. Ils s'y baignaient pendant des heures, se racontant d'interminables histoires de pirates et de corsaires. Ils avaient aussi conduit des véhicules abandonnés à la rouille et qui, dans leur imagination, fonctionnaient encore très bien, voire arrivaient à voler. Mais jamais, au cours de leurs aventures, ils n'étaient tombés sur un cadavre. Tout juste se faisaient-ils peur parfois en se rappelant les terribles histoires de meurtres qui couraient autour de ce canyon.

Parvenu devant le terrain de tir-à-l'arc désaffecté, Matt rangea la Range Rover sur le bas-côté. Selon Bobby, le corps avait été découvert de l'autre côté de la route, quelques mètres en contrebas.

Il laissa Barney dans la voiture. Il n'avait pas sa laisse et la route n'était pas sûre. Les gars du coin prenaient les lacets aussi vite que des champions de rallye. Matt traversa la route, puis enjamba le ruban jaune tendu par les policiers entre deux chênes centenaires. Le seul signe indiquant l'emplacement du corps.

Matt scruta les alentours. Il devait bien y avoir autre chose, mais quoi ? Après tout, ce simple ruban suffisait largement. On ne plantait pas de drapeaux sur le sommet de la barbarie et c'était sans doute mieux ainsi. Mais lui se sentait frustré et impuissant.

Après quelques minutes, il remarqua enfin quelques fleurs des champs desséchées, éparpillées par terre. Il les reconnut toutes — une réminiscence de sa période scoute. Bourgeons jaunes sur une branche de genêt, boutons de vigne vierge, blancs comme neige, fuchsias de Californie, branche de romarin odorante. Bobby lui avait dit que le corps avait été retrouvé couvert de fleurs. S'asseyant sur ses talons, Matt ramassa une fleur de tournesol sauvage et l'approcha de son nez pour la sentir. La tige laissa sur sa paume une traînée de sève.

La fleur venait juste d'être coupée.

Se relevant, Matt regarda autour de lui. Personne. Il scruta les rochers qui parsemaient le versant en contrebas. Soudain, un éclair bleu passa au milieu des fourrés. Il fouilla du regard les buissons de ciste et de fougère et crut apercevoir une silhouette accroupie derrière.

— Hé, vous, là-bas ! cria-t-il. Je peux vous parler ?

La silhouette jaillit de sa cachette comme un animal apeuré et se mit à dévaler la pente vers la rivière.

— Attendez ! Ne partez pas !

Matt se lança à sa poursuite. La pente était raide et l'obligeait à slalomer entre les rochers et les arbustes. Les talons de ses bottes l'empêchaient de trop glisser, mais deux fois, il dut se rattraper à une racine pour ne pas tomber.

La tache bleue disparut, réapparut, puis disparut de nouveau. Alors qu'il s'approchait du lit asséché de la rivière, quelqu'un d'autre surgit d'un taillis et décampa à travers les buissons. Ses cheveux longs flottaient dans son dos.

Des gamines…

Un instant déstabilisé, Matt reprit sa course. Les deux adolescentes sautaient de pierre en pierre, aussi agiles que deux jeunes bouquetins, mais il était plus rapide. Enfin, ils arrivèrent dans une petite clairière cernée de noisetiers sauvages. En voyant la silhouette bleue faire volte-face et lui barrer le chemin, l'air mauvais, Matt s'immobilisa. Il s'aperçut alors qu'il n'avait pas affaire à une fille, mais à un garçon. L'adolescent semblait tombé d'une autre planète, avec sa chemise de soie bleue maculée de terre, sa veste et son pantalon râpé en velours bleu.

Armé d'un long bâton, il semblait protéger quatre adolescentes, regroupées derrière lui. Elles n'avaient guère plus de quinze ou seize ans, toutes blanches, sauf une noire qui devait avoir une dizaine d'années.

Matt leva les mains et prit sa voix la plus douce.

— Excusez-moi, je ne voulais pas vous effrayer. Je ne vous veux aucun mal. J'ai juste besoin de vous parler.

Le garçon riva ses yeux aux siens avec un air de défi. Il tremblait, mais ce n'était pas de peur. Si celui-là avait l'occasion de tuer, il n'hésiterait pas une seconde.

Matt regarda rapidement les quatre adolescentes, pelotonnées les unes contre les autres. Elles formaient un groupe étrange, habillées de tissus brillants aux couleurs vives — corset jaune, haut moulant vert émeraude, pantalon écarlate assorti à un chemisier aux plis savants, bottines en cuir. De beaux tissus mais des vêtements usés aux manches ou déchirés aux genoux. Elles ressemblaient à de jeunes acrobates rescapées d'un cirque parti en fumée.

— Qu'est-ce que vous faites ici ? demanda-t-il.

Vu leurs vêtements, ils n'avaient pas atterri là pour une petite partie de campagne. Leur peau était brûlée par le soleil et le sumac, cet arbre aux feuilles vénéneuses qui abondait dans la région. Ils avaient les lèvres sèches, craquelées jusqu'à saigner.

Comme personne ne répondait, il prit le temps d'observer

chacune des filles tour à tour. Elles avaient le visage souillé de terre et de suie et leurs corps frêles tremblaient dans l'air humide et froid de cette journée d'orage. Apparemment terrorisées, aucune n'osait ouvrir la bouche.

— D'accord, vous n'êtes pas obligés de me parler, mais il va bien falloir que vous parliez à quelqu'un. Une jeune fille a été retrouvée morte, juste au-dessus, au bord de la route. Vous la connaissiez ?

Seul l'écho de sa question lui répondit.

— Qui êtes-vous ? Depuis combien de temps avez-vous trouvé refuge ici ?

Chaque paire d'yeux était rivée sur lui, guettant ses moindres mouvements. Les filles autant que le garçon étaient prêts à s'enfuir — ou à lui sauter dessus. Ils sondaient son regard, mais semblaient ne pas comprendre un traître mot de ce qu'il disait. Soit ils ne parlaient pas anglais, soient ils étaient tous sourds-muets.

Matt montra sa main gauche et caressa son avant-bras et ses joues, là où ils étaient couverts de plaques rouges.

— Ces irritations que vous avez, c'est à cause du sumac… l'arbre, expliqua-t-il en pointant le doigt vers eux. Il faut soigner ça. J'ai de la pommade dans la voiture, là-haut. Et de l'eau. Je suppose que vous êtes tous morts de soif.

Personne ne réagit, mais Matt ne perdit pas patience.

— Ecoutez, je veux juste vous aider. Pourquoi êtes-vous ici ? Vous ne devriez pas rester là, habillés comme ça. L'averse ne va pas tarder et la température va encore baisser.

L'une des filles se mit à pleurer — apparemment la plus âgée du groupe. Il reconnut l'adolescente aux cheveux longs qu'il avait poursuivie un instant plus tôt.

Il retira sa veste en jean et la lui tendit.

— Prends ça, ça te protègera un peu, dit-il en se tapotant les épaules afin de se faire comprendre.

Alors que la fille avançait timidement pour prendre la veste, le garçon protesta avec véhémence. Ils n'étaient donc ni sourds ni muets, conclut Matt. Mais ils se disputaient dans une langue qu'il n'avait jamais entendue auparavant.

Finalement, l'adolescente prit la veste et tenta de lui dire quelque chose. Comme si elle lui posait une question. C'était peut-être de l'anglais, mais son accent était tel qu'il ne comprenait rien.

— Je suis désolé, dit-il en secouant la tête. Parle plus lentement.

Il tenta de lire sur ses lèvres. Cela ressemblait à « Aïe deux ».

— Aïe Deux, répéta-t-elle dans un sanglot. Aïe Deux.

Le garçon se tourna vers elle en criant. Derrière eux, toujours blotties les unes contre les autres, les trois plus jeunes se mirent à pleurer.

— Aïe deux ?

Matt écartait les bras en signe d'incompréhension quand, enfin, il comprit. Il s'agissait d'un prénom. Il sourit à l'adolescente et la montra du doigt.

— Tu t'appelles Aïda ?

Elle fit non de la tête.

— Alors, tu veux me dire que la fille, là-haut, au bord de la route, s'appelait Aïda ?

— Oui, répondit-elle d'une voix faible.

Le garçon leva son bâton au-dessus de sa tête. D'un bond, Matt attrapa son bras avant qu'il ait pu la frapper et lui retira son arme de fortune. Par une rapide torsion, il parvint à plaquer le dos du garçon contre sa poitrine, mais le maintenir immobile n'était pas chose facile : le gamin se débattait comme un forcené, lui assénant des coups de pied et se tordant dans tous les sens avec une force inouïe. Quelle terreur pouvait bien donner autant d'énergie à un enfant si frêle ? Après deux minutes interminables, Matt réussit à l'entourer de ses bras et à le soulever du sol. Le garçon dut s'avouer vaincu, car il finit par arrêter de gesticuler.

— Ecoute, je ne vais pas vous faire de mal, ni à toi, ni à elles. Une jeune fille est morte. Je veux savoir comment elle est morte.

— Tu appeler police, balbutia le garçon.

Il baragouinait donc quelques mots d'anglais. Ils allaient enfin pouvoir communiquer.

— Personne ne va appeler la police. Alors, calme-toi, d'accord ? Maintenant, je vais te reposer par terre. Reste calme, je ne vais rien te faire.

Le garçon acquiesça après un long moment. Lentement, Matt le reposa à terre et le lâcha. Il vit des larmes de rage perler aux coins de ses yeux.

— C'est bien, dit-il. Ça va ? Comment t'appelles-tu ?

Le garçon — le chef de bande ? — serra les lèvres, sans doute pour cacher ses tremblements.

— Hassan, répondit la plus âgée des filles à sa place.

Le garçon réprima sans grand succès ce qui devait être un juron. Matt l'observa avec curiosité. Les arabes qu'il avait croisés jusqu'à présent avaient tous les yeux noirs, les cheveux foncés et la peau olive. Lui avait des yeux clairs, des cheveux blonds foncés, une peau assez pâle.

— C'est comme ça que tu t'appelles ? Hassan ?

Il ne répondit pas.

— D'accord, reprit Matt. Hassan. Enchanté. Et Aïda est donc le prénom de la jeune fille qui est morte. Maintenant, dites-moi : comment Aïda est-elle morte ?

Pas de réponse. Il décida de leur poser des questions plus simples.

— D'où venez-vous ?

L'aînée marmonna un mot incompréhensible. Elle pointa l'index vers sa poitrine, puis vers les trois autres filles blanches, et répéta le mot. Ne parvenant pas à le déchiffrer, il s'approcha alors de la petite fille noire.

— Et toi, ma belle, d'où viens-tu ? demanda-t-il doucement.

L'enfant refusa de croiser son regard. Elle tremblait de tous ses membres. La plus âgée s'assit à côté d'elle et la prit dans ses bras comme une mère.

— De Afrique, répondit-elle. Elle venir de Afrique.

7.

Matt retira la chemise en flanelle qu'il portait par-dessus son T-shirt et s'avança pour la donner à la petite Africaine. Tout ce qu'il voyait d'elle, maintenant, c'était le sommet de sa tête. Elle tressaillit quand il l'effleura. La plus âgée du groupe qui la berçait doucement, prit la chemise et la lui enfila, avant de la boutonner.

— Que lui est-il arrivé ? s'enquit Matt.

Il aurait voulu poser la question pour chacune d'entre elles, mais c'était trop tôt. Quel désastre avait bien pu amener ces enfants tout droit sortis d'un mauvais conte fantastique dans les ravins d'Encinal Canyon ?

Les filles discutaient d'une voix à peine audible tout en lui jetant des coups d'œil à la dérobée. De nouveau, Hassan se fâcha et leur intima l'ordre de se taire. Du moins est-ce ce que conclut Matt en voyant leurs mines apeurées.

— Elle veut maman, dit le garçon.

Quoi de plus normal, songea Matt. Il contemplait l'enfant avec compassion quand, aussi brutalement qu'une décharge électrique, il se revit à dix ans, regardant le cercueil fleuri de sa mère quitter l'église de Saint-Aïdan. Une bouffée de chaleur l'envahit et son cœur se mit à cogner durement contre ses côtes. Haletant, il s'obligea à inspirer profondément afin de chasser cette image de son passé.

Il fouilla les poches de son pantalon à la recherche de la barre de céréales qu'il emportait chaque matin et la tendit à la fillette. Comme elle ne voulait toujours pas lever les yeux, il la donna à l'aînée. Celle-ci ôta l'emballage et mit la barre de céréales dans la petite main noire, repliant chaque doigt autour pour être sûre qu'elle ne lâcherait pas ce cadeau providentiel. La fillette en cassa un bout et le porta à sa bouche, avant de rendre ce qui restait. L'aînée divisa alors le reste en plusieurs morceaux qu'elle offrit à tous ses compagnons d'infortune. Hassan refusa — sûrement par fierté. Sa part alla à la petite Africaine.

— Cette enfant a besoin d'aide, déclara Matt. Vous avez tous besoin d'aide. Je vais vous emmener chez moi. Vous y trouverez de quoi manger et de quoi vous habiller. Ensuite, nous parlerons et nous déciderons de ce qu'il faut faire, ajouta-t-il en s'adressant à Hassan.

— Kanita, articula l'aînée — la seule qui acceptait de lui parler.

Elle se montra du doigt et répéta : « Kanita ». Puis elle tourna son index vers lui. Il retint un soupir de soulagement. Enfin, ils allaient pouvoir dialoguer.

Il reprit la parole avec force gestes et en accentuant chaque syllabe.

— Tu es Kanita. Moi, je suis Matt. Kanita, tu ne peux pas rester ici. La pluie va tomber, expliqua-t-il en mimant tant bien que mal l'eau tombant du ciel. Il faut te mettre à l'abri. Un refuge. Viens avec moi. Je trouverai de l'aide.

Et peut-être que ces enfants raconteraient aux autorités ce qu'ils savaient sur la mort de la jeune maman et le laveraient de tout soupçon.

Kanita jeta un coup d'œil nerveux à Hassan, puis fit signe à Matt de la suivre. Lui aussi guetta la réaction du garçon avant de la suivre vers les gros blocs de granite. Elle lui indiqua un abri minuscule entre deux rochers. Des racines enchevêtrées autour d'une branche de sumac faisaient une sorte de toit très bas. Matt se baissa et tenta de percer l'obscurité de cette cabane naturelle.

Une silhouette toute frêle gisait là, visiblement inconsciente. Aussi jeune que les autres, elle portait un haut finement décoré de perles et un pantalon ample couleur bleu lavande et était recroquevillée sur des sacs en papier étalés par terre.

Matt dut combattre une bouffée d'angoisse. Etait-elle morte, elle aussi ? Un instant tétanisé, il finit par ramper à l'intérieur de l'abri et toucha la main de l'adolescente. Elle était en vie ! Sa peau était grisâtre et moite, mais chaude — trop chaude, même. Elle avait les yeux fermés et son visage était entouré d'une épaisse tignasse crasseuse où brindilles et feuilles semblaient s'être logées depuis des années.

— Cela fait combien de temps qu'elle est malade ?

Kanita fronça les sourcils et il répéta sa question plus lentement.

— Aujourd'hui, hier, le jour avant hier ?

Elle haussa les épaules, signe que la notion du temps lui était parfaitement étrangère.

Il tapota la main de la jeune malade dans l'espoir de la réveiller. Aucune réaction. Il allait être obligé de la porter à l'extérieur de l'abri — une tâche qui promettait d'être difficile vu la hauteur du plafond.

— Quel est son nom ?

Kanita secoua la tête. Patiemment, Matt pointa le doigt vers lui, puis vers Kanita, en répétant leurs prénoms respectifs, et enfin vers la malade.

En guise de réponse, Kanita tapota ses lèvres avec son index et secoua de nouveau la tête.

Qu'est-ce que cela signifiait ? Conscient que ses tentatives ne le mèneraient nulle part, il glissa son bras sous la jeune fille et l'installa en position assise.

En apercevant le visage de Matt tout près du sien, elle écarquilla les yeux de terreur. Elle lui assena un violent coup au thorax avec ses deux poings, puis elle le contourna et s'enfuit vers la sortie de son refuge. Il la rattrapa avant qu'elle parvienne à s'échapper. Quand elle sentit ses mains sur elle, elle poussa un hurlement strident, tel un cochon qu'on égorge.

Bien que glacé par ce cri, Matt conserva son calme. Tout doucement, sans tenter de couvrir sa voix, il se mit à lui parler avec des mots rassurants.

— Du calme, tout va bien… Ne t'affole pas, tout va bien… Je ne vais pas te faire de mal. D'accord ?

Il réfléchissait tout en parlant. Il fallait absolument qu'il montre cette enfant à un médecin. Mais s'il partait avec elle, Hassan aurait tôt fait de filer en obligeant le reste de sa petite troupe à le suivre. Et, dans le labyrinthe sauvage des montagnes de Santa Monica, inutile d'espérer les retrouver. Il ne pouvait pas prendre le risque de perdre leur trace. Ces enfants représentaient le seul lien avec le bébé qu'il avait trouvé sur la plage, Aïda et ses assassins.

Kanita s'était rapprochée de la malade et lui parlait d'une voix chaude, lui répétant les mêmes mots dans cette langue inconnue. Elle la serra contre elle jusqu'à ce qu'elle se calme. La fillette se balançait de plus en plus lentement à mesure que son angoisse la quittait.

Matt attendait en silence.

— Pas l'immigration, pas la police, lâcha soudain Kanita comme si elle lisait dans ses pensées.

— D'accord. Pas l'immigration.

— Et pas la police.

Son insistance le fit sourire. Elle était courageuse. Mais jamais, à son âge, elle n'aurait dû ressentir une telle angoisse devant la vie. Bien sûr, beaucoup d'enfants à travers le monde vivaient dans la peur, mais il n'en avait encore jamais approchés, ici, en Californie.

— Pas la police, consentit-il. Et pas l'immigration.

La jeune malade ne se balançait presque plus dans les bras de Kanita. C'était le moment idéal pour en savoir plus, d'autant que Hassan était resté dehors. Sans mouvements brusques, il s'approcha d'elles.

— Dis-moi : qu'est-ce qui est arrivé à Aïda ?

— Elle morte, répondit Kanita en secouant la tête pour chasser cette image.

— Et un bébé est mort, ensuite ?

Elle plongea les yeux dans les siens, puis son regard glissa par-dessus son épaule. Matt tourna la tête et découvrit Hassan, à un mètre à peine. Il ne l'avait pas entendu approcher. A croire que le garçon avait suivi un stage commando pour apprendre à se mouvoir comme un reptile.

Elle fit signe à Matt de prendre la jeune malade, puis passa devant Hassan en baissant les yeux avant de disparaître à l'extérieur. Sous le regard méfiant du garçon, Matt serra l'adolescente contre lui, un bras autour de ses épaules, l'autre sous ses genoux, et la porta tant bien que mal hors de l'abri. Une fois devant la grotte, Hassan s'arrêta devant lui pour lui barrer le chemin.

— Je l'emmène chez un médecin, déclara Matt. Et je veux que vous veniez tous avec moi.

Le garçon ne bougea pas. Il se tenait droit devant lui, les bras croisés, le torse bombé, tel David devant Goliath.

— Si Aïda est morte après avoir eu le bébé, je te promets que vous n'aurez aucun problème, insista Matt. Ce n'était pas votre faute. Tu comprends ?

En réalité, il ne savait rien des textes de loi relatifs aux mineurs abandonnés, rien sur les mesures concernant le placement des enfants étrangers. Mais il devait les convaincre de ne pas rester terrés dans cette forêt.

Il poursuivit donc :

— Si vous me suivez, j'expliquerai comment je vous ai trouvés et j'obtiendrai toute l'aide dont vous avez besoin.

Sans succès. Toujours immobile, Hassan le défiait du regard. Matt haussa les épaules.

— Très bien. A toi de voir, lâcha-t-il en passant à côté de lui, la jeune malade dans les bras.

Il revint à la clairière où il retrouva les quatre autres filles. Si elles étaient arrivées illégalement sur le sol américain, il leur faudrait un avocat pour mineurs, l'aide des services sociaux… et beaucoup, beaucoup d'affection, songea-t-il en contemplant leurs traits tirés.

— Dis-leur que tout va bien se passer, Kanita, déclara-t-il comme pour se persuader lui-même. Dis-leur qu'il faut que tout le monde me suive, maintenant.

La silhouette gracile du jeune Hassan se matérialisa entre les rochers et sa voix retentit, dure et tranchante. Instinctivement, les filles se regroupèrent sans oser répondre.

— Qu'est-ce qu'il a dit ? demanda Matt à Kanita.

— Elle d'accord, répondit-elle en montrant la malade. Elle pouvoir aller.

— Et toi ? Et les autres ?

Elle secoua la tête. Matt se tourna vers le garçon.

— Hassan, bon sang ! La pluie arrive. Laisse-les venir avec moi !

L'adolescent le toisa sans mot dire. La haine suintait de tous ses pores.

Matt soupira. Le corps de sa protégée commençait à peser très lourd sur ses bras et il se doutait qu'il n'obtiendrait rien de plus. En tout cas, pour l'instant.

— Bon, je reviendrai avec de la nourriture. Manger. Pas de police, pas d'immigration. Restez là en attendant. Après, on parlera. On trouvera une solution, quoi qu'il se soit passé. Hassan, je te le jure : il y a toujours une solution.

Pas de réponse.

L'une des filles prit la petite Africaine par l'épaule et la serra contre elle pour la réchauffer.

Elles s'entraidaient, c'était déjà ça, songea-t-il avant de tourner les talons, son fardeau dans les bras.

8.

Dès qu'il eut rejoint la voiture, Matt prit son portable dans la boîte à gants et composa le numéro personnel de Phil Halliburton. Il jeta un coup d'œil à sa passagère. Les yeux toujours fermés, elle était appuyée contre la portière et serrait contre elle la couverture de Barney. Pourquoi Hassan l'avait-il laissée partir, elle, alors que les autres aussi avaient besoin d'aide ?

— Phil, c'est Matt.

— Salut, Matt. Comment vas-tu ? Mettons-nous d'accord tout de suite : j'ai fini mon service. Alors, si tu as mal quelque part, tu prends deux aspirines et tu me rappelles lundi. Au fait, juste une question : ton bras va mieux ?

Matt eut un rire forcé. Phil lui faisait toujours le coup du médecin libre de toute obligation une fois ses heures effectuées. Matt le connaissait depuis qu'il avait commencé à pratiquer à Malibu, dix ans plus tôt, frais émoulu de la fac de Médecine. En plus d'être l'un de ses amis, Phil s'occupait de lui quand il avait un bobo quelque part.

— Ça va, merci. Phil, est-ce que tu peux me retrouver chez moi ? J'ai besoin de ton aide.

— Qu'est-ce qui se passe ?

— Je ne peux pas te le dire au téléphone. Je t'expliquerai quand tu seras là.

— Si c'est une urgence, franchement, je te conseille plutôt

d'appeler le 911. Les ambulances ont tout le matériel nécessaire. Moi, je n'ai que ma trousse de toubib.

— Non, j'ai besoin d'un médecin de famille. Tu peux le faire ?

— Tu es bien mystérieux, répliqua Phil en prenant le temps de réfléchir. Le problème, c'est qu'Annie et moi avons un dîner ce soir.

— Ça ne prendra pas beaucoup de temps. S'il te plaît !

Nouveau silence. Matt n'osait pas respirer de peur de l'influencer dans le mauvais sens.

— O.K. Mais j'espère que ça en vaut la peine.

— Super ! Apporte ta mallette magique. Je te revaudrai ça, Phil.

Il raccrocha, puis appela le refuge d'Agoura afin de leur expliquer qu'il ne pourrait pas venir chercher ses chevaux avant le lendemain.

Dix minutes plus tard, il pénétrait dans l'allée de sa maison. Sa jeune protégée n'avait pas bougé depuis qu'il l'avait installée sur le siège avant. Il sortit ouvrir le coffre pour libérer Barney. Avant qu'il ait eu le temps de contourner la voiture, la portière du passager s'ouvrit à la volée et la jeune fille fusa comme une flèche en direction de la route où elle faillit se faire renverser par une voiture.

Tout en criant à Barney de rester tranquille, Matt s'élança à sa poursuite. Il la rattrapa et la traîna jusqu'au bas-côté pour qu'elle soit en sécurité. A quelques mètres de là, le chauffeur d'une jeep, alerté par les cris, avait ralenti et observait la scène. Matt mit discrètement sa main devant la bouche de l'adolescente.

— Tout va bien, chuchota-t-il. Du calme. Tout va bien.

Il la prit dans ses bras et traversa la route en évitant de regarder en direction de la jeep. Avec la fille dans ses bras et le chien qui bondissait autour d'eux, il espérait renvoyer l'image d'un bon père de famille chahutant avec sa fille et son labrador. Une fois dans son jardin, il courut vers la cuisine, se contorsionna pour ouvrir la porte et la claqua derrière lui avec le pied. Alors seulement, il reposa la jeune fille au sol.

Elle recula à une vitesse sidérante et lui fit face, les mâchoires crispées. Ses cheveux mêlés de terre et de feuilles masquaient son regard noir. Elle semblait prête à lui sauter au cou pour le mordre. Féroce comme une teigne et pourtant si fragile.

Matt leva les mains et lui présenta ses paumes dans un geste pacifique.

— Tout va bien. Tu es en sécurité ici. Personne ne va te faire de mal. Un médecin arrive, tu comprends ce que je dis ? Un médecin.

Tout en gardant ses distances pour ne pas l'effaroucher, il passa dans le salon et prit une couverture dans l'armoire.

— Tiens, mets-ça sur tes épaules, déclara-t-il en la lui tendant. C'est pour toi. Pour toi.

Elle le considéra sans réagir. Matt posa la couverture sur le dossier du canapé qui séparait la cuisine du salon. Il monta le thermostat du chauffage, puis s'agenouilla devant la cheminée. La flamme du briquet enflamma le petit bois avant de partir en quelques secondes à l'assaut des bûches posées dessus. Matt retourna dans la cuisine, remplit la bouilloire et la brancha, tout en continuant à parler d'une voix rassurante.

— Il va faire plus chaud dans quelques minutes. Tu aimes le thé à la menthe ?

Sa douceur semblait ne servir à rien. Il attrapa le téléphone et composa le numéro de Ginn. Son cœur cognait contre sa cage thoracique. Répondrait-elle, cette fois ? Enfin, une voix répondit — pas celle de la messagerie.

— Ginn, c'est moi, commença-t-il, la gorge sèche.

— Matt ? Je raccroche. Au revoir.

— Non, Ginn, attends ! S'il te plaît. J'ai besoin d'aide.

— Alors, appelle ton frère, ou ton père à Palm Springs, ou Bobby ! Pourquoi m'appeler, moi ?

Parce que je t'aime, pensa-t-il sans oser le dire.

— Parce que tu es avocate et que tu es la seule à pouvoir m'aider.

— Au revoir, Matt.

— Ecoute, j'ai découvert des gosses planqués dans un canyon, débita-t-il à toute vitesse avant qu'elle ait eu le temps de raccrocher.

— Quoi ?

— Des enfants livrés à eux-mêmes, âgés de quatorze ou quinze ans. Ils ont des coups de soleil et des plaques rouges dues au sumac. Je pense qu'ils sont clandestins. Un jeune garçon et cinq filles, dont une petite Africaine d'une dizaine d'années.

Les mots se bousculaient sur ses lèvres pour garder Ginn au bout du fil.

— Ginn, j'ai ramené une de ces gamines chez moi. Elle refuse de parler et il faut que je retourne chercher les autres...

— Tu es fou ou quoi ? Appelle la police. Avertis Bobby, il te dira quoi faire. Au revoir.

— Je ne peux pas appeler la police ! Ils sont entrés clandestinement dans le pays et je leur ai promis que je ne préviendrais pas les autorités.

Ginn avait raccroché. Il n'entendait plus que la tonalité du téléphone, accompagnée du sifflement de la bouilloire. Raccrochant rageusement le combiné sur son support, il alla farfouiller dans un placard à la recherche de sachets de thé et sortit deux grandes tasses. Il mit les sachets dedans, y versa de l'eau, du sucre, puis apporta les tasses dans le salon. La jeune fille n'avait pas bougé.

— Assieds-toi et bois, proposa-t-il en posant le plateau sur la table basse.

Au lieu d'obéir, elle se précipita vers le comptoir de la cuisine et attrapa un couteau sur le râtelier. Une lame effilée de trente centimètres, affûtée comme un rasoir. Elle courut ensuite dans le coin le plus éloigné du salon et se plaqua contre les étagères.

Matt s'avança vers elle, la main tendue vers le couteau.

— Eh, tu n'as pas besoin de ça. Tu vas te blesser, c'est très dangereux, ces choses-là. Allez, rends-le-moi.

Pour toute réponse, elle fendit l'air de son arme improvisée, manquant de lui couper les doigts. Il recula. Avec ses yeux écarquillés, elle ressemblait à un fauve traqué, prêt à mourir dans un dernier assaut — ou à tuer.

Un bruit de pas se fit entendre sur les lattes de la terrasse. Matt recula prudemment vers la cuisine, sans quitter l'adolescente des yeux, et ouvrit la porte.

— Bon sang, Phil ! Tu ne peux pas savoir comme je suis content de te voir !

— Alors, qu'est-ce qui t'arrive ?

La quarantaine, grand et svelte, les cheveux noirs parfaitement coupés, Phil Halliburton représentait le type même de l'homme qui prend soin de lui et de son apparence. Il ressemblait plus à un jeune avocat de Hollywood qu'à un médecin. Il accrocha son manteau à la patère de l'entrée et écarta Barney de son pantalon noir en faisant mine de le caresser. Puis il se tourna vers Matt pour répéter sa question.

— Alors, c'est quoi ce grand mystère que tu me caches ?

— Le voilà, le mystère, répondit Matt en montrant l'autre bout de la pièce du menton.

Phil tourna la tête vers la jeune fille coincée entre les étagères, l'air à la fois furieux et terrorisé, les lèvres tremblantes. Et cette lame longue comme un sabre. Il ouvrit la bouche, abasourdi.

— Putain, Matt, c'est quoi, ce délire ?

— Je ne sais pas. J'ai croisé une bande de gosses à Encinal. Celle-là était couchée par terre, à demi morte. Alors, je l'ai ramenée ici et je t'ai appelé.

— Tu as quoi ? Une bande de gosses ? Mais bon sang, c'est qui, ces mômes ? !

— Je n'en sais rien. Ils étaient six, un garçon et cinq filles. Sans doute des clandestins. La météo a annoncé des averses pour aujourd'hui et cette fille était mal en point. Je ne pouvais pas la laisser là-bas.

Phil déglutit péniblement.

— Attends une seconde… Tu l'as enlevée ?

— Bien sûr que non ! Tu disjonctes ou quoi ?

— Et tu appelles ça comment, toi ? Elle ne donne pas vraiment l'impression d'être venue de son plein gré. Et c'est quoi ce truc ? demanda-t-il en pointant les tasses de thé.

— Du thé à la menthe avec beaucoup de sucre. Quand j'ai voulu la faire boire, elle a attrapé le couteau.

— Matt, tu aurais mieux fait de la laisser là-bas et d'alerter la police.

— Peut-être… Mais sur le moment, j'ai pensé autrement, c'est tout.

Phil s'avança prudemment dans le salon et s'arrêta net quand la jeune fille déplia son bras dans sa direction, la pointe du couteau en avant. Sa rage n'était pas feinte.

— Comment s'appelle-t-elle ?

— Je ne sais pas. Elle n'a pas dit un seul mot.

Matt se rappela le geste de Kanita devant elle — un doigt tapotant ses lèvres —, et un éclair le traversa.

— En fait, je pense qu'elle ne peut pas parler.

— Ah… Et elle peut entendre ?

— Oui. Je suis presque sûr qu'elle n'est pas sourde.

Phil jeta un regard à la fille, puis se retourna vers Matt.

— Bon sang ! Tu t'es foutu dans de beaux draps, ce coup-ci. Bon, réfléchissons : si on arrive à lui enlever ce couteau, je peux lui faire une piqûre qui devrait la calmer pour un bon moment. Ça nous donnera le temps de réfléchir à la suite.

Affichant un sourire étonnamment naturel, il avança d'un pas. La jeune fille se recroquevilla un peu plus dans son coin, comme pour repousser le mur. Son couteau était toujours pointé vers lui.

— Allez, mon ange. Sois gentille, murmura-t-il tout en continuant à avancer. Donne-moi ça.

Les yeux rivés aux siens, elle releva subitement la lame pour la placer sous son propre menton.

— Recule, Phil ! lança Matt. Elle va se blesser, elle n'hésitera pas.

Phil ne l'écouta pas.

— Tu ne vas pas faire ça, n'est-ce pas ? Allez, tu es une gentille fille. Pose ce couteau…

Pétrifié, Matt voyait la pointe s'enfoncer un peu plus sous son menton.

— Phil, recule. Elle ne plaisante pas.

— Ne t'inquiète pas. Elle bluffe.

Mais le couteau pénétra dans la chair de sa gorge et le sang se mit à couler. Matt saisit le bras de Phil.

— On n'y arrivera pas comme ça. J'appelle la police.

— Non ! Attends un peu. Cette gamine est en état de choc. Regarde-la : elle a la peau grise, elle transpire… Ce n'est pas la fièvre. Si un troupeau de flics débarque ici pour l'emmener, ça risque de tourner au drame.

— Mais tu viens juste de dire…

Matt s'interrompit. La porte de la cuisine venait de s'ouvrir à la volée et une silhouette apparut sur le pas de la porte. Aussitôt, Barney se rua sur elle en remuant frénétiquement la queue.

Ginn tomba à genoux et enlaça le labrador de ses bras trop courts pour lui.

— Moi aussi je t'aime, mon Barney, murmura-t-elle en enfonçant son visage dans ses poils dorés. Tu m'as tellement manqué. Si tu savais…

Elle l'embrassa sur le front, juste au-dessus de ses grands yeux rieurs, puis leva la tête vers Matt.

Il avait peine à y croire. Ginn !

Elle portait un manteau bordeaux, un col roulé blanc et un jean. Elle avait toujours cette grâce inouïe et cette charpente délicate dues à ses origines française et chinoise. La gorge sèche, Matt sentit son cœur s'emballer dans sa poitrine. Cela faisait dix mois qu'il ne l'avait pas vue, dix longs mois qu'il n'avait pas entendu son pas léger sur la terrasse. Une éternité. Ses cheveux soyeux étaient cachés sous un bonnet en laine rouge, à moins qu'elle ait préféré les couper — ce qu'il ne voulait pas même imaginer. En tout cas, elle était magnifique, comme dans ses plus beaux souvenirs.

— Je ne pensais pas que tu viendrais.

— Eh bien, je suis là. Qu'est-ce qui se passe ?

Elle se releva et ôta son bonnet. Ses cheveux noirs, lumineux comme de l'obsidienne, tombèrent en cascade sur ses épaules. Elle retira son manteau et le jeta sur le dossier d'une chaise. C'est en se retournant qu'elle vit l'adolescente, le visage terrorisé au-dessus du couteau, un filet de sang serpentant sur sa gorge blafarde. Abasourdie, elle mit un moment à recouvrer l'usage de la parole.

— Seigneur…

— C'est la fille dont je t'ai parlé au téléphone, déclara Matt.

— Sans blague ! Et elle fait quoi, avec ce couteau ?

— Elle l'a attrapé sur le comptoir quand j'ai voulu lui servir une tasse de thé.

— Matt vient de m'expliquer la bouche en cœur qu'il avait découvert des gosses à Encinal Canyon, intervint Phil. Et il a décidé de ramener celle-ci qui est malade. Ça fait plaisir de te revoir, Ginn.

— Toi aussi, Phil.

Son ton n'était pas très convaincant. Matt savait qu'elle n'avait jamais eu pour Phil la même sympathie que lui. A ses yeux, Halliburton était juste un type de plus opposé au mariage, un de ces hommes qui brisent le cœur des femmes sans jamais remettre en cause leur sacro-sainte indépendance.

Matt sentit le sang cogner à ses tempes quand elle se retourna vers lui.

— Tu as appelé Bobby ? demanda-t-elle.

— Non. Cette gamine était sans connaissance quand je l'ai trouvée dans le ravin. Elle n'était pas seule et tous avaient l'air terrorisés. Ils m'ont fait promettre de ne pas appeler la police.

— Elle n'a pas l'air d'aller beaucoup mieux, fit remarquer Ginn en observant l'adolescente du coin de l'œil.

Elle s'approcha d'elle. Les yeux de la jeune fille se détournèrent de Phil, mais la pointe du couteau s'enfonça un peu plus profondément sous son menton. Le sang se remit à couler et goutta sur le plancher du salon. Ginn s'assit en tailleur devant elle, les yeux à hauteur de ces deux pupilles noires qui la fixaient, empreintes d'une peur incommensurable. Barney vint se coucher près d'elle. Ginn passa son bras dans sa fourrure et se colla à lui.

— Tu m'as l'air très fatiguée, déclara-t-elle avec un sourire. Et si je te préparais quelque chose à manger ? Après, on pourrait parler… Ne t'inquiète pas, personne ici ne va te faire de mal.

Le regard de la jeune fille glissa vers les deux hommes avant de revenir sur Ginn. Sa main qui tenait le couteau s'était mise à trembler.

Ginn allongea le bras et attrapa la tasse fumante posée sur la table basse.

— Mmm, ça sent bon. C'est à la menthe. Tiens, prends-en.

Elle lui tendit la tasse. L'adolescente se tassa un peu plus. Ginn goûta le thé avec une expression de plaisir.

— Mmm, délicieux !

Lentement, avec des gestes posés, elle fit glisser la table basse vers le coin du salon et posa la tasse à portée de main de l'adolescente. Après quoi, elle se leva.

— Matt, tu as des œufs dans ton frigo ? demanda-t-elle.

— Oui.

— Si je peux me permettre, intervint Phil, cette enfant est en état de choc, suicidaire et probablement psychotique. Ce ne sont pas des œufs qui vont guérir ça.

— Ça ne peut pas lui faire de mal. Pourquoi n'iriez-vous pas vous asseoir à côté, tous les deux, pendant que je lui prépare quelque chose à manger ? Il faut lui laisser un peu d'air.

Ginn évoluait avec aisance dans la cuisine qui avait été la sienne pendant cinq ans. Elle prépara des œufs brouillés avec des toasts, disposa des biscuits aux céréales dans une assiette, fit réchauffer du lait. Elle disposa le tout sur un plateau qu'elle alla déposer sur la table du salon. La jeune fille était maintenant affalée contre les étagères, comme si ses dernières forces l'avaient abandonnée. Même en le tenant à deux mains, elle avait du mal à maintenir la pointe du couteau contre sa gorge.

Barney avait suivi le plateau en remuant la queue. Dressé pour ne pas toucher à la nourriture avant d'y avoir été invité, il taquina gentiment l'adolescente de son museau avant de lui lécher le visage. Les mains qui tenaient la lame n'avaient plus aucune force. Elle baissa le couteau et enfouit son visage dans la fourrure du labrador. De sa gorge monta un long cri de douleur, la même note aiguë qui avait fendu le silence quelques heures plus tôt dans le canyon. Une fois de plus, Matt crut que son cœur allait exploser comme un verre en cristal.

Ginn s'agenouilla devant l'adolescente et prit ses mains dans les siennes. Elle les caressa jusqu'à ce que les doigts tremblants lâchent le couteau. Barney lécha de nouveau les joues de cette fille dont il sentait sûrement tout le désarroi. Elle lança ses bras autour de son cou et étouffa un sanglot dans sa fourrure.

Ginn lui caressa les cheveux, puis attrapa la couverture sur le dossier du canapé et la lui posa sur les épaules. Ensuite, elle rejoignit les deux hommes dans la cuisine.

— Qu'est-ce qu'on fait, maintenant ? s'enquit Matt.

Phil attrapa son sac, en sortit une seringue et la remplit d'un liquide incolore.

— La première chose à faire est de la calmer, de la libérer de cette angoisse qui la paralyse. Ça me permettra de l'examiner tranquillement. Il faut que je sache ce qui l'a mise dans cet état.

— Laisse-la tranquille, Phil, protesta Ginn. Pleurer la libérera mieux que ton truc.

— Tu es médecin, maintenant ? répliqua-t-il avec un sourire.

— Simple question de bon sens. Regarde-la.

L'adolescente était pendue au cou de Barney. Le chien lorgnait l'assiette à laquelle elle n'avait pas encore touché.

— Moi aussi, j'attraperais un couteau si un inconnu s'approchait de moi avec une aiguille longue comme mon avant-bras, ajouta Ginn. Allez, assieds-toi, je vais préparer du thé.

Matt sourit intérieurement. Une tasse de thé, telle était la réponse de Ginn aux situations de crise. En partant, elle avait laissé une boîte pleine de sachets aux senteurs exotiques : thé fumé chinois, Earl Grey indien…

Phil reposa la seringue et le flacon dans sa sacoche et la referma.

— Cette enfant souffre d'insolation et de déshydratation. Elle est suicidaire et sa place est à l'hôpital.

— Et comment veux-tu que je l'emmène à l'hôpital ? rétorqua

Matt. Je ne sais rien d'elle. Je ne sais même pas comment elle s'appelle. On ne mettrait pas longtemps à me passer sur le gril.

— Peut-être qu'elle a tout simplement fait une fugue et que ses parents sont morts d'inquiétude à l'heure qu'il est. Tu as pensé à ça ?

— Phil, regarde-la bien. Tu vois une fugueuse quelque part ? Tu imagines vraiment des parents aimants derrière elle ? Non, ces gosses n'ont pas fui une famille, mais peut-être un cirque. Ils étaient tous accoutrés comme elle, avec des vêtements bizarres. La plus jeune était noire. Une petite de dix ans environ. Pas une Black de chez nous, non, une Africaine. Elle doit parler le Bamiléké ou je ne sais quoi. Et avec l'averse qui menace…

Il regarda par la fenêtre. Des nuages sombres écrasaient le paysage et un rideau de pluie masquait déjà l'horizon. Ginn posa une tasse devant lui, en tendit une deuxième à Phil, puis s'installa sur une chaise d'où elle pouvait observer discrètement Barney et sa nouvelle amie. Elle fit un signe de tête à Matt pour qu'il les regarde, lui aussi. A genoux devant la table basse, la jeune fille engouffrait la nourriture dans sa bouche par poignées entières comme si elle n'avait pas mangé depuis plusieurs semaines. Ils échangèrent un regard complice — le premier depuis presque un an.

— Je ne comprends rien à ce qui se passe ici, pesta Halliburton qui ne semblait pas apprécier cette victoire. Qu'est-ce que tu foutais à Encinal ? Ce n'est pas là-bas qu'on a découvert le corps d'une jeune fille, il y a quelques jours ?

— Quel corps ? demanda Ginn.

— Tu n'es pas au courant ? Une adolescente a été retrouvée morte au bord de la route, répondit-il avant de se tourner vers Matt. Tu crois que cette gamine et ses copains en dentelle ont quelque chose à voir avec tout ça ?

— Je ne sais pas. Peut-être…

Matt sentait dans les yeux de Ginn un mélange d'effroi et d'inquiétude. Mieux valait lui raconter toute l'histoire.

— Pendant l'incendie, j'ai dû passer par la plage pour venir chercher Barney. Juste après l'escalier des Edwards, j'ai découvert un bébé, un nourrisson. Mais quand je suis arrivé à la maison, il était mort. La jeune fille qu'on a découverte ensuite à Encinal pourrait être sa mère.

— Oh, mon Dieu, Matt !

— Tu ne m'as pas parlé de tout ça quand tu es venu te faire recoudre, maugréa Phil.

Comme Ginn levait les sourcils, Matt releva sa manche et lui montra le bandage autour de son avant-bras.

— J'ai dû me faire ça en cassant une vitre chez Jimmy. Phil m'a posé deux points de suture. Pour le reste, deux inspecteurs sont venus m'interroger sur le bébé. Ce sont eux qui m'ont parlé de cette jeune femme au bord de la route, le corps recouvert de fleurs sauvages. J'y suis allé par curiosité et, dans le ravin en contrebas, je suis tombé sur un groupe d'adolescents. Ils se sont enfuis quand je les ai appelés. Du coup, je leur ai couru après. Cinq filles et un garçon. L'une des filles parlait quelques mots d'anglais avec un accent bizarre. J'ai eu beaucoup de mal à la comprendre. C'était une scène surréaliste. Les filles semblaient complètement terrorisées par le garçon.

— Si elles avaient si peur, pourquoi rôdaient-elles près d'un endroit où la police a retrouvé un cadavre ? demanda Phil.

— C'est aussi ce que j'ai pensé au début, reconnut Matt avant de se lever. Bon, sur ce, je vais rassembler des vêtements et les leur apporter. Après, j'essaierai de les convaincre de me suivre. Leurs costumes ne les protègent pas de grand-chose et la température commence à chuter sérieusement.

— Et tu as l'intention de garder cinq ou six gosses ici avec toi ? demanda Phil en balayant le salon du regard. Outre le fait que c'est parfaitement illégal, ta baraque est plus petite que mon salon.

— Je me débrouillerai. Phil, tu pourrais rester ici avec Ginn pendant encore une heure ?

— Non. J'ai fait tout ce que j'avais à faire, je n'irai pas plus loin, répondit-il en ramassant sa sacoche et son manteau. Je ne suis jamais venu ici, je ne sais rien sur des mineurs en situation irrégulière chez toi. En revanche, ce que je sais, c'est que cette gamine a besoin de soins de toute urgence : beaucoup de liquide, une nourriture riche et du repos. Au fait, ajouta-t-il, la main sur la poignée de la porte, range tes couteaux ailleurs. J'ai été ravi de te revoir, Ginn.

— Moi aussi, lança-t-elle à une porte close.

Les pas de Phil s'éloignèrent dans le jardin.

— Alors, reprit-elle en se tournant vers Matt, que comptes-tu faire avec toute une bande d'enfants clandestins dont tu ne comprends même pas la langue ?

— Je ne sais pas encore. Ecoute... est-ce que tu te sens en sécurité avec elle si je te laisse une petite heure ?

— Tu vas vraiment essayer de les ramener ici ?

— Si tu as une meilleure idée, je t'écoute.

Elle secoua la tête.

— D'accord, je reste. Mais il faut que je passe un coup de fil. Moi aussi j'avais quelque chose de prévu ce soir.

— Oh... bien sûr. Ne change pas tes plans pour moi.

Il se dirigea vers la petite chambre d'amis. Bien sûr qu'elle avait un rendez-vous. Il aurait dû s'en douter. Mais l'important, pour l'instant, c'est qu'elle était ici, avec lui. Un sacré pas en avant.

Il ouvrit l'armoire et sortit une paire de skis, deux raquettes de tennis et une batte de base-ball, pour avoir accès aux affaires d'hiver. Ses pulls, mais aussi des sweats que Ginn avait laissés en partant et qui leur iraient mieux. Même Hassan était étonnamment frêle, ce qui ne l'empêchait pas d'être une teigne.

Matt vida une étagère entière et fourra les vêtements dans un grand sac en toile.

C'est alors qu'il sentit la présence de Ginn dans son dos. Sans se retourner, il respira l'effluve de son parfum — sans doute quelques gouttes du flacon géant qu'il avait déposé dans ses collants, avec un mot signé Barney, lors des dernières fêtes de Noël. Non, pas les dernières : en décembre, il avait fêté son premier Noël sans elle depuis cinq ans. Il était parti skier dans les Rocheuses et avait tenté d'oublier son chagrin dans les bras d'une Italienne dont il ne se rappelait même pas le nom.

— J'ai fait un tour dans ton réfrigérateur, déclara-t-elle enfin. Tu n'as pas grand-chose. Juste du fromage, du pain et quelques pommes. Je lui ai donné de l'eau. J'ai essayé de la convaincre de venir dans ta chambre, mais il n'y a rien eu à faire. Elle a préféré se coucher sur le canapé, ce qui n'est déjà pas mal. Le problème, c'est que je n'ai pas réussi à empêcher Barney de s'y coucher aussi.

— Ça ne m'étonne pas, commenta Matt avec un sourire.

— Tu le connais. Dis, Matt… est-ce que tu crois que Phil va aller voir les flics ?

— Je sais que tu ne le portes pas dans ton cœur, mais ça, ce n'est vraiment pas son genre. Bon, dit-il en empoignant le sac, tu as mon numéro de portable. Celui de Bobby est mémorisé sur le combiné de la cuisine. Ne prends aucun risque si elle redevient violente : enfuis-toi et laisse-la partir. Surtout, ne fais rien pour l'arrêter. C'est promis ?

— Je suis sûre qu'elle va rester tranquille.

— Ginn, s'il te plaît, fais ce que je te demande. Promets-le-moi.

— D'accord, c'est promis. Mais ne t'inquiète pas, j'ai Barney avec moi.

Il souleva le sac et le cala sous son bras.

— Je reviens dans une heure.

9.

Utilisant le sac pour garder l'équilibre, Matt réussit à glisser sans tomber jusqu'au ravin d'Encinal. En cette fin d'après-midi orageuse, l'air humide emprisonnait la forte odeur de brûlé qui courait encore le long du canyon.

— Kanita !

Sa voix lui revint en écho. L'estomac noué par l'anxiété, il appela encore.

— Hassan !

Il plaça le sac sur sa tête pour se frayer un chemin jusqu'à la clairière où il les avait rencontrés. Ses bottes glissaient sur la roche humide, et plus d'une fois, il faillit se rompre le coup. Quand il parvint enfin au refuge, il hurla les deux seuls prénoms qu'il connaissait. Avec, pour seule réponse, le silence. Il lâcha le sac et inspecta toutes les cachettes autour de la clairière. Il scruta les fourrés, les arbres, la moindre anfractuosité dans les rochers, appelant et appelant encore. Il cherchait des empreintes de pas, mais le sol était recouvert d'une multitude de feuilles ocres. Tout ce qu'il trouva, c'est l'emballage déchiré de la barre de céréales qui avait fait leur festin.

En chef autoritaire, Hassan avait dû mener sa petite troupe derrière une fortification naturelle. C'est-à-dire n'importe où dans ce maudit canyon. Matt imaginait les filles en pleurs, se blottissant les unes contre les autres pour se tenir chaud, la plus jeune terrorisée par l'idée d'un monstre invisible… La petite Africaine avait à peu près le même âge que lui lorsqu'il avait perdu sa mère. Il pouvait comprendre son sentiment d'abandon. Mais cette terreur, comme un venin empoisonnant le sang… Jamais il n'avait eu à la vivre.

Il retourna à l'endroit où il avait laissé le sac. Sortant son portefeuille, il en retira tout l'argent qu'il contenait : cinq billets de vingt dollars, un de cinq et quelques pièces. Il glissa cette maigre fortune dans une poche latérale du sac, puis le porta dans le petit abri sous les arbres, entre les rochers, là où sa jeune protégée agonisait en silence. Il s'agenouilla et poussa le sac dans le coin le plus sombre, un endroit connu d'eux seuls. Ensuite, se relevant, il lança un dernier regard aux buissons alentour. Il avait fait tout ce qu'il pouvait, mais il ressentait un grand vide au fond de lui. Celui d'un rendez-vous manqué.

Les phares de la Range Rover balayèrent l'entrée de la maison, éclairant la BMW métallisée de Ginn et une Mercedes noire garée juste derrière. Matt avança jusqu'au garage, coupa le contact et traversa le jardin d'un pas nerveux. Ginn avait allumé les lumières extérieures qui éclairaient la plage devant la terrasse. Une habitude qu'elle avait prise autrefois quand il rentrait tard du bureau.

— Désolé d'avoir pris autant de temps, lança-t-il en ouvrant la porte.

— Ce n'est pas grave, Phil m'a tenu compagnie.

Ginn s'approcha et regarda par-dessus son épaule.

— Où sont-ils ?

Il accrocha son manteau dans l'entrée.

— Je ne les ai pas trouvés. J'ai laissé le sac sous un arbre.

Tu es revenu, Phil ? Je croyais que tu dînais avec Annie, ce soir.

— J'ai annulé, expliqua-t-il en haussant les épaules. Je n'avais pas le cœur à te laisser dans la panade.

Le geste surprit Matt, venant d'un homme qui n'était pas vraiment un ami proche.

— C'est trop d'honneur. Où est-elle ? Et où est Barney ?

— J'ai réussi à la convaincre d'aller se coucher dans ta chambre, répondit Ginn. Barney est avec elle. J'ai l'impression que sa présence la rassure. Elle doit dormir, maintenant. Phil, tu veux boire quelque chose ?

— Une vodka-tonic, s'il te plaît.

Ginn ouvrit le bar et remplit trois verres. Une vodka-tonic pour Phil, un whisky pour Matt et du Chardonnay frais pour elle. Matt se demanda si elle s'était aperçue qu'elle l'avait servi sans rien lui demander, ainsi qu'elle le faisait avant.

Il fit tourner le whisky dans son verre. Il se sentait épuisé et respirait difficilement. Le poids des journées sans repos se faisait sentir.

— Je crois qu'il va falloir que j'appelle Bobby.

— On en a déjà parlé et on a rayé cette option, décréta Ginn. Bobby serait obligé d'en référer à ses supérieurs et les flics embarqueraient la fille sur-le-champ.

Sans répondre, Matt se leva, contourna le canapé et se posta devant la fenêtre. L'horizon était maintenant complètement fermé comme si Poséidon avait baissé un immense rideau de fer sur le Pacifique. Des averses étaient annoncées pour la nuit, mais il semblait bien que la pluie n'attendrait pas si longtemps.

— Phil, tu pourrais me trouver une infirmière qui accepte d'être là vingt-quatre heures sur vingt-quatre ?

— Tu veux dire, pour vivre ici ?

— Je ne peux pas laisser cette fille toute seule et je ne

peux pas non plus l'emmener à l'hôpital. Tu vois une autre solution ?

— Eh bien, je suppose que je pourrais la prendre chez moi pour un temps, répondit Phil en réfléchissant à voix haute. Ma femme de ménage, Lupe, était sans papiers elle aussi avant que le gouvernement fasse une grande vague de régularisations.

— Et Annie dans tout ça ?

— Annie ? Bah... nous ne vivons plus ensemble. Et puis, c'est seulement en attendant que tu trouves une meilleure solution.

Matt se sentit soudain plus léger.

— Je commencerai par trouver un excellent avocat pour mineurs. Dès demain, je m'y colle.

— Bon, il faut que j'y aille, déclara Phil en regardant sa montre. Tu as quelque chose à lui mettre ? Je ne peux pas la trimballer en ville habillée comme ça.

— Il reste quelques affaires de Ginn dans l'armoire.

— J'y vais, intervint Ginn en disparaissant dans la chambre.

Dès qu'elle eut quitté le salon, Phil rouvrit sa sacoche.

— Je vais devoir lui administrer une petite dose de tranquillisant, Matt. Je ne pourrai pas la maîtriser dans la voiture si elle a une nouvelle crise.

— Il ne vaut mieux pas. Je suis assez d'accord avec Ginn là-dessus. A mon avis, elle ne recommencera pas sa crise de tout à l'heure.

— Justement. Une petite piqûre de Valium et ça ne se reproduira pas.

Sa seringue à la main, Phil ouvrit la porte de la chambre. Aussitôt, la jeune fille poussa un cri déchirant. Ginn lâcha la pile de vêtements qu'elle était en train de trier et barra le chemin à Phil.

— Qu'est-ce que tu fais ? demanda-t-elle avant d'apercevoir la seringue. C'est l'aiguille. Elle a peur de l'aiguille.

— C'est de l'hystérie. Dans deux minutes, elle ira beaucoup mieux.

— Non, Phil, insista-t-elle en s'obligeant à ne pas hausser le ton. Elle est juste terrifiée.

La fille s'était recroquevillée en position fœtale et de sa gorge s'échappait un gémissement lugubre qui chevrotait au rythme de ses tremblements.

— Ce n'est pas la première adolescente que je soigne, répliqua Phil. Et puis, bon sang, ce n'est que du Valium !

— Tu ne la piqueras pas, ni avec du Valium ni avec du sirop de fraise ! Allez, débarrasse-moi le plancher. Ouste ! Je vais rester avec elle. Cette gamine ne quittera pas cette chambre.

— Ginn, nous sommes face à un problème médical. C'est de l'hystérie pure et simple, rien d'autre !

Elle lui lança un regard à le clouer au mur.

— J'ai compris. Merci de la leçon. Tu laisseras Barney avec nous quand tu fermeras la porte.

Matt le prit gentiment par l'épaule et le fit sortir de la chambre avant de refermer la porte. Il était plus secoué qu'il ne voulait bien l'admettre.

— Je ne peux pas l'emmener dans cet état, désolé, bougonna Phil. Tout ce que je peux faire, c'est appeler un psy que je connais. Un gars expérimenté qui, d'habitude, ne s'occupe que des rejetons des stars. Il n'est pas donné, mais tu peux lui faire confiance. Ça t'aidera en attendant de trouver un avocat.

— C'est très gentil à toi, mais je n'ai pas trop envie que d'autres personnes soient au courant.

— Matt, la moitié des jardiniers et des femmes de ménage de Malibu sont en situation irrégulière. Tout le monde s'en fout, aujourd'hui.

— Tu ne peux pas savoir comme j'aimerais avoir laissé ce bébé dans le sable et passé mon chemin.

Matt ne pensait pas ces mots quand il les prononça. En réalité, il regrettait surtout de ne pas avoir couru pour libérer Barney avant de filer chercher du secours, plutôt que de se préoccuper de la maison de sa mère. Il ne se pardonnait pas son manque de discernement.

La porte de la chambre s'ouvrit doucement et Ginn apparut. Ils se tournèrent vers elle.

— Elle se tiendra tranquille tant que Barney restera auprès d'elle.

— Phil connaît un bon psy qui sait tenir sa langue, déclara Matt. Je pense que ce serait une bonne chose pour elle.

— J'ai l'impression que vous n'avez pas bien saisi, tous les deux. C'est des hommes qu'elle a peur. Je l'emmène chez moi.

— Voilà une idée très charitable, mais ce n'est pas la bonne, rétorqua Phil. Cette fille représente un danger pour elle-même et pour les autres. Et qu'elle ait un peu exagéré ou pas tout à l'heure, elle pourrait bien s'en prendre à toi aussi.

— C'est un risque à courir.

— Et puis, tu ne peux pas l'emmener avec toi au travail tous les jours, objecta Matt.

Ginn était une avocate renommée et ses clients lui prenaient un temps fou.

— Je n'en ai pas l'intention. Mais quand je ne suis pas au tribunal, je travaille sur mes dossiers à la maison. Pour le reste, ne t'inquiète pas, ma mère sera là.

— Ginn… sois raisonnable. Tu crois vraiment qu'elle pourra s'en occuper ?

Sa mère traduisait des romans du français à l'anglais et de l'anglais au français. Elle aussi était considérée comme une des meilleures dans son domaine.

— Elle ne travaille pas beaucoup en ce moment, elle réfléchit. Et de toute façon, depuis la mort de papa, elle a besoin de quelqu'un dont elle pourrait s'occuper. Ça sera bien pour toutes les deux.

— Tu ne peux pas laisser faire ça, Matt, intervint Phil. Je t'assure que cette gamine est dangereuse.

Matt haussa les épaules.

— Va lui faire comprendre. Je te rappelle que tu es en train de parler à Ginn Chang.

En mandarin, Ginn voulait dire énergie. Les années passant, ce choix s'était révélé particulièrement adapté.

— On reste ici ce soir, on partira demain matin, décréta-t-elle en souriant avant de disparaître dans la chambre.

— Je crois que la messe est dite, conclut Matt.

Il jubilait intérieurement à voir Ginn revenir enfin dans sa vie. En tout cas, pour une nuit.

— C'est vraiment n'importe quoi, lâcha Phil, énervé. La prochaine fois que tu trouves une fille à moitié morte dans un ravin, par pitié, appelle quelqu'un d'autre.

Sur ces mots, il ramassa sa sacoche et disparut.

Matt regarda par la fenêtre. La pluie s'était mise à tomber. Dès ce soir, les ruisseaux se transformeraient en torrent. Il imagina la boue, les abris détrempés, l'eau dégoulinant des sumacs, chargée de poison. Et ces enfants qui étaient déjà au bord de l'épuisement, surtout la petite Africaine… Avaient-ils trouvé un refuge pour la nuit ? Il prit l'édition du jour du New York Times et s'installa dans le salon. Dix minutes plus tard, au cours desquelles il n'avait pas appris grand-chose, Ginn émergea de la chambre.

— Je crois que Barney a besoin de sortir.

— J'y vais.

Il se leva, attrapa quelques serviettes en papier et un sac en plastique près de la porte, puis descendit l'escalier de la plage, Barney devant lui. Il attendit en sautillant d'un pied sur l'autre pendant que le chien, manifestement insensible à la pluie, cherchait sans se presser le bon endroit pour faire ses besoins. Matt nettoya puis remonta jusqu'à la maison. A l'entrée, il essuya les pattes et le ventre du chien avant de le laisser aller à sa guise et remplit son bol d'eau. Ginn s'affairait devant le fourneau.

— Je me fais chauffer une soupe de légumes. Il y en a assez pour toi si tu veux.

Matt se lava les mains et les essuya en prenant son temps. Dans la promiscuité de la petite cuisine, il pouvait sentir la chaleur de son corps, le parfum de sa peau. Il luttait chaque seconde pour résister à l'envie d'enfouir son visage dans ses cheveux qui ondulaient comme des rubans de soie noire.

— Ne t'inquiète pas pour moi, Ginn. Je peux me préparer mon dîner tout seul, comme un grand.

— Ah, j'ai failli oublier. Tu n'as besoin de personne.

— Ce n'est pas ce que j'ai dit.

N'y tenant plus, il l'attrapa par la taille et la serra contre lui.

— J'ai besoin de toi.

— C'est faux, répliqua-t-elle sèchement en se dégageant.

Elle versa la soupe dans deux bols posés sur un plateau, puis elle le souleva.

— Laisse, je vais le porter, proposa-t-il.

— J'y arriverai, merci. Mais si tu veux m'aider, tu peux m'ouvrir la porte.

Il l'accompagna jusqu'à la chambre et lui ouvrit la porte. L'adolescente était assise sur le lit, la couette remontée jusqu'au menton, le front posé sur les genoux. Il s'aperçut brusquement qu'il n'avait pas vu ses yeux depuis l'instant fugace où elle l'avait transpercé du regard, un couteau dans la main, prête à tuer. Sur l'écran de la petite télévision défilait un dessin animé dont le son avait été coupé. Barney sauta sur le lit comme s'il avait dormi là toute sa vie et s'installa à côté d'elle. Une petite main surgit de la couette pour le caresser. Le chien poussa un gros soupir de contentement.

— Tu m'appelles si tu as besoin de moi, Ginn, déclara Matt avec douceur.

Il se demanda si elle aussi pensait aux nuits qu'ils avaient passées ensemble dans ce lit.

— Bonne nuit, Matt.

10.

En entendant les aboiements furieux de Barney, Matt se leva d'un bond. Il s'élança vers la porte et trébucha sur l'un des skis qu'il avait appuyés contre le mur. Tous les skis se renversèrent dans un terrible vacarme. Il se dégagea en jurant et se rua vers sa chambre. Malgré la pénombre, il distingua l'adolescente assise dans le lit et Ginn qui lui tenait la main. Barney, les pattes avant posées sur le rebord de la fenêtre, continuait à aboyer furieusement.

— Il y a quelqu'un dehors, expliqua Ginn, visiblement inquiète. Je l'ai vu par la fenêtre. Matt, il pleut des cordes… Qui cela peut-il être ?

— Sans doute un type qui profite de l'incendie pour faire son marché dans le quartier. Reste avec Barney : je n'ai pas envie qu'il attaque qui que ce soit.

Il retourna dans la chambre d'amis, enfila un pantalon de survêtement, une chemise et un pull. Il était sur le point de sortir quand il se ravisa. Revenant dans la chambre, il s'arma d'une batte de base-ball. Ainsi armé, il alla ouvrir la porte de la cuisine et courut le long de la maison jusqu'à l'entrée.

L'averse était si dense qu'il n'y voyait pas à plus de trois mètres. La lampe extérieure, dont les fils avaient souffert lors de l'incendie, tenta de s'allumer. Elle ne réussit qu'à clignoter quelques secondes avant de rendre l'âme définitivement. Matt plissa les yeux pour sonder l'obscurité. Personne. Peut-être que Ginn s'était trompée. D'un autre côté, Barney n'aboierait pas ainsi sans raison.

Soudain, une silhouette surgit du coin de la maison et le percuta violemment. Sous le choc, Matt tomba à la renverse. Son dos heurta la rambarde de la terrasse et, en se sentant glisser sur le bois humide, il s'agrippa à son agresseur pour ne pas rouler à terre. Impossible d'utiliser la batte de base-ball pour l'instant, ils étaient bien trop près l'un de l'autre. Matt sentit la rambarde s'incliner dangereusement sous son poids. Si elle cédait, il irait s'écraser sur les rochers en contrebas, or il n'avait aucune envie de mourir là, les entrailles répandues sur le granite. Prenant son élan, il réussit à assener un puissant coup de genou entre les jambes de son adversaire. L'homme poussa un hurlement. Plié en deux par la douleur, il fit deux pas en arrière en chancelant sur ses jambes.

Exactement ce dont Matt avait besoin.

Sans prendre le temps de viser, il le frappa de toutes ses forces avec sa batte. Il aurait aimé atteindre la tête, mais c'est l'épaule qu'il toucha. Un manque de précision qui lui sauva la vie. L'homme laissa tomber son pistolet sur les lattes de la terrasse.

Matt se jeta dessus et le plaqua contre la tempe de son agresseur qui gisait face contre terre. Tous ses muscles lui faisaient mal comme si un train venait de lui passer dessus. Il s'agenouilla et retourna l'homme pour le dévisager. Peau mate, boucles brunes, moustache fournie. Taille moyenne, carrure athlétique. Ce n'était pas un Hispanique.

Tout à coup, il sentit le plancher de la terrasse se mettre à vibrer. On s'approchait. Une voix cria quelque chose dans une langue qu'il ne comprit pas. Ils étaient deux. Et si le premier était armé, le second l'était sans doute aussi.

Aussitôt, Matt roula par-dessus le corps de son agresseur.

Juste à temps. Les lattes sur lesquelles il était accroupi deux secondes plus tôt se soulevèrent sous l'effet des balles.

Il tenta de réfléchir, recroquevillé derrière la rambarde. Des cambrioleurs auraient sûrement jeté leur dévolu sur les riches villas qui avaient poussé sur le front de mer, plutôt que sur sa bicoque à moitié délabrée. Alors, qui étaient-ils, ces deux-là ? Et que voulaient-ils ?

Le plancher de la terrasse se remit à vibrer. Sans vérifier s'il avait touché Matt, ni se soucier de l'état de son acolyte, le deuxième homme contournait la maison en courant. Matt se leva et s'élança à son tour le long de la façade qui faisait face au portail. Le bruit des vagues et le martèlement de la pluie sur la terrasse rendaient tout autre son inaudible. Il s'arrêta à l'angle, prit une profonde respiration, puis pencha prudemment la tête pour scruter l'étroit passage dans lequel le tireur avait dû se réfugier.

Il était bien là. Sa silhouette se distinguait à peine dans l'obscurité, mais Matt le voyait essayer d'ouvrir l'une des portes latérales. Celle-là resterait fermée : elle était condamnée, bloquée par un canapé.

Matt serra fermement le pistolet dans sa main. Plusieurs fois, il était allé s'entraîner avec Bobby au stand de tir et il se rappelait tous ses conseils. Sortant de sa cachette, il se campa sur ses jambes, la main gauche sous celle qui tenait le pistolet, et tira. La balle rata sa cible.

L'homme pivota sur lui-même et tira à son tour. Matt se plaqua contre le mur alors que l'écorce brûlée du citronnier volait en éclats. Il fit demi-tour dans l'espoir de pouvoir contourner la maison sans être entendu et prendre son ennemi à revers.

Mais arrivé à l'angle de la terrasse, il vit l'homme qu'il pensait avoir mis K.O. se relever. Il s'immobilisa, le pistolet toujours dans la main. L'homme allait repasser à l'attaque quand la porte de la cuisine claqua contre le mur. Barney jaillit de la maison et se jeta sur lui. Déséquilibré, l'homme tomba à la renverse et roula à terre en hurlant tandis que les crocs du chien s'enfonçaient dans sa chair.

Matt empoigna Barney et réussit tant bien que mal à lui faire lâcher prise pour l'emmener à l'abri. Hors de question de le laisser essuyer une balle. Sa proie sanguinolente se releva et s'enfuit vers la route sans demander son reste. Au même moment, les lumières extérieures d'une maison voisine s'allumèrent automatiquement, éclairant le deuxième homme qui prenait lui aussi la fuite. Matt tira dans sa direction, plus pour l'intimider que pour le toucher. Même en plein jour, il était bien incapable d'atteindre une cible mouvante, alors de nuit, sous une pluie battante, le collier de Barney dans une main… En tout cas, il espérait qu'ils avaient compris le message.

Il entendit un moteur vrombir. Une voiture démarra en faisant crisser ses pneus et prit la direction du nord.

Lâchant le collier de Barney, Matt courut jusqu'à la route. Mais les phares arrière n'étaient déjà plus qu'un point rouge. La voiture était trop loin pour qu'il puisse déchiffrer la plaque d'immatriculation.

Il ramena à la maison un Barney surexcité. La cuisine était plongée dans la pénombre. Ginn alluma une lampe dans le salon et se précipita vers lui.

— Matt, ça va ? J'ai entendu des coups de feu. Tu n'es pas blessé, au moins ?

— Tout va bien. Ils sont partis et je pense qu'ils ne reviendront pas de sitôt, assura-t-il comme pour s'en convaincre lui-même. Tu peux éteindre la lumière ?

— La gamine est morte de trouille, Matt. Et moi aussi.

— Ne t'inquiète pas, ils sont partis. Mais éteins cette lumière, s'il te plaît, et parle doucement. Je ne pense pas que les Connoly ou les Madsen soient là en ce moment, mais s'il y a quelqu'un chez eux, ils auront sûrement appelé la police à cause des coups de feu et on aura de la visite dans quelques minutes. Il faut qu'on fasse semblant de dormir. Nous n'avons rien vu, rien entendu, conclut-il en posant le pistolet sur la table du salon.

Ginn eut un mouvement de recul.

— C'est quoi, ça ?

— Un Glock. L'un des types l'a laissé tomber. Je vais le garder sous mon oreiller cette nuit.

— Oh, mon Dieu ! s'exclama-t-elle, horrifiée. Tu sais t'en servir ?

— J'ai accompagné Bobby au centre de tir plusieurs fois. Cela dit, je ne suis pas vraiment un bon tireur.

L'arme, petite et légère, semblait inoffensive. Mais Bobby avait déjà eu l'occasion de lui expliquer qu'elle était en réalité redoutable. Fabriqué dans une matière synthétique plus solide et plus légère que l'acier, ce pistolet se révélait quasiment indestructible.

Sans un mot, Ginn éteignit la lumière et retourna dans la chambre. Matt l'entendit murmurer des paroles rassurantes à sa protégée, sans aucune réponse de sa part. N'était-ce pas étrange qu'elle hurle à la mort lorsqu'on essayait de l'aider et ne bronche pas quand des coups de feu claquaient autour d'elle ?

Matt sentait son cœur reprendre un rythme normal, mais ses mains tremblaient encore. Il avait une sensation de nausée. Sans doute le contrecoup de la poussée d'adrénaline.

Il caressa Barney et vérifia que le sang qui tachait son pelage n'était pas le sien. Puis il prit une serviette pour le sécher : ce pauvre Barney était trempé jusqu'aux os.

— Tu as fait du beau boulot, mon grand, déclara-t-il en le caressant.

Ginn réapparut dans le salon.

— Qui étaient ces types ?

— Je ne sais pas.

Il donna un biscuit au chien et alla chercher une bouteille

d'eau dans le réfrigérateur. Il la descendit d'un trait avant d'ajouter :

— En tout cas, ce n'étaient pas des petites frappes venues dévaliser les bourgeois du coin.

— Tu penses que ça a un rapport avec cette fille ?

— Oui... Mais pourquoi ne sont-ils pas tout simplement venus frapper à ma porte dans la journée pour me demander de ses nouvelles ? Pourquoi monter une sorte d'opération commando en pleine nuit ? Ce n'est pas avec ce genre d'attitude qu'ils vont m'encourager à leur rendre la gamine — qui, d'ailleurs, ne leur appartient pas.

— Vous ne changerez jamais, Sir Galahad, commenta Ginn avec un sourire.

— Je ne sais pas ce que tout ça signifie, mais on ne peut rien faire de plus cette nuit. On en reparla demain. Retourne te coucher maintenant. A moins que tu en aies assez du fauteuil et que tu préfères dormir avec moi ?

— Dans tes rêves.

Matt garda le Glock sous son oreiller comme il l'avait annoncé, mais le reste de la nuit fut calme. Et la police de Malibu ne fit aucune apparition intempestive.

A 6 heures, il mit la cafetière en route, puis attrapa la lampe torche rangée sous l'évier et sortit en fermant soigneusement la porte derrière lui. Le ciel était aussi sombre qu'à minuit. La pluie s'était un peu calmée, mais les fines gouttes d'eau transperçaient ses vêtements. Il alluma sa lampe torche et balaya les alentours de la maison. Juste devant le garage, le faisceau lumineux éclaira une douille. Il la ramassa, puis fit le tour de la maison. Il en trouva deux autres près de la porte latérale. C'est tout. Sans doute le deuxième type avait-il récupéré le reste. Par chance, personne n'avait été témoin de la fusillade.

La maison de style victorien des Madsen ainsi que celle des Connoly étaient inoccupées pour le week-end.

Il traversa le jardin et regarda des deux côtés de la route : pas une voiture en vue.

Quand il se retourna, il vit les lumières de la cuisine s'allumer.

— Matt, tu es là ? lança la voix de Ginn.

Il longea la maison et pénétra dans la cuisine.

— Je suis là. Je récupérais ça au cas où Bobby tomberait dessus et chercherait à me cuisiner.

Il lui montra les douilles, puis les rangea dans un tiroir sans autre commentaire. Ginn avait les traits tirés par la fatigue et l'inquiétude, et il ne voulait pas l'angoisser plus. Il devinait que ses agresseurs étaient des professionnels. Sinon, comment auraient-ils pensé à ramasser leurs douilles pour laisser le moins de traces possibles derrière eux ?

Il secoua la tête avec fatalisme. Etait-il devenu le héros involontaire d'un roman d'espionnage ? Comment avait-il pu se mettre dans pareil bourbier ?

— Je vais la prendre avec moi et l'emmener loin d'ici, déclara Ginn.

Elle s'apprêta à sortir de la cuisine. Matt la retint par le bras.

— Je n'ai pas envie qu'elle parte avec toi. Je ne sais pas encore ce qui se passe, mais toute cette histoire sent mauvais. Je ne veux pas que tu y sois mêlée.

— Qu'est-ce que tu racontes ? Pourquoi te sens-tu toujours obligé de tout faire tout seul ?

— Ce n'est pas le cas, je t'assure. D'ailleurs, je n'ai pas hésité à t'appeler.

— Tu sais très bien ce que je veux dire. Regarde la situation en face. Tu n'as pas le droit d'en parler à Bobby. Tu ne peux pas non plus te confier à Ned. Il tomberait à la renverse, et je le comprends — il a assez de choses à régler avec ses propres enfants. Alors, que vas-tu faire, hein ? T'occuper de tout ça tout seul avec tes petits bras musclés ?

— Non. Je vais appeler Phil.

— Oh, génial ! Le Dr Phil avec ses seringues et son pote psychiatre. Oublie : je l'emmène avec moi.

Elle claqua la porte de la chambre derrière elle, mettant ainsi fin à la discussion. Debout près du lit, elle resta un moment à regarder cette fille aux cheveux sales qui, quand elle dormait, ressemblait plus à une enfant qu'à une adolescente. Une enfant avec, sous les yeux, les cernes grises d'une femme de cinquante ans marquée par les épreuves.

Ginn remonta la couette sur elle — quelques minutes de sommeil en plus ne lui ferait sans doute pas de mal. Matt et elle avaient mal commencé la journée. Elle ne savait même pas d'où lui venait sa colère. Etait-elle due à la souffrance de cette fille ? A ces tireurs fous débarqués en pleine nuit ? Ou plutôt à l'amour qu'elle ressentait encore pour Matt et qui lui faisait mal dès qu'elle le revoyait ?

Incapable de répondre, elle retourna dans le salon. La silhouette de Matt se détachait devant la fenêtre. Il prenait son café en contemplant l'océan, une large bande gris-bleu qui ondulait au rythme du courant. L'océan était apaisé maintenant, mais pendant la nuit, il avait laissé sur la plage des monceaux de bois et d'algues.

— Ginn, je suis désolé, lâcha Matt sans se retourner. Repartons de zéro, tu veux bien ?

Il se retourna. Sous son regard bleu profond, elle eut soudain envie de courir vers lui et de poser la tête contre son torse.

— Tu ne chauffes jamais assez, la nuit, répondit-elle pour s'esquiver. On gèle ici.

— Je sais, je suis désolé. Je viens juste de tourner le thermostat.

Il alla dans la cuisine lui servir une tasse de thé. Elle la prit à deux mains et but une gorgée.

— Tu as réussi à dormir ? demanda-t-il.

— Pas beaucoup. Et toi ?

Il secoua la tête.

— Je la réveille dans une minute et nous partons. Maman sera à la maison de bonne heure. Ne t'inquiète pas, Matt, d'accord ?

— Je pensais vraiment ce que j'ai dit : c'est trop dangereux que tu la prennes avec toi.

— De toute façon, il faut la sortir d'ici. Si elle vient avec moi, ça te laisse le temps de découvrir le fin mot de l'histoire. Tu ne peux pas t'en sortir tout seul. Nous partirons avant qu'il fasse complètement jour, et si je m'aperçois que je suis suivie, je reviens ici illico. Allez, fais sortir Barney pendant que je la réveille.

— Il peut attendre un peu.

— Non, il ne peut pas. File ! Je ne bouge pas d'ici.

— O.K. Je reviens dans cinq minutes.

Elle les observa par la baie vitrée. Matt et son chien qui courait après les mouettes. Son cœur se serra. Il l'aimait toujours, elle le lisait dans chacun de ses regards.

Alors, pourquoi refusait-il obstinément de s'engager ?

11.

Ginn tourna dans l'allée qui bordait sa maison. Elle avait eu de la chance de trouver une villa dans ce quartier tranquille de Venice. Elle possédait un jardin, comme tous ses voisins, et pouvait profiter de la plage située au bout de l'allée.

Matt avait insisté pour la suivre jusque chez elle. En ce dimanche matin, la route était presque déserte et il leur fut facile de vérifier que personne ne les suivait.

Elle actionna la porte du garage avec sa télécommande, entra la voiture et coupa le contact. Une fois que Matt eut garé la Range Rover à côté d'elle, elle fit redescendre la porte.

Se retournant vers sa passagère, assise à l'arrière, elle lui adressa un sourire rassurant. L'adolescente portait le peignoir bleu marine de Matt, bien trop grand pour elle, au-dessus de ses habits de soie qu'elle avait refusé d'enlever.

— Allez, ma belle. On va te faire un bon bain parfumé avec plein de bulles.

La jeune fille ne bougeait pas, les yeux braqués devant elle comme si elle craignait de découvrir son nouveau point de chute. En fait, rien ne montrait qu'elle comprenait quoi que ce soit depuis le début. Et depuis l'épisode du couteau, elle n'avait plus échangé le moindre regard, ni avec Matt, ni avec Ginn. Seul Barney semblait trouver grâce à ses yeux.

— Allez, ma belle, répéta Ginn.

Elle attendit un moment, puis sortit de la voiture et lança un regard à Matt par-dessus le toit de la voiture. Son attitude était décidément très étrange. Quand ils étaient partis de Malibu, l'adolescente avait couru de son plein gré jusqu'à la voiture.

— Bon, je vais la porter à l'intérieur, proposa Matt en contournant la Range Rover pour ouvrir le coffre à Barney.

Le chien sauta de la voiture et trottina jusqu'à la porte qui menait du garage à la maison, à croire qu'il faisait cela tous les jours. Pourtant, c'était la première fois qu'il venait.

L'adolescente le suivit des yeux un instant, puis ouvrit sa portière et alla le rejoindre.

— Regarde-moi ça ! s'exclama Ginn en s'esclaffant. Dans *Peter Pan*, il n'y avait pas un chien qui aidait les garçons qui ne voulaient pas grandir ? Barney est le toutou idéal pour toi, Matt.

— C'était une chienne. Elle s'appelait Nana et elle aidait surtout Wendy, mais elle se méfiait beaucoup de Peter Pan, répliqua-t-il. Mais tu as parfaitement raison sur le fait que Barney est le chien idéal pour moi. Je te rappelle que c'est toi qui me l'as offert.

Elle tourna la clé dans la serrure et invita la jeune fille à entrer. Matt les suivit à l'intérieur. Il jeta un coup d'œil admiratif autour de lui.

— Tu as fait du beau boulot. Ces poutres apparentes, ces grandes fenêtres… J'adore !

— Merci.

Elle jugea inutile de lui dire qu'elle l'avait vu rôder autour de chez elle une bonne dizaine de fois alors qu'elle était en pleins travaux. Elle avait acheté cette maison juste après leur rupture et elle avait tout de suite fait construire un deuxième étage sur la moitié de la surface. La charpente qui abritait les nouvelles pièces était absolument superbe. Ensuite, elle avait fait tailler de longues fenêtres tout en hauteur pour encadrer les palmiers de l'allée, tels des tableaux mouvants accrochés au mur. Dans la cuisine, elle avait fait poser du parquet et agrandi la surface en ajoutant une petite véranda qui mordait sur le jardin. Juste devant, un ravissant sentier de galets serpentait autour d'un pin japonais, à l'ombre duquel elle avait disposé trois rochers de granite rouge, gris et jaune, en forme d'œufs de dinosaures. La clôture était masquée par des bambous noirs qui oscillaient majestueusement dans la brise marine. On n'était certes pas sur l'un des fronts de mer hors de prix de Malibu, mais elle avait créé là un petit univers à son image. Aménager sa maison était la seule chose qui l'avait empêchée de sombrer dans la déprime — ou de revenir dans les bras de Matt.

— Je vais essayer de lui faire prendre un bain. Tu n'es pas obligé de rester. Ma mère ne devrait pas tarder.

— Je ne vais pas te laisser seule avec elle.

— Très bien, dit-elle en attrapant la main de l'adolescente. Les céréales sont dans le placard, le café dans le bocal bleu sur les étagères et les œufs dans le frigo. Et tu as le droit de nous préparer un petit déjeuner, à nous aussi. On redescend dans un instant. Barney, tu viens ?

Le chien traversa le salon, grimpa l'escalier et s'arrêta sur le palier, la langue pendante, comme pour demander quelle était la bonne porte. Ginn ouvrit la porte de la chambre d'amis et fit entrer sa protégée.

— Voici ta chambre, déclara-t-elle avec un sourire.

Un grand paravent chinois, représentant un ibis et des cormorans, trônait derrière deux lits jumeaux de bois de rose. Ses couleurs pastel se retrouvaient dans le tissu soyeux de l'édredon. Dans un coin était disposée une élégante chaise verte et, dans l'autre, un pouf turc en cuir. Contre les murs se trouvaient également une malle venue d'Orient et deux tables anciennes que Ginn avait reçues de ses parents.

— Tu seras en sécurité ici.

Elle traversa la pièce et alla ouvrir les robinets de la baignoire dans la salle de bains attenante. Elle versa généreusement des sels de bain à la vanille sous le jet d'eau. Puis, après avoir vérifié qu'aucuns ciseaux à ongles ni lime pointue ne traînaient, elle revint dans la chambre. L'adolescente se tenait devant la fenêtre et regardait dehors. C'était bien la première fois qu'elle montrait quelque intérêt pour autre chose que Barney. Ginn s'avança derrière elle et pointa du doigt la grande roue de Santa Monica qu'on devinait par-dessus les toits.

— Tu vois ça, là-bas ? On appelle ça une grande roue. C'est amusant et, la nuit, elle est tout éclairée. Si tu veux, quand tu iras un peu mieux, on fera un saut là-bas et on montera dedans. Allez, viens, maintenant. Tu as grand besoin d'un bon bain.

La jeune fille ne semblait pas comprendre le moindre mot de ce qu'elle disait, mais sa voix l'apaisait. Les yeux baissés, elle se laissa prendre par la main et la suivit jusqu'à la baignoire. Avec des gestes doux pour ne pas la brusquer, Ginn releva sa tunique de soie par-dessus ses épaules, puis tira l'élastique de son affreux pantalon violet afin de lui faire comprendre qu'il fallait qu'elle l'enlève elle-même. La vapeur avait envahi la salle de bains et Ginn se pencha pour tester la température de l'eau. Avec un petit rire, elle lança un peu d'eau sur Barney tout en s'assurant du coin de l'œil que la jeune fille s'était déshabillée. Petit et mince, son corps n'était plus celui d'une enfant et pas encore celui d'une adolescente.

Ginn posa une éponge sur le rebord de la baignoire. Quand l'adolescente se retourna pour la prendre, elle faillit hurler. Son dos si frêle était recouvert d'énormes hématomes et de longues traînées jaunes, sans doute laissés par des coups de ceinture ou de bâton. Mais le pire était ces cicatrices sur ses fesses et sur ses jambes. Encore très récemment, un monstre — ou plusieurs ? — avait écrasé des cigarettes ou des cigares sur sa peau.

Horrifiée, Ginn se laissa tomber sur un tabouret à côté de la baignoire.

— Qui t'a fait ça ? demanda-t-elle en posant son doigt sur l'une des cicatrices.

L'adolescente sursauta comme si on venait de la brûler de nouveau.

— Oh, pardon… Je suis désolée, s'excusa Ginn en lui caressant le bras. Tout va bien. Allez, grimpe dans la baignoire.

La jeune fille obéit. Elle enjamba le rebord de la baignoire, s'assit dans l'eau puis s'allongea sur le dos. De ses paupières closes coulaient de grosses larmes.

— Bobby m'a dit que la fille trouvée à Encinal portait des traces de sévices, elle aussi, expliqua Matt.

Ginn venait de lui raconter ce qu'elle avait vu dans la salle de bains. Avant qu'il ait pu poursuivre, son portable se mit à sonner.

— Tu ferais mieux de répondre, lui conseilla-t-elle en se servant une tasse de café.

Il fouilla dans sa poche à la recherche de son téléphone et décrocha.

— Alors, tu as survécu à ta nuit ? lança Phil à l'autre bout du fil. Comment va notre petite patiente ?

Matt songea à ce conseil que lui avait donné son père : ne jamais dire à quelqu'un ce qu'il n'est pas obligé de savoir. Il ne mentionna donc pas les deux visiteurs, ni les coups de feu échangés. Phil aurait peut-être jugé les faits assez graves pour aller en parler aux autorités de son propre chef.

— A part le fait qu'elle a des cicatrices sur tout le corps, ça va.

— Quel genre de cicatrices ?

— Les mêmes que celles qu'on a trouvées sur le cadavre de la fille d'Encinal Canyon : des brûlures de cigarette.

Il y eut un silence, puis Phil reprit :

— Matt, je ne voulais pas te dire ça devant Ginn, mais… tu n'as pas peur que sa mère effraie cette gamine ? Ça ne m'étonnerait pas qu'elle provoque une nouvelle crise.

— La mère de Ginn ? Pourquoi ?

— Tu sais bien… Elle parle quoi, au juste ? Mandarin ?

— De toute façon, cette gosse ne parle pas. Alors, quelle différence ? rétorqua Matt, agacé.

— Eh bien, tu vois… Si tu ajoutes une Chinoise qui joue les nounous en stressant sur tout…

— On va dire que je n'ai rien entendu. Mais pour ta gouverne, c'est le père de Ginn qui était chinois. En tant qu'économiste renommé, il a représenté les Etats-Unis lors d'importantes missions à Genève et ailleurs. Quant à Gabrielle Chang, elle est interprète et française. En tout cas, merci de t'être inquiété pour elle.

Il croisa le regard de Ginn qui levait les yeux au ciel. Combien de fois avait-elle dû faire face à ce genre d'allusions ?

— O.K., O.K., lâcha Phil devant sa sécheresse. Pas la peine de me faire passer pour un gros raciste. Moi, je suis médecin, et la seule chose qui m'importe, c'est la santé physique et mentale de cette gamine. J'avais juste l'impression qu'il fallait t'alerter là-dessus. Et je suis toujours persuadé qu'un psy lui ferait le plus grand bien.

— On en reparlera, promit Matt avant de raccrocher.

Devant l'air vexé de Ginn, il haussa les épaules en signe d'impuissance.

— Ce bon vieux Phil… On ne le changera pas.

La porte d'entrée s'ouvrit. Ils entendirent des talons claquer sur le parquet et une femme à la silhouette élancée pénétra dans la cuisine. Elle promena ses yeux noisette sur Matt, Ginn et la jeune fille assise devant la table.

— Matt ! s'exclama-t-elle en se tournant vers lui. Comme je suis contente de vous voir !

Sa voix était chaleureuse, mais son ton un peu embarrassé.

— Bonjour, Gaby.

Il s'avança pour lui serrer la main. Malgré quarante ans passés aux Etats-Unis, cette femme restait délicieusement française. Les cheveux bruns mi-longs, une peau de porcelaine, elle était comme à son habitude vêtue de noir, avec une jupe serrée et des bottines à talons hauts. Un châle en cachemire était enroulé avec une fausse négligence au-dessus de son pull et des éclats dorés brillaient à ses oreilles et autour de son poignet. Matt s'était toujours demandé comment un chercheur aussi strict que le Dr Chang avait pu capturer dans ses filets une créature comme Gabrielle Boulez. Mais il fallait bien admettre qu'ils s'étaient aimés comme peu de couples aujourd'hui.

— Vous êtes toujours aussi ravissante, déclara-t-il avec sincérité.

— Merci, Matt. Vous aussi, vous ne changez pas, répondit-elle en lui tendant le panier en osier qu'elle portait au bras. Voici des croissants, du beurre et du vrai jus d'orange pour le petit déjeuner.

Elle se tourna ensuite vers la jeune fille.

— Et qui donc avons-nous là ?

Vêtue d'un des sweats roses de Ginn, ses cheveux propres réunis dans une queue-de-cheval, l'adolescente était plus présentable, mais elle semblait toujours aussi effrayée et vulnérable. Ses grands yeux noirs en amande s'inclinaient légèrement aux extrémités. Sa pâleur faisait peine à voir, d'autant que ses cernes se voyaient encore plus, maintenant que le gant de toilette avait ôté la crasse qui maculait son visage.

— Eh bien, nous ne savons pas très bien nous-mêmes, maman, répondit Ginn. On t'expliquera pendant le petit déjeuner.

12.

A 10 h 30, Matt se présenta à l'accueil du centre équestre de Malibu pour récupérer les clés du van qu'il aurait dû prendre la veille. Il lança ses vieilles selles dans la remorque, puis monta dans la Range Rover. Ouvrant sa boîte à gants, il en sortit le Glock et le glissa à la ceinture, sous le revers de sa veste en jean. Ce satané machin le gênait à la taille, mais vu ce qui s'était passé la nuit précédente, il était bien content de l'avoir au cas où il recroisait le chemin de ses agresseurs. Par chance, le chargeur était encore bien plein.

Quand il arriva au refuge d'Agoura, de l'autre côté des montagnes de Santa Monica, on lui apprit que ses deux chevaux avaient été renvoyés au champ après son désistement de la veille. Il lui fallut du temps pour les rattraper, les seller et les guider l'un après l'autre jusqu'au van. Après avoir dédommagé généreusement le refuge, il reprit la route, puis s'arrêta dans une gargote un peu plus loin pour déjeuner. Lorsqu'il reprit la route vers Kanan Dume, il était déjà 14 heures passées. Il était sérieusement en retard sur son planning.

Il se gara devant l'ancien stand de tir à l'arc d'Encinal, puis fit sortir du van son cheval, Buck. Suite à l'orage, le sol était particulièrement boueux et l'animal manqua de glisser en touchant terre. Matt posa sa main sur son encolure, mit le pied dans l'étrier et monta en selle. Machinalement, il siffla Barney avant de se rappeler qu'il l'avait laissé chez Ginn.

Le cheval descendit sans encombre le ravin, évitant les obstacles et gardant un équilibre parfait même quand la boue lui arrivait au jarret. Lorsqu'ils arrivèrent dans la clairière à proximité du noisetier sauvage, Matt descendit de cheval et rampa dans le petit abri rocheux. Le sac avait disparu. Le cœur soulagé d'un grand poids, il songea que les gosses avaient au moins maintenant quelques vêtements chauds et un peu d'argent liquide. Car c'était forcément une main humaine qui avait délogé le sac. Un animal n'aurait pas pu le traîner, au mieux, il l'aurait éventré pour en disperser le contenu. Or il ne restait rien. Quant aux rôdeurs, aucun ne serait allé jusqu'à fouiller ce refuge caché dans les rochers, surtout par un temps pareil.

Rassuré, il se remit en selle et s'engagea plus avant dans le canyon, quittant bientôt l'îlot de verdure épargné par le feu pour s'enfoncer dans un paysage lunaire, où les troncs calcinés gisaient les uns contre les autres. Dans ce silence de mort, seuls résonnaient les sabots de Buck sur les cailloux et le crissement de sa selle. Pas un chant d'oiseau, pas la moindre rumeur, pas même un frémissement dans les feuilles. Matt posa la main sur le Glock coincé dans sa ceinture. Au milieu de ce silence tombal, cette arme avait quelque chose de rassurant.

Même s'il avait peu de chances de les trouver, il scruta les flancs noircis des collines dans l'espoir d'apercevoir un point de couleur. C'était l'image de cette petite Africaine terrorisée qui lui donnait la force de continuer ses recherches. A un moment, il vit bouger deux taches claires, mais en s'approchant, il reconnut deux coyotes qui trottinaient le long d'un lit de rivière mis à nu par l'incendie. Des survivants à bien mauvaise mine, roussis et boitillants. Une heure plus tard, il vit bouger un fourré, puis quelques corbeaux s'en échapper à tire d'aile. Ce furent les seuls signes de vie qu'il aperçut pendant ses longues heures de recherche.

Quand le soleil se mit à descendre derrière le versant ouest du canyon et que les ombres s'allongèrent comme les montres molles de Dalí, Matt décida de rebrousser chemin pour ne pas risquer de se perdre dans la nuit.

Une fois revenu devant le noisetier, il descendit de cheval, sortit de sa poche une enveloppe contenant deux cents dollars en coupures de vingt, puis la plaça au fond du refuge de telle sorte qu'aucun promeneur ne pourrait la voir. Au fond de l'abri, il remarqua, emprisonné dans des racines, un morceau des sacs en papier qui recouvraient le sol lors de sa première venue. Il attrapa le papier froissé et sortit de sa cachette. Dans la maigre lueur du soir, il distingua clairement un logo rouge. Il en manquait une partie, mais la marque lui était familière. Posant un genou à terre, il défroissa le papier sur sa cuisse. L'image d'un personnage mi-femme mi-poisson apparut et, par-dessus, ces mots en rouge : *La Sirène.*

La Sirène…

Il s'assit sur ses talons, le regard dans le vide. Cela faisait bien longtemps qu'il n'y était pas allé. Pourtant, quand Bobby et lui étaient adolescents, La Sirène était un peu comme leur deuxième maison.

Comme d'habitude, le parking de La Sirène était plein. Le succès de ce bar aux allures de saloon ne se démentait pas au fil des ans. Il faut dire qu'il était situé au bord d'un des meilleurs emplacements de surf de tout le sud californien, et à deux pas de l'autoroute. Sa clientèle se devinait aux véhicules garés devant : une multitude de 4x4 dont les toits supportaient des planches de surf de toutes les couleurs, et une bonne douzaine de motos, rutilantes sous le soleil.

Avant de se rendre à La Sirène, Matt avait déposé ses chevaux dans leur champ habituel, puis était retourné au centre équestre de Malibu pour y laisser le van. Il se gara au bout du parking, entre la grille et une vieille voiture japonaise dont le pare-chocs mordait la poussière, et zigzagua entre les voitures afin de rejoindre l'entrée. Après avoir gravi le perron, il traversa la terrasse ombragée, encombrée de matériel. Contre le mur étaient appuyées une bonne vingtaine de planches de surf, et des combinaisons noires, roses et bleues pendaient sur la rambarde, tels des sportifs épuisés dégoulinant d'eau salée. Quelques jeunes — des garçons et plus de filles qu'à son époque — paradaient encore dans leurs habits de surf, luisant comme des phoques. Certaines combinaisons étaient très fines, sans manches et coupées au niveau des genoux — question de mode, sans doute. Il songea que les mannequins de magazines pour ados devaient mourir de froid sans oser l'avouer.

Peut-être qu'il se faisait vieux. Il se rappelait comme si c'était hier les fêtes clôturant les sessions de surf ici même, à La Sirène, lorsqu'il était adolescent. Eux aussi parlaient technique et vagues, filles et drague. Mais jamais, pour parfaire son look, il n'aurait accepté de sortir de l'eau frigorifié.

En poussant les portes battantes, il fut assailli par le brouhaha et la fumée de cigarette mêlée à l'odeur de la bière. A première vue, l'endroit n'avait guère changé depuis sa dernière venue, dix ou douze ans plus tôt. A gauche, il y avait toujours le petit coin épicerie, avec ses étagères recouvertes de bocaux de bonbons, de sachets de chips et de paquets de biscuits, et son vieux frigo rempli de boissons fraîches. Au centre se trouvait le comptoir, avec ses robinets à pression et ses bouteilles retournées, et les tables de bois entourées de chaises dépareillées. Les murs étaient décorés des mêmes filets de pêche qu'à l'époque, leurs flotteurs de verre pendant au plafond.

Seule la clientèle avait changé. En plus des jeunes discutant surf autour de cocktails, plusieurs bandes de motards vêtus de cuir s'enfilaient des bières à la chaîne. Près du juke-box se trémoussaient mollement deux danseuses aux bras flasques et blancs et aux cheveux platine. L'une d'elles gloussait en évitant sans conviction les mains baladeuses d'un vieux barbu. Ce dernier exhibait un tatouage en forme de serpent qui n'avait pas mué depuis longtemps ; la queue de l'animal partait du biceps, disparaissait sous le débardeur et réapparaissait sur l'autre bras, ondulant jusqu'à la main pour montrer sa langue fourchue et ses crocs à venin.

Matt fronça les sourcils, dégoûté. L'air était plus saturé encore qu'il ne l'avait remarqué à son entrée. A la cigarette et l'alcool se mélangeaient la transpiration âcre des hommes, le patchouli, l'huile de moteur et la graisse des hamburgers avec, en plus, une touche de sandwich au thon.

Tommy Aguilar, l'éternel patron des lieux — une légende dans l'univers du surf californien — était à son poste habituel : en train de retourner des steaks sur le gril.

Matt passa entre les tables. Il sentait les regards hostiles le dévisager sur son passage. Certains motards, mentons dressés, yeux brillants, semblaient le mettre au défi. Qu'il ose seulement leur demander de bouger leurs santiags pour passer, et il tâterait de leurs poings. Ils n'attendaient que ça.

Il atteignit le comptoir sans encombre et s'assit sur un tabouret. Il avait eu la bonne idée de laisser le Glock dans la voiture. Si ces lascars avaient remarqué un renflement sous sa chemise, ils l'auraient sûrement étiqueté comme un agent de la brigade des stups. De l'autre côté du comptoir, un jeune homme dans un bermuda amidonné par le sel attendait sa commande. A l'évidence, il n'osait pas décoller les yeux du comptoir même quand une jolie fille ondulait des hanches non loin de lui. Tommy Aguilar se révélait intraitable envers ses employés.

— Comment ça va, Tommy ? lança Matt. Je vois que le feu t'a épargné.

— Salut, mec ! répondit le patron sans se retourner pour voir qui lui parlait. Ouais, le feu a bien failli nous roussir les fesses, mais au dernier moment, il a changé d'avis.

Les cheveux peroxydés attachés en catogan, il portait un bermuda baggy, une chemise hawaïenne et des tongs. Son bras et son mollet droits étaient couverts de profondes cicatrices triangulaires, lointain souvenir de sa rencontre avec un requin blanc au large de Bondi Beach, en Australie.

— Tu surfes toujours ? demanda Matt.

— Pour sûr, mec ! Quand les vagues valent le coup.

Tommy disposa un hamburger et des frites sur un plateau, puis appela un numéro. Le jeune serveur prit sa commande avant de disparaître à la hâte.

— Alors, qu'est-ce qui te ferait plaisir, l'ami ? s'enquit Tommy en se tournant enfin vers Matt.

Il marqua un temps d'arrêt et, presque aussitôt, un large sourire lui fendit le visage.

— Hé, Mattie ! s'écria-t-il en lui tendant une main aussi large qu'une planche à essorer. Ce bon vieux Matt Lowell ! Ça fait un bail. Alors, tu deviens quoi, toi ? J'ai entendu dire que tu étais devenu un grand businessman. Tu dois te faire plein d'oseille.

— Il ne faut pas exagérer. Disons que je me débrouille bien.

— Ouais. C'est ce que Bobby m'a dit. Qu'est-ce que je te sers ? Un hamburger avec tout le tralala et un soda au gingembre ?

— Tout ce que j'aime !

— C'est la maison qui régale, mec. Ah, ça fait plaisir de te voir. Tu surfes toujours ?

— Comme toi : seulement quand les vagues valent le détour.

Tommy jeta un œil méprisant aux motards et aux jeunes qui encombraient la salle enfumée.

— Ouais, on a connu la belle époque, toi et moi. Maintenant, tout a changé. Y'a surtout de la racaille et des petits branleurs dans le coin. Et sur l'eau, c'est pire que tout : tu dois te battre pour avoir ton bout de vague. Je suis trop vieux pour ces conneries.

— Mmm. Mais d'après ce que je sais, tu t'envoles tous les deux mois pour aller taquiner de beaux rouleaux dans des endroits paumés.

Tommy posa le soda devant lui, à côté d'un verre encore dégoulinant d'eau savonneuse.

— Ce Eckhart, il peut pas s'empêcher de jouer les agents doubles, hein ?

— Alors, c'était où ta dernière virée ?

Ils parlèrent de surf pendant que Tommy faisait griller la viande et les oignons de son hamburger. Vingt ans auparavant, il était l'idole de tous les jeunes surfeurs de la côte Ouest. Il s'était fait la main sur les vagues mythiques de Hawaii et avait remporté plusieurs compétitions internationales avant que sa rencontre avec le squale interrompe sa carrière. C'était à ce moment-là qu'il avait acheté La Sirène.

Matt lança un regard en direction des motards. L'un d'entre eux le fixa sans ciller. Deux mètres de haut, un mètre vingt de large, dreadlocks graisseux et mine patibulaire. Ses copains et lui portaient des blousons en cuir avec écrit « Fils de Satan » dessus. Matt détourna le regard. Il n'avait aucune envie de leur chercher des noises — en tout cas, pour l'instant.

— Ça fait combien de temps qu'ils rôdent dans le coin ? demanda-t-il en baissant la voix. Ce n'est pas trop ta clientèle, ça.

— Eux ? Ils suivent l'autoroute de la côte et s'arrêtent chez moi prendre une bière et un sandwich. Après, ils repartent comme ils sont arrivés.

— Ils ont l'air assez à l'aise.

— Ils ont la carrure pour que personne les emmerde, mec, répliqua Tommy en haussant les épaules.

— Ils vendent de la came par ici ?

Le patron jeta des coups d'œil inquiets vers la salle et serra les mâchoires.

— Merde, Mattie, c'est quoi, ces questions ? Je sais pas ce qu'ils font dans le coin et j'ai aucune envie de le savoir.

Matt pivota sur son tabouret de façon à observer la terrasse de l'autre côté de la fenêtre. L'un des motards, le ventre arrondi par la bière et un bandeau en cuir autour des cheveux, discutait avec cinq ou six jeunes.

— Ils ont toute la clientèle qu'il leur faut, en tout cas. C'est truffé d'agneaux qui ne demandent qu'à être massacrés.

— Tu sais comment c'est, commenta Tommy en évitant son regard. Ces gosses fuient les Etats maudits, le Kansas, le Dakota, où y'a pas une goutte d'eau, et ils débarquent en Californie, au bord de l'eau, sûrs de mener une vie facile.

— Et combien deviennent accros à leur merde et sont prêts à tout pour avoir leur dose ? Tu as déjà pensé à ça ?

— T'as donné, toi aussi, rétorqua Tommy en haussant les sourcils. Et tu t'en es bien sorti, non ?

Bobby et lui n'étaient pas allés très loin dans leurs expériences en la matière. Ils avaient vu plusieurs de leurs anciens compagnons trop défoncés pour nager jusqu'à la vague. Et le nombre d'overdoses les avaient incités à faire très attention.

— On n'a rien pris d'autre que des joints de temps en temps. Ces gars dealent des trucs bien plus dangereux : du LSD, de l'ecstasy, du crack…

— Ouais, bon… Ecoute, personne n'oblige ces mômes à zoner ici plutôt que d'aller chercher du boulot et un appart' à eux.

Moi, je leur donne mes restes, je leur file un peu de blé contre quelques travaux quand je peux, mais je suis pas leur mère.

Matt s'essuya la bouche avec une serviette en papier qu'il laissa tomber dans son assiette.

— Tu as entendu parler de la gamine qu'on a retrouvée à Encinal ?

— Ouais, j'ai su ça. C'est horrible.

— Il y avait aussi un bébé mort sur la plage. On t'a parlé de ça ?

— Matt, par pitié ! Tu sais que t'es un moulin à bonnes nouvelles, toi, aujourd'hui ? On s'est pas vus depuis dix ans, et tout ce que tu trouves à faire, c'est me parler de bébés morts et de came !

— Je me disais que tu avais peut-être entendu quelque chose. C'est moi qui ai découvert ce bébé.

— Ah… ça doit faire un sacré choc, c'est sûr, marmonna Tommy.

Un peu penaud, il reporta son attention vers la danseuse aux bras pâles qui continuait à onduler sur ses talons roses en riant sans raison. L'autre était assise sur les genoux de l'homme au serpent. Il la secouait de haut en bas au rythme de Billie Holliday et la tête du reptile plongeait dans son jean taille basse. Lui riait beaucoup, postillonnant entre ses chicots ; elle n'avait pas l'air très heureuse.

— Alors, Tommy, qu'est-ce qu'on t'a raconté ?

— Putain, Matt… Moi, je fais des hamburgers et je sers des bières. Pour le reste, je m'occupe pas de la vie des gens et je reste le plus loin possible des emmerdes. Tu piges ?

— Dans le temps, tu savais tout ce qu'il se passait dans la région sur plus de deux cents kilomètres.

— Les temps changent et les hommes intelligents font de même.

Matt ricana.

— On dirait les maximes des biscuits chinois. Tu n'as pas vu passer une jeune fille enceinte, ici, dernièrement ?

Tommy ramassa son assiette, puis se tourna vers le réfrigérateur.

— Enceinte ? Non, je me souviens pas d'avoir vu une nana enceinte chez moi. En tout cas, pas une avec le ventre arrondi. Tu veux un autre soda ?

— Ça va pour moi. Je n'ai pas encore fini le premier. On m'a dit que cette fille était dans un état lamentable.

— Quelle fille ?

— Celle qui est morte. Tu es sûr qu'elle n'est pas venue ici ?

— Bon sang, je viens de te le dire ! Pas de fille enceinte ici, répondit Tommy avec agacement. Je l'ai déjà dit aux flics et je te le redis à toi : j'ai jamais vu de fille enceinte ces derniers mois. Moi, je veux juste vivre ma vie peinard, ajouta-t-il en regardant par-dessus l'épaule de Matt. Bon, faut que j'y aille. La prochaine fois que les vagues descendent de Hawaii, n'oublie pas d'apporter ta planche. On leur montrera ce qu'on sait faire, à ces blancs-becs.

— Avec plaisir, répondit Matt en cherchant l'addition des yeux.

— C'est la maison qui régale, mec.

Matt glissa de son tabouret. Il s'apprêtait à partir quand Tommy se pencha par-dessus le comptoir et lui murmura à l'oreille :

— Tu poses beaucoup trop de questions. Si tu veux un conseil, laisse pisser. C'est plus comme avant. Et ta curiosité pourrait te causer de sérieux ennuis.

— Message reçu. Alors, réponds juste à une dernière question. J'ai vu une bande de gamins à Encinal. Ils étaient habillés bizarrement, ne parlaient pas un mot d'anglais et dormaient sous les arbres. Mais ils avaient de la bouffe qui venait d'ici. Tu te souviens d'avoir vu un groupe comme ça ?

— Matt, qu'est-ce qui t'arrive ? Tu tombes sur une bande de sans-papiers qui dort à la belle étoile et tu trouves ça bizarre ? Réveille-toi, mon vieux ! Sans les clandestins et leurs gosses, l'Etat s'effondrerait dans la journée.

— Tommy ! hurla une voix. Ramène ton cul ici, et tout de suite !

Le torse athlétique de Tommy se raidit. Il poussa un battant pour quitter le comptoir et passa devant Matt. Conscient de dépasser les bornes mais incapable de résister, Matt lui attrapa le bras.

— Tommy, je ne te parle pas de ces jeunes Mexicains qui traversent la frontière à la recherche d'un boulot. Ceux que j'ai vus sont très jeunes, quatorze ou quinze ans. Quatre filles et un garçon. Ils sont européens, sauf la dernière qui est africaine. Une enfant, dix ans peut-être. Et ce n'est pas une Black de chez nous. Elle vient d'Afrique.

— Alors, c'est une patrouille de scouts qui met en pratique le message international de Baden Powell, ironisa Tommy. Franchement, qu'est-ce que tu attends de moi ?

Un nerf se crispa sur sa paupière. Il fit semblant de remonter une mèche sur son crâne pour masquer le léger tremblement. Matt le fixa droit dans les yeux, la main serrant toujours son avant-bras.

— Tu as toujours été un sacré menteur, Tommy. Tu les as vus, n'est-ce pas ?

— Non, je t'ai dit. Il faut que je file, maintenant.

— Je suis sûr que tu sais très bien de quoi je parle. Lâche-toi un peu. Ces types font du business dans le canyon ? demanda Matt en désignant discrètement du menton le groupe de motards.

— Si tu cherches des labos de méthadone, essaie plutôt Chatsworth ou Palmdale.

— Et une petite plantation ? Ils n'auraient pas ça, là-haut ?

— Bordel ! jura Tommy en jetant de nouveaux regards inquiets alentours. Je ne sais rien du tout sur toutes ces conneries, moi.

— O.K., O.K. Bon, si tu vois un gosse aux cheveux blonds dans un pantalon en velours bleu et des filles accrochées à ses basques, avec des fringues de soie, appelle-moi.

Matt écrivit son numéro sur une serviette en papier et la lui tendit. Tommy glissa la serviette dans la poche de sa chemise à fleurs.

— Un pantalon en velours et des fringues de soie ? Et tu crois qu'ils se servent de pareils clowns pour passer de la drogue en douce ? De toute façon, qu'est-ce que ça a à voir avec toi ?

— Rien. C'est juste par curiosité.

— Tommy ! vociféra la même voix. Tu radines ton putain de cul avant qu'on soit tous morts de soif, ou il faut que je vienne y coller des coups de botte pour te faire avancer ?

Matt tenta d'accrocher le regard de Tommy, sans succès.

— Depuis combien de temps tes clients se permettent-ils de te parler comme ça ?

— C'est moche, hein ? Quand je te dis que c'est plus comme avant. Bon, faut que je retourne bosser.

Matt le vit boitiller jusqu'à une table et ramasser une demi-douzaine de chopes vides qu'il posa sur son plateau tout en riant avec les types qui l'avaient appelé. Il finit son soda, écrasa la canette entre ses mains, comme il le faisait quand il était jeune, puis la jeta dans la poubelle au bout du comptoir. Il traversa la salle en prenant bien soin de ne croiser aucun regard, poussa les battants et sortit.

En face de lui, l'océan scintillait de tous ses feux sous le soleil couchant. Au-dessus de l'horizon, les quelques nuages prenaient des teintes vives, allant du lavande profond au vert pomme en passant par le violet et le bleu turquoise. Un groupe de dauphins argentés dessina une parabole parfaite avant de retomber dans les eaux froides du Pacifique. Matt inspira profondément. Ce paysage unique, voilà pourquoi il acceptait d'affronter les embouteillages de l'autoroute de la côte deux fois par jour. Et pourquoi aucun incendie ni aucune inondation ne le feraient déménager de Malibu.

En quittant le parking, il attrapa son portable sur le siège du passager et composa le numéro de Bobby.

— Salut, Bobby, lança-t-il en entendant sa voix. Je sors juste de La Sirène. Dis-moi, est-ce que par hasard vous surveillez les activités de certains clients du beau Tommy ?

— Tu veux dire les Fils de Satan ?

— Oui. Il y en a un sacré paquet là-bas.

— Ouais, on garde un œil sur eux. Mais on n'a jamais eu à faire de descente là-bas.

— J'en ai vu un qui vendait des trucs à des jeunes. Et ce n'était pas du chewing-gum.

— Tu as vu l'argent et la drogue passer de main en main ? De quel produit est-ce qu'il s'agissait ?

— En fait, je n'en sais rien, mais je t'assure qu'on ne pouvait pas se tromper.

— Le problème, c'est qu'ils sont très prudents. J'y vais de temps en temps, je tape la discute avec Tommy. Il ne s'est jamais plaint d'eux.

— Ils achètent son silence.

— C'est possible. Maintenant, va-t'en prouver ça…

— Tu crois qu'ils ont quelque chose à voir avec la mort de la jeune fille ?

— Mais bien sûr, Matt ! Je vois d'ici ces colosses cueillir des fleurs sauvages avec leurs gros doigts, avant de les déposer délicatement sur le corps. Une image émouvante, je dois dire.

— Vous avez ratissé le canyon à l'endroit où on l'a trouvée ?

— Je ne sais pas, sûrement. Je n'étais pas en service, ce jour-là. Pourquoi ?

— Je suis allé là-haut et j'ai vu des traces de pneus par terre. J'ai lu dans le journal qu'une bande de motards appelée Les Bandidos avait été arrêtée la semaine dernière près de San Diego. Ils avaient stocké suffisamment de matériel dans la montagne, des tuyaux, du fertilisant, pour faire monter cinquante mille pieds de cannabis plus haut que toi. Tu crois que les gars de La Sirène ont le même genre de plan du côté d'Encinal ?

— Ça m'étonnerait. La police passe régulièrement au-dessus de cette zone en hélicoptère. Et si nos hommes sont passés à côté de quelque chose, le feu s'en sera chargé à leur place. Ne te frotte pas aux motards, Matt. Ce ne sont pas des drôles et rien ne t'autorise à enquêter sur eux.

— Tant que tu t'en charges…

— Dors tranquille. Nous sommes là pour protéger et servir.

— Ce n'est pas le titre d'un bouquin de cuisine, ça ?

Bobby riait encore quand il raccrocha.

13.

L'œil rivé à son rétroviseur, Matt suivait Malibu Road sans excéder les quarante kilomètres à l'heure. Personne ne le suivait et, quand il arriva chez lui, aucune voiture inconnue n'était garée à proximité de la maison. Pourtant, il prit le Glock dans la main afin de traverser les quelques mètres qui le séparaient de la porte de la cuisine. Combien de temps encore serait-il obligé de se protéger ainsi pour entrer dans sa propre maison ?

Au moment de s'engager sur la terrasse, il s'arrêta net : la porte de la cuisine était grande ouverte. Il arma le Glock et se plaqua contre le mur. Puis, le cœur battant, il s'approcha de la porte, pas à pas, en longeant le mur. Il avait l'impression que ses semelles résonnaient bruyamment sur le plancher, mais ce n'était sans doute qu'une illusion. Les vagues, poussées par les courants du large, venaient mourir sur le sable dans un grondement ininterrompu recouvrant tout autre bruit.

Après avoir respiré un grand coup, Matt passa le bras par la porte et appuya sur l'interrupteur. La lumière inonda la cuisine. Ce fut tout. Pas de coup de feu, pas de cri, aucun mouvement.

Le Glock fermement serré entre ses doigts, il pénétra dans la cuisine, puis s'aventura plus avant. Il inspecta les pièces une à une, sans résultat. La maison était vide.

Mais quelqu'un était passé. Pour preuves : la porte ouverte, la clé dans la serrure. Et ce couteau planté profondément dans la table de la cuisine…

Il s'agissait d'un de ses propres couteaux, une longue lame de boucher, qu'il rangeait d'ordinaire dans le râtelier de la cuisine. Celui-là même dans lequel s'était servi la gamine d'Encinal.

Il se servit un verre et regarda le couteau en se demandant ce qu'il devait faire. Appeler la police était hors de question. Mais ce couteau pourrait peut-être servir de pièce à conviction une fois qu'il en saurait un peu plus sur toute cette histoire. Mieux valait le conserver tel quel. Avec un torchon, il ôta le couteau de la table en prenant soin de ne pas ajouter ses propres empreintes sur le manche ou la lame, puis il ouvrit un sac de congélation et y plaça le couteau ainsi que les douilles ramassées devant la maison. Il alla cacher le sac dans le placard où il rangeait ses serviettes de toilette. En revenant dans la cuisine, il démonta le râtelier dans lequel dormaient encore trois couteaux. De toute façon, il ne s'en servait que très rarement.

Ensuite, il prit le téléphone et appela Ginn. Quand le répondeur s'enclencha, il lutta pour ne pas imaginer le pire.

— Ginn, c'est moi. Rappelle-moi tout de suite ou je suis en bas de chez toi dans une demi-heure.

Il avait à peine raccroché que le téléphone se mettait à sonner. Il reprit l'écouteur et le colla à son oreille.

— C'est bon, Galahad, tout va bien ici, déclara Ginn à l'autre bout du fil.

— Tu n'as vu personne rôder autour de chez toi ?

— Non. Où es-tu ?

— Chez moi.

— Tu n'as quand même pas l'intention de dormir là-bas ? s'exclama-t-elle. Tu sais les risques que tu cours ou il faut que je te fasse un dessin ?

— Ne t'inquiète pas, j'ai le Glock sur moi. Et puis, je ne suis pas mauvais avec une batte de base-ball.

En réalité, il tentait de s'en persuader lui-même. En retirant le couteau de la table, il s'était demandé ce que ses visiteurs cherchaient. S'ils étaient venus pour la fille — et tout semblait l'indiquer —, ils avaient dû conclure que Matt, effrayé, l'avait laissée partir ou remise aux autorités pour éviter les problèmes. Par chance, ils ne soupçonnaient pas le rôle de Ginn dans cette affaire. Lors de leur première visite, sa BMW était dans le garage, recouverte d'une bâche pour la protéger du sel et de l'humidité, et les volets étaient fermés, toutes les lumières du salon éteintes. Jamais ils n'auraient pu se douter que Ginn était là avec la gamine. Et Matt était absolument sûr que personne ne les avait suivis jusqu'à son domicile le lendemain matin.

S'il se cachait, ses agresseurs, quelles que soient leurs motivations, en concluraient qu'il avait emmené la fille avec lui. Ils continueraient à fouiner chez lui et remonteraient jusqu'à Ned — voire jusqu'à Ginn. Ces chiens galeux s'étaient montrés prêts à l'abattre pour récupérer la fille. Preuve que se planquer quelques jours ne suffirait pas. Il lui faudrait tout simplement disparaître. Et cette seule idée lui donnait la nausée.

En revanche, s'il poursuivait sa vie normalement, ils en déduiraient sûrement qu'il n'avait plus rien à voir avec toute cette histoire et finiraient par le laisser tranquille. Un jeu risqué, mais qui valait le coup.

— Tu es têtu comme une mule, maugréa Ginn. S'il te plaît, ne reste pas chez toi ce soir. Trouve un hôtel.

— J'y ai pensé. Mais tout bien pesé, rester ici est la meilleure solution. A part ça, comment s'est passée ta journée ?

Elle ne répondit pas tout de suite. Son art d'éviter les discussions l'agaçait prodigieusement et il le savait. Quand elle reprit la parole, ce fut d'une voix froide et lointaine.

— En ce moment, ma mère et elle sont installées dans le canapé et regardent la vidéo de *Princesse malgré elle*. Ma mère lui décrit les scènes.

— La fille parle ?

— Non, mais j'ai l'impression qu'elle comprend quand ma mère lui parle en français.

— Elle est française ? demanda-t-il, ébahi.

— Je n'en sais rien. Je pense juste qu'elle comprend ce que ma mère lui dit, au moins par moments. On verra bien.

— Ta mère parle plusieurs autres langues, n'est-ce pas ?

— Tu veux dire… à part le mandarin ?

Il éclata de rire.

— Vous avez essayé avec le mandarin ?

— Oui. Pas de réponse, bizarrement.

Il sentait l'amusement dans sa voix et son cœur se fit soudain plus léger. Pour la première fois depuis bien longtemps, ils avaient une discussion normale.

— Que s'est-il passé dans le canyon ? s'enquit Ginn.

— Le sac n'était plus là. Je n'ai pas trouvé les enfants, mais je suis tombé sur des sacs en papier qui portaient le logo de La Sirène. Du coup, j'y ai fait un saut. Tommy m'a dit qu'il ne les avait jamais vus.

Il lui fit un bref résumé de la conversation avec Aguilar.

— Tu le crois ?

— Non. Mais je ne sais pas quoi faire de plus sans impliquer les flics. Je vais commencer par chercher un avocat spécialisé dans l'immigration. Après, on verra.

— Si tu veux, je peux me charger de trouver l'avocat. Je te ferai envoyer ses honoraires et je te tiendrai au courant de l'évolution du dossier.

— Ça marche. Merci, Ginn, ça devrait beaucoup m'aider.

Il s'efforçait de ne pas gâcher la spontanéité fragile de ce moment. Seigneur, ils parlaient et riaient ensemble pour la première fois depuis leur rupture. Et tout semblait de nouveau possible.

— Ne va pas interpréter quoi que ce soit dans ce que je fais, intervint Ginn, à croire qu'elle lisait dans ses pensées. Rien n'a changé entre nous. Je fais ça pour la fille jusqu'à ce qu'elle soit en sécurité.

— Oui, je comprends. Je te suis juste reconnaissant pour ton aide. Merci.

— Pas de quoi. Bon, je vais te laisser. Bonne nuit.

Quand il raccrocha, la maison lui parut plus vide encore. Même la présence désincarnée de Ginn dans le téléphone était tellement mieux que de n'avoir aucun contact avec elle.

Il se doucha en trois minutes, le Glock à portée de main, sur le lavabo. Puis il prit un apéritif dans la chambre qu'il avait si longtemps partagée avec Ginn. La pièce lui parut sordide et glaciale. Les jolis draps vert pâle que Ginn avait achetés un an auparavant étaient froissés, maculés de la suie laissée par la jeune fille, et Barney semblait y avoir apporté une plage de sable.

Il alla chercher un oreiller dans la chambre d'amis, prit l'épais dessus-de-lit et les jeta sur le canapé du salon. Puis il récupéra son livre sur sa table de chevet. Pas question d'allumer la télévision : il devait entendre le moindre bruit suspect au-dehors — une tâche que le bruit des vagues rendait déjà difficile. S'installant sur son lit de fortune, il posa le pistolet sur la table basse et ouvrit son livre là où il l'avait laissé. Il lut et relut le même paragraphe sans réussir à se concentrer sur le moindre mot.

Il finit par abandonner, éteignit la lumière et écouta les craquements du ponton qui gémissait sous les coups des vagues.

14.

Matt écourta son footing matinal. Il courait d'habitude sur la plage avec Barney jusqu'à la baie de Point Dume, mais ce matin-là, il s'arrêta avant Corral Beach, le chapelet de plages qui s'égrenait à la fin de Malibu Road. Il avait même envisagé de ne pas courir du tout tellement il était préoccupé. Pendant la moitié de la nuit, il avait pensé aux enfants et à ses agresseurs, il s'était imaginé des bruits de pas sur la terrasse. Mais après avoir avalé un café, il avait décidé de prendre l'air. Hors de question que les événements l'empêchent de faire de l'exercice. D'autant qu'il avait sérieusement besoin d'éliminer ses toxines dues au stress. Et puis, s'il décidait de vivre comme si rien ne s'était passé, il fallait commencer tout de suite. Il avait donc ôté le Glock de sa ceinture et l'avait rangé dans un tiroir. Il commençait à se sentir ridicule de le trimballer partout.

Le problème, c'est que, maintenant, il avait l'impression d'être particulièrement vulnérable. L'accès privé aux plages aurait dû le rassurer, sauf que deux maisons sur trois avaient brûlé et que n'importe qui pouvait aujourd'hui traverser les jardins calcinés. Il accéléra le pas et retint un soupir de soulagement quand il parvint à son propre escalier. Pendant la nuit, la marée avait remporté tout ce qu'elle avait laissé la veille, mais il ne put s'empêcher d'inspecter un peu ce bout de plage. Liège, bois, plastique, tout était retourné à la mer ou ensablé jusqu'à la prochaine marée.

Une fois chez lui, il ramassa le journal coincé dans le portail en jetant un coup d'œil à la route. Personne. Il prit ensuite son courrier dans la boîte aux lettres et tria les factures du reste en longeant la terrasse, comme l'homme parfaitement normal qu'il voulait être aux yeux d'éventuels espions.

Il prit une douche, s'habilla en vitesse et se servit une deuxième tasse de café. Son regard tomba sur une photo à la une de la *Gazette du surfeur.* Jimmy McPhee devant L'Anse gourmande, avec ce titre en gras :

« UN RESTAURANT DE PLAGE CAMBRIOLÉ. »

« L'Anse gourmande, *le restaurant de Jimmy McPhee, installé à Malibu depuis de nombreuses années, a échappé aux flammes mais pas aux cambrioleurs. Vendredi, vers 6 heures du matin, la gérante, Maria Alvarez, est arrivée sur les lieux pour faire l'ouverture. Elle a découvert que la porte vitrée de la cuisine, déjà cassée pendant l'incendie et condamnée depuis, avait été forcée.* »

Matt lut le reste de l'article en diagonale. On avait volé quelques légumes ainsi qu'un peu de monnaie dans la caisse — moins de cent dollars. Selon le policier en charge de l'enquête, le plus étrange, dans ce minicambriolage, avait été observé dans les toilettes et la douche réservée aux employés : les flacons de savon étaient vides et des serviettes encore humides avaient été empilées avec soin dans un coin.

« *Nous avons le sentiment,* concluait le policier, *que plusieurs personnes ont pénétré dans le restaurant, le laissant plus propre qu'à leur arrivée.* »

Apparemment, les gosses d'Encinal n'avaient pas quitté la région, songea Matt en reposant le journal. Son ordinateur portable sous le bras, il sortit de la maison, ferma soigneusement la porte derrière lui et rejoignit sa voiture. Deux minutes plus tard, il roulait sur l'autoroute qui menait à Brentwood.

Sortant son téléphone portable, il composa le numéro de Jimmy McPhee et actionna le kit mains-libres. A cette heure-ci, la trois-voies entre Malibu et Los Angeles servait de piste de formule 1 à une flopée de Fangio grisonnants, lesquels prenaient des risques absurdes et les faisaient partager aux autres. Mieux valait avoir les deux mains collées au volant.

— L'Anse gourmande. McPhee.

— Jim, c'est Matt. J'ai lu que tu avais eu de la visite au resto. Tout va bien ?

— Ça va, ne t'inquiète pas. Ça a un peu secoué la pauvre Maria, mais ils n'ont pas emporté grand-chose. Quelques dollars dans la caisse et un peu de nourriture. Et le calibre 38 que je gardais sous le comptoir a disparu.

— Tu as une idée de l'identité des voleurs ?

— Les flics penchent pour des marginaux dont le ventre gargouillait un peu trop fort.

— Mais toi, tu n'y crois pas.

— Eh bien, normalement, ces types mettent un bordel pas possible, pissent dans les coins pour marquer leur territoire. Et ce n'est pas du tout ce qui s'est passé chez moi. J'ai plutôt l'impression qu'une colonie de lutins a pris son bain dans les lavabos. Ils ont utilisé toutes les serviettes et les torchons de la cuisine pour se sécher, et puis, ils les ont pliés proprement comme pour s'excuser. Ça ressemble à des marginaux, ça ?

— Non, en effet. Alors, qui ?

— Je n'en sais fichtre rien. Bah, peut-être que les flics ont raison…

— Quelque chose ne va pas, Jim ?

— J'en ai un peu ras-le-bol, c'est tout.

— Je comprends. Et Maria, elle n'a vu personne ?

— Non, et c'est tant mieux. Apparemment, ils étaient partis depuis un bon bout de temps quand elle a ouvert le restaurant.

— Si elle se souvient de quoi que ce soit, tu pourrais me le faire savoir ?

Il y eut un silence à l'autre bout du fil, puis Jimmy reprit, visiblement surpris :

— Pourquoi est-ce que ça t'intéresse, tout ça ?

— Je ne peux pas te le dire maintenant. Je t'expliquerai plus tard. Promis.

A peine Matt avait-il raccroché qu'une Ferrari lui fit une queue de poisson. Il écrasa la pédale de frein en jurant copieusement. Le conducteur, un gominé à gourmette, queue-de-cheval au vent, le gratifia d'un doigt dressé bien haut sans même se retourner.

Il arriva au bureau à 7 h 30, une heure idéale pour travailler. Le cabinet était calme, pas encore submergé de coups de téléphone importuns ou de visiteurs. Il commença par lire ses mails, puis s'attaqua à la paperasse accumulée sur son bureau. Il était plongé dans la lecture d'un contrat quand Marni débarqua dans la pièce, une tasse de café à la main.

— Bonjour, monsieur Lowell. Dave Landau est là.

— Déjà ?

— Son rendez-vous était à 9 h 15 et il est déjà 9 h 30. Cette fois, c'est le trafic qui l'a retardé, persifla-t-elle avec un sourire ironique.

Landau n'arrivait jamais à l'heure et il avait toujours une bonne excuse.

— Je l'ai installé dans la salle d'attente avec un café, poursuivit-elle. Mais je vous rappelle que Benny Pressman doit vous voir à 10 h 30, et Eddie Kanaka, du bureau de Susan Dean, à 11 h 30. Alors, recadrez-le vite. Vous savez comment il est.

— Bien, patron, acquiesça Matt en souriant.

Il prit sa tasse de café et se dirigea vers la salle d'attente.

Landau avait déjà déplié sur la table basse les plans du projet Brickyard. Dans bientôt un an, les hangars désaffectés situés le long de l'ancienne ligne de chemin de fer seraient transformés en un magnifique ensemble de logements sociaux et d'ateliers.

— Alors, Dave, qu'est-ce que tu as à me proposer ?

La matinée passa à toute vitesse et chaque dossier fut traité en temps et en heure. Quand Matt revint enfin s'asseoir à son bureau, Marni l'appela dans l'Interphone.

— Monsieur Lowell, Jake Broagan en ligne pour vous.

Il se laissa tomber dans son fauteuil et décrocha.

— Salut, Jake. Quel bon vent t'amène ?

— Je passais dans le coin et je me demandais si on pouvait déjeuner ensemble.

Il jeta un coup d'œil à sa montre. Il n'avait aucune envie de sortir, mais les intérêts du cabinet passaient avant sa fatigue.

— Bien sûr. Qu'est-ce que tu dirais de Berty, sur San Vicente ? Dans un quart d'heure, ça te va ?

— Parfait. A tout de suite.

Matt raccrocha avec un soupir. Il se leva et enfila sa veste tout en expliquant à Ned :

— Jake Broagan. Je me demande bien ce qu'il me veut. Je reviens dans une heure.

En passant devant le bureau de Marni, il lui demanda d'appeler le restaurant afin de réserver une table pour deux. Il dévala les marches de l'immeuble, puis parcourut les huit cents mètres qui le séparaient de chez Berty. L'air était frais et sec et il n'y avait pas un nuage à l'horizon.

Jake lui fit signe depuis une alcôve au fond du restaurant. Matt s'assit en face de lui sans lui serrer la main. Ils se connaissaient depuis l'enfance. Les parents de Jake avaient habité à Malibu, non loin de la maison des Lowell, puis ils avaient fréquenté tous les deux le collège de Georgetown même s'ils n'étaient pas dans la même classe.

Ils n'avaient jamais été amis, mais ils travaillaient dans le même secteur et se croisaient encore souvent. Cela suffisait à maintenir une relation, au moins cordiale.

— Tu as l'air en forme, Matt.

— Toi aussi, répondit-il machinalement.

A dire vrai, Jake était bien mieux physiquement aujourd'hui qu'il ne l'était adolescent. Avec ses cheveux blonds taillés court, ses yeux vert clair et sa carrure sculptée sur les courts de tennis, il s'était même fait une réputation de tombeur. A l'époque de la fac, il organisait les soirées les plus sauvages du campus, des orgies mémorables peuplées de filles en bas résille et de types aux tatouages psychédéliques. Matt y était allé une fois ou deux avant de renoncer.

— Tu as commandé ?

— Pas encore, répondit Jake en prenant le menu. Qu'est-ce qui est bon, ici ?

— Tout, à condition d'aimer la cuisine française. Généralement, je fais simple et je commande un bon steak.

— Ça me va.

Ils préférèrent de l'eau minérale aux vins proposés sur la carte. La serveuse qui prit leur commande était ravissante.

— Alors, comment ça va, Matt ?

— Très bien. Et toi ?

— La grande forme.

— Et Gena ?

— Elle fait ses courses, plaisanta Jake. Non, je rigole : elle va très bien. Les filles aussi. Dis donc, je suis passé près du Contessa il y a deux jours. Beau boulot !

— Ouais. Et la moitié des appartements sont déjà vendus ou loués. Tout ce petit monde devrait pouvoir emménager dans moins d'une semaine.

— Tu me feras visiter, un de ces quatre ?

— Quand tu veux. Il suffit qu'on décide d'une date.

Ils discutèrent de tout et de rien jusqu'à ce que la serveuse leur apporte leur commande.

— Attention, les assiettes sont chaudes, les prévint-elle. Avez-vous besoin d'autre chose ? Non ? Alors, bon appétit.

Quand elle eut disparu, Matt attaqua son steak.

— Qu'est-ce que tu veux, Jake ?

— Quoi ? Je ne peux plus proposer un déjeuner à un ami sans avoir une idée derrière la tête ?

— Ne fais pas ta vierge effarouchée. Allez, accouche. Qu'est-ce que tu veux ?

Jake eut un petit rire tout en attrapant un morceau de pain.

— De l'argent. C'est à cette saison que je prends mon bâton de pèlerin et que je viens agiter mon écuelle sous le nez des généreux donateurs. Est-ce que je peux compter sur ton cabinet pour vingt-cinq ? Mon père vous serait très reconnaissant.

Matt mit un moment à décrypter sa demande.

— Sois plus clair. Tu collectes des fonds pour la Maison d'Hannah, c'est ça ?

Au tout début des années cinquante, Nate Broagan avait créé une fondation pour les enfants et les femmes qui avaient perdu leurs familles dans l'holocauste. A la mort de sa femme, cinq ans plus tôt, il avait changé le nom de la fondation en son honneur : elle était devenue la Maison d'Hannah. C'était aujourd'hui un orphelinat.

— Comment va ton père ?

— Tu sais ce qu'on dit de lui, je suppose, répondit Jake en étalant du beurre sur son pain. Il est de l'étoffe dont on fait les légendes.

Matt acquiesça sans rien dire. Inutile d'en rajouter : Jake avait déjà assez souffert de vivre à l'ombre d'une légende.

— Rafraîchis-moi la mémoire. On avait donné combien l'an dernier ?

— Allons, Matt, c'est quoi, cette question ? Tu crois que je n'ai rien d'autre à faire que d'aller regarder les contributions passées de chaque donateur ? Allez, vous avez eu une année prolifique, Ned et toi. Partagez un peu vos richesses, vous vous sentirez plus légers.

— Plus légers de vingt-cinq mille dollars, répliqua Matt en riant. Ecoute, je ne peux pas te répondre tout de suite. C'est beaucoup d'argent pour deux modestes protestants comme nous.

— C'est pour ça que je vous en soulage ! Vous verrez, il ne vous manquera pas. Et de toute façon, la Maison d'Hannah est aujourd'hui complètement œcuménique : elle accueille les enfants de toutes les couleurs et de toutes les confessions. Alors, je peux dire au vieux que vous rempilez pour vingt-cinq ?

— Je ne peux pas prendre cette décision sans en parler à Ned.

— D'accord, mais ne le décevez pas. C'est un vieux monsieur, et tu sais combien il vous adore.

Matt sourit devant son culot.

— Jake, ton père ne nous reconnaîtrait pas si on faisait la une du journal.

— Tu serais surpris. Il sait très bien qui vous êtes. Au fait, puisqu'on parle des journaux, j'ai entendu parler de toi dans une drôle d'affaire. Ça parlait d'un bébé mort et d'une fille assassinée. Qu'est-ce que c'est que cette histoire ?

Matt s'adossa à sa chaise et le fixa.

— Qui t'a dit que la fille avait été assassinée ?

— Ce n'est pas le cas ?

— Si on parle bien de la même, celle qui a été retrouvée à Encinal, non, je ne pense pas que ce soit le cas. Qui t'a dit qu'elle avait été assassinée ?

— Je ne sais pas… C'est ce qu'on raconte. Gena et moi étions invités à Malibu chez les Howe, hier soir. Tu connais Babs et Ferdie Howe, qui habitent à La Costa Beach ? Le feu n'est pas arrivé jusqu'à leur porte et ils ont décidé de fêter leur chance.

Bref, ils ont parlé de toi. Tu sais ce que c'est : les soucis des autres font toujours un merveilleux sujet de discussion.

— Des cancans de dégénérés mondains, oui, pesta Matt en secouant la tête. Si tu veux tout savoir, j'ai trouvé un bébé mort sur la plage, le jour de l'incendie. Plus tard, les flics ont découvert cette fille à Encinal. Je ne connais pas encore les résultats de l'autopsie, mais s'il s'avère qu'elle venait d'accoucher, on peut imaginer qu'elle a mis au monde ce bébé et qu'elle est morte juste après.

Jake grimaça.

— Ça a dû être sacrément dur de tomber sur ce bébé. D'ailleurs, la police en fait quoi, maintenant ? Une autopsie, des analyses ADN et tout le tintouin ?

— Aucune idée. Mais j'ai demandé à ce qu'il reçoive une sépulture décente.

Matt se tut. Après un silence, il posa la question qui lui brûlait les lèvres.

— Est-ce que Phil Halliburton était chez les Howe ?

— Ouais. Lui et Annie, répondit Jake en riant. Un sacré numéro, celle-là.

— Pourquoi ?... Non, ne réponds pas. Je n'ai pas envie de savoir.

— Tu veux un dessert ? demanda Jake, pas mécontent de son petit effet.

Comme Matt secouait la tête, il leva le bras pour appeler la serveuse.

— C'est pour moi, cette fois-ci. Et merci pour la donation. Pas de blague, hein ? Aux yeux de Broagan senior, la fondation compte autant aujourd'hui, sinon plus, qu'à sa création. Au fait, ajouta-t-il en réglant l'addition, tu en pinces toujours pour Ginn Chang ?

— Tous ceux qui la connaissent en pincent pour elle.

— Tu la vois encore ?

— Non, pas ces derniers temps. En fait, pas depuis notre séparation.

Quand ils habitaient encore ensemble, Jake avait pris l'habitude de passer les voir régulièrement, à l'improviste — et toujours seul. Matt avait appris qu'il avait appelé Ginn juste après la rupture. Il était tombé sur un os.

— Tu es en train de laisser filer la bonne. Elle travaille toujours dans le même cabinet d'avocats ?

— Jake, si tu as Ginn dans le collimateur, oublie, ça vaut mieux. Elle ne tombera pas dans les bras d'un homme marié.

Et encore moins dans ceux d'un coureur de jupons notoire comme toi, ajouta-t-il intérieurement.

— Tu joues les gardes du corps, maintenant ? Je m'enquiers juste du devenir d'une vieille amie. Il n'y avait rien de salace dans mon esprit.

— Si tu le dis, Casanova… C'était un conseil amical.

Jake éclata de rire.

— Casanova. Ça faisait longtemps qu'on ne m'avait plus appelé comme ça. Tu sais, si j'avais seulement la moitié des aventures qu'on me prête, Gena me les aurait coupées depuis longtemps.

— Pourquoi ai-je tant de mal à le croire ?

— Quoi ? Tu as lu quelque chose sur moi dans la presse ?

— Pourquoi ? Tes exploits s'étalent dans la presse, maintenant ?

Bagarres, chambres d'hôtel dévastées, accidents de voiture… Les frasques de Jake Broagan auraient pu remplir très souvent la page des faits divers si l'adjoint de son père, Erik Hoffmann, ne l'avait protégé des journalistes indiscrets et des magazines à ragots.

— Matt, je suis un homme neuf. Tu verras ça un jour : le mariage et la paternité, ça vous change un homme.

Pendant qu'ils attendaient à l'entrée du restaurant que le voiturier amène la voiture de Jake, ce dernier crut bon d'ajouter :

— Au fait, à ta place, je ferais taire les rumeurs qui courent à Malibu. Tu connais les gens : ils adorent les scandales. S'ils peuvent te réduire en miettes, ils n'hésiteront pas.

— Ils oublieront tout ça dès qu'on apprendra qu'un chanteur à la mode a pissé en public. Ça ne durera pas.

— Peut-être. Chet Barnes, de Bankorp, était aussi à cette fameuse soirée. Moi, je me sentirais concerné si mon banquier avait vent d'histoires selon lesquelles je suis impliqué dans deux morts.

Le voiturier arriva enfin avec sa voiture. Jake s'installa au volant.

— Bon, on se voit vendredi soir. Amène Ginn.

Il eut un rire gras et démarra sur les chapeaux de roues. Matt lui fit un signe avant de le regarder disparaître dans la circulation, et nota dans un coin de son esprit qu'il lui faudrait demander à Marni où il était censé aller vendredi soir.

Avant de rejoindre son bureau, il s'arrêta chez Dutton, la meilleure librairie de la ville, pour récupérer un lot de livres qu'il avait commandés. La télévision ne l'avait jamais trop intéressé, les informations mises à part, et depuis que Ginn l'avait quitté, il avait découvert quelques bons auteurs — John Dunning, Alan Furst, Ross Tomas — dont les intrigues l'avaient aidé à combler un peu les heures sans elle.

Une fois au cabinet, il laissa tomber les livres sur son bureau et se laissa tomber dans son fauteuil. Ned le regarda du coin de l'œil.

— Alors, il voulait quoi ?

— Une donation pour la Maison d'Hannah. Vingt-cinq mille, cinq de plus que l'an dernier.

Ned siffla entre ses dents.

— Et tu lui as dit quoi ?

— Que je t'en parlerais. Je pense qu'on devrait le faire, d'autant plus qu'on peut le déduire de nos impôts. Tout le monde y gagnerait. Qu'est-ce que tu en penses ?

— Oui, tu as raison. Et puis, c'est pour une bonne cause. A part ça ?

L'espace d'une seconde, Matt se demanda s'il devait lui parler de la remarque de Jake sur Chet Barnes. Mais il n'avait pas le choix : le boulot de Ned était de trouver des fonds pour financer les projets que lui-même concevait. C'était son frère qui rencontrait les banquiers toute la journée et il ne voulait pas qu'il apprenne la rumeur par quelqu'un d'autre que lui.

— Gena et lui étaient à une petite fête chez les Howe, hier. Tu les connais, ils vivent à La Costa Beach. Il semble que j'aie été un des sujets de conversation. Apparemment, les potins vont bon train, comme quoi je serais impliqué d'une manière ou d'une autre dans la mort de cette fille. Jake m'a dit que Chet Barnes était là et qu'il a tout entendu.

— Chet Barnes ? répéta Ned, une pointe d'inquiétude dans la voix.

— Ne panique pas, Ned. Tout ce que les banquiers ont en tête, c'est leur marge. Le reste, ils s'en moquent.

— Oui, mais tu représentes la moitié de la boîte. Si tu es dans la mouise, on l'est tous les deux.

— Je ne suis pas dans la mouise, trancha Matt.

Il ramassa la note que Marni avait posée à son attention sur le bureau.

« Inspecteur Jim Barstow, de la police criminelle. Rappeler. »

15.

Jim Barstow traversa d'un pas élastique la salle d'attente du commissariat de Lost Hills.

— Merci d'être venu, monsieur Lowell.

Matt serra la main qu'on lui tendait. Il ne pousserait pas l'hypocrisie à prétendre que tout le plaisir était pour lui, d'autant qu'on ne lui avait pas laissé le choix. Quand il avait rappelé Barstow, ce dernier lui avait demandé de passer au quartier général de la police criminelle à Los Angeles. Matt avait un peu discuté, les horaires ne lui convenant pas, et ils étaient finalement convenus d'un rendez-vous au commissariat de Lost Hills à Malibu, à 9 heures du matin. Matt était arrivé à l'heure, mais on l'avait fait attendre une bonne demi-heure.

— Bonjour, répondit-il simplement.

— Désolé de vous avoir fait attendre, déclara Barstow en lui indiquant la porte par laquelle il venait de sortir. Nous serons très bien ici. Vous vous souvenez de mon partenaire, l'inspecteur Flores.

— Bien sûr. Bonjour, répéta Matt à son attention.

— Monsieur Lowell, répondit Flores sans se lever.

Matt se sentit un peu rassuré en pénétrant dans la pièce. Il s'attendait à une salle d'interrogatoire sordide et sombre, avec un néon blafard, des armoires en métal et une grande glace collée au mur, comme dans les séries B. La pièce était un simple bureau, avec une moquette synthétique grise, des meubles de bois et un drapeau américain accroché au mur.

— Quelle bonne idée vous avez eue de nous suggérer un rendez-vous ici, monsieur Lowell. Le trajet est agréable dès qu'on dépasse Woodland Hills et les hauteurs de Malibu sont magnifiques, commenta Barstow en lui montrant une chaise. Puis-je vous servir un café ?

Matt regarda ostensiblement sa montre même s'il savait très bien quelle heure il était. Il avait jeté un coup d'œil à l'horloge murale de la salle d'attente toutes les cinq minutes depuis 9 heures.

— Non, merci. Ça fait une bonne demi-heure que j'attends. Peut-être pourrions-nous aller droit au but. De quoi vouliez-vous me parler ?

— De la jeune fille découverte à Encinal la semaine dernière. Il est possible que sa mort ait un lien avec celle du bébé que vous avez trouvé.

Barstow marqua un temps d'arrêt comme s'il attendait une réaction de sa part.

— Je vois, dit Matt simplement.

— Nous avons entendu dire que vous aviez posé pas mal de questions dans le coin, intervint Flores. Ça nous intéresse. Pouvez-vous nous en dire plus ?

Matt fit de son mieux pour masquer sa surprise.

— Est-ce que vous me faites suivre, monsieur Flores ? demanda-t-il sur le ton le plus neutre possible.

Le policier le gratifia d'un large sourire. Pour un fumeur, il avait conservé des dents étonnamment blanches.

— Moi, c'est inspecteur Flores, si vous voulez bien. Non, votre vie privée ne nous intéresse pas. Sauf quand elle montre un lien avec un dossier sur lequel nous enquêtons.

— Et c'est le cas, selon vous ?

— A vous de nous le dire. Un bébé est mort. Vous commencez

à poser des questions sur le cadavre d'Encinal, vous racontez que vous avez vu là-haut une bande de gosses… Vous voulez bien nous parler de tout ça ?

Matt resta un instant bouche bée. Comment étaient-ils au courant ? Seuls Ginn, Phil et Tommy Aguilar savaient qu'il avait croisé ces enfants. Alors, comment diable la police avait-elle pu l'apprendre ? Les hypothèses se bousculaient dans sa tête, mais une seule tenait la route. Ginn hébergeait une enfant en situation irrégulière alors qu'elle était avocate et Phil était un médecin respecté. Tous les deux avaient bien trop à perdre. Restait Tommy. *Heureusement que je n'ai pas impliqué Bobby dans ce sac de nœuds*, pensa Matt.

— Qui vous a dit que j'avais posé des questions ?

— Vous ne l'avez pas fait ?

— Vous devez mentionner la discussion que j'ai eue avec Tommy Aguilar, répondit-il en pesant chacun de ses mots. Tommy est une figure respectée dans le petit monde des surfeurs et, quand je me suis arrêté à La Sirène pour prendre un hamburger, je lui ai parlé du bébé que j'avais trouvé sur la plage. On a parlé de la jeune fille morte dans le courant de la conversation. Malibu est une petite ville, inspecteur. Quand on trouve un corps quelque part, tout le monde est très vite au courant. C'est tout.

Flores le fixa de ses yeux noirs comme le charbon. Matt soutint son regard avec difficulté. Il se gratta l'oreille et résista à l'envie de croiser les jambes. Cet homme-reptile était décidément très déstabilisant.

— Tout ce que vous avez vu dans ce canyon nous intéresse, insista Barstow.

— Je ne sais pas de quoi vous parlez, répondit Matt en feignant l'incompréhension. Je n'ai rien vu du tout.

Son pouls commençait à s'emballer. Il avait franchi la ligne rouge et il ne pouvait plus revenir en arrière. Mentir à la police tombait sûrement sous le coup de la loi. Du style obstruction de la justice ou quelque chose comme ça. De toute façon, il hébergeait déjà une clandestine qui en savait sans doute beaucoup sur une mort suspecte. Quant au fait de ne pas dire la moitié de ce qu'il savait... Pourrait-il se réfugier derrière le secret professionnel qui lie un client à son avocat ou un patient à son médecin ? Pas sûr. La sueur coulait sur son torse et il sentait des picotements d'appréhension fourmiller dans son dos.

— Vous avez fait un petit tour à cheval dans le canyon alors que la zone a été entièrement brûlée. Etrange endroit pour une promenade, monsieur Lowell, non ? Pourquoi Encinal Canyon ?

Il n'avait pas dit à Tommy qu'il était descendu dans le canyon à cheval. Ou l'avait-il fait ?

— J'ai grandi à Malibu et je monte à cheval chaque fois que je peux. Je le fais depuis que je suis tout petit. Beaucoup des endroits où j'aime me promener ont été ravagés par l'incendie, mais les gorges d'Encinal ont été épargnées. C'est juste un endroit parmi d'autres.

— Alors, vous avez choisi, par le plus grand des hasards, la zone exacte où l'on a découvert le cadavre de cette jeune fille.

Matt avait une furieuse envie de déglutir. Il s'enlisait un peu plus chaque minute dans ses explications. Pourquoi n'avait-il pas dit qu'il s'était rendu là-bas par simple curiosité ?

— Je n'y ai même pas pensé.

— Et pour ces mystérieux enfants ?

— Je n'en ai vu aucun. Mais comme Tommy Aguilar vous l'a peut-être dit, ces canyons sont truffés de campements de travailleurs clandestins.

— Sans doute, sans doute. Et pas Encinal Canyon ?

— Si, il y en a probablement aussi par là-bas, mais je n'en ai pas vu.

— Nous les trouverons s'ils existent, monsieur Lowell. Mais votre collaboration pourrait nous être du plus grand secours.

Matt mobilisa chacun de ses neurones pour faire le point rapidement dans sa tête. Après tout, il n'avait rien découvert à Encinal qui semble directement lié à la mort de la jeune fille. Il avait juste ramassé les morceaux de sacs en papier et les avait déplacés. Mais il ramassait toujours les déchets qu'il trouvait sur sa route, détestant ces touristes qui prennent la forêt pour un dépotoir. Il n'y avait rien de répréhensible là-dedans.

— J'aurais bien voulu vous aider. Désolé.

— Vous n'avez vu personne qui portait un pantalon en velours bleu ?

Il secoua la tête avec lassitude. Rien ne lui serait épargné. Cet enfoiré d'Aguilar avait tout déballé.

— C'est une zone de maquis inextricable par là-bas. Des ronces, des sumacs vénéneux… Une nature hostile. Un endroit où il vaut mieux porter un bon jean qu'un pantalon en velours.

— Tu avais quelque chose à ajouter, Ed ? demanda Barstow à son coéquipier.

Flores croisa les mains sur son ventre et s'enfonça dans sa chaise.

— Résumons-nous si vous le voulez bien. Donc, vous avez trouvé un enfant sur la plage et il serait mort avant que vous ayez pu trouver de l'aide. Plus tard, vous êtes descendu à cheval dans un ravin, juste en dessous de l'endroit où l'on a découvert le corps d'une jeune fille, peut-être la mère de l'enfant. On pourrait mettre ça sur le compte d'une curiosité somme toute naturelle, monsieur Lowell. Une tendance au voyeurisme très répandue, surtout chez quelqu'un de perturbé par les récents événements. Ce qui me gène, c'est qu'on nous rapporte que vous auriez vu plusieurs personnes là-bas dont le témoignage pourrait faire avancer l'enquête. Hors, aujourd'hui, vous prétendez que vous n'avez vu personne. Réfléchissez bien. En êtes-vous bien certain ?

— Oui.

— Au temps pour moi. Vous ne m'êtes pas apparu comme le genre de type capable d'inventer une histoire pareille.

— Je ne suis pas un affabulateur.

— Alors, celui qui nous a donné l'information a dû se tromper, conclut Flores.

Il se tourna vers son collègue en haussant les épaules.

— Je suppose que c'est tout, déclara Barstow. N'hésitez pas à nous appeler si vous vous souvenez de quoi que ce soit qui puisse nous être utile, monsieur Lowell. Et merci de nous avoir donné de votre temps.

— J'aurais aimé vous aider plus, mentit Matt en se levant.

Il serra la main aux deux policiers et se dirigea vers la porte.

— Ah, au fait, lança Flores dans son dos, notre patron, le capitaine Singleton, nous demande de vous signaler que le corps du bébé sera remis pour son enterrement à un groupe appelé le Jardin des Anges.

Matt fit volte-face.

— Je croyais que les bébés servaient à des expériences médicales quand ils n'étaient pas demandés.

— Je ne sais pas d'où vous tenez ça. Non, les corps des nouveau-nés inconnus sont toujours remis à cette association, le Jardin des Anges. Elle se charge de leur offrir une sépulture dans un cimetière proche de Riverside.

— Et qu'adviendra-t-il de la mère ?

— S'il s'agit bien de la mère… Les tests ADN vont encore prendre un certain temps.

— Dois-je en conclure que le coroner va encore garder le corps ?

— Non. Il n'y a pas assez de place à la morgue pour ça, répondit Flores. Dès qu'ils auront extrait les tissus nécessaires et que le rapport d'autopsie sera établi, la dépouille sera mise à la disposition des services funéraires publics.

Et elle terminerait dans quelque fosse commune de la banlieue de Los Angeles.

— Les deux devraient être enterrés ensemble.

— C'est sûr. Mais ce ne sera pas le cas.

Matt s'entendit alors poser une question venue du plus profond de lui-même.

— Verriez-vous une objection à ce que je demande la possibilité d'organiser moi-même une inhumation commune ?

— Eh bien, ça fera économiser à l'Etat de Californie les quelques dollars qu'il s'apprête à dépenser pour cette jeune femme, ironisa Flores.

Matt tenta de se rappeler les démarches de son père auprès des pompes funèbres après la mort de sa mère.

— Très bien. Je formaliserai ma demande auprès du coroner.

— Nous ferons remonter votre demande de notre côté pour savoir ce qu'en pense le capitaine Singleton, déclara Barstow. Attendez plutôt notre feu vert si ça ne vous dérange pas. Dès que nous recevrons le rapport d'autopsie, nous appellerons le coroner nous-mêmes et nous lui demanderons de vous remettre les corps. Ça vous va ?

— Très bien. Merci.

— De rien. Bonne journée.

Matt sortit du parking et s'engagea sur Agoura Road, complètement groggy. Il avait l'impression d'avoir mené un match de boxe en douze rounds. Quelle idée avait-il eue de demander le droit d'enterrer cette jeune fille qu'il ne connaissait pas ? Il prit son portable et composa le numéro du cabinet.

— Rien d'urgent ? demanda-t-il quand Marni décrocha.

— Rien qui ne puisse attendre. Ah, si, Susan Dean a appelé. Elle a dû partir pour New York, mais elle sera a priori de retour à temps pour la soirée de bienfaisance de vendredi soir. Si sa réunion se prolonge, elle sera peut-être obligée de prendre le dernier vol. Dans le pire des cas, vous ne raterez que le début du cocktail. Elle a laissé deux numéros où vous pouvez la joindre : son bureau à New York et son hôtel.

Voilà donc ce qu'il avait vendredi soir : une soirée destinée à récolter des fonds au profit de la vie culturelle de Los Angeles. Un événement mondain où les mécènes rivalisaient de générosité pour faire vivre l'opéra, le théâtre, le conservatoire et une myriade d'associations plus modestes. Ce rendez-vous lui était sorti de la tête, tout comme Susan Dean. Il se sentait un peu coupable vis-à-vis d'elle. Susan était une femme talentueuse, passionnée par les vieux bâtiments, une des partenaires les plus efficaces du cabinet Lowell. Elle était de surcroît ravissante, ce qui ne gâchait rien. Oui, elle méritait mieux qu'un indécis comme lui qui soupirait encore après une autre.

— D'accord, merci. Je l'appellerai plus tard.

Son œil fut attiré dans le rétroviseur par l'image d'une voiture de police qui lui collait au train, le gyrophare allumé.

— Oups. Excuse-moi, Marni, mais il faut que je te laisse. J'ai les flics aux fesses.

Il posa son portable à côté de lui, ralentit et se rangea sagement sur le bas-côté. Ensuite, il baissa la vitre, posa les mains bien en vue sur le volant et regarda droit devant lui. La première règle d'or que son père avait gravé au burin dans son cerveau quand il avait passé son permis de conduire était la suivante : les mains toujours en vue sur le volant quand vous êtes arrêté par la police.

Le policier se colla à la portière et se pencha en avant.

— Monsieur, vous respectez les limitations de vitesse, vous restez dans votre file et vous suivez les panneaux de signalisation. En Californie, ces actes sont passibles de lourdes amendes.

— Je vais en prendre pour combien, monsieur l'agent ? demanda Matt en levant les yeux avec un sourire.

Bobby éclata de rire.

— Une tasse de café devrait faire l'affaire. De toute façon, j'ai besoin d'une pause.

— Je te l'offre. Le Kofee Korner ?

— Ça roule. A tout de suite.

Eteignant son gyrophare, Bobby le dépassa et lui ouvrit la voie jusqu'au restaurant. Le Koffe Korner avait eu son heure de gloire pendant les années 1960 et 1970, quand il était l'escale obligée de tous les voyageurs du nord au sud et vice versa. Depuis, la construction de l'autoroute avait divisé la clientèle en deux et plongé l'établissement dans une semi-léthargie.

Matt se gara à côté de la voiture de patrouille et suivit Bobby à l'intérieur. La salle principale n'avait pas bougé. Elle vous transportait d'emblée dans l'univers des sixties, avec ses box carrelés oranges et verts, son linoléum usé par des milliers de semelles, ses boules rondes en guise de luminaires et ses présentoirs en forme de dôme près de la caisse. L'air était chargé d'une odeur un peu écœurante, mélange de beurre, de pancakes et de sirop d'érable.

A peine Bobby et Matt se furent-ils installés qu'une serveuse aux formes généreuses déposa deux tasses en faïence devant eux remplies de café chaud. Elle avait la même patine gentiment surannée que la décoration. Bobby passa un bras derrière son dos et lui prit la taille.

— Rosie, Rosie… Mets un terme à ma souffrance et laisse-moi t'emmener loin d'ici.

— Vous connaissez ce beau parleur ? demanda Rosie à Matt avec un joli sourire.

— On a grandi ensemble.

— Vous avez bien de la chance. Alors, messieurs, qu'est-ce qui vous ferait plaisir ?

— Pour moi, ce sera un muffin aux céréales, répondit Bobby en salivant.

— Et pour moi, un pancake avec de la confiture.

La plantureuse Rosie s'éloigna vers le comptoir. Bobby admira son déhanchement avec des yeux gourmands, puis se tourna vers Matt.

— Alors, qu'est-ce que tu fabriques sur la route à une heure pareille ? Tu ne bosses plus ?

— Barstow et Flores voulaient me poser des questions.

Bobby fronça les sourcils.

— Pourquoi ?

— Quelqu'un leur a dit que j'étais passé à La Sirène et que j'y avais posé des questions.

— Ne me dis pas qu'ils soupçonnent les Fils de Satan pour la fille ?

— Je ne pense pas, non.

Revenue à pas feutrés, Rosie posa deux assiettes sur la table.

— Un muffin aux céréales pour monsieur Eckhart. On ne change pas les bonnes habitudes. Autre chose ?

— Juste toi et ton corps de rêve, Rosie. Surprends-moi un peu, ma belle !

Elle rit de bon cœur et remplit de nouveau leurs tasses de café avant d'aller servir la table voisine.

— Revenons à nos moutons, déclara Bobby en reprenant son sérieux. Ça ne devrait pas te surprendre qu'ils ne te lâchent pas. Est-ce que tu te rends compte que faire le tour des popotes en posant des questions focalise l'attention sur toi ? Je sais bien qu'un bébé est mort dans tes bras et que ça t'a mis dans tous tes états. C'est normal. Mais pourquoi te crois-tu obligé de mener ta propre enquête ? Je comprends qu'ils se demandent pourquoi tu es tellement intéressé par cette histoire. Et s'ils n'ont rien d'autre à se mettre sous la dent, ils vont s'agripper à toi comme des morpions. Laisse tomber, Matt. Ce n'est pas toi qui as tué ce bébé. La personne qui l'a abandonné l'avait de toute façon condamné. Ce n'est pas ta faute et ce ne sont plus tes affaires.

Songeur, Matt remua son café et posa la cuillère sur la nappe orange.

— Dimanche dernier, j'ai fait un tour à cheval à Encinal. Et j'ai trouvé des sacs en papier portant le logo de La Sirène. C'est pour ça que je suis descendu chez Tommy. Je pensais qu'il en savait peut-être un peu plus.

— Des sacs en papier ? Tu me fais quoi, là ? Une famille s'est fait un pique-nique dans le coin et a laissé des sacs derrière elle, c'est tout. A moins que tu n'aies trouvé le sang de cette fille sur les sacs ?

— Non, non.

Matt marqua une pause avant d'ajouter, les yeux dans les siens :

— Bob, ça fait combien de temps qu'on se connaît, tous les deux ?

— Je ne sais pas. On habitait face à face à Zumirez Drive. On avait quoi ? deux ou trois ans. Donc ça va faire quelque chose comme trente-trois ans. Pourquoi ?

— Je suis tombé sur une bande de mômes à Encinal. C'est pour ça que je suis allé parler à Tommy. Je voulais savoir s'il les avait déjà vus parce que je pense que la jeune fille qu'on a retrouvée faisait partie de leur groupe. Barstow et Flores m'ont demandé si j'avais vu quelqu'un et je leur ai dit que non. Mais je crois qu'ils ont compris que je mentais.

Bobby manqua de tomber de sa chaise.

— Tu as menti ? rugit-il. Tu as menti à des inspecteurs de la section homicide ? Matt, pour l'amour du ciel, tu es devenu complètement fou, ma parole ! Merde ! Qui leur a dit que tu étais venu poser des questions ?

— Ça ne peut être que Tommy Aguilar. Il n'y avait personne à côté de nous.

Bobby porta sa tasse à ses lèvres, puis la reposa sans avoir bu. Il secoua la tête avec une expression de désespoir.

— Mon gars, tu en as fait des conneries dans ta vie, mais là, tu t'es surpassé. Pourquoi crois-tu que ces gamins ont un lien avec la fille qu'on a trouvée ?

— Premièrement, ils portaient les mêmes vêtements en velours et de soie que ceux de cette fille. Ensuite, ils étaient cachés à l'endroit même où on a retrouvé le corps. Il t'en faut plus ? De toute façon, ils se sont volatilisés. Je suis descendu dans le canyon pour les chercher. Sans résultat.

— Eh bien, ils vont faire sensation à se balader habillés comme ça dans un endroit pareil. Et ils vont geler en plein mois de novembre, avec la saison des pluies qui commence. On ne tardera pas à mettre la main dessus.

— Ils ne sont plus habillés comme ça aujourd'hui. J'ai laissé des fringues pour eux là-bas.

— Super, de mieux en mieux… Et si les flics les retrouvent et qu'ils t'identifient comme le généreux donateur, il se passera quoi, à ton avis ?

— Est-ce que c'est contraire à la loi de donner des vêtements à des enfants nécessiteux ?

— Non. Mais mentir à des inspecteurs qui enquêtent sur un meurtre, si.

— Tu veux dire qu'on privilégie la thèse de l'homicide ?

— C'est une enquête pour homicide, Matt. Un décès dans des circonstances mystérieuses est toujours traité comme un cas d'homicide tant que les raisons de la mort ne sont pas formellement établies. Moi, je ne pense pas qu'on l'ait tuée. Je crois qu'elle est morte suite à des complications lors de son accouchement. Et si tu n'en sais pas plus que tu ne veux le dire, tu as menti sans aucune raison valable. Bon sang, Matt !

— Je sais, je sais…

Il aurait également voulu lui parler de l'adolescente qu'il

avait accueillie chez lui, mais il décida de n'en rien faire. Lui dire de garder le silence là-dessus aurait sans doute mis sa carrière en péril.

— Je ne voudrais pas te demander quoi que ce soit qui te mette en porte-à-faux avec ta hiérarchie, mais est-ce qu'il t'est possible de laisser traîner une oreille de temps en temps, histoire de savoir ce qu'ils disent sur moi ? Je n'ai pas envie qu'on tambourine un des ces quatre à ma porte sans prévenir.

— Je ne fais que défendre l'ordre public, moi, lui rappela Bobby en secouant la tête. Mais bon, comme la fille a été découverte dans mon secteur, ça ne surprendra personne que je me tienne au courant de l'enquête. Allez, ne t'inquiète pas. Mais je t'en supplie : ne t'occupe plus de cette histoire.

— Je laisserai tomber dès que je le pourrai. Ils m'ont dit qu'ils me remettraient les corps pour que j'organise des funérailles communes.

— Les corps ? Tu as bien dit *les* corps ?

Matt acquiesça. Bobby ouvrit la bouche pour protester et la referma sans un mot. Il était effondré.

— Oui, je sais, dit Matt en remuant son café tiède. Tu crois que c'est à cause de ma mère, tout ça, hein ? En tout cas, c'est ce que Ginn me dirait.

Pour elle, la façon dont sa mère l'avait laissé seul à l'âge de dix ans représentait la source de tous ses ennuis. Pourtant, cela faisait un moment qu'il avait compris que sa mère ne l'avait pas abandonné. Elle avait juste été écrasée en revenant des courses, par un chauffard qui conduisait une voiture de sport avec trois grammes d'alcool dans le sang. Un accident comme il y en avait des centaines chaque année dans la région.

— Dès qu'ils seront enterrés, promis, je lâche l'affaire.

— Que tu crois, grommela Bobby en regardant sa montre. Peut-être que c'est l'affaire qui ne va pas te lâcher, maintenant. Bon, il faut que j'y aille ou ils vont envoyer une voiture à ma recherche. Laisse un bon pourboire à cette chère Rosie, son mari est malade.

Il se glissa hors du box, se dirigea vers la porte, puis se retourna.

— Au fait, tu as des nouvelles de Ginn ?

— Non. Pourquoi ?

Matt ne pouvait pas lui dire qu'il lui parlait tous les jours sans lui en expliquer la raison.

— Elle a appelé Sylvie pendant l'incendie pour savoir si vous alliez bien, Barney et toi. Elle a posé la même question concernant les chevaux. Je suis tenu au secret, mais tant pis. Tu auras peut-être besoin d'un avocat assez vite et elle est bonne dans ce rayon. Juste une idée en passant.

Sur ces mots, il envoya un baiser à Rosie et disparut.

A 18 heures passées, Matt sortit de son garage après avoir récupéré le Glock dans la boîte à gants. Il faisait trop sombre pour inspecter les environs, mais il avait surveillé attentivement son rétroviseur pendant le trajet et il était sûr qu'on ne l'avait pas suivi. Il récupéra son courrier dans la boîte aux lettres et jeta immédiatement catalogue et offres promotionnelles dans la poubelle vissée au mur d'entrée. Froide et sans vie, la maison faisait vraiment grise mine. Il s'y était habitué tant bien que mal, avec Barney qui virevoltait autour de lui, mais depuis le passage de Ginn, son énergie et son parfum avaient laissé un grand vide comme au début de leur rupture.

Dans la cuisine, il mit une pizza dans le four et prit une bouteille d'eau dans le frigo. Il en descendit la moitié en attendant que son dîner soit prêt. Puis il s'installa avec sa pizza devant la télévision. Il zappait de chaîne en chaîne quand le téléphone sonna.

— Matt ? C'est moi, Tommy. Tu te souviens de ces gosses dont tu m'as parlé ? Eh bien… ils sont ici.

16.

Cette fois, le parking de La Sirène était vide. Matt se gara juste devant l'entrée, gravit les marches quatre à quatre et fit claquer les portes battantes à les dégonder. Il balaya la salle du regard. Personne au comptoir, ni devant le flipper ou à côté du juke-box. Il alla inspecter le coin épicerie, qui était fermé, puis revint dans la grande salle et frappa du poing sur le comptoir.

— Tommy ! Tu es là ?

— Salut, mec. J'arrive, marmonna Tommy en sortant de la cuisine. Ils sont partis, mon gars.

— Pourquoi ne les as-tu pas retenus, le temps que j'arrive ?

— Tu voulais que je les attache à leurs chaises ? Ils sont partis, c'est tout.

— Tu es sûr qu'il s'agissait bien des mêmes mômes ?

— Un jeune garçon blond avec des filles pendues à ses basques, parlant une langue inconnue. C'était eux. En fait, je les avais déjà vus avant, mais je pouvais pas t'en parler dimanche. Pas avec les oreilles qui traînaient autour de nous.

Matt s'élança vers la porte.

— Je vais rouler un peu sur la route. Ils sont peut-être en train de faire du stop pas loin.

— Ils font pas du stop. Ils doivent se planquer dans les environs. Tu les trouveras pas.

— J'essaie et je reviens.

Matt dévala l'escalier, monta dans la Range Rover et alluma les phares. Il se dirigea vers les hauteurs de façon que le faisceau lumineux éclaire les bosquets plantés derrière le restaurant. Les gosses n'étaient pas à proximité de *La Sirène*. Il décida de prendre la direction du nord. Il était arrivé par le sud et, s'ils avaient marché le long de la route, il les aurait sûrement remarqués.

Il conduisait lentement, scrutant l'obscurité sur les bas-côtés. La route serpentait entre l'océan à l'ouest et des collines plongées dans l'obscurité à l'est. Tommy avait raison, il ne les trouverait pas. Les mômes pouvaient se fondre dans le paysage nocturne sans aucun problème.

Après quelques kilomètres, il finit par faire demi-tour et revint au restaurant.

— Tu aurais quand même dû me dire que tu les avais déjà vus, pesta-t-il en s'installant au comptoir.

— Attends une minute.

Tommy se dirigea vers la porte d'entrée. Il tourna le verrou, appuya sur l'interrupteur qui éteignait les lumières extérieures et revint se poster derrière le bar.

— De toute façon, j'ai personne ce soir à part toi.

Sortant une bouteille de bourbon de sous le comptoir, il remplit deux verres et en fit glisser un devant Matt.

— J'aime bien ma vie, tu sais ? Je te l'ai déjà dit. Je surfe quand ça me prend, je gagne ma vie tranquillement, tout va bien. Mais ça veut pas dire que je me fous complètement de ce qui se passe chez moi. Seulement, il faut comprendre… Qui paie qui, pour quoi, et comment. Le sexe, l'argent, les filles, c'est pas mon business, mec. Ces gamines ne donnaient pas dans la dope. Elles baisaient les Fils de Satan pour un hamburger. Et ces bâtards rigolaient. Ils trouvaient ça marrant de prendre à tour de rôle une fille contre le mur avant de lui lancer un hamburger par terre, comme à une chienne. Bordel, ça m'a retourné l'estomac plus d'une fois. Tu crois que j'allais te parler de ça avec les Fils de Satan à côté ?

— Et ça durait depuis combien de temps ?

— Le garçon est arrivé le lendemain de l'incendie. Je l'ai vu fouiller dans les poubelles du resto. Les filles ont débarqué plus tard. Je pense que seulement deux d'entre elles se sont prêtées au sale jeu dont je te parle, mais c'est difficile à dire.

— Et tu n'as pas pensé à leur donner à manger ? demanda Matt, la mâchoire serrée.

— Je tiens une affaire ici, tu te rappelles ? Je peux pas me permettre d'offrir à bouffer à tous les sauvageons qui passent, répliqua Tommy en évitant son regard. En plus, je savais pas ce qui se passait et j'avais ces enfoirés de motards qui me tenaient en joue. C'est là que tu es venu me voir. De toute façon, les gosses ont de l'argent maintenant. Ils m'ont payé cash la dernière fois que je leur ai servi des hamburgers, du lait et des cookies. Et ils ne portent plus leurs fripes ridicules, ils sont habillés comme toi et moi.

— Et le garçon ? Il faisait quoi pendant que tout ça se passait ?

— Après l'épisode des poubelles, je ne l'ai plus revu jusqu'à ce soir. Et j'ai vu la petite noire pour la première fois ce soir. Ils avaient l'air de se soutenir les uns les autres.

— Il était ici avec elles ?

— Oui. Les filles étaient assises à ta place. Lui était debout au bout du comptoir, à me regarder. Il n'a pas froid aux yeux, celui-là.

Matt prit une gorgée de bourbon qu'il laissa descendre lentement dans sa gorge.

— Les flics m'ont interrogé ce matin. Ils savaient exactement quelles questions je t'avais posées. Tu leur as aussi parlé de ça ?

— T'es fou ? Je te l'ai dit, j'ai une vie bien rangée et j'ai envie que ça continue. Je cause pas avec les Fils de Satan. J'observe, c'est tout.

— Mais tu n'as pas eu de scrupules à raconter aux flics que je t'avais posé des questions.

— Matt, je parle à personne. Je suis un citoyen modèle, je paie mes impôts et tout le bordel. Je discute avec Bobby de temps en temps, mais c'est pas moi qui irais voir les flics. Quand ils me posent des questions, je réponds. S'ils t'ont tiré les vers du nez, ça vient pas de moi. Mais je dois t'avertir que tu n'es pas le seul à t'intéresser à ces gosses. Un autre type est venu me poser des questions sur eux, dimanche.

— Qui ?

— J'en sais rien. Je lui ai pas demandé.

— Il ressemblait à quoi ?

— Il avait une moustache. Il devait s'être battu parce qu'il avait le nez cassé et un bandage au bras. Il est revenu ici il n'y a pas longtemps…

— Quel jour ?

— Hier. Je lui ai rien raconté à lui non plus.

— Qu'est-ce qu'il t'a dit, exactement ?

— Il m'a demandé si j'avais vu ces mômes dans le coin. D'après lui, il s'agit de gosses de riches qui se sont échappés d'un centre de désintoxication pendant l'incendie. Il disait que les parents étaient morts d'inquiétude. Des trucs comme ça. Il a pris une bière et il s'est tiré. J'ai entendu dire qu'il poursuivait ses recherches sur toute la côte.

— Tu en as parlé à la police ?

— Matt, tu écoutes ce que je te dis ? martela Tommy en le regardant dans les yeux. Si les flics me posent des questions, je réponds. S'ils ne le font pas, je dis rien. Ça y est, tu imprimes ?

— C'est bon. J'ai compris.

Matt vida la fin de son verre, puis se leva.

— Merci pour le verre et pour le coup de fil. J'apprécie. Si les gamins reviennent, j'ai toujours envie de leur parler.

Tommy ramassa les deux verres, les posa dans l'évier et passa le chiffon sur le comptoir sans répondre.

— O.K., Tommy ?

— Je le ferai si c'est un soir comme celui-là, mec. Sans clients. Et ça arrive pas souvent.

Matt attendit un peu qu'il se décide, en vain. Tommy continua à briquer son comptoir en silence. Ce soir, il s'était mis en règle avec sa conscience. Mais il n'irait pas plus loin.

Quand Matt réintégra ses pénates, le voyant rouge du répondeur clignotait. Deux messages. Aucun de Ginn.

Il rappela Phil en premier.

— Matt, je t'ai trouvé une psy impeccable. Une femme très discrète, beaucoup d'expérience.

— C'est très gentil, mais je pense qu'on va laisser tomber cette idée pour l'instant. Si Ginn a besoin d'aide, elle me le dira. Pour l'instant, ce n'est pas le cas.

— Donne-moi son numéro. Je vais lui parler.

— Pas besoin. Tiens, puisque tu es là, tu as parlé de cette histoire lors de la fête chez les Howe, dimanche ?

— Tu es fou ou quoi ? Pourquoi aurais-je fait ça ?

— Apparemment, mon nom a été associé à cette fille retrouvée à Encinal. C'est Jake Broagan qui m'a dit qu'on en avait beaucoup parlé chez les Howe. Tu as entendu quelque chose ?

— Rien du tout. De toute façon, sois sûr d'une chose : je ne parle pas de mes patients en public — surtout s'ils sont clandestins.

— Je te crois. A part ça, tu connaîtrais un centre dans la

région où on soignerait de jeunes toxicos issus de familles pleines aux as ?

— Malibu a plusieurs centres où viennent se réfugier les anciennes stars qui n'ont plus les moyens de se payer une cure de désintoxication. Mais à ma connaissance, aucun ne s'occupe d'adolescents. Pourquoi ?

— Quelqu'un semble s'intéresser comme moi aux gosses que j'ai vus à Encinal, expliqua Matt avant de lui raconter sa conversation avec Tommy. Les flics ne savent rien sur Ginn ou sur toi. Et moi, je ne sais pas sur quoi ce gars enquête. En fait, compte tenu de la situation, ça m'arrangeait que tu oublies pour de bon ce que tu as vu chez moi samedi dernier.

Quand ils eurent raccroché, Matt composa le numéro de Susan Dean. Elle n'était pas dans sa chambre d'hôtel. Il laissa un message comme quoi il rappellerait vendredi afin de connaître l'heure de son vol. Ils décideraient à ce moment-là à quelle heure il viendrait la chercher pour la soirée de bienfaisance.

Après avoir raccroché, il prit ses clés de voiture et quitta la maison. En pleine nuit, la circulation était on ne peut plus fluide sur l'autoroute. Il arriva sans encombre à Santa Monica, mais il fit plusieurs tours dans le quartier avant de se garer devant chez Ginn pour être sûr de ne pas avoir été suivi. Descendant de voiture, il se dirigea vers la porte d'entrée. Là, il s'arrêta un moment. Les rideaux étaient tirés, mais il voyait la lumière filtrer à travers chaque fenêtre. Il finit par sonner. Comme il n'obtenait pas de réponse, il colla son visage contre la vitre de la porte.

— Ginn, c'est moi. Matt !

La lumière de l'entrée s'alluma et la porte s'ouvrit.

— Qu'est-ce que tu fais là ? demanda Ginn en regardant par-dessus son épaule.

— Je voulais juste te voir. Et peut-être emmener Barney faire un tour.

Le chien se fraya un passage pour se jeter sur lui, la queue battant furieusement. Matt se pencha et lui gratta l'oreille.

— Allez, Ginn, propose-moi d'entrer, dit-il en souriant.

— Elles sont dans la cuisine, déclara-t-elle en ouvrant plus grand la porte. Je viens juste de rentrer du travail.

— Tu travailles tard.

Matt referma le battant et la suivit dans la maison. Une chaleur agréable baignait dans le couloir, embaumant les chrysanthèmes, l'une des fleurs préférées de Ginn. Elle avait l'habitude de dévaliser les fleuristes les plus proches pour disposer des fleurs dans chaque pièce. A ses yeux, le plus beau des vases était inutile quand il était vide. Cela aussi lui manquait.

Gabrielle était assise près de la baie vitrée. La jeune fille, agenouillée devant elle, pressait contre son genou un sac de glace. Les cheveux attachés avec un joli nœud vert émeraude, elle avait enfin l'air d'une adolescente ordinaire. Matt était en train de s'attendrir quand elle leva les yeux vers lui. Aussitôt, son visage se crispa. Ses yeux noirs se tournèrent vers Gaby, puis vers Ginn, avant de revenir sur Matt. Le sac de glace tomba de ses mains et elle se réfugia à toutes jambes dans un coin de la pièce. Le même gémissement sinistre sortit de sa gorge.

— C'est la première fois qu'elle fait ça depuis qu'elle est là, remarqua Ginn.

— En tout cas, quand elle est réveillée, ajouta Gaby en se levant.

Lui faisant signe de ne pas bouger, Ginn se précipita vers l'adolescente et s'agenouilla devant elle sans la toucher. Elle lui parla d'une voix calme, répétant les mêmes phrases rassurantes.

— Tout va bien, mon cœur. Tout va bien. Tu ne dois pas avoir peur. C'est Matt. Tu le connais, Matt. Tout va bien, mon cœur.

Matt se sentait impuissant. Il sortit dans le couloir afin de l'aider à se calmer. Sa réaction l'avait à la fois surpris et blessé. Le fait qu'elle ait peur de lui le mortifiait plus qu'il ne l'aurait imaginé. Depuis le couloir, il regarda Gaby sans la voir et prononça les premiers mots qui lui passaient par la tête.

— Comment allez-vous, Gaby ?

Elle ramassa le sac de glace que l'adolescente avait laissé tomber et regarda sa fille.

— Un peu commotionnée, c'est tout. Mais Sophie va bien.

Dans un éclair de lucidité, il comprit enfin ce qu'il regardait depuis un bon quart d'heure et désigna son genou du menton.

— Que s'est-il passé ?

— Oh, je pensais que vous étiez venu à cause de ça.

— Je ne le lui ai pas raconté, maman, intervint Ginn.

— Ah. Eh bien, un malade a pris le volant alors qu'il aurait mieux fait de prendre des leçons de conduite. J'ai poussé Sophie sur le côté pour la protéger, mais j'ai glissé. Résultat : je me suis râpé le genou contre le trottoir.

— Sophie ? C'est son prénom, Sophie ?

Gabrielle haussa les épaules.

— Elle n'a pas encore parlé, mais il fallait bien lui trouver un prénom.

— Que s'est-il passé exactement ?

— Ce fou a débarqué au volant de son bolide. Il roulait à tombeau ouvert, sans doute pour rejoindre une destination sans importance.

Elle remonta légèrement sa jupe et lui montra son genou violet afin qu'il se fasse une idée.

— Il ne s'est même pas arrêté pour savoir si nous allions bien, ajouta-t-elle avec une pointe de désillusion.

— C'était quel genre de voiture ?

— Une voiture noire, répondit-elle vaguement. Je l'ai vu arriver, mais lui ne s'est rendu compte de notre présence qu'au dernier moment, l'imbécile. J'ai juste eu le temps de pousser

Sophie et je suis tombée. Le pare-chocs est passé à ça de ma tête, précisa-t-elle en écartant le pouce de l'index.

— Ça s'est passé où ?

— Juste en bas. Sur Pacific Avenue, alors que nous sortions tranquillement de notre rue.

Il garda le silence un moment. Il ne voulait surtout pas la brusquer et choisissait ses mots avec soin pour lui demander ce qu'elles fabriquaient dehors en pleine nuit. Mais Gabrielle anticipa la question.

— A l'évidence, Sophie a peur de sortir. Alors, nous évitons de le faire pendant la journée, nous gardons même les rideaux fermés. Mais ce soir, nous nous sommes autorisé une petite excursion, histoire de prendre l'air. Nous pensions aller chercher une cassette vidéo et, si tout se passait bien, nous aurions poussé jusqu'au marchand de glaces. Mais ce chauffard a ruiné nos plans.

— Le conducteur était un homme ? Vous en êtes sûre ?

— Oui. Aucun doute là-dessus.

— Est-ce que vous avez remarqué quelque chose — une moustache, un signe distinctif ?

— Non. La voiture m'a frôlée, mais je n'ai pas vu son visage. J'ai surtout pensé à Sophie. Je l'ai poussée et je suis tombée tout de suite après. Pauvre fille... Elle vit dans une terreur permanente, murmura-t-elle en contemplant l'adolescente qui s'était un peu calmée. Toutes les nuits, ses cauchemars la reprennent.

Après un silence, elle se leva.

— Excusez-moi, Matt.

Elle traversa la pièce en boitillant et alla s'asseoir par terre à côté de la jeune fille. Contrairement à Ginn qui ne la touchait pas, elle n'hésita pas à la prendre dans ses bras. Elle se mit à la bercer doucement en lui parlant en français. Ginn se leva et revint à la table, perdue dans ses pensées. Matt lui attrapa le bras.

— Ginn, je peux te parler deux secondes seul à seule ?

Il fit un petit signe de la main à Gaby, puis entraîna Ginn à l'écart dans le couloir. Elle ouvrit la porte du salon, lui indiqua le canapé, puis alla s'agenouiller devant le foyer. Elle alluma le gaz sous les fausses bûches et craqua une allumette. Les braises factices rougirent tandis que les flammes venaient lécher les rondins. Enfin, elle se releva et vint s'asseoir dans un fauteuil en face de lui.

— J'ai passé quelques coups de fil, commença-t-elle. Nous avons eu raison de ne pas prévenir les services de l'immigration. C'était la porte ouverte aux ennuis. Ils l'auraient prise et placée quelque part en attendant d'en savoir plus sur elle. On sait aujourd'hui qu'elle peut parler parce qu'elle dit des mots dans son sommeil. Une langue étrangère, peut-être slave. Gaby a appelé une de ses amies, traductrice elle aussi, spécialisée dans les langues slaves. On attend qu'elle nous rappelle. Peut-être que si nous lui laissons le temps de se détendre, elle commencera à nous faire confiance et nous pourrons en apprendre un peu plus. Alors, je monterai un dossier qui nous permettra d'engager un avocat pour enfants. Ça te semble bien ?

— Oui, merci encore.

Il se racla la gorge et baissa les yeux sur ses mains.

— Ecoute, je suis passé à La Sirène, ce soir. Les gosses sont venus y chercher de quoi manger. Tommy m'a appelé pour m'avertir, mais le temps que j'arrive, ils avaient filé. Après, il a reconnu qu'il les avait déjà vus. Ça ne m'a pas surpris plus que ça. Il m'a expliqué qu'une ou deux des filles les plus âgées avaient accepté un marché sordide avec les Fils de Satan. Du sexe contre de la nourriture.

Il se tut, préférant passer sous silence les détails atroces que Tommy ne lui avait pas épargnés.

— Oh, Matt… Cette histoire devient un peu plus horrible chaque jour. Est-ce que Tommy t'a dit qu'il te rappellerait s'il les revoyait ?

— Non. En fait, s'il m'a appelé, c'est parce que sa conscience le taraudait, mais je ne pense pas qu'il ira plus loin. La bonne nouvelle, c'est que, cette fois, les gosses ont payé leurs hamburgers. Ils ont dû trouver les billets que je leur avais laissés et, pendant quelques jours au moins, ils n'auront pas besoin d'offrir leur corps pour manger. Tommy m'a aussi raconté que je n'étais pas le seul à les chercher. Un autre type est venu lui poser des questions. Selon lui, les mômes se sont échappés d'un centre de désintoxication pour adolescents.

— Et tu y crois ?

— Non, répondit-il en secouant la tête. D'après la description de Tommy, ce type ressemble à celui qui m'a agressé l'autre nuit. Il avait le nez cassé et un bras bandé. De toute façon, j'ai bien l'intention de pas lâcher Tommy d'une semelle. On verra bien s'il en sait plus. Autre chose : j'ai vu Flores et Barstow ce matin.

Il lui résuma sa discussion avec les deux inspecteurs. Ginn écarquilla les yeux. Elle n'en croyait pas ses oreilles.

— Tu as menti à la police ?

Il haussa les épaules. Ginn était l'une des meilleures avocates de la ville et il ne voulait pas la suivre sur ce terrain-là. Il aurait aimé lui dire qu'il était au courant pour le coup de fil qu'elle avait passé à Sylvie Eckhart pendant l'incendie, mais cela risquait de mettre Bobby dans une position délicate vis-à-vis de sa femme. Finalement, il se leva. Ginn l'imita et le raccompagna jusqu'à la porte d'entrée.

— Matt, la prochaine fois que tu parleras aux policiers, rappelle-toi qu'ils essaient de réunir des éléments à charge. Tu dois peser chacun de tes mots. Si tu ne le fais pas, eux le feront.

Soudain, il ne se sentit plus la force de partir. Il passa la main dans les cheveux de Ginn. Elle recula comme si cette caresse l'avait brûlée.

— Arrête, Matt.

— Tu me manques tellement… Je n'arrive pas à croire que…

— J'ai déjà entendu tout ça, l'interrompit-elle sèchement. On ne recherche pas les mêmes choses dans la vie. Et là-dessus, rien n'a changé.

— Si, je t'assure. Franchement, je crois qu'on pourrait…

— Non, on ne pourrait pas. Et si tu t'obstines à y penser, je ne ferai pas ce que je me propose de faire. Pour la gamine.

Matt abdiqua. Il savait que s'il la brusquait, la complicité qui renaissait entre eux se briserait à jamais.

— Très bien, j'abandonne. Excuse-moi. Fais attention à toi, Ginn. Ferme bien toutes les portes et laisse les lumières extérieures allumées.

— Personne ne sait qu'elle est ici. Arrête de t'inquiéter.

— Si, je m'inquiète. Je ne pense pas que ce qui est arrivé à ta mère ce soir ait été un accident.

— Bien sûr que c'en était un ! La plupart des habitants de la région conduisent comme s'ils étaient seuls sur la route. Nous ne sommes que trois à savoir qu'elle est chez moi, c'est tout. Il n'y a aucun souci à avoir. Maintenant, bonne nuit.

Elle ouvrit la porte d'entrée, ne lui laissant d'autre choix que de partir. Il effleura juste son visage de l'index et sortit. Quand elle claqua la porte, il resta un moment sur le perron, à écouter ses pas décroître dans le couloir.

Tout en regagnant la Range Rover, il tenta de se convaincre que l'épisode du chauffard n'était qu'une coïncidence. Mais plus il y réfléchissait et plus sa peur grandissait. Une peur sourde devant un ennemi invisible.

Le hurlement des sirènes le sortit d'un mauvais sommeil. Croyant à un nouvel incendie, il jaillit de son lit, enfila son jean et se précipita dehors après avoir attrapé le Glock au passage.

La lune était haute dans un ciel étrangement clair. Aucune odeur de fumée dans l'air et aucune flamme déchirant l'obscurité alentour. De sa terrasse, il pouvait voir les gyrophares des voitures de police rouler sur l'autoroute de la côte en direction du nord. Quatre véhicules fonçaient bruyamment dans la nuit. Il avait dû se passer quelque chose de grave.

En consultant sa montre, Matt s'aperçut qu'il était déjà 6 heures. Inutile de se recoucher pour si peu de temps. Il attrapa le *Wall Street Journal* et le *Los Angeles Times* que le livreur avait glissés entre les lattes du portail et balaya la route du regard. Personne.

Une demi-heure plus tard, douché et habillé, il s'installa dans la cuisine avec son café et ses journaux. Il appréciait particulièrement le moment tranquille qu'était le petit déjeuner.

Des pas précipités se firent entendre sur la terrasse. Se redressant aussitôt, il posa la main sur le Glock et vit Bobby passer devant la fenêtre. Il eut à peine le temps de cacher son arme sous ses journaux que son ami pénétra dans la cuisine.

— Salut, Bobby. Qu'est-ce que tu fais là ? demanda-t-il en sortant une deuxième tasse. Tu as senti le café depuis l'autoroute ?

— Tommy Aguilar est mort.

Matt sentit tout son corps se raidir.

— Mais je l'ai vu hier à La Sirène ! C'est arrivé quand ?

— Dans la nuit. Je n'ai qu'une minute devant moi, mais je préférais te l'apprendre moi-même, expliqua Bobby, visiblement troublé.

— Comment est-ce arrivé ?

— Un enfoiré lui a rentré un couteau dans le bide jusqu'à la garde.

— Oh, seigneur…

— On vient juste de le trouver. Quelqu'un nous a appelés sans donner son nom en disant qu'il s'était arrêté à La Sirène pour prendre un café et qu'il avait trouvé Tommy raide comme une trique. Quand on est arrivés là-bas, le resto était grand ouvert. Tommy gisait derrière le comptoir. On lui avait d'abord tiré une balle dans la tête avant de lui planter un couteau dans le ventre. Tu imagines ? Faire ça à ce bon vieux Tommy ?

Il poursuivit, la voix rendue rauque par le chagrin :

— Tu te rappelles cette élégance qu'il avait sur son surf ? Il était inégalable. Et il n'avait pas que le style, il savait toujours exactement à quel moment le rouleau allait casser. Le roi des vagues… Ces deux dernières années, je ne le reconnaissais plus. C'était à se demander s'il n'avait pas vendu son âme au diable.

Matt déglutit péniblement. Le café qu'il venait d'avaler menaçait de remonter aussi vite qu'il était descendu et son cerveau n'était pas en meilleur état. Devait-il parler de Sophie à Bobby ? Devait-il lui avouer que deux hommes l'avaient attaqué, qu'il avait retrouvé un couteau planté dans la table de sa cuisine et qu'un autre que lui recherchait les gosses ? Un homme qui, paraît-il, semblait s'être bagarré récemment ?

Le problème, c'était qu'il ne pouvait pas tout lui révéler sans l'entraîner dans un chaos sans nom — et sans impliquer Ginn. Il remplit la deuxième tasse de café et la fit glisser sur le comptoir.

— Qui a fait ça ? Tu as une idée ?

— Non, maugréa Bobby en secouant la tête. Quelqu'un qui lui en voulait, en tout cas. Le couteau est une arme particulière : l'assassin ressent souvent une certaine jouissance à entrer en contact avec la victime, à lui enfoncer la lame dans la chair. Les gars de la criminelle interrogent les Fils de Satan, histoire de voir s'ils savent quelque chose. Quand je te disais que ces mecs n'étaient pas des marrants… Ils baignent dans toutes les saloperies. Seulement, on n'a pas encore réussi à les prendre en flagrant délit. Pour l'instant.

Il restèrent silencieux un moment. Matt n'avait plus rien à dire. Aucune question à poser.

— Il aura été un sacré surfeur, pas vrai ? Bon, il faut que j'y aille, lâcha Bobby en prenant une dernière gorgée de café.

L'air absent, il reposa sa tasse, puis se leva et claqua la porte de la cuisine derrière lui.

Matt le regarda partir. Il pensait à Tommy, à celui qu'il était avant, un homme sans peur. Un as. Oui, en son temps, c'était le meilleur.

Tout ça pour finir avec un couteau dans le ventre. L'image même lui semblait irréelle.

17.

Matt s'escrimait sur son nœud papillon en jurant comme un charretier. Pourquoi n'avait-il pas opté pour un de ces nœuds tout simples qui se fixent en deux secondes avec un bouton pression ? Quand il avait acheté ce costume, Ginn n'était pas encore partie, et c'était toujours elle qui lui faisait son nœud, bien droit et parfaitement symétrique. Avec elle, cela avait l'air d'une simplicité enfantine. Il aurait dû s'acheter un de ces costumes italiens qui se portent sans cravate et la veste grande ouverte. Mais cela aurait supposé qu'il visite plusieurs boutiques, parlemente avec les tailleurs, attende que les ourlets soient faits… Voilà pourquoi il se retrouvait dans ce satané costume, à se battre avec ce satané nœud. Et le temps pressait : il devait être devant la porte de Susan Dean dans moins d'une heure.

Il était sur le point de recommencer pour la vingtième fois quand des pas lourds firent trembler les lattes de la terrasse. Il allongea le bras jusqu'au pistolet, éteignit la lumière de la chambre et s'approcha de la fenêtre. La lampe moribonde qui pendait contre le mur du garage clignota faiblement quand deux hommes passèrent devant.

Surpris, il reconnut Flores et Barstow. Chez lui, un vendredi soir, à plus de 19 heures ?

Il dissimula le Glock sous son oreiller, ferma la porte de la chambre et alla ouvrir. Barstow, qui contemplait la plage, se retourna.

— Très joli endroit, commenta-t-il après l'avoir salué. C'est surprenant de voir une petite maison comme ça sur une côte qui attire surtout les milliardaires. Vous dormez sur de l'or, cher ami.

— Ouais, renchérit Flores. Il y en a pour quelques millions, pas vrai ?

Qu'est-ce que tout cela signifiait ? se demanda Matt. Etait-il censé culpabiliser parce qu'il avait le privilège d'habiter un bout de côte apprécié des milliardaires ? Et après ? Sa maison à lui ne dépassait pas les cent vingt mètres carrés et elle grinçait à chaque rafale de vent comme si elle allait s'effondrer. De toute façon, en quoi cela les intéressait-il ?

— Entrez, dit-il simplement en allumant une lampe dans le salon. Que puis-je faire pour vous ?

Barstow referma la porte. Il remarqua le costume, la chemise de marque et le nœud défait autour du cou de son hôte.

— Nous passons au mauvais moment, apparemment.

— Ce n'est pas grave, mentit Matt, toujours debout au milieu du salon. Alors, que puis-je faire pour vous ?

Flores dégrafa le bouton de sa veste. Matt vit briller la crosse de son arme sous son bras.

— L'enquête concernant la jeune fille d'Encinal et le bébé que vous avez trouvé sur la plage est close, déclara Barstow tandis que son collègue balayait la pièce du regard.

— Je vois.

Matt retint un soupir de soulagement. Donc, ils ne venaient pas lui parler de Tommy. Il s'était passé tant de choses depuis l'incendie qu'il s'attendait à tout instant que le ciel lui tombe sur la tête.

— Merci d'être venus me l'annoncer en personne, mais un coup de fil aurait suffi. Je demanderai aux pompes funèbres de se mettre en rapport avec le coroner demain. Il est un peu tard pour aujourd'hui.

— Vous ne voulez pas connaître la cause de la mort ? demanda Barstow.

— Si, bien sûr. Vous avez le rapport d'autopsie ?

— Oui, monsieur Lowell. Nous avons les deux rapports.

Devant leur intonation, Matt les observa à tour de rôle. Il n'obtint en retour que deux regards glaciaux.

— Alors, que s'est-il passé ?

— Vous voulez savoir ce qui a causé la mort de cette fille ou ce qui s'est passé avant sa mort ?

— Je suis un peu perdu, avoua Matt, sans comprendre. Tout ce que vous savez m'intéresse.

— Elle a fait une grave hémorragie après avoir accouché et elle s'est vidée de son sang. Ça n'a pas dû être une partie de plaisir. De ses cinq ou six litres de sang, il ne restait plus grand-chose. Bien sûr, les circonstances de son accouchement ont dû grandement contribuer à cette fin malheureuse.

— Ce qu'il veut dire, intervint Flores, c'est qu'on ne l'a pas tuée à proprement parler. En revanche, on l'a baisée avant cet accouchement. Et si je dis « baiser », ce n'est pas pour rien. Après quoi, la mère et l'enfant sont morts. Une mort soi-disant naturelle. Et le dossier est refermé. Ça doit bien en arranger certains.

L'inspecteur le fixait de ses pupilles métalliques sans jamais cligner des paupières. Matt sentit sa gorge s'assécher. Une veine battait furieusement contre sa tempe.

— Nous avons reçu l'ordre de clore cette enquête, monsieur Lowell. Et voilà, c'est fait.

— Je ne comprends pas. Vous voulez dire qu'elle a été violée ?

— Violée et sodomisée. Ensuite, elle a accouché seule sur la plage en plein incendie et elle est allée mourir un peu plus loin. Et le bébé est mort, lui aussi. Fin de l'histoire, conclut Barstow d'un ton sec.

— Fin de l'histoire ? Ça veut dire que vous n'allez pas enquêter plus avant pour trouver le coupable ?

— On nous a demandé de laisser tomber. Les moyens limités de la police californienne doivent se concentrer sur des affaires plus faciles à résoudre. C'est bien ça qu'on nous a dit, hein, Ed ? demanda Barstow en se tournant vers son coéquipier.

— Oui, c'est bien ça. Pas de temps et d'argent à perdre pour deux inconnues qui s'amusent à mourir en pleine nature.

— Nous ne saurons jamais d'où elle venait, ni qui l'a violée. Ni qui a recouvert son corps de fleurs. Et il y a au moins un gars ce soir qui doit être soulagé à l'idée que nous ne le découvrirons jamais.

Matt alla dans la cuisine. Il ouvrit un placard et en sortit une bouteille de whisky.

— Asseyez-vous. Je vous sers un whisky ?

— Non merci, répondit Flores. Pas maintenant.

Matt sentait trop le venin dans ces mots. Flores lui signifiait qu'il ne buvait pas avec n'importe qui... Ou peut-être devenait-il parano. Il était possible que Flores n'ait pas envie de boire, tout simplement.

— Mais il semble que vous soyez attendu, monsieur Lowell. Je vous en prie, reprenez là où nous vous avons interrompu. Très beau costume, au fait, commenta Barstow sans conviction.

Matt se servit deux doigts de whisky, y ajouta un peu d'eau gazeuse et revint dans le salon. Les deux inspecteurs avaient préféré rester debout. Quand le téléphone sonna, Matt regarda l'appareil sans le voir. *Une adolescente. Violée. Sodomisée...* Des horreurs comme on en lit parfois dans la presse, mais qui surgissent rarement dans votre propre existence. Maintenant, ces atrocités étaient bien réelles à ses yeux.

— Vous ne voulez pas décrocher ? s'enquit Flores. Nous pouvons attendre.

— Non, je m'en occuperai plus tard.

Si c'était Ginn, ce n'était vraiment pas le moment de décrocher et il n'avait envie de parler à personne d'autre. La sonnerie s'arrêta. Il reposa son verre sans y avoir touché.

— Pourquoi êtes-vous venus alors qu'un coup de fil aurait suffi ? J'ai trouvé un bébé et j'ai proposé de lui offrir une sépulture digne. Ensuite, j'ai demandé la même chose pour sa mère. C'est tout. Alors, pourquoi ai-je l'impression que vous n'en avez pas fini avec moi ?

Flores s'avança d'un pas.

— Essayez de vous mettre un peu à notre place. Premièrement, dit-il en levant son pouce, nous n'avons personne d'autre que vous pour parler de cette histoire. Et deuxièmement, ajouta-t-il en levant l'index, nous savons que vous nous avez menti. De plus, pour un homme comme vous, célibataire, travaillant dur et gagnant confortablement sa vie, vous avez montré un intérêt pour le moins étrange à cette affaire. En résumé, vous avez menti, vous êtes riche, votre cabinet paie énormément de taxes à la ville, vous êtes très influent dans les hautes sphères. Et aujourd'hui, comme par hasard, on nous demande de refermer gentiment le dossier. L'ordre vient d'en haut, de très haut, même. Du bureau du maire ou d'un député que quelqu'un tient par les couilles. Ou peut-être de notre patron à nous, pourquoi pas. Vous savez comment ça marche : tout le monde fait campagne pour garder son fauteuil Louis XVI, tout le monde a besoin de soutien et d'argent et est prêt à renvoyer l'ascenseur en échange. Alors, vous comprenez sans doute pourquoi mon coéquipier et moi trouvons tout ça très intéressant, n'est-ce pas ?

Matt resta silencieux un long moment. Enfin, il poussa un profond soupir.

— Vous me prêtez beaucoup plus de pouvoir que je n'en ai.

J'ai l'impression que, quoi que je dise ou fasse, vous interprétez tout contre moi.

— Pas la peine de vous inquiéter, répliqua Flores en écartant les mains. Le cas est enterré. Simplement, par courtoisie, mon coéquipier et moi avons décidé de prendre sur notre temps pour vous offrir la primeur de cette nouvelle. Et vous apprendre par la même occasion que les deux corps dont vous vous seriez bien occupés ont disparu.

Matt ouvrit des yeux ronds.

— Quoi ?

— Vous avez bien entendu, renchérit Barstow. Impossible de vous remettre les corps pour un enterrement en règle. On n'arrive plus à mettre la main dessus. Personne ne sait ce qu'ils sont devenus. Ils ont disparu comme s'ils n'avaient jamais existé.

— Le problème, monsieur Lowell, c'est que nous avons tous les deux une fille de cet âge-là. Quatorze et quinze ans. Alors, voyez-vous, ça ne va pas être facile pour nous de laisser tomber cette enquête…

A cette remarque, Matt bondit.

— Je commence à en avoir plein le dos de vos insinuations !

— Quelles insinuations ?

— Vous êtes persuadés tous les deux que je suis mêlé à toute cette histoire.

— Et ce n'est pas le cas ?

— Bien sûr que non ! Je n'ai rien à voir avec ces embrouilles.

— Alors, détendez-vous, vous n'avez rien à craindre, conclut Barstow sans sourire. Sur ce, nous avons une longue route à faire et il semble qu'une charmante soirée se prépare pour vous. Nous n'allons pas vous déranger plus longtemps. Bonne soirée, monsieur Lowell.

Cette fois, ni l'un ni l'autre ne lui tendirent la main. Matt leur ouvrit la porte et les regarda sortir. Le léger souffle qui venait de la mer était à peine perceptible, mais un doux parfum iodé, un peu pimenté, avait remplacé l'odeur de landes brûlées arrosées par la pluie.

Matt respira un grand coup en regardant les deux silhouettes disparaître dans la pénombre du jardin. Ils venaient de l'avertir qu'ils ne le lâcheraient pas. Mais qu'avait-il fait de si grave ? Il avait menti pour protéger une enfant innocente, il avait omis de leur parler d'une agression dont il avait été victime, ainsi que de cet homme qui recherchait lui aussi les enfants. Si Tommy avait dit vrai, songea-t-il, l'homme en question devait pousser ses recherches sur toute la côte. Les flics ne tarderaient donc pas à le découvrir par eux-mêmes.

Sauf que, malheureusement, la situation était bien plus complexe. Il avait offert un toit à une mineure étrangère, en situation irrégulière. Et qui savait forcément des choses importantes pour cette enquête.

18.

La file de voitures avançait rapidement. Matt tendit les clés au voiturier, puis sortit et contourna la Range Rover pour aider Susan Dean à descendre. Avec un sourire, elle remonta sa robe, découvrant une longue jambe délicieusement dessinée, puis posa à terre son pied chaussé d'une sandale au talon haut incrusté de brillants. En jean, bottes et casque de chantier, Susan était déjà une femme extrêmement sexy, mais dans cette robe de soirée noire qui moulait son corps parfait comme une deuxième peau et avec ses cheveux roux tombant en cascade sur ses épaules nues, elle aurait pu détourner de son devoir le plus pieux des cardinaux.

Comme il le craignait, il était arrivé chez elle avec presque une heure de retard. Son embarras n'avait fait qu'empirer quand il avait découvert qu'elle avait préparé des toasts au caviar et débouché une bouteille de champagne. Devant ses excuses, elle avait simplement haussé les épaules avec un commentaire poli sur les embouteillages autour de Los Angeles. Il ne l'avait pas contredite. Qu'aurait-il pu dire, de toute façon ? Que ce n'était pas la faute du trafic ? Qu'il avait reçu la visite de deux inspecteurs qui le soupçonnaient d'être un dangereux criminel ? Susan ne savait même pas qu'il avait trouvé un bébé pendant l'incendie. Et il n'avait aucune envie d'en parler, excepté à Ginn.

Des voiturettes de golf emmenaient les invités jusqu'au manoir, déchargeaient leur chargement de smokings et de dentelles, puis revenaient chercher les suivants. A en croire Julie, la femme de Ned, une lectrice assidue des chroniques mondaines, cette soirée annuelle organisée par Nate Broagan permettait de rassembler chaque année plus d'un million de dollars pour le conservatoire, l'opéra et d'autres salles où se faisait et se défaisait la vie culturelle de la ville. Des personnalités affluaient de toute la région pour voir — et surtout être vues.

Ils prirent la voiturette suivante. Le conducteur était d'un enthousiasme communicatif et le minuscule véhicule brinquebalait gaiement sur les courbes d'un chemin pavé qui gravissait une colline verdoyante. A gauche et à droite se dressaient deux haies d'arbres majestueux, illuminées par des guirlandes électriques, telles des lucioles accrochées à la nuit.

Mon père avait raison, pensa Matt. *Ce que l'argent peut acheter de plus précieux en ce bas monde où tant de gens vivent serrés, c'est l'espace.*

Enfin, le manoir apparut. Trois étages, des colonnes blanches pour supporter le portique, un large escalier en pierre. Le chemin se divisait autour d'une immense statue représentant un cheval. De l'eau coulait de sa bouche dans des bassins superposés tapissés de céramique.

— C'est ravissant ! s'extasia Susan. Un modèle de château français. Quand a-t-il été construit ?

— En 1913. Les fondations ont été creusées alors que Beverly Hills n'était encore qu'un champ de petits pois et, lorsqu'on a posé la toiture, Rodeo Drive ressemblait à un chemin de muletier. Je ne suis même pas sûr que tes grands-parents étaient nés, à l'époque.

La voiturette passa sous le portique et s'arrêta devant une immense tente aux rayures vertes et rouges, érigée sur les courts de tennis. Du plafond de toile pendaient des lustres somptueux qui brillaient de mille feux. Des tapis rouges recouvraient une estrade posée à même le sol. Des bouquets de fleurs et des paniers de fruits disposés sur des urnes immenses complétaient la décoration.

Un serveur en uniforme s'approcha, un plateau à la main. Matt prit deux coupes de champagne et en tendit une à Susan. Ils se frayèrent un chemin le long des tables sur lesquelles trônaient des pièces d'horlogerie, des œuvres d'art, des caisses de grands vins et des sacs griffés à Paris — autant d'objets qui trouveraient bientôt preneur à des prix très supérieurs à leur vraie valeur. Tout en se demandant qui pourrait bien faire monter les enchères sur des articles aussi inutiles, Matt jeta un premier coup d'œil à sa montre. Le programme de cette brocante de luxe était immuable : dîner, vente aux enchères et danse. Fort heureusement, la bourgeoisie de Los Angeles comptait beaucoup de couche-tôt et les soirées ne dépassaient généralement pas 23 heures.

Susan s'arrêta derrière un couple intéressé par un assortiment de sacs à main, cuir, velours, crocodile, lézard. Matt regarda le sac excentrique que la jeune femme caressait pendant que son époux d'une cinquantaine d'années la dévorait des yeux comme s'il avait du mal à croire à sa chance. Parfaitement moulée dans sa robe en satin vermillon, elle était très jeune, avec des yeux et des cheveux très noirs. Elle fit une œillade à son mari en battant des cils, comme dans un film des années trente. Aussitôt, l'homme saisit la fiche associée au sac et y inscrivit son nom ainsi que le montant de son enchère. Elle eut une petite exclamation satisfaite, sinon amoureuse, et lui embrassa la joue avant de le tirer par le bras vers la table suivante.

Susan attrapa le sac qu'ils venaient de reposer.

— N'est-ce pas ravissant ?

— Quoi ? demanda Matt.

On aurait dit une sorte de boîte ouvragée à laquelle un créateur peu inspiré avait donné la forme et la couleur d'un tigre. Plutôt kitsch, pensa-t-il.

— C'est un sac de soirée Judith Leiber.

Prenant la fiche, Matt y inscrivit son nom, son numéro de table, et surenchérit.

— Fais attention, avec cette offre-là, tu risques bien d'être obligé de l'acheter, le prévint Susan avec un sourire.

— J'espère bien, puisqu'il te plaît.

Il avait agi sans réfléchir, un peu pour s'excuser d'être arrivé en retard ou de ne pas savoir l'aimer. Il releva la tête et croisa le regard de l'homme dont il venait de briser l'offre.

— Il semble que vous venez de m'économiser une petite fortune, déclara ce dernier. Je suppose que je devrais vous remercier.

Son accent était un peu rocailleux comme s'il avait commencé sa carrière en tant que garçon vacher dans un Etat du sud. Mais il avait une certaine prestance, costaud sans être gros.

— Disons que c'est pour une bonne cause, répondit Matt.

Il prit le bras de Susan et pointa un couple un peu plus loin.

— Tiens, voilà Julie et Ned.

Alors qu'ils slalomaient entre les invités, Matt se pencha à son oreille et murmura :

— J'espère qu'elle ne va pas lui faire monter son prix pour le sac.

— C'est déjà fait, lui apprit Susan en se retournant discrètement. Il est en train de faire une nouvelle offre. Tu as vu les rubis qu'elle portait ?

— Zut. J'y retourne.

— Mais non, voyons ! Allez, ne fais pas l'idiot. Je m'en fiche.

— Eh, vous deux ! lança Julie en les rejoignant. Où étiez-vous ?

Matt l'embrassa sur les deux joues.

— On faisait nos emplettes. Tu es magnifique, Julie. Comment vont les garçons ?

— Ils vont bien, mais tu devrais passer les voir un de ces quatre. Tu leur manques.

— Tu veux dire que Barney leur manque.

— Oui. Et la plage aussi.

Julie écarquilla les yeux, avec cet air de chipie ingénue qu'elle prenait chaque fois qu'elle voulait quelque chose.

— D'accord, tu as gagné. Je les appellerai, promit-il avant de se tourner vers Ned. Comment vas-tu, vieux frère ? Tu es en train de soulager ton compte en banque ?

— J'attends de faire une offre pour l'île privée. Elle sera mise aux enchères après le dîner.

— Tu plaisantes ? dit Julie en se tournant vers son mari.

Ned secoua la tête.

— Mais qui serait assez fou pour donner une île privée ? demanda-t-elle.

— Quelqu'un qui a envie d'alléger sa feuille d'impôts, répondit une voix au fort accent germanique. Ned, Matt, ça fait plaisir de vous voir.

Se retournant, Matt se retrouva face aux yeux bleus d'Erik Hoffman. Architectes tous les deux, ils ne se croisaient que rarement dans le cadre de leur travail.

— Erik ! s'exclama Ned.

Les deux hommes se serrèrent la main. Hoffman se tourna ensuite vers les deux jeunes femmes avec un large sourire.

— Ned, voudrais-tu me présenter à ces deux charmantes créatures ?

Ned s'exécuta avec plaisir — et fierté.

— Erik Hoffman. Mon épouse, Julie. Et je pense que tu as déjà entendu parler de Susan Dean, l'une de nos architectes.

Matt se surprit lui aussi à sourire quand ce vieux grigou de Hoffman prit délicatement la main de Julie et se pencha pour y déposer un baiser. Du haut de ses quatre-vingts ans, il conservait un charme étonnant et, à l'évidence, l'envie de séduire. Avec ses épaules de rugbyman, son ventre plat et son mètre quatre-vingt-dix, il avait un physique que lui auraient envié beaucoup de jeunes de trente ans. Ses cheveux, autrefois très blonds, étaient devenus blancs comme neige et ondulaient de son front jusqu'à ses épaules.

Hoffman se tourna vers Susan et renouvela son baise-main.

— Je connais bien votre travail. Quand j'avais leur âge, commença-t-il en désignant Ned et Matt, je ne travaillais qu'avec des hommes sans relief, qui se croyaient les meilleurs à cause de leur crayon derrière l'oreille. Je vois que les choses ont changé. En bien.

— Je vous remercie, monsieur Hoffman, répondit Susan. Je suis très flattée.

— Appelez-moi Erik. Il n'y a aucune flatterie dans ce que je dis. Vous faites une bonne équipe. Comme vous, je me passionne pour les vieux édifices.

Il s'éloigna d'un pas, puis se retourna. Sans mot dire, il s'approcha de Julie qui tendit l'oreille pour l'entendre.

— Ne laissez pas Ned se ruiner pour cette île, murmura-t-il. C'est un amas de rochers recouvert d'algues au milieu d'une eau antipathique. Je sais de quoi je parle. C'est moi qui l'offre.

Et il éclata de rire. Un rire si communicatif que tous l'imitèrent bien qu'ils n'aient pas entendu un traître mot de cet échange confidentiel.

— Quel charmeur ! déclara Julie après son départ. Je suis sûre qu'il a brisé bien des cœurs du temps de sa gloire.

— Ça te surprendra sûrement d'apprendre qu'il est marié à la même femme depuis cinquante ans, lui apprit Ned.

— Tu crois que ça l'a empêché de briser des cœurs ? Et de continuer ?

— Ne sois pas dupe, grommela Susan. A sa manière, ce n'est pas un drôle.

— Oh, dis-moi tout. Je veux tout savoir.

— Pas maintenant. Une autre fois.

— Allez, Susan… Qu'est-ce que tu sais sur lui ? Moi, je le trouve fascinant.

La jeune femme n'eut pas le temps d'ouvrir la bouche qu'une cloche au son cristallin annonça le dîner. Ils se mêlèrent à la foule qui quittait la tente et suivirent le petit chemin de gravier qui menait au manoir.

En haut des marches, les Broagan, Nathan, son fils Jake et sa belle-fille Gena, les accueillirent d'un ample geste du bras, appelant leurs amis par leurs prénoms, embrassant quelques joues privilégiées. Le vieil homme avait l'air fatigué et son costume noir pendait sur ses épaules décharnées comme sur un cintre. Quant à Jake, il affichait un sourire tendu. Les deux hommes s'étaient placés côte à côte et, pourtant, ils semblaient à des années-lumière l'un de l'autre.

Matt prit le bras de Susan et se pencha à son oreille.

— Hoche la tête avec un sourire, ça suffira.

Eclairé par des dizaines de bougies, le hall devait bien mesurer deux cents mètres carrés — plus que sa maison et son garage réunis. Dans les salons, à droite et à gauche, des lumières tamisées laissaient deviner quelques œuvres de la fameuse collection Broagan sur la peinture post-impressionniste. Les convives flânèrent quelques instants comme s'ils visitaient un musée, avant de traverser le hall et de ressortir de l'autre côté. En bas des marches se dressait une autre tente, toute blanche, abritant des tables couvertes de fleurs. Les nappes ivoire, les

Collection BEST SELLERS

2 romans GRATUITS + 2 cadeaux

Nous vous offrons **2 romans gratuits** pour vous faire découvrir le plaisir de recevoir les *Best-Sellers* à domicile ! c'est une offre à ne pas manquer !

Le premier colis est entièrement gratuit pour vous faire découvrir les avantages du Service Lectrices. Il est composé uniquement de cadeaux : deux romans, un bracelet et un cadeau surprise. Ensuite nous vous enverrons 3 livres à consulter tous les mois. Vous ne payerez ces romans que si vous décidez de les garder, sinon vous ne nous devrez rien. Vous pourrez même les lire et nous les retourner sous 10 jours, vous n'aurez alors rien à payer.

Oui, envoyez-moi mes **2 livres gratuits** choisis parmi les meilleurs romans de la Collection Best–Sellers, et **mes cadeaux** : le ravissant bracelet et le cadeau surprise. En répondant à cette offre, j'accepte de recevoir ensuite 3 romans au format de poche, de la Collection Best-Sellers, simplement à consulter. Chaque livre, de plus de 300 pages, me sera proposé au prix exceptionnel de 6,08 € (au-lieu de 6,40 €). La participation aux frais de port n'est que de 2,30 € par colis. Je n'ai aucune obligation d'achat et je peux retourner les livres sans rien vous devoir, ou annuler tout envoi futur, à ma guise. Il en sera ainsi tous les mois tant que je le voudrai. Dans tous les cas, je conserverai mes cadeaux.

❒ Mme ❒ Mlle ❒ M

NOM.................................... PRÉNOM ....

ADRESSE..

....

CODE POSTAL : |_|_|_|_|_|

VILLE : ....

N° DE TÉLÉPHONE : |_|_|_|_|_|_|_|_|_|_|

EMAIL : .... @................................

E5KEØ1

Merci de votre confiance. Votre colis gratuit vous parviendra 20 jours environ après réception de cette carte.

Le Service Lectrices vous écoute

du lundi au jeudi de 9h à 17h et le vendredi de 9h à 15h, au 01 45 82 44 26

www.harlequin.fr

EDI 1918

Cette offre – soumise à acceptation - est valable en France métropolitaine uniquement jusqu'au 30 avril 2006 à raison d'une demande par foyer. Prix susceptibles de changement. Réservé aux lectrices de plus de 18 ans qui n'ont pas encore demandé de livres gratuits.

Conformément à la loi Informatique et Liberté du 6 janvier 1978, vous disposez d'un droit d'accès et de rectification aux données personnelles vous concernant en vous adressant au : Service Lectrices Harlequin – BP 20008 - 59718 Lille cedex 9.

éditions Harlequin

Ne pas affranchir

Service Lectrices HARLEQUIN
Libre réponse 30091
59789 LILLE CEDEX 9

serviettes assorties pliées en éventail dans les verres en cristal, la porcelaine raffinée et l'argenterie étincelante rivalisaient en standing avec les plus grands restaurants français.

Un orchestre jouait des airs connus. Ils trouvèrent leur table, non loin de la piste de danse et d'un poêle design destiné à chauffer la tente. Trois couples étaient déjà installés. Les hommes se levèrent et se présentèrent ainsi que leurs épouses. Ils se serrèrent la main et, après les plaisanteries d'usage, tous reprirent leur conversation.

Susan se pencha vers Matt.

— Tu crois que c'est vrai ce qu'on raconte sur lui ? demanda-t-elle à voix basse.

Il suivit son regard. A deux tables de là, Erik Hoffman dissertait, entouré d'un auditoire nettement plus jeune que lui. Tous restaient debout à l'écouter en riant.

— Quoi ? Que c'est un as au tennis ?

— Non, murmura-t-elle en jetant un coup d'œil à Julie. Tu sais, qu'il était gardien dans un camp de concentration nazi et qu'il a aidé Nate Broagan et son frère à s'échapper, juste avant la fin de la guerre.

— Non, c'est juste une rumeur parmi d'autres. On ne sait jamais qui les lance. S'il y avait quoi que ce soit de vrai là-dedans, tu penses bien que *Time Magazine* en aurait déjà fait sa une.

Julie tendait le cou vers eux pour entendre ce qu'ils se disaient.

— Nous parlions de l'article que *Time Magazine* a publié sur Broagan l'an dernier, mentit Susan.

— Je l'ai raté, se désola Julie en se rapprochant un peu plus. Que racontait-il ?

— Que son nom était à l'origine Nathan Broganski. Il a survécu au camp de concentration de Dachau et il est arrivé aux Etats-Unis sans un sou alors qu'il était encore adolescent.

Il a traversé le pays d'est en ouest pour venir travailler comme simple maçon à Los Angeles. A l'époque, on construisait des milliers de logements pour les vétérans de la guerre. On raconte qu'il travaillait deux fois plus que les autres, six jours sur sept, mangeant peu et économisant chaque centime. Il a finalement réuni assez d'argent pour s'acheter un petit verger non loin de San Fernando Valley. C'est à ce moment-là qu'il a enfin montré de quoi il était capable, expliqua Susan, les yeux pétillants. Il a été l'un des seuls promoteurs de l'époque à travailler avec un architecte et à créer du neuf alors que les autres se contentaient de réutiliser des plans d'avant-guerre. Le jeune architecte qu'il avait choisi est devenu par la suite le célèbre Barnaby Farrell. La société Broagan Construction s'est taillé une solide réputation en édifiant des milliers de jolies maisons bon marché. Puis elle a construit le premier hôpital et le premier gratte-ciel de Los Angeles. Nate Broagan a, sans aucun doute, apposé sa marque à cette ville.

— Eh bien, c'est une sacrée histoire !

— Cet homme est extraordinaire. Avec les premiers bénéfices de sa société, il a construit une maison destinée à accueillir les veuves et les orphelins des déportés juifs. La Maison d'Hannah est aujourd'hui l'orphelinat le plus respecté de toute la région.

— Incroyable ! Je crois que j'adore Nate, maintenant. Tu savais tout ça sur lui, toi ? demanda Julie en se tournant vers son mari.

La réponse de Ned se perdit dans un roulement de tambour lancé par l'orchestre. Les lumières s'atténuèrent et les conversations cessèrent tandis qu'un projecteur suivait Nate Broagan jusqu'au micro planté au milieu de la scène. Il semblait tellement fragile qu'une simple brise aurait pu le renverser. D'une voix haut perchée, il prononça un bref discours de bienvenue, salua quelques politiciens — un ancien président des Etats-Unis et son épouse, un sénateur, le gouverneur, le maire de Los Angeles. Il souhaita à tous de passer une excellente soirée, de dépenser beaucoup plus d'argent que ce qu'ils avaient prévu, puis conclut son discours par une pointe d'humour qui provoqua un éclat de rire général.

Comme à un signal, les serveurs s'approchèrent des tables pour remplir les verres et apporter les entrées. Les bavardages reprirent, avant d'être de nouveau interrompus par le chant d'une cornemuse. Un musicien apparut, vêtu de façon traditionnelle — kilt vert à carreau, escarcelle en peau, tartan sur l'épaule. Le son de son instrument était assourdissant.

— Je reviens tout de suite, murmura Matt à l'oreille de Susan.

Elle le regarda en riant. Il crut l'entendre prononcer le mot « froussard ».

La cornemuse baissa d'un ton quand l'homme qui faisait office de commissaire-priseur monta sur l'estrade. Il lança les enchères du premier lot : un week-end de chasse à la grouse dans un domaine écossais, avec nuits et repas au château. Quelqu'un dans l'assistance s'enquit de l'état de la plomberie et tout le monde rit de bon cœur.

Matt se faufila le plus discrètement possible entre les tables, gravit les marches du manoir et traversa le hall. Il admira un instant les majestueuses tours de Century City qui se dressaient au loin. La brume s'accrochait aux gratte-ciel et leur faisait comme un voile argenté. Il inspira profondément l'air de la nuit empreint d'humidité. Depuis l'incendie, il avait besoin de s'aérer les poumons et, ce soir, plus que d'habitude. Il se sentait particulièrement oppressé suite à sa conversation avec Flores et Barstow.

Une odeur de cigare lui chatouilla les narines. Des voix s'approchèrent et, dans la lumière de la cour, il vit arriver un groupe de plusieurs personnes, parmi lesquelles il reconnut Jake Broagan.

— Matt, viens un peu avec nous, lança ce dernier avec enjouement.

Matt les rejoignit.

— Salut, Jake.

— Es-tu adepte de ces choses ? s'enquit Jake en faisant tourner son Havane sous son nez.

— Non, merci. Ça ne fait pas partie de mes plaisirs.

Jake s'esclaffa.

— Et c'est quoi, tes plaisirs ? Je me suis toujours posé la question.

— Je suis sûr que ça t'empêche de dormir, répliqua Matt avec un sourire ironique.

— J'ai vu que tu n'avais pas amené Ginn.

Il le regarda sans répondre.

— As-tu déjà rencontré les neveux d'Erik ? enchaîna Jake. Gerhart et Hans Hoffman sont venus nous voir de leur lointaine Allemagne. Les amis, je vous présente Matt Lowell.

Matt serra les mains qu'on lui tendait. Un peu plus tôt, il les avait vus rire autour d'Erik Hoffman. Les deux jeunes gens avaient effectivement un air de famille : même taille, même musculature et mêmes yeux bleus très pâles.

— Voici Leonid Petrov et Vassily Palinski qui nous arrivent de Moscou. Matt et moi nous connaissons depuis l'enfance, expliqua-t-il à l'attention des Russes.

— Vous êtes venus visiter Los Angeles, vous aussi ? s'enquit Matt.

— Non, nous avons chacun une maison dans le coin, répondit Petrov. Nous travaillons beaucoup avec Los Angeles.

Palinski, lui, ne dit rien, se contentant de tirer sur son cigare. Matt les dévisagea discrètement. Toutes les maisons « dans le coin » valaient au bas mot un million de dollars.

Beaucoup d'argent pour des gens qui ne devaient pas avoir plus de trente ans.

— Dans quoi travaillez-vous ?

— Oh, l'import-export, ce genre de trucs.

Une réponse volontairement vague qui fut suivie d'un silence embarrassé. Matt réfléchit sans en avoir l'air. Ces hommes n'avaient sûrement aucun rapport avec la drogue. Même Jake n'inviterait pas des trafiquants dans la maison de son père. Peut-être s'occupaient-ils de vente d'armes, un business lucratif et légal, bien que dangereux.

— Je suis ravi de vous avoir rencontrés, déclara-t-il. Hans, Gerhart, amusez-vous bien en Californie. Maintenant, si vous voulez bien m'excuser, il faut que je retourne à ma table.

— Je te comprends, assura Jake en s'esclaffant. Si j'avais une femme comme Susan Dean à côté de moi, je ne la laisserais pas seule trop longtemps, moi non plus. C'est trop dommage que je sois marié et heureux. J'aurais bien tenté de te la piquer, celle-là.

Content de sa plaisanterie, il éclata de rire. Matt eut un sourire forcé. Il était persuadé que Jake en rajoutait, histoire d'entretenir sa réputation de tombeur. D'ailleurs, ses compagnons ne réagirent même pas à sa blague minable.

Matt leur adressa un signe de la tête, puis remonta les marches, conscient du silence qui était retombé derrière lui. Dans la tente, la cornemuse avait disparu et le commissaire-priseur prenait maintenant les enchères pour un dîner cuisiné à domicile par le meilleur chef de la ville.

— Un moment, s'il vous plaît, intervint une voix d'homme derrière lui.

Matt se retourna alors qu'une main se posait sur son épaule. L'homme était grand, mince, avec un visage assez glacial. L'harmonie de son costume était gâchée par la bosse que faisait son arme sous sa veste. Matt sentit son estomac se tordre et des perles de sueur apparurent sur ses tempes. Ce type était flic.

Il se faisait arrêter devant les cinq cents personnes les plus influentes de Californie — voire, pour certains, du pays tout entier. Pour la première fois de sa vie, il comprit pourquoi certains innocents fuyaient la police comme s'ils étaient coupables.

19.

— Monsieur Lowell, M. Broagan souhaiterait vous voir, déclara le colosse en désignant Nate Broagan du menton.

Le vieil homme était assis entre l'épouse de l'ancien président et un sénateur californien. Leur table était à la fois proche de la piste de danse et suffisamment éloignée de l'orchestre pour discuter sans hurler.

Il croisa le regard de Matt, le salua d'un hochement de tête et lui fit signe de le rejoindre. Matt eut l'impression que son cœur reprenait sa place dans sa poitrine.

— Dites à M. Broagan que j'arrive tout de suite.

Il fit un détour par sa table de façon à s'excuser auprès de Susan. Etonnée, elle lui demanda ce que lui voulait Broagan.

— Je ne sais pas du tout. Je te le dirai quand je reviendrai.

Une minute plus tard, il se tenait debout à côté d'un ancien président des Etats-Unis qui plaisantait en faisant tournoyer sa fourchette. Il n'avait pas voté pour lui et l'homme n'avait pas été, à son avis, un excellent président, mais quand même, il avait dirigé la première puissance mondiale. Matt imagina la tête de son père quand il lui raconterait cela.

— Bonsoir, monsieur Broagan. Vous avez demandé à me voir ?

— Ah, vous voilà ! s'exclama Broagan en levant les yeux. Monsieur le président, je vous présente Matt Lowell.

Tout en se demandant ce qu'il faisait là, Matt serra la main de l'ancien chef de l'Etat, du sénateur qui, selon la rumeur, briguait la présidence à son tour, puis du maire qu'il connaissait pour avoir travaillé sur de nombreux marchés publics. Enfin, il s'inclina devant une dame richement vêtue, sans doute l'épouse de l'un d'entre eux.

Le vieil homme recula sa chaise et se déplia avec difficulté. Matt s'empressa de l'aider. Broagan s'appuya lourdement sur son bras tout en lui montrant une ouverture à l'arrière de la tente. Quand ils se furent un peu éloignés, Matt prit la parole.

— Jake est dehors, de l'autre côté du manoir. Voulez-vous que j'aille le chercher ?

— Si j'avais eu besoin de mon fils, je l'aurais fait demander. On va sortir par là pour rejoindre mon bureau. Les Kings jouent ce soir à Atlanta et je veux connaître le score. Maintenant, je vais me retourner et saluer la foule. Vous, poursuivez votre chemin comme si de rien n'était. Sinon, on ne va pas s'en sortir. Compris ?

Matt réprima un éclat de rire. Il suivit les instructions de son hôte et, une fois dans l'ombre, se retourna pour l'admirer dans son rôle. Sur son passage, Broagan dispensa sourires, mots doux, clins d'œil de façon à contenter chacun. Puis, une fois les au revoir achevés, il rejoignit Matt à l'arrière de la tente en évitant les derniers regards braqués sur lui. Matt fit signe à l'un des serveurs de lui tenir la porte en toile, et ils se retrouvèrent à l'air libre. Une bonne odeur de feu de bois flottait dans l'air, mais la température avait chuté. L'automne était enfin arrivé.

A peine le pan de toile fut-il retombé derrière eux que le pas de Broagan devint plus hésitant. Il flageola sur ses jambes et ses ongles s'enfoncèrent dans l'avant-bras de Matt. Il reprit son souffle, mais ses poumons produisaient maintenant le bruit d'un papier déchiré. Matt s'aperçut qu'il pouvait porter ce vieillard à bout de bras, presque sans effort.

— Vous allez bien, monsieur Broagan ?

— Bien sûr que je vais bien, maugréa-t-il. Juste au bout du chemin, là.

Situé dans un bâtiment à part, son bureau était bâti sur deux étages — mille bons mètres carrés entourés d'arbres. Sur la façade néo-classique, le lierre offrait des couleurs de saison, orange, ocre et pourpre. Des guirlandes de lumière éclairaient l'étroit sentier en gravier qui courait jusqu'à la bâtisse, tel un ruisseau sillonnant une verte prairie. Matt marchait d'un pas lent et régulier en soutenant Broagan, qui tremblait toujours.

— Comment va votre père ? s'enquit le vieil homme.

— Mon père ?

— Oui, votre père. Vous êtes dur d'oreille, à votre âge ?

— Non, monsieur, répondit Matt en riant. Mais je ne savais pas que vous le connaissiez.

— Depuis des années. Un bon architecte. Est-ce qu'il travaille toujours ?

— Oui, mais seulement pour nous et juste quand un projet lui donne envie de reprendre ses crayons.

— Dommage. L'envie de continuer à se battre pour être le meilleur contribue beaucoup à vous garder jeune.

C'était précisément cet esprit de compétition qui avait fini par pousser son père à prendre sa retraite. L'esprit de compétition et les clients. Maintenant qu'il pouvait enfin se payer le luxe de ne plus courir après les contrats, il pilotait des coucous d'après-guerre, jouait au golf et ne dessinait plus que pour ses fils quand il trouvait l'inspiration.

— Est-ce qu'il s'est remarié ?

— Non, répondit Matt sans s'étendre.

— Mmm, grogna Broagan. La prochaine fois que vous le verrez, dites-lui que j'ai demandé de ses nouvelles et transmettez-lui mes amitiés.

— Merci. Je n'y manquerai pas.

Ils étaient arrivés devant le patio pavé de brique rouge qui encadrait l'entrée de la bâtisse. Si les fenêtres du premier étage étaient plongées dans l'obscurité, des flots de lumière rayonnaient à travers les baies vitrées du rez-de-chaussée. La porte d'entrée n'était qu'à quelques pas, mais Broagan décida de faire une pause pour reprendre son souffle. Ils s'arrêtèrent au bord d'un bassin de granite où flottaient des nénuphars. Au milieu, une statue en bronze grandeur nature représentait une fillette en train de verser de l'eau d'une jarre.

— C'est magnifique, déclara Matt.

— Une de mes préférées. Elle vient d'Angleterre. Elle faisait partie du parc d'un manoir qui a été vendu parce que l'héritier ne pouvait pas payer les droits de succession. Quelle honte, n'est-ce pas ? Une famille qui se transmet ces merveilles pendant trois siècles, puis l'Etat s'en mêle et détruit tout. Horrible. Allons-y, maintenant.

Ils se dirigèrent vers la porte et entrèrent dans le bureau. Un somptueux tapis oriental était posé sur le parquet de bois précieux. De lourds rideaux en velours pendaient aux fenêtres et les quatre murs disparaissaient sous les tranches en cuir de centaines de livres. Deux canapés en cuir se faisaient face devant la cheminée. De l'autre côté de la pièce trônait un bureau ancien en marqueterie. Mais pas trace d'un ordinateur, d'une imprimante ou même d'un fax. La technologie moderne n'était pas arrivée jusqu'à cet antre pour vieux millionnaire raffiné.

— La télévision est dans le placard, il est ouvert. Trouvez la chaîne pendant que je vais aux toilettes. Vous verrez, quand vous aurez mon âge : dès qu'on entend de l'eau couler, ça donne envie de pisser.

Matt rit sans se forcer. Broagan semblait avoir retrouvé du poil de la bête depuis qu'il avait posé le pied dans son bureau. Il trottina jusqu'à une porte dissimulée dans un coin, la referma derrière lui avant de la rouvrir presque immédiatement. Il montra du doigt la table basse encadrée par les canapés.

— Vous avez là un pur malt venu tout droit d'une petite distillerie que je possède en Ecosse. Ce sera deux doigts pour moi, sans glace. Les glaçons ruinent toujours le bon whisky. Essayez sans, et vous verrez tout de suite la différence.

La porte claqua de nouveau. Sur la table, Matt trouva un plateau en argent avec des verres à whisky, un bac à glaçons et des serviettes en lin. Il versa l'alcool ambré dans deux verres sans toucher aux glaçons — il ne l'aurait pas fait de toute façon. Broagan devait penser qu'il manquait d'éducation pour ce genre de choses, songea-t-il, amusé.

Son verre à la main, il revint devant la télévision. Il l'alluma et fit défiler les chaînes à la recherche du fameux match des Kings. Il entendit le bruit de la chasse d'eau. La porte s'ouvrit, puis la voix de Nate Broagan s'éleva dans son dos.

— Vous avez trouvé la chaîne ?

— Pas encore.

— Oh, peu importe. Laissez tomber. De toute façon, ce n'est pas de ça que je voulais vous parler.

Le vieil homme s'installa derrière son bureau.

— Asseyez-vous, Matt. Votre frère et vous m'avez fait parvenir un très beau chèque pour la fondation. Je voulais vous remercier personnellement.

— Tout le plaisir était pour moi, bredouilla Matt, surpris. C'est une bonne œuvre. Et je dois dire que ma belle-sœur vous trouve formidable. Elle admire beaucoup ce que vous faites.

Broagan éclata d'un rire sonore. Il s'appuya au dossier de sa chaise et fixa Matt à travers ses longs cils blancs. Matt essayait de paraître le plus détendu possible, mais il se demandait bien ce qui se passait.

— Bon, voilà ce que je voulais vous proposer, commença

Broagan en venant enfin au vif du sujet. J'aimerais proposer votre nom comme membre du conseil d'administration.

Matt le dévisagea, abasourdi. Pourquoi lui et pas Ned, son aîné de dix ans ?

— Eh bien, c'est un honneur inattendu, monsieur Broagan. Jake ne m'a pas parlé de ça quand nous avons déjeuné ensemble dernièrement.

— Normal, il ne le sait pas encore. On va y venir.

Levant son verre, le vieil homme fit tourner le whisky et huma son parfum.

— Vous êtes un très bon ami de Jacob depuis longtemps, n'est-ce pas ?

Ce n'était pas de cette façon qu'il l'aurait exprimé, mais Matt acquiesça poliment. Broagan saisit son hésitation.

— Bon, d'accord. « Très bon ami », c'est sans doute beaucoup dire. Mais cela fait longtemps que vous le connaissez et vous pouvez travailler ensemble. L'actuelle direction de la maison commence à se faire un peu vieille. Nous avons besoin d'un peu de sang neuf, des hommes plus jeunes, plus dynamiques. Maintenant… avez-vous croisé les amis de Jacob, ce soir ? Les Russes ? Et les neveux de Hoffman ? Je ne vais pas y aller par quatre chemins : je n'ai aucune envie que ces types soient impliqués, de près ou de loin, dans la Maison d'Hannah. Contrairement à Jacob. Si nous avons vraiment besoin de sang neuf dans la fondation, c'est moi qui déciderai des personnes à recruter. Vous savez, poursuivit-il d'une voix plus aiguë, le souffle un peu court, j'aurais aimé que vous soyez plus proche de mon fils. Je m'inquiète…

La porte du bureau s'ouvrit brutalement et Jake pénétra dans la pièce.

— Papa, tout va bien ?

— Est-ce qu'il t'arrive de frapper avant d'entrer, Jacob ? aboya son père. Et pourquoi est-ce que ça n'irait pas ? Les

Kings jouent à Atlanta et j'essaie de savoir le score. Comme tu traînais dehors avec tes mafieux russes, j'ai demandé à Matt de m'accompagner jusqu'ici. Tu as compté tes doigts après les avoir quittés, Jacob ?

— S'il te plaît, tu ne vas pas recommencer…

— Quoi ? Tu oublies que je suis né en Pologne et que je les connais, ces kleptomanes. Ces… cosaques.

— Tu ne connais pas ceux-là. Tu sais que la guerre est finie depuis soixante ans ? C'est du passé, tout ça.

— Soixante ans, un siècle, je m'en fous ! Alors, maintenant, il faudrait oublier nos familles et ce qui leur est arrivé ?

Matt se leva, terriblement mal à l'aise.

— Si vous voulez bien m'excuser. Je crois qu'il est temps que j'aille…

— Restez où vous êtes, Matt ! l'interrompit le vieil homme d'une voix forte. Je n'en ai pas fini avec vous.

Matt hocha la tête en signe d'obéissance. Avec n'importe qui d'autre, il serait sans doute passé outre, mais Nate Broagan imposait ce respect que l'on doit aux vieux sages. Afin de laisser le père et le fils face à face, il retourna devant la télévision et attrapa la télécommande. Il tenta d'oublier les deux voix dans son dos qui montaient d'un ton à chaque réplique. Peut-être que les rumeurs n'étaient pas infondées, finalement. On racontait que Jake manœuvrait pour prendre le contrôle de l'entreprise paternelle. C'était une société privée à l'ancienne, sans actionnaires, aussi Jake n'aurait-il de comptes à rendre à personne. Mais encore fallait-il qu'il parvienne à écarter son propre père.

Ce qui, sans doute, ne le dérangerait pas plus que cela. Matt se rappelait que Nate Broagan avait toujours été pour Jake un sujet de jalousie mais aussi de railleries. La légende vivante qui lui faisait de l'ombre. Le juif religieux qui vivait selon un code éthique que personne d'autre ne pouvait appliquer, surtout pas son fils. Jake avait vécu grâce à ses largesses, mais toujours avec le fidèle Erik Hoffman pour le surveiller et le tirer des mauvais pas dans lesquels il se fourrait. Et maintenant, comme par hasard, voilà que débarquaient les neveux du même Hoffman.

L'altercation se poursuivait de plus belle dans son dos. Encore deux minutes, et il partirait pour de bon. Il savait pertinemment que Jake n'appréciait pas qu'il soit témoin de cette scène.

Il passa rapidement sur la chaîne d'informations locales avant de revenir en arrière. Un bout de phrase s'était imprimé dans son cerveau avec quelques secondes de retard.

Il s'arrêta sur l'image blafarde d'une grue éclairée par un projecteur. L'engin ramenait sur la route une voiture en piteux état qu'il avait arrachée au fossé. La caméra pivota vers l'envoyé spécial, qui continuait son récit :

« Ce soir, la route a coûté la vie à un médecin honorablement connu dans toute la région de Malibu. Le Dr Philip Halliburton longeait une route sinueuse du côté de Latigo Canyon quand il a perdu le contrôle de sa Mercedes. Sa voiture, dont vous voyez la carcasse calcinée, a versé dans un ravin en faisant plusieurs tonneaux. Le médecin légiste assure qu'il est mort sur le coup. Selon un témoin, l'accident aurait été provoqué par un autre véhicule qui aurait poursuivi le Dr Halliburton pendant plusieurs kilomètres. »

Matt déglutit avec peine.

— Jake, viens voir.

— Qu'est-ce que vous regardez, Matt ? grommela Nate Broagan. Ce ne sont pas les chaînes de sport.

— Qu'est-ce qu'il y a ? marmonna Jake. Tu veux le match ? Chaîne 48. Tiens, donne-moi ça.

Comme il s'approchait de Matt pour prendre la télécommande, il jeta un coup d'œil à l'écran.

— Mais c'est de Phil qu'il parle ? Bon sang, ce n'est pas vrai ! Ce n'est pas vrai…

Le sang semblait avoir complètement déserté son visage. *Ma tête ne doit pas être beaucoup mieux*, pensa Matt, la poitrine comme enserrée dans un étau. *D'abord Tommy, maintenant Phil...*

— Il y a un problème ? s'enquit Nate Broagan. Jacob, qu'est-ce qui se passe ?

Voyant Jake incapable de parler, Matt répondit à sa place.

— C'est un de nos amis communs, monsieur Broagan. Il vient d'être tué à Malibu. Je suis désolé, mais il faut que je parte.

Le vieil homme continuait à poser des questions. Matt s'éclipsa, laissant Jake lui expliquer d'une voix chevrotante qui était Phil Halliburton. L'orchestre avait fait un bond de vingt ans en avant. Le refrain guilleret — et parfaitement décalé — de *Staying Alive* s'échappait de la tente. Matt coupa à travers la pelouse et souleva la porte en toile. Aussitôt, les accents disco l'assaillirent. A sa table, la chaise de Susan était vide, tout comme celles de Julie et de Ned. Le seul couple à être encore assis là était le propriétaire d'un grand vignoble californien et son épouse.

— Ils sont tous en train de se trémousser, lança ce dernier avec bonhomie en montrant la piste des deux mains.

Matt fouilla la petite foule de danseurs du regard et repéra rapidement la tignasse blanche d'Erik Hoffman. Il faisait tourner une Susan rayonnante avant de la ramener contre lui. Matt joua des coudes et fonça vers eux.

— Susan, excuse-moi.

— Ah, vous venez enfin vous occuper de votre belle ! s'exclama Hoffman. Vous ne devriez pas la laisser seule si longtemps, elle est très convoitée.

Il se tourna ensuite vers Susan et s'inclina pour lui baiser la main.

— Madame, je vous suis reconnaissant d'avoir pris soin d'un vieil homme comme moi.

— Erik, voyons, vous ne serez jamais un vieil homme.

Il rit avec elle, puis la poussa par la taille vers Matt. Après quoi, il s'en fut à la recherche d'une nouvelle cavalière. Un sourire encore sur les lèvres, Susan ôta une mèche de cheveux de son visage et regarda Matt. Toute sa gaieté disparut aussitôt.

— Matt, ça ne va pas ? Il s'est passé quelque chose ?

Il lui prit la main sans répondre et l'emmena hors de la piste de danse, loin de l'orchestre, tout en essayant de trouver Ned et Julie. Quand il croisa le regard de son frère, il lui fit signe de le rejoindre à la table.

— Qu'est-ce qui se passe ? demanda Ned avec inquiétude. Où étais-tu passé ?

— Phil Halliburton a été tué. Il faut que je parte. Vous pourrez raccompagner Susan chez elle ?

— Phil ? Tué ? répéta Ned, comme frappé par la foudre. Comment l'as-tu appris ?

— Je l'ai vu à la télévision. J'étais avec Nate Broagan dans son bureau et je suis tombé sur un flash d'infos.

— Qu'est-ce que tu fabriquais dans le bureau de Broagan ?

— Je ne sais pas très bien. Il veut que je rejoigne le conseil d'administration de la Maison d'Hannah, mais nous n'avons pas eu le temps d'entrer dans les détails. J'ai l'impression qu'il y a plus, mais je ne sais pas encore quoi. La télévision était allumée et un reportage disait que Phil Halliburton avait été tué dans sa voiture. Il faut que j'y aille.

— Mais pourquoi ? Tu ne peux rien faire, de toute façon.

— Je t'expliquerai plus tard. Tu raccompagneras Susan ?

— Matt, tout ça n'a pas de sens…

Julie posa une main sur le bras de son mari.

— Bien sûr que nous pouvons la raccompagner. Ne t'inquiète pas.

— Non, je pars avec toi, Matt, intervint Susan. Je préfère.

— Susan, je n'ai aucune envie de gâcher ta soirée. Tu es en train de t'amuser…

— Tu ne gâches rien du tout, je t'assure, répliqua-t-elle en attrapant son sac à main.

Résigné, Matt prit son bras. S'il avait été seul, il aurait peut-être couru entre les tables pour ne pas perdre une seconde. Au lieu de quoi il dut faire bonne figure et saluer les convives qu'il connaissait. Dans la voiturette qui les raccompagnait, ils restèrent silencieux. Matt réfléchissait à l'histoire qu'il raconterait à Susan pour calmer sa curiosité. Si seulement elle était restée avec Ned…

Une fois à l'entrée de la propriété, il tendit son ticket au voiturier en ruminant. Ils attendirent la voiture, immobiles, embarrassés par le silence.

— Je suis vraiment désolé d'interrompre ta soirée, Susan. Tu aurais dû rester.

— Non, ce n'est pas grave.

Quand la Range Rover apparut, il ouvrit la portière côté passager. Susan monta les yeux baissés, sans soulever sa robe. Le temps de la séduction était passé. Matt prit le volant et roula à vive allure vers le sud. Le silence devenait accablant. Tout en jetant un coup d'œil à son rétroviseur toutes les trente secondes, il dépassa Sunset Boulevard et longea Beverly Hills.

— Phil Halliburton est le deuxième, lâcha-t-il enfin. L'un de mes amis surfeurs a été assassiné avant-hier.

Susan posa une main sur la sienne.

— Oh, Matt, je suis vraiment désolée. Tu peux m'en parler si tu veux.

— Il n'y a rien à dire, répondit-il en secouant la tête. Juste que je connaissais ces types depuis longtemps.

Devant sa douceur, il ne pouvait s'empêcher de se sentir plus coupable encore. Il préféra se taire, laissant juste sa main réchauffer la sienne. Après dix bonnes minutes, il s'engagea dans la contre-allée bordée d'arbres qui longeait l'immeuble où elle habitait, dans le quartier d'El Camino Drive. Il regarda de tous les côtés en sortant de la voiture, puis l'escorta jusqu'à l'entrée. Elle débrancha l'alarme, alluma la lampe du salon et contempla le seau d'eau tiède dans lequel flottait la bouteille de champagne. Le bois blanc des meubles, la couleur neutre des murs rehaussaient encore sa sensualité.

— Tu veux boire quelque chose ? Quelque chose de frais, j'entends.

— Merci beaucoup, Susan. Mais je préférerais y aller.

Elle ne lui posa aucune question. Elle se contenta de mettre sa main derrière sa nuque, de le tirer gentiment vers elle et de coller ses lèvres contre les siennes. Matt savait que s'il se laissait aller, il passerait la nuit avec elle et le regretterait au matin. La serrant dans ses bras, il déposa un baiser sur sa joue.

— Il faut que j'y aille. Je t'appelle.

— D'accord.

Une fois de plus, il regretta de ne pas pouvoir l'aimer. Elle semblait pourtant tellement plus facile à vivre que Ginn.

Reprenant le volant, il roula jusqu'à Olympic, bifurqua vers l'ouest et, une fois sur l'autoroute, écrasa la pédale de l'accélérateur. Ses yeux allaient et venaient entre la route et le rétroviseur. L'image de la Mercedes de Phil qui se balançait au bout d'une grue le hantait. Même s'il était peu probable qu'on l'ait suivi depuis le manoir des Broagan, il ne voulut prendre aucun risque. Il tourna brusquement sur la gauche, prit Lincoln, puis braqua de nouveau sans prévenir, sur la droite cette fois. Il traversa à toute allure un quartier résidentiel, bifurqua trois fois encore et fit demi-tour devant le Santa Monica College. Toujours personne dans son rétroviseur. Satisfait, il se dirigea enfin vers Pacific Avenue et se gara derrière la maison de Ginn. Attrapant le Glock dans la boîte à gants, il sortit de voiture.

Tous les sens en alerte, il s'assura qu'il n'y avait personne dans la rue ni aucun véhicule suspect. Alors seulement, il s'approcha de la maison de Ginn. Les fenêtres étaient éclairées.

Si rien ne présageait d'un quelconque danger, il le sentait, là, quelque part, tapi dans l'ombre.

20.

Matt appuya sur la sonnette. Dans la maison, Barney aboya et se précipita dans l'entrée.

— Qui est-ce ? s'enquit Ginn.

— C'est moi. Matt.

Le verrou coulissa et la porte s'ouvrit. Ginn portait un sweat-shirt ample et des chaussons bleus en forme de peluches. Ses cheveux noirs étaient réunis au-dessus de sa tête en un chignon délicieusement désordonné qui dessinait sur son front l'ombre d'un palmier — une coiffure qui lui donnait quinze ans au lieu de trente-cinq. Elle avait pris cette habitude quand elle travaillait chez elle, afin d'éviter les cheveux dans les yeux.

Barney se fraya un passage et vint coller son museau dans la main de son maître. Matt se baissa pour lui caresser la tête.

— Oui, mon grand. Toi aussi, tu me manques.

— Comme c'est touchant, plaisanta Ginn en observant son costume. Tu as quitté une soirée pour venir câliner ton chien ? Allez, entre. Il va te faire visiter sa grande niche.

Il ferma la porte derrière lui et la suivit, Barney sur ses talons. L'écran d'un ordinateur portable brillait dans la pénombre de son bureau, mais la salle à manger, elle, était vide.

— Où sont les autres ?

— Sophie est en haut. Elle dort. Et ma mère est rentrée chez elle.

— Elle est rentrée ? répéta-t-il, les sourcils froncés. Ginn, tu m'avais promis que tu ne resterais pas ici toute seule !

— Oh, pour l'amour du ciel, Matt ! Elle devait aller chez elle pour arroser ses plantes, regarder son courrier, se changer... Elle a rendez-vous à la première heure demain avec la femme dont je t'ai parlé — l'experte en langues slaves. Et juste après, elle reviendra ici.

Il s'installa devant la télévision et chercha la chaîne d'informations locales avec la télécommande. Le présentateur météo gesticulait devant une carte en trois dimensions. Matt coupa le son et se tourna vers Ginn.

— Phil Halliburton est mort ce soir.

— Phil ? Oh, non... C'est impossible ! s'exclama-t-elle en se laissant tomber dans un fauteuil. Comment ? Que s'est-il passé ?

— Un accident de la route. J'étais à une soirée de bienfaisance chez Broagan et je suis tombé sur les nouvelles de Malibu. Il se passe quelque chose. Je ne sais pas encore quoi, mais... Ecoute, des hommes armés montent une opération commando contre ma maison, puis Tommy Aguilar est retrouvé avec un couteau dans le ventre. Et maintenant, Phil meurt sur la route. A part toi, ils étaient les seuls à connaître l'existence de ces gamins. Ça ne peut pas être une simple coïncidence.

Il la regarda dans les yeux et poursuivit gravement :

— Ginn, ça devient dangereux. Alors, s'il te plaît, ne discute pas. Prépare-toi une valise et réveille la fille. Tu appelleras Gaby de la voiture.

— Et où va-t-on ?

— Chez Bobby. Il a des armes et lui sait s'en servir.

— Tu lui as parlé d'elle ? demanda Ginn, visiblement affolée.

— Je n'en ai pas eu le temps. Je l'appellerai en route.

— Matt, non, le supplia-t-elle. Bobby sera obligé de la livrer aux autorités. On en a déjà parlé. Pense aux conséquences pour elle. Et puis, personne ne sait qu'elle est avec moi.

— Tout ce dont je suis sûr, c'est que deux personnes qui connaissaient l'existence de ces gosses sont mortes.

— Tu imagines sa terreur quand on viendra la réveiller dans son lit, en pleine nuit, pour l'emmener je ne sais où ? Je ne peux pas lui faire ça.

Le générique d'une sitcom envahit l'écran. Matt ramassa la télécommande et éteignit la télévision. Puis il alla vérifier que la baie vitrée donnant sur le jardin était bien fermée et descendit les stores.

— O.K., alors je reste là cette nuit.

— C'est hors de question.

— Pas la peine de protester : je ne te laisserai pas toute seule. Et demain, à la première heure, j'appelle Bobby.

— Tu vas laisser les flics l'enfermer dans quelque cellule pour clandestins ? C'est ça que tu veux ?

— Peut-être qu'elle sera plus en sécurité là-bas. En tout cas, toi, tu le seras, trancha-t-il.

Elle seule comptait à ses yeux.

Ginn poussa un long soupir. Puis, avec lassitude, elle se dirigea vers son bureau et sauvegarda son travail sur son ordinateur. Elle regardait par la fenêtre quand Matt entra dans la pièce. Il l'attira contre lui et l'entoura de ses bras. Elle ne se retourna pas.

— Qu'est-ce que tu vois ? murmura-t-il à son oreille.

La vitre leur renvoyait leur image. Ginn, petite et menue dans son sweat informe. Lui, grand et fort dans son smoking.

— Un couple mal assorti, répondit-elle en se libérant de son étreinte. Je vais me coucher. Tu peux dormir sur le canapé du salon ou dans la chambre de ma mère. Je vais te sortir des draps propres et un oreiller et je laisserai la porte ouverte pour que tu ne te trompes pas de chambre. Bonne nuit.

Il mit ses deux mains sous sa nuque et contempla les guirlandes lumineuses suspendues au plafond. Il ne s'était pas déshabillé. Il avait juste enlevé sa veste, son nœud papillon, sa ceinture et ses chaussures avant de s'allonger sur le canapé. Il pensa à revérifier tous les verrous, mais il l'avait déjà fait deux fois.

Soudain, les hurlements de Sophie déchirèrent le silence. Matt se leva d'un bond et gravit les marches quatre à quatre. Toutes les portes de l'étage étaient ouvertes. Il tendit l'oreille. Les cris perçants s'étaient mués en une plainte étouffée et la voix de Ginn, mélodie apaisante, s'échappait d'une des chambres. S'approchant de la porte, il resta sur le seuil à les regarder, impuissant. La jeune fille était assise dans son lit, les yeux exorbités, face à un monstre qu'elle seule pouvait voir.

Ginn lui caressa les cheveux en fredonnant une comptine jusqu'à ce que son gémissement cesse. Enfin, Sophie s'effondra sur son oreiller et se recroquevilla en position fœtale. Ginn ramena la couette autour de ses épaules, puis incita Barney à s'approcher du corps fragile qui se soulevait au rythme de ses derniers spasmes de terreur. Ensuite, elle poussa Matt hors de la pièce, laissant la porte ouverte au cas où.

— Ça ira, murmura-t-elle. Elle n'était pas vraiment réveillée.

— Ça arrive souvent ?

— Toute les nuits.

Les pieds nus, Ginn portait un pyjama bleu en flanelle. Il rabattit la mèche de cheveux qui lui cachait les yeux. Comme elle relevait la tête, il ne put s'empêcher de l'attirer vers lui, sûr qu'elle résisterait. Mais elle ne lui opposa aucune résistance et vint poser délicatement sa tête contre sa poitrine. Pendant un long moment, il la tint ainsi dans ses bras. Il contrôlait chacun de ses gestes, mais il savait qu'il ne tiendrait pas très longtemps. Il ne pouvait plus cacher son désir. D'ailleurs, elle devait forcément le sentir. Il attendit qu'elle s'en aille d'elle-même, mais elle ne le fit pas. Alors, il posa les lèvres sur les siennes. Elle répondit à son baiser. Sans plus réfléchir, ils se laissèrent aller à cette étreinte, les corps serrés, les langues emmêlées. Comme avant. Matt se sentait comme un bédouin qui trouve une oasis après une longue marche dans le désert.

— Matt…

— Chut, murmura-t-il contre sa bouche. Chut. Je t'aime. Tu es tout pour moi, Ginn.

Elle l'entraîna jusqu'à sa chambre. Grâce à la lumière qui leur parvenait depuis la rue, il parvint à déboutonner son chemisier sans trop de mal, et sa poitrine lui apparut, petite mais si bien faite. Elle ôta elle-même son pantalon, puis batailla avec le col de la chemise de gala de Matt. Une fois torse nu, il la souleva et la porta jusqu'au lit. Sans attendre, il lui embrassa les seins, le ventre, et descendit jusqu'à ses cuisses. Sa peau était douce contre sa joue et il se laissa enivrer comme avant de ce parfum si intime, si familier et pourtant si mystérieux.

Elle tenta de se dégager, mais il la gardait fermement entre ses bras comme s'il refusait que la nuit s'achève. Dehors, une aube gris-rose se levait déjà.

— Quelle heure est-il ?

— 6 h 30, marmonna-t-il après avoir regardé sa montre.

Se redressant, elle s'esquiva quand il tenta de la ramener dans la chaleur de la couette. Elle se leva, traversa la chambre et enfila le peignoir bleu marine qu'il lui avait offert quelques années auparavant. Puis elle ramassa les vêtements de Matt éparpillés par terre et les posa sur une chaise.

— Je vais préparer le petit déjeuner pendant que tu te douches. Ne fais pas de bruit. Sophie ne va pas se réveiller tout de suite.

Sur ces mots, elle quitta la pièce sans se retourner. Elle sentait son regard posé sur elle, aussi brûlant qu'un fer rouge.

Après avoir descendu les escaliers, elle entrouvrit la porte d'entrée pour récupérer les journaux déposés sur le paillasson, puis revint dans le salon en prenant garde à ne pas faire craquer le plancher. Elle s'agenouilla devant la cheminée et alluma les fausses bûches du foyer. Les flammes, au-dessus des braises rougissantes, apportèrent aussitôt un semblant de chaleur à la pièce. Pas assez, néanmoins, pour faire fondre la chape de glace qui lui entourait le cœur. Se dirigeant vers la cuisine, elle mit la cafetière en marche et sortit le jus d'orange du réfrigérateur. Elle s'en versa un verre, puis resta là, appuyée contre le comptoir, légèrement hagarde. Elle tentait de se rappeler le temps où une nuit comme celle-ci lui faisait commencer la journée le cœur comblé. Mais ce matin, elle se réveillait avec une violente gueule de bois. Pire que si elle avait bu cinq scotches la veille au soir. Le remords. La dépression post-coïtale, auraient dit les spécialistes. Elle avait tenu le coup pendant dix mois. Dix longs mois à ne pas répondre à ses appels, à résister à l'envie de passer devant son bureau, à se faire violence pour ne pas aller se promener sur la plage en dessous de chez lui. Et elle venait de jeter tous ces efforts aux orties en une seule nuit.

Matt fit son apparition dans la cuisine, les cheveux mouillés et les pieds nus. Sa chemise était froissée et il n'avait pas mis sa veste au-dessus de son pantalon, mais elle l'avait toujours trouvé magnifique en costume de soirée. Ses yeux bleus lui souriaient. A l'évidence, lui ne ressentait aucun regret.

Elle posa une tasse de café sur la table et lui tendit le journal.

— Je n'ai rien vu sur la mort de Phil…

— Mei Hua, murmura-t-il en lui prenant la main.

Elle frémit. Mei Hua était le nom d'une fleur exotique.

Autrefois, elle adorait quand il lui donnait ce surnom. Mais pas aujourd'hui. Plus jamais.

— Ne m'appelle pas comme ça, répliqua-t-elle sèchement en se dégageant. Je suis désolée si j'ai laissé faire les choses. Ce n'était pas bien de ma…

— Pas bien ? la coupa-t-il. Qu'est-ce que tu racontes ? Bien sûr que c'était bien. Ginn, nous sommes fantastiques, tous les deux…

— Au lit, oui, nous sommes fantastiques. Pour le sexe, c'est vrai, c'est super.

Elle étouffait, elle avait besoin de prendre l'air. Se dirigeant vers la porte qui donnait sur le jardin, elle tourna la clé et batailla avec la poignée. Matt passa la main par-dessus son épaule pour ouvrir le verrou. Poussant la porte, Ginn s'échappa dans le jardin. Elle se mit à arpenter la pelouse en s'arrêtant parfois le temps de prendre une profonde inspiration. Quand elle vivait avec Matt, c'était sur la plage qu'elle partait se changer les idées. Elle courait une heure ou deux et, à son retour, tout allait un peu mieux. Mais aujourd'hui, il en était hors de question. Elle savait pertinemment qu'il l'empêcherait de sortir.

Une fois qu'elle se fut un peu calmée, elle revint vers la porte et le frôla sans même le regarder pour regagner la cuisine.

— Nous avons déjà parlé de ça des centaines de fois et je n'ai pas envie de recommencer. Ce ne serait bon pour aucun de nous. Bien sûr, je vais continuer à aider Sophie, mais selon mes conditions, c'est-à-dire sans Bobby. Et on ne va pas se remettre ensemble, Matt.

— Alors, c'était quoi, la nuit dernière ?

— Une erreur. Est-ce que tu as envie de te marier et d'avoir des enfants ? Je veux dire maintenant, cette année, pas un jour si ça te chante.

— Ginn, tu sais que je t'aime…

— Arrête. Ce n'est pas de ça que je parle. Ecoute, je suis

vraiment désolée pour hier. Ça n'aurait pas dû se produire. En tout cas, ça ne se produira plus.

— Rien n'est tout noir ou tout blanc, tu sais.

— Notre situation, si, répliqua-t-elle, soudain épuisée. Bon sang, pourquoi refuses-tu de comprendre ? !

— Tout ce que je comprends, c'est qu'il y a au fond de moi une place vide que toi seule peux combler.

Ça, elle voulait bien le croire. Comme elle voulait bien croire qu'elle était l'amour de sa vie. Mais cela ne suffisait pas. Elle ne répondit pas et le silence s'éternisa. Prenant la tasse vide sur le comptoir, elle la posa dans l'évier.

Matt retourna dans le salon. Il enfila ses chaussures de marque et glissa ses chaussettes dans la poche de son pantalon.

— Je retourne chez moi me changer. Je t'appelle après, promit-il en passant sa veste. Ne promène pas Barney dans la rue, d'accord ? Laisse-le faire ce qu'il a à faire dans le jardin.

— Bien.

— Promets-moi que tu ne sortiras pas et que tu n'ouvriras la porte à personne, hormis Gaby et moi.

— Oui, oui.

Il fouilla la poche intérieur de sa veste, en sortit le Glock et le posa sur la table de la cuisine.

— Je te laisse ça.

Elle contempla le pistolet avec une pointe de dégoût.

— Ce n'est pas la peine. Garde-le, je n'en ai pas besoin. De toute façon, je ne saurais pas m'en servir.

— Disons que tu le gardes uniquement pour me rassurer. Ça marche ? Tout ce que tu as à faire en cas de besoin, c'est de le pointer vers l'agresseur et d'appuyer sur la détente. Et ne le laisse pas à portée de Sophie, ça pourrait lui donner des idées, ajouta-t-il pour la faire sourire — sans succès. Je sors par-derrière. Dès que je serai dans l'allée, assure-toi bien que le verrou est mis.

Elle ramassa l'arme entre le pouce et l'index et la jeta en haut d'un placard, avec les nappes et les serviettes de table, puis elle le suivit jusqu'au portail encastré dans le mur d'enceinte à l'arrière du jardin. Lorsqu'il fut parti, elle referma le verrou, écouta le moteur de la Range Rover s'éloigner et rentra chez elle.

Elle avait l'impression que la peau d'une plaie mal refermée venait de se déchirer.

Matt fonça sur l'autoroute vers le nord et bifurqua sur Malibu Road vers 7 h 30. La brume venue de la mer s'accrochait aux versants des collines désolées. La vitre à moitié baissée, il respira profondément l'air iodé.

Après s'être garé devant chez lui, il attrapa le journal coincé dans le portail et courut jusqu'à la porte de la cuisine. La maison était lugubre, comme morte, par ce matin de grisaille. Si Ginn avait encore vécu là, toutes les pièces auraient été parsemées de fleurs multicolores. Même quand la pluie et la brume brouillaient les fenêtres, elle faisait des miracles. Elle avait un don pour égayer l'intérieur le plus triste.

La cuisine empestait le whisky qu'il n'avait pas bu la veille. Il vida le verre dans l'évier et ouvrit le robinet en grand pour le rincer. Puis il se dirigea vers sa chambre après avoir appuyé sur le bouton de son répondeur. Il écouta d'une oreille ses messages tout en se déshabillant. Le premier, il l'avait déjà entendu la veille avant d'aller chercher Susan — Julie qui lui conseillait de ne pas être en retard. Il y eut un bip et le second message commença.

Matt s'immobilisa quand il s'aperçut qu'il s'agissait de Phil. Un Phil complètement paniqué. Il se rua dans le salon et rembobina le message.

« Matt, je viens d'apprendre pour Tommy Aguilar. Il a été assassiné. Je suis allé trop loin, je ne sais même pas comment

j'en suis arrivé là, mais c'est comme ça. Je suis désolé, tellement désolé, si tu savais. J'avais dit que je le ferais… mais quand je l'ai vue avec Gaby, je me suis demandé ce que j'étais en train de faire. Comment j'en étais arrivé là. Je n'ai pas réussi, je ne pouvais pas… J'en ai assez, Matt. Je vais mettre un terme à tout ça… »

Il y eut un silence et Phil reprit d'une voix plus calme, comme s'il venait enfin de prendre une décision :

« Je vais le faire, c'est promis. Il faut que je te parle. Rappelle-moi dès que tu auras ce message. »

Le cœur battant, Matt repassa le message, puis décrocha le téléphone. Il appuya sur le chiffre 2 correspondant au numéro mémorisé de Bobby et compta les sonneries.

— Eckhart.

— C'est Matt. Phil Halliburton est mort hier soir, tu le savais ?

— Non, je n'étais pas en service hier. Qu'est-ce qui s'est passé ?

— Sylvie est là ?

— Non, elle est à San Diego. Sa sœur a accouché plus tôt que prévu et elle est partie l'aider. Elle revient dans deux semaines… Pour Phil, qu'est-ce que c'est que cette histoire ?

— Il est mort soi-disant dans un accident de voiture, mais je n'y crois pas. Je pense qu'il a été assassiné. Hier soir, il m'a téléphoné en mon absence et a laissé un message sur mon répondeur. Je viens juste de l'écouter.

Matt s'interrompit une seconde pour reprendre son souffle.

— Bobby, est-ce que je peux amener Ginn et une… amie chez toi, ce matin ? Tu bosses aujourd'hui ?

— Pas ce matin. Mais de quoi tu me parles, bon sang ? ! Qui aurait voulu tuer Phil ? Et qui est cette « amie » ?

— Je t'expliquerai quand je serai chez toi. Ne parle à personne de Phil jusqu'à ce que je t'aie raconté ce que je sais, O.K. ?

— Tu as des emmerdes ?

— C'est possible. Je ne sais pas encore.

— D'accord. Fonce, je t'attends.

— Merci, dit Matt avant de raccrocher.

Il décrocha presque aussitôt et appuya sur le 1 qui composa automatiquement le numéro de Ginn.

— Ginn, commença-t-il dès qu'elle décrocha, je veux que tu m'écoutes attentivement. En rentrant à la maison, je suis tombé sur un message que Phil m'avait laissé hier soir. C'est lui qui a failli écraser Gaby et la gamine. Il disait aussi qu'il voulait me parler, mais il n'en a pas eu le temps. Je veux que tu prennes Sophie et Barney avec toi, que tu les mettes dans ta voiture et que vous alliez directement chez Bobby. Il vous attend. Prends bien garde à ne pas être suivie. Je file vers chez toi, mais ne m'attends pas. Je te croiserai en route et je t'escorterai jusque chez Bob. Prends le Glock avec toi.

Il y eut un bref silence.

— O.K. Je l'emmène là-bas.

Retournant dans sa chambre, il enfila rapidement un jean, une chemise et la première veste qu'il trouva. Moins de dix minutes plus tard, il était de retour sur la route, direction le sud. La circulation était un peu moins bonne, mais les voitures avançaient — c'était l'essentiel. Il grilla un feu rouge sur Sunset Boulevard et s'engagea sur l'autoroute de la côte. C'est là, après la bretelle, qu'il aperçut la BMW de Ginn sur la file opposée. Elle n'avait pas perdu de temps. Il sortit de l'autoroute, fit demi-tour et prit la bretelle qui le menait vers le nord, grillant la priorité à une camionnette couverte de planches de surf. Les pneus crissèrent, mais les planches restèrent accrochées à la galerie. Un vrai miracle. Matt fit un vague geste d'excuses au conducteur qui l'invectivait par la fenêtre, puis appuya sur la pédale de l'accélérateur. Quand il rejoignit la BMW de Ginn, il lui adressa un appel de phares. Elle lui répondit d'un signe de la main.

Il roulait toujours contre son pare-chocs lorsqu'elle s'engagea sur la route de Las Flores Canyon. Après le tournant, Matt décida de se rabattre sur le bas-côté et d'attendre quelques secondes. Personne dans le rétroviseur. Il redémarra sur les chapeaux de roues, arrachant au passage deux bandes d'herbes sauvages, et fonça pour rattraper la BMW. La route s'éloignait de la côte. Une brume opaque s'accrochait aux flancs du canyon, rendant la visibilité difficile. Matt se rapprocha encore de la voiture de Ginn de peur qu'elle ne rate l'embranchement. D'autant que le vieux cèdre qui marquait l'entrée de la propriété de Bobby n'était plus que cendres. Il la dépassa au sommet de la colline et, devant les restes noircis de l'arbre centenaire, tourna sur la droite. Il klaxonna avant de couper le moteur pour annoncer leur arrivée à Bobby. Ginn se gara derrière la jeep stationnée dans l'allée. Barney avait collé sa truffe contre le pare-brise de la plage arrière. Quand elle se pencha pour lui ouvrir, il bondit de la voiture en aboyant, sautilla autour de Matt, puis se précipita vers Bobby qui venait d'apparaître sur le perron. Surexcité, le chien fit le tour de la cour histoire de marquer son territoire.

— Bonjour, Ginn, lança Bobby en se dirigeant vers sa voiture. Qui est-ce que tu nous amènes ?

— Bobby, attends !

Il s'immobilisa en attendant que Matt le rejoigne.

— Qu'est-ce qu'il y a ? Qui est cette gamine ? Pourquoi autant de mystère ?

Matt fit signe à Ginn de prendre son temps.

— On va rentrer tous les deux. Elles nous rejoindront quand elles seront prêtes.

Il siffla Barney, conscient que sa présence dans la maison convaincrait peut-être Sophie d'entrer à son tour.

Visiblement interloqué, Bobby le suivit à l'intérieur. Construite près de soixante ans plus tôt, cette maison aux murs d'adobe était la seule encore debout dans la région. Quand elle avait été édifiée, ses habitants tiraient l'eau du puits et s'éclairaient avec des lampes à pétrole. Le plafond était bas. Le foyer, joliment réalisé avec des blocs ronds rapportés d'un lit de rivière, était flanqué de niches dans lesquelles se pressaient des livres de toutes tailles. Certains prenaient appui sur des artefacts indiens, paniers, poteries, bijoux, dont certains de grande valeur. La maison sentait le feu de bois, et cela aussi depuis des décennies — sans doute une erreur de conception dans la cheminée.

Bobby passa derrière le comptoir recouvert de carreaux mexicains qui séparait la minuscule cuisine du salon, et leur servit deux tasses de café.

— Alors, c'est quoi cette histoire sur Phil ? Et qui est cette fille ?

Il poussa une tasse devant Matt et s'adossa à l'évier. La fenêtre derrière lui ouvrait sur les aiguilles majestueuses qui encadraient le canyon.

Se perchant sur l'un des hauts tabourets alignés devant le comptoir, Matt remua son café et reposa la cuillère sur les carreaux. Une façon de gagner un peu de temps. Bobby attendait en silence.

— Je t'ai dit que j'avais vu des enfants à Encinal, là où la gamine est morte, commença Matt. Ce que je ne t'ai pas dit, c'est qu'une des filles était très mal en point. Je l'ai ramenée chez moi et j'ai appelé Phil.

— Tu as quoi ? s'écria Bobby en se redressant d'un coup.

Il semblait incapable de contrôler sa surprise — ou était-ce déjà de la colère ? Il tourna sur lui-même, serra le poing pour frapper le mur, mais se ravisa, décidant de sauver sa main.

— Bordel, Matt, tu dérailles complètement ou quoi ? ! s'écria-t-il en lui faisant face. D'abord, tu m'annonces que tu as menti à deux têtes de nœud de la section homicide. Et maintenant, tu m'apprends que tu as ramassé une gamine inconnue et que tu l'as ramenée chez toi ? Une fille qui sait peut-être quelque chose sur le cadavre d'Encinal Canyon. Mais tu pensais à quoi, bon sang ? Pourquoi ne l'as-tu pas amenée aux urgences de Malibu si tu avais peur pour elle ?

— Ecoute, Bobby, Dieu sait que je regrette de ne pas l'avoir laissée là où je l'ai trouvée. Mais je ne l'ai pas fait. Laisse-moi finir.

Matt lui raconta les événements dans l'ordre : l'adolescente inanimée, sa situation irrégulière, le sentiment de terreur qu'il avait lu dans ses yeux et la peur qu'elle attente à ses jours. Il lui raconta également l'attaque des deux hommes armés, la dernière visite de Barstow et Flores, ainsi que la mort de Phil et son message sur le répondeur.

— Tu pourras l'écouter si tu veux. Je l'ai conservé. Il dit que Tommy a été assassiné.

— Sans blague ? Avec un couteau dans le ventre, qui l'aurait cru ? C'est sûrement un coup des Fils de Satan. Tu les as vus dealer à La Sirène, non ?

La porte d'entrée s'ouvrit.

— On peut entrer ? demanda Ginn en passant la tête par l'entrebâillement.

— Bien sûr, répondit Bobby.

Il contourna le comptoir tout en lançant un regard assassin à Matt.

— Ça fait plaisir de te voir, Ginn, déclara-t-il avant de sourire à l'adolescente qui regardait ses chaussures. Bonjour. Moi, c'est Bobby.

— Sylvie travaille ? s'enquit Ginn.

— Elle est à San Diego chez sa sœur pour quinze jours.

— Oh. Très bien.

La jeune fille restait collée à elle. Quand elle aperçut Barney assis à côté de Matt, elle tendit le bras et remua les doigts jusqu'à ce qu'il trottine dans sa direction. Ginn la poussa gentiment vers le canapé disposé devant le feu, mais l'adolescente préféra contourner la table basse et s'asseoir au bord du canapé qui faisait face à la porte.

— J'ai appelé ma mère depuis la voiture, reprit Ginn. Elle arrivera juste après son rendez-vous. J'espère que ça ne te dérange pas, Bobby ?

— Pas de problème. Aujourd'hui, c'est portes ouvertes chez Bob.

Avec un petit rire, elle remplit deux tasses de café. Puis elle rejoignit Sophie sur le canapé et passa son bras autour de ses épaules.

— Elle tremble, annonça-t-elle d'une voix calme. Pourquoi n'iriez-vous pas discuter dehors pendant que nous regardons le feu tranquillement ?

Son téléphone portable et sa tasse de café à la main, Bobby fit coulisser la baie vitrée et suivit Matt dans le jardin. Le feu était arrivé jusqu'à la façade avant de la maison, mais il avait épargné le vallon de derrière. Matt s'installa à la table en séquoia qui dormait à l'ombre d'un grand sycomore et posa les pieds sur le banc.

— J'ai quelques contacts aux renseignements, commença Bobby. Peut-être que je peux grappiller une ou deux infos sur ce qui est arrivé à Phil.

Sans attendre sa réponse, il composa un numéro, donna son nom et son grade, et attendit quelques secondes.

— Bonjour, je voudrais parler à Charlie Brandon. Oui, j'attends.

Il lança un regard à Matt, hocha la tête pour lui dire que c'était bon, et reprit :

— Charlie ? Bob Eckhart. Dis-moi, je viens juste d'apprendre qu'un de mes potes était mort à Latigo hier soir. Ouais. Le Dr Philip Halliburton. On sait ce qui s'est passé ?

Il se mit à arpenter le jardin, écoutant et posant des questions. Au bout de cinq bonnes minutes, il raccrocha enfin et revint s'asseoir à côté de Matt.

— Ils ont un témoin, une femme qui dit avoir vu la Mercedes de Phil et un autre véhicule, sans doute un 4x4. Ils semblaient engagés dans une sorte de course-poursuite. Elle n'a pas vraiment vu la voiture de Phil tomber dans le ravin et il n'y a que deux traces de pneus à cet endroit. Mais d'après elle, l'autre véhicule s'est arrêté et un homme en est sorti. Quand elle-même est arrivée dans le tournant, le type est remonté dans sa voiture et a démarré à toute vitesse. La femme était assez traumatisée, on se demande même comment elle a eu la présence d'esprit d'appeler les secours. Elle n'a pas pu donner la marque, ni la couleur du véhicule. Elle a juste affirmé qu'il était sombre. Et, bien sûr, elle n'a pas relevé la plaque d'immatriculation. Pour couronner le tout, elle est incapable de décrire notre homme.

— Alors, quelqu'un a bien aidé Phil à faire le grand saut.

— Ça m'en a tout l'air, acquiesça Bobby.

— La police a-t-elle des chances de retrouver le suspect ?

— Non. Pas de marque du véhicule, pas de plaque, même pas un bout du numéro d'immatriculation. Quant à la Mercedes, elle est dans un tel état qu'on ne pourra rien en tirer. Tu veux savoir combien de fois par an ce genre de trucs arrive à Los Angeles ?

— Sauf que là, ce n'est pas Los Angeles, mais Malibu. Au fait, tu as entendu parlé d'un centre de désintoxication pour gosses de riches qui serait installé quelque part sur les collines ?

— Non. On n'a pas ça dans le coin. Sinon, tu penses bien qu'on serait les premiers au courant. Pourquoi ?

— Le soir de sa mort, Tommy m'a dit qu'un gars était venu lui poser des questions sur les enfants en prétendant qu'ils s'étaient enfuis d'un centre de ce genre. Mais tu as vu cette gamine, poursuivit Matt en désignant la maison du menton. Elle ne parle pas, elle a été gravement maltraitée — son corps est recouvert des mêmes cicatrices que la fille retrouvée à Encinal. Elle est terrifiée par les hommes et il y a fort à parier qu'elle a aussi été abusée sexuellement. Ces gamins étaient sans doute des fuyards, mais ils ne venaient sûrement pas d'un centre pour jeunes bourgeois toxicomanes. L'une d'entre elles avait à peine dix ans. Une autre est morte. Alors, qui sont-ils ? Et qu'est-ce qu'ils foutaient là-bas, tout seuls ?

Bobby fronça les sourcils. Il considéra Matt avec gravité.

— Où veux-tu en venir ?

— Phil était impliqué dans un truc pas net et ça l'a tué. Un cercle de pédophiles, peut-être.

— Non, je ne peux pas gober ça.

Bobby regarda fixement sa maison comme s'il voyait l'adolescente à travers les murs.

— Je suis désolé, Matt, mais je vais devoir signaler la présence de cette fille.

Matt se leva et passa la main sur sa barbe de trois jours.

— Si tu fais ça, la police viendra la chercher afin de l'enfermer quelque part. Ginn est une avocate en vue et elle sera sûrement rayée du barreau pour avoir recueilli chez elle une adolescente en situation irrégulière. Quant à moi, je suis allé jusqu'à prétendre devant les flics que je n'avais vu personne. Ils ne vont pas nous rater, Bobby.

— Qu'est-ce que je peux faire d'autre ? Ces gosses sont liés à une mort suspecte. Même si le dossier a été refermé, je ne peux pas cacher ça. Je suis flic, moi aussi, ne l'oublie pas.

— Ecoute, cette gamine est la clé pour comprendre ce qui est arrivé à Phil et dans quoi il trempait. J'ai juste besoin d'un peu de temps pendant que nous essayons d'en savoir un peu plus.

— Et qu'est-ce que tu attends de moi ? Tu sais bien que je ne peux pas faire comme si je ne savais pas.

— Non, mais tu peux attendre un peu avant de tout déballer. S'il te plaît. Après tout, l'enquête est officiellement bouclée, alors qu'est-ce que ça change ?

Ils entendirent le ronronnement d'un moteur et des pneus firent crépiter le gravier de l'allée, interrompant leur discussion.

— Ce doit être Gaby, avança Matt.

Accablé, Bobby secoua la tête.

— Putain, t'es vraiment une plaie, Matt, tu sais ?

21.

Gabrielle gara sa Renault derrière la Range Rover de Matt. Ses bracelets cliquetant autour de son poignet, elle salua tout le monde d'un grand geste de la main tandis qu'une dame toute frêle émergeait du côté passager. Barney se précipita vers la voiture en aboyant gaiement pour les accueillir. Visiblement effrayée, la petite dame n'osait plus bouger et restait collée à la portière.

Matt vint à leur rencontre.

— Ne vous inquiétez pas, madame, il n'est pas méchant. Allez, viens, Barney. Hop ! A la maison.

Il l'attrapa par son collier, le tira à l'intérieur et referma la porte avant de revenir vers les arrivantes.

— Et voici Matt Lowell, déclara Gaby qui terminait les présentations. Matt, voici ma collègue, Amira Ghoni. Elle vient de Bosnie. C'est une experte en langues slaves et elle a gentiment proposé de parler à Sophie.

— C'est très gentil de votre part, dit Matt en lui serrant la main.

Ils amorcèrent un mouvement vers la maison. Amira Ghoni était tirée à quatre épingles. Ses sourcils clairs très fins, taillés en arc au-dessus des yeux, et ses cheveux savamment arrangés autour de son visage ne parvenaient pas à adoucir ses traits sévères. Sa peau mate était burinée, craquelée, comme si elle avait été exposée trop longtemps au sel et au soleil. On lui aurait donné n'importe quel âge entre quarante et soixante ans. Il se dégageait d'elle une profonde tristesse, sans doute accentuée par ses vêtements entièrement noirs, jusqu'à son écharpe.

Elle accompagna Matt jusqu'à la porte de la maison.

— Si j'ai bien compris, la jeune fille ne parle pas, résuma-t-elle dans un anglais parfait. J'espère que je pourrai vous aider. J'occupe tout mon temps libre à travailler bénévolement pour une association d'aide aux réfugiés balkans, à laquelle je dois beaucoup moi-même. Ils sont très efficaces. J'ai été déplacée et j'ai vécu plusieurs mois dans un camp. Peut-être Gaby vous l'a-t-elle déjà raconté ?

Elle ne l'avait pas fait, mais il acquiesça par politesse. Les reportages qu'il avait vus sur la guerre en Bosnie lui revinrent à l'esprit. Des cohortes de réfugiés s'entassant dans des tentes, des camps au sol boueux entourés de barbelés, des enfants traumatisés, des parents trop épuisés pour protester contre les objectifs braqués sur eux en permanence... Il eut soudain l'impression qu'Amira Ghoni avait perdu tout ce qui comptait dans la vie.

Bobby ouvrit la porte et leur fit signe d'entrer. En les voyant, Ginn se leva, la main toujours posée sur l'épaule de Sophie de façon à l'apaiser.

Gaby lui sourit, puis s'assit sur le rebord de la table basse en face de l'adolescente. Elle lui prit la main, la cala entre les siennes et lui parla doucement, lentement, en anglais.

— J'ai amené quelqu'un qui aimerait parler avec toi. Tu ne dois pas avoir peur, elle a juste envie de t'aider. Elle s'appelle Amira Ghoni.

Sophie cligna des paupières et ses doigts se crispèrent sur la nuque de Barney, au-dessus du collier. Gaby s'écarta pour laisser passer sa collègue.

— *Zdravo*, articula Amira avec douceur. *Moje ime je Amira. Kako se Zoves ?*

Sophie resta immobile, la main enfouie dans la fourrure du labrador comme si ce contact seul la maintenait en vie. Son teint, déjà pâle, devint blafard, puis rougit en quelques secondes.

Resté derrière le comptoir de la cuisine, Matt se pencha vers Gaby.

— Vous savez ce qu'elle lui a dit ?

— Elle s'est présentée et lui a demandé son nom. Ensuite, je pense qu'elle lui a demandé si elle la comprenait. Si ce n'est pas le cas, Amira essaiera d'autres langues.

— Je pense qu'elle a compris celle-là.

Le regard de Sophie glissa vers Matt et Bobby avant de revenir sur Amira. Quoi que silencieux, le message était clair : elle ne répondrait pas tant qu'ils seraient là. Matt saisit Bobby par le bras et désigna du menton la baie vitrée qui donnait sur le jardin.

Il était presque midi quand Ginn les rejoignit, les bras ballants tel un pantin désarticulé. On aurait dit qu'elle avait besoin d'un peu de temps pour revenir à la réalité, pour quitter le monde d'horreur dans lequel elle venait d'être plongée. Ses yeux se posèrent sur Matt.

— Elle nous a parlé. Je ne pouvais pas imaginer… Pas ça. Enfin, pas personnellement, tu vois ?

— Oui, dit-il.

Il ne comprenait pas, mais devinait qu'elle avait besoin d'une réponse.

— Est-ce qu'elle va bien ?

— Je pense qu'elle n'ira jamais bien, répondit Ginn en secouant la tête. Jamais.

Avec un soupir, elle s'assit à côté de lui, posa les coudes sur la table et enfouit son visage dans ses mains. Bobby, de l'autre côté de la table, restait silencieux.

— Elle s'appelle Laila. Elle a quinze ans. Elle vient d'un endroit appelé Filipovici. Une petite bourgade de Bosnie.

— La Bosnie ? répéta Matt, étonné. Et où sont ses parents ? En Californie, eux aussi ?

— Non. Son père est mort — en tout cas, elle n'a plus entendu parler de lui. Comme pour ses frères, âgés de quatorze et quinze ans. Tous les trois ont été emmenés avec les hommes du village par les forces serbes. On les a embarqués comme du bétail. Ceux qui tombaient étaient battus à mort ; on ne gaspillait même pas une balle. Il y avait du sang partout — des rivières de sang, selon sa propre expression. Ses frères ne sont pas tombés, mais les milices serbes repoussaient les femmes quand elles essayaient de rejoindre leurs maris et leurs fils…

Sa voix se brisa et elle se tut, incapable de poursuivre.

— Je vais te chercher quelque chose à boire, décréta Bobby en se levant.

— Non, n'entre pas ! Mme Ghoni est toujours avec elle. Ça prend du temps, tu sais. Ce n'est pas facile de la faire parler, il faut trouver les mots justes. Elle nous a raconté que sa mère et sa sœur Nadja avaient été prises, elles aussi, par les Serbes. Elle les a revues une semaine plus tard. Quelques jours après son retour à la maison, Nadja s'est pendue. Elle n'avait que treize ans. Laila en avait sept. De toute la famille, il ne reste plus que sa mère et elle. Et dans quel état…

Elle se tut de nouveau. Après un silence qui parut durer des heures, Matt demanda :

— Où est sa mère, maintenant ?

— Elle ne veut pas le dire. Ou elle ne le sait pas. Elle ne veut pas non plus nous dire qui lui a fait ces marques sur le corps. Quand Mme Ghoni lui a posé la question, elle a commencé par secouer la tête en signe de refus. Mme Ghoni a touché du doigt l'une de ses cicatrices et elle s'est mise à hurler comme cela lui arrive pendant la nuit, en se balançant d'avant en arrière. Le même hurlement que celui d'un animal qui se sent mourir après avoir mis sa patte dans un piège, expliqua-t-elle à l'attention de Bobby. Il fallait que je sorte une minute, je n'arrivais plus à…

Elle poussa un autre soupir, puis se leva en s'appuyant sur la table, les gestes lents, telle une vieille dame rongée d'arthrose.

— Je dois y retourner.

Elle s'apprêta à s'éloigner, mais Matt la fit gentiment se rasseoir sur le banc.

— Elle a assez de personnes autour d'elle. Et puis, il y a Barney.

Il avait à peine terminé sa phrase que la baie vitrée se rouvrit, laissant le passage à Amira Ghoni. La plainte lugubre de Laila s'échappa par l'ouverture et leur parvint, à peine atténuée par la distance.

— Seigneur, gémit Bobby comme s'il venait de voir un fantôme.

Matt le considéra du coin de l'œil. Bobby en avait vu de belles en quinze ans de service, mais contrairement à certains de ses collègues, il ne s'était pas construit une carapace de protection. La sensibilité qui était la sienne, enfant, était toujours là.

Amira Ghoni referma lentement la baie vitrée, puis elle traversa le jardin, les mâchoires crispées.

— J'ai utilisé votre téléphone, monsieur Eckhart. J'espère que ça ne vous dérange pas ?

— Bien sûr que non.

— Ginn vous a expliqué pour cette jeune fille ? Laila ? Ce qui lui est arrivé ?

— En partie, répondit Bobby.

— J'ai la nette impression que ce qu'elle veut bien raconter est la partie visible d'un terrible iceberg. Quand je lui ai demandé comment elle était arrivée aux Etats-Unis, son esprit a paru s'envoler à des milliers de kilomètres d'ici. Je ne sais pas comment vous expliquer… Elle s'est mise à hurler, un hurlement mêlé d'une plainte si horrible… Je ne crois pas que ce soit bon de continuer à l'interroger en l'absence d'un expert psychiatrique. Il lui faudrait un… docteur, ou quelqu'un, pour aider.

Son anglais était devenu tout à coup incertain. Comme si elle pensait toujours dans une autre langue, la sienne. Comme si les connexions entre son cerveau, son discours et ses interlocuteurs étaient brisées par l'émotion. Elle prit une longue inspiration, puis poursuivit :

— Je suis désolée. Je vous demande de me pardonner. Je vous ai dit que j'appartenais à une association d'aide aux réfugiés balkans, n'est-ce pas ? J'ai appelé mes collègues et je leur ai parlé du cas de Laila. Ils recherchent quelqu'un à l'AETH qui puisse venir vérifier si mon intuition est la bonne.

— Excusez-moi, intervint Matt, un peu perdu. Mais… c'est quoi, l'AETH ?

— L'Alliance contre l'Esclavage et le Trafic Humain. Je pense que cette fille a été vendue.

22.

Une jeep kaki tourna dans l'allée et s'immobilisa devant le tronc noirci du cèdre. Aussitôt, une longue silhouette dégingandée en sortit. La quarantaine, l'homme avait le front haut et la mâchoire carrée comme un patricien romain et portait sur son nez des lunettes de soleil cerclées de métal. Il était vêtu d'un solide pantalon en toile, de chaussures de randonnée légères et d'un coupe-vent en daim. Tout en lui respirait le talent et le succès.

— Bonjour. John Cargill, avocat. Je travaille bénévolement pour l'AETH. On m'a dit que vous aviez ici une fille qui a peut-être fait l'objet d'un trafic, c'est ça ?

Matt acquiesça. Il réfléchissait toujours à ce que venait de leur expliquer Amira Ghoni sur le trafic d'êtres humains — l'esclavage des temps modernes. Les très rares fois où il y avait été confronté, c'était en lisant *La Case de l'oncle Tom* ou en parcourant un article sur la guerre de Sécession, Abraham Lincoln ou Martin Luther King.

Il présenta Amira Ghoni, puis Bobby et enfin lui-même. Ginn était rentrée pour s'occuper de Laila avec sa mère. Il omit soigneusement de préciser que Bobby était de la police : il voulait d'abord s'assurer que « l'expert » en question n'était pas un de ces Don Quichotte en mal de publicité, prompts à utiliser le scandale pour attirer les projecteurs sur leur cause… ou sur eux-mêmes. La carrière de Bobby était déjà suffisamment en danger comme cela.

Cargill leur serra la main, puis les suivit vers l'entrée.

— Madame Ghoni, qu'est-ce qui vous fait croire que cette jeune fille a été victime d'un trafic ?

— Vous comprendrez quand vous parlerez avec elle. Je l'ai avertie de votre venue et je pense qu'elle acceptera de vous répondre. Mais avant tout, je crois que vous devriez discuter avec M. Lowell. C'est lui qui l'a trouvée.

Cargill s'immobilisa au beau milieu de la cour.

— C'est vous qui l'avez trouvée ? Vous pouvez me dire comment ça s'est passé ?

Il était amical et direct, et son ton ne sonnait pas faux. Mais Matt devinait cette curiosité vaguement inquiète qu'il avait également remarquée chez Ginn à certains moments. Sans doute une déformation professionnelle.

Matt lui raconta rapidement ce qui s'était passé, jusqu'aux meurtres de Tommy Aguilar et de Phil Halliburton. Cargill l'écouta sans l'interrompre, puis posa quelques questions. Il voulait connaître l'état des autres adolescents croisés à Enc*inal et savoir si on les avait revus depuis leur virée à La Sirène*.

— Vous avez bien compris que mon but n'est pas d'interférer dans les enquêtes sur la mort de vos amis. Ce qui m'intéresse, moi, c'est le trafic d'êtres humains. Encore faut-il qu'il y ait vraiment trafic. Pour le déterminer, je vais commencer par voir cette jeune fille. Il serait peut-être mieux que vous restiez dehors, histoire de ne pas l'effrayer.

Cela ne parut pas plaire à Bobby qui fit la grimace. Matt, lui, ne discuta pas. Il était conscient que l'arrivée de trois hommes lui rappellerait de très mauvais souvenirs.

Amira Ghoni conduisit l'avocat devant la baie vitrée. Elle la fit coulisser, puis lança quelques mots enjoués dans la langue de Laila.

Bobby attendit que la porte se soit refermée pour exprimer son agacement. Il se leva devant Matt et contempla la baie vitrée.

— Je suis flic et, si elle dit quelque chose, c'est à moi de l'entendre. J'ai bien compris qu'il faut lui laisser de l'air, mais nous pouvons très bien nous glisser discrètement dans la cuisine sans déranger personne.

— Je crois qu'il y a déjà trop de monde autour d'elle. Fais ce que tu veux, moi, je reste ici.

Le laissant se diriger vers la maison, Matt traversa le jardin en direction de la crête d'où l'on dominait tout le canyon. Un sentier de cerfs descendait dans le vallon jusqu'à un ruisseau nourri par les dernières pluies. Des pelotes de brume étaient toujours accrochées aux quelques vestiges de végétation, mais la plupart des arbres et des fourrés avaient péri dans l'incendie. Trois kilomètres en contrebas, tout au bout du canyon, l'océan ressemblait à une pierre de lapis-lazuli sertie d'argent.

Les chants d'oiseaux et le bruissement des feuilles rehaussaient cette vue déjà magnifique. Une nature paisible, loin des fracas du monde et de la folie des hommes, songea Matt, les yeux perdus dans le lointain. Au-dessus de sa tête, un couple de faucons à queue rouge glissa majestueusement sur un courant chaud, tournoyant à la recherche d'une proie.

Un heure passa et il finit par rebrousser chemin vers la maison. Les minutes s'égrenaient en un chapelet interminable quand Bobby émergea de la maison, suivi de Ginn et de l'avocat. Tous les trois arboraient un air sinistre.

Matt les rejoignit.

— Ça va, Ginn ?

Une question stupide, il le savait. Comment pouvait-elle aller bien ? Ses yeux étaient rouges et enflés, et ses joues tellement marbrées par les larmes qu'elles semblaient sur le point de se déchirer.

— Je suis gelée.

Repliant sa grade carcasse, Cargill s'assit sur l'un des bancs de bois rouge.

— Bon. Maintenant, on peut parler, déclara-t-il en attendant que tout le monde se soit installé autour de la table. J'ai l'impression que nous sommes en effet face à un cas de trafic humain. Et si Laila dit vrai, vous avez mis la main dans un sacré nœud de vipères.

— Bien sûr qu'elle dit vrai ! protesta Ginn. Comment pourrait-elle inventer une histoire pareille ?

— Mettez-moi au parfum avant de vous disputer, grommela Matt.

L'avocat eut un sourire contrit.

— Oui, pardon. Apparemment, sa famille a été décimée au cours de la guerre en Bosnie. Son père et ses frères ont probablement été exécutés et sa sœur s'est suicidée après…

— Il sait tout ça, le coupa Ginn. Je le lui ai raconté tout à l'heure.

— D'accord, dit Cargill sans se démonter. La suite, donc. Laila a passé le dernier hiver de cette terrible guerre à se cacher avec sa mère dans les ruines de leur maison. Son enfance est un concentré d'horreurs. Pendant la journée, les soldats patrouillaient dans les rues et tiraient sur tout ce qui bougeait. La mère ne sortait que la nuit pour aller grappiller à droite à gauche de quoi ne pas mourir de faim. Des miettes, en fait. Pendant ce temps, Laila l'attendait dans une cave sans électricité. Dieu seul sait comment, les deux femmes ont survécu jusqu'à la fin de la guerre. Mais le village était dévasté et il n'y avait presque plus d'hommes parmi les survivants. Huit ans plus tard, les survivantes essaient toujours de remonter la pente. Malheureusement, les viols restent monnaie courante dans le pays.

» Au printemps dernier, une femme qui disait représenter une organisation des Nations Unies a parlé à la mère de Laila d'un programme d'apprentissage accéléré en Allemagne. Elle prétendait que sa fille pourrait apprendre les langues et l'informatique avec des professeurs de haut vol et s'assurer ainsi un avenir professionnel. En Bosnie, elle n'en avait aucun. La femme présentait bien, elle avait les bons documents et les bons tampons. Il est très probable que ces papiers aient été des faux, mais la mère n'avait aucun moyen de le vérifier. La pauvre femme a dû réunir 350 marks, environ deux cents dollars, pour inscrire sa fille. Une fortune, mais elle a réussi à les trouver.

— A quoi pensait-elle que cet argent était destiné ? demanda Matt, écœuré.

— La somme devait soi-disant servir à payer les papiers et les visas, ainsi que les frais d'inscription de Laila en Allemagne. Et puis, réfléchissez : aucune mère n'enverrait sa fille suivre un cursus gratuit sans se méfier. La mécanique est bien huilée, on gagne sur tous les tableaux. Au final, Laila et trois autres adolescents qu'elle ne connaissait pas, deux filles et un garçon, ont quitté la Bosnie ensemble. Elle ne les a plus jamais revus après l'atterrissage à Berlin. On l'a emmenée dans une maison, violée dès son arrivée, battue... Et le calvaire a recommencé quotidiennement pendant les jours suivants.

— Quels fils de pute ! fulmina Bobby dont le visage se décomposait chaque minute un peu plus.

— Il y avait d'autres enfants dans cette maison. Il semble que le maître des lieux et ses invités avaient un faible pour les jeunes adolescents, poursuivit Cargill. On racontait aux gosses que leurs familles seraient massacrées s'ils essayaient de s'échapper. Juste après l'arrivée de Laila, deux gamines ont quand même tenté de fuir. Elles ont été battues à mort. Leurs corps sont restés à même le sol dans une des chambres pendant deux jours. Pour servir de leçon aux autres.

— Arrêtez, dit Matt pour stopper ces horreurs. On a compris pour la page allemande. Maintenant, comment a-t-elle atterri à Malibu ? Ou plutôt, comment est-elle arrivée aux Etats-Unis ?

— Tu as vu nos frontières ? Tu fais un pas et tu es sur le sol américain, c'est tout.

— Oh, il y a un tas de routes très élaborées pour ce genre de trafic, précisa Cargill. Mais dans ce cas précis, effectivement, ce fut un jeu d'enfant. Elle a quitté l'Allemagne avec six autres gosses. Selon la version officielle, ces jeunes étaient en transit pour aller étudier au Mexique. Les responsables du groupe, un couple qu'elle connaissait comme Bernhard et Juliette Pfeiffer, ont présenté les passeports des enfants — tous faux, bien sûr. On avait appris aux gamins à hocher la tête et à sourire chaque fois qu'on leur demandait quelque chose. Et si les services de l'immigration insistaient ou, pire, parvenaient à leur poser une question dans leur langue, ils devaient confirmer la version mexicaine.

Il tira d'une poche de sa veste un fin cigarillo. Après en avoir ôté l'emballage, il l'alluma avec un briquet en or et une volute de fumée bleue s'éleva dans les airs en ondulant comme une danseuse orientale.

— A l'aéroport de Los Angeles, les passagers en transit sont pris en charge par des agents en uniforme qui les accompagnent d'un terminal à l'autre — du moins, en théorie. Celui qui s'est occupé du groupe de Laila les a escortés vers une porte de secours. Derrière, une camionnette les attendait. D'après elle, ils ont roulé environ une heure, avant d'arriver à une maison où deux hommes se sont chargés de leur faire comprendre ce qui les attendait.

— Laila dit qu'il s'agissait d'Albanais, ici et à Berlin, expliqua Ginn.

— Est-ce qu'elle a pu apercevoir quoi que ce soit sur le chemin qui la conduisait de l'aéroport à cette maison ? s'enquit Matt.

— Non, répondit Cargill. La camionnette était un utilitaire, sans fenêtres. Tout ce qu'elle sait, c'est qu'il y avait d'autres gosses dans cette maison quand ils sont arrivés. Elle a de nouveau été violée, puis elle s'est endormie. Ensuite, pendant environ une semaine, plus personne ne l'a touchée. On l'a nourrie, coiffée, on a même soigné ses plaies. Elle ne parlait plus, mais ses tortionnaires s'en foutaient bien. Elle était jolie : elle allait devenir un produit de consommation pour une certaine clientèle.

— Vous voulez dire un bordel, ici, à Malibu ? s'exclama Matt. Non, je ne peux pas y croire. J'ai toujours vécu ici. Bob aussi. On en aurait entendu parler. Tu te souviens de L'Albatros en face du vieux commissariat, Bobby ? Et le pataquès que ça avait fait ? Non, je n'y crois pas !

— Ce n'était pas un bordel. Ce qu'elle décrit ressemble plus à une sorte de club privé.

Devant sa voix égale, Matt ne put s'empêcher de s'étonner. Pendant tout son exposé, Cargill n'avait montré ni colère ni compassion.

— Toutes ces révélations n'ont pas l'air de vous surprendre, observa Matt.

— Non. Mais croyez-moi, j'aimerais bien être surpris. Malheureusement, j'ai entendu tellement d'histoires de ce genre, certaines pires encore. Ces gosses sont transformés en des marchandises que l'on consomme encore et encore, des centaines de fois d'affilée. Ils deviennent des objets sexuels, des domestiques ou des travailleurs clandestins dans des ateliers. En général, on les revend tous les deux ou trois mois. Certains meurent rapidement d'overdose, d'autres se suicident ou sont tués soit par leurs propriétaires, soit par des clients violents. Alors, il faut en permanence réapprovisionner le marché en chair fraîche.

Matt jeta un regard en coin à Ginn pour voir comment elle encaissait toutes ces informations. Son visage était tendu et son teint cireux.

— Laila n'est pas toxicomane ? demanda-t-elle d'une voix à peine audible.

— Non. Je suis presque sûr qu'elle n'a pas touché à ça. A mon avis, la maison où elle a débarqué n'est qu'un point de départ, une sorte de gare de triage. Le patron des lieux avait tout intérêt à présenter des jeunes gens en pleine forme, pas des camés dont l'état fait peur et dont il faut financer l'addiction. Ce qui se passe après, ça ne le regarde plus.

L'avocat se tut et Bobby prit le relais d'une voix froide.

— Pendant l'incendie, c'est le garçon qui, le premier, a saisi l'occasion de s'enfuir. Le portail était ouvert pour laisser passer les voitures et il a profité de la panique et de la fumée pour filer. Les filles l'ont suivi. Ils ont dévalé une colline jusqu'à la mer. Selon Laila, le bébé était mort-né. Ils ont aidé la mère à marcher en la soutenant tant bien que mal et sont allés se cacher dans le canyon. Quand elle est morte, ils l'ont portée jusqu'au bord de la route, là où on l'a trouvée. Ce que je n'arrive pas à comprendre, c'est pourquoi ils sont restés dans le coin au lieu de partir le plus loin possible.

Ginn le regarda en haussant les épaules.

— Et où pouvaient-ils aller ? Ils étaient blessés, traqués, sans un sou en poche, et ils ne parlaient pas un mot d'anglais. Où voulais-tu qu'ils aillent ? Chez les flics ? Ces filles venaient de voir un bébé mort-né, dont la mère avait rendu l'âme juste après. On leur avait bourré le crâne en leur expliquant que personne ne les écouterait et que leurs mères seraient égorgées si elles parlaient… Ce ne sont encore que des enfants, Bobby. Des enfants.

Furieuse, les yeux brouillés, elle se leva de table et s'éloigna dans le jardin. Les trois hommes restèrent silencieux, la tête baissée pour ne pas croiser le regard des autres. Finalement, Matt se leva à son tour et alla la rejoindre. Il resta debout derrière elle, sans la toucher, mais il sentait les ondes de rage qui secouaient son corps. Elle était tellement tendue qu'une simple pichenette aurait pu la briser en mille morceaux.

— Ginn, on va choper les enfoirés qui ont fait ça.

— Ah oui ? Et comment ?

— On va y réfléchir tous ensemble.

Trente secondes passèrent, interminables, puis elle tendit une main dans son dos. Matt la saisit, petit trésor glacé entre ses grandes mains. Elle poussa un profond soupir et se retourna.

— D'accord.

Récupérant sa main, elle retourna à la table et reprit place sur le banc. Matt, lui, préféra s'appuyer contre le sycomore, juste derrière elle.

— Désolé, dit-elle en fixant un point sur la table. Bon, si nous parlions de ce qu'il faut faire, maintenant ?

— Qu'est-ce que tu en penses, Bobby ? s'enquit Matt.

Cargill leva les yeux vers lui.

— Bobby est policier, expliqua Ginn.

Matt et Bobby échangèrent un regard inquiet. Ni l'un ni l'autre n'avaient eu le temps de lui dire de garder le silence à ce sujet.

— Je vois, dit Cargill en cachant assez mal son étonnement. Je n'étais pas au courant. Si vous voulez mon avis, ce n'est pas une très bonne idée d'impliquer la police à ce stade de nos recherches. Laila sera traitée comme une mineure en situation irrégulière s'adonnant à la prostitution. Le trafiquant, lui, aura tôt fait de l'apprendre, et cela lui laissera tout loisir de quitter la Californie avant que la police ait eu le temps de l'identifier. En clair, elle seule paiera.

— Est-ce que vous êtes en train de sous-entendre que les flics ne bossent pas ? Ou pire, qu'ils sont corrompus ? explosa Bobby, furieux.

— Je dis juste que ça se passerait comme ça, répondit calmement Cargill avec un sourire froid. Regardez dans vos dossiers : le trafic d'êtres humains est un business très lucratif, en pleine santé même. Les organisateurs se connectent à des milliers de kilomètres de distance et des liasses de billets changent de mains en toute impunité.

— Eh bien, figurez-vous que de ce côté-ci du globe, un bébé et sa mère morts, ça peut foutre un sacré grain de sable dans cette belle mécanique !

— Bonne chance, alors. Tout ce que je vous dis, moi, c'est qu'à ce stade, la police n'aura pas le choix : elle placera Laila en rétention. Très vite, elle sera envoyée dans une prison destinée aux mineurs avec le mot « prostituée » marqué sur son front. Elle y retrouvera des adolescents plus grands et plus forts qu'elle qui attendent leur procès pour viol ou pour meurtre. Bien sûr, le FBI tentera de savoir si elle a bien été victime d'un trafic. Mais remonter ces filières prend beaucoup de temps et le résultat est très aléatoire. Livrée à elle-même, on peut craindre qu'elle mette fin à ses jours. Et si elle survit, ajouta-t-il en les regardant les uns après les autres, si elle survit, elle sera vraisemblablement renvoyée dans son pays d'origine. En gros, vous l'aurez exposée à tout ça pour rien.

Un silence de plomb suivit ses paroles.

— On ne pourrait pas s'assurer qu'elle est placée dans un centre sans barreaux ? s'enquit Matt.

— Le mieux qu'elle pourrait obtenir serait un foyer destiné aux sans-abris ou aux femmes battues. Mais la prison pour mineurs est l'hypothèse la plus probable.

— Alors, il n'y a pas à réfléchir plus longtemps, elle reste avec nous, conclut Ginn.

— C'est la meilleure chose qui puisse lui arriver pour l'instant.

— Et après ? demanda Bobby.

— Le mieux est de me laisser faire. J'ai de bons contacts dans la sphère judiciaire, des personnes de confiance qui adhèrent à ma cause. Je les appellerai demain à la première heure. Nous saurons mieux comment agir, à ce moment-là. Ne soyez pas inquiets, je vous tiendrai informés. Mais surtout, pensez à votre propre sécurité. C'est un milieu très dangereux.

Cargill consulta sa montre et ajouta, les sourcils froncés :

— Je suis désolé, mais il faut que j'y aille. Ginn, si je peux vous aider d'une quelconque manière, n'hésitez pas à m'appeler.

Il se leva et tendit la main à Bobby.

— Ravi de vous avoir rencontré. Matt, je pourrais vous parler une minute, seul à seul ?

— Bien sûr.

Surpris, Matt le suivit jusqu'à l'allée où étaient garées les voitures. Avant de monter dans sa jeep, Cargill se retourna et contempla le paysage. Des rubans d'argent, de cuivre et d'or s'enroulaient autour des pics rocheux. Les endroits décimés par le feu dessinaient d'élégantes ombres chinoises sur ce versant rocheux où subsistaient quelques taches végétales d'un vert émeraude. Rien ne laissait deviner, de l'autre côté, San Fernando Valley avec ses millions de résidents.

— C'est un endroit magnifique. Les montagnes, la vue sur l'océan… Un emplacement de grande valeur, je suppose.

— Vous voulez dire, pour un simple flic ? répliqua Matt d'un ton sec. Je suis toujours étonné de voir que la plupart des gens à Los Angeles n'imaginent pas un seul instant que certaines personnes se sont installées à Malibu bien avant le boom immobilier.

— Ce que je veux dire, c'est qu'il y a une maison de l'horreur quelque part à Malibu et que quelqu'un de haut placé est certainement au courant de son existence. Les personnes qui marchandent les êtres humains sont les criminels les plus insensibles que je connaisse. Ils tuent sans remords tant que l'argent tombe. Il va falloir que vous soyez très prudent sur vos fréquentations. Vous comprenez ?

Matt comprenait surtout qu'il n'avait aucune envie de commencer à défendre Bobby devant un étranger.

— Merci d'être passé, dit-il simplement.

Cargill le fixa un moment comme s'il voulait continuer, mais il se contenta de hocher la tête, grimpa dans sa jeep et mit le contact. L'odeur âcre du pot d'échappement flotta dans l'air bien après que la jeep eut disparu dans le tournant. Matt attendit une minute, puis il alla chercher le Glock dans la boîte à gants de Ginn. Alors qu'il claquait la portière, il entendit des pas dans le gravier, derrière lui.

— C'est l'arme que tu as prise à tes agresseurs ? s'enquit Bobby derrière lui.

— Oui. Et je ne vais pas m'inscrire pour un permis de port d'armes, alors n'y pense même pas.

— Je n'y pensais pas. Viens, je vais te donner un autre chargeur.

Bobby remonta la porte de son garage et appuya sur un interrupteur. L'endroit était d'une propreté qui lui aurait valu les acclamations des meilleures femmes de ménage de Californie. Sa précieuse Harley dormait là, légèrement penchée, sous une housse qui semblait taillée sur mesure — elle l'était sûrement. L'emplacement réservé à la voiture de Sylvie était vide. Bobby contourna la camionnette 75 Chevy qu'il avait retapée avec amour et s'arrêta devant un coffre métallique encastré dans le mur. Il composa le code. La porte s'ouvrit d'elle-même, révélant un rangée de tiroirs et trois armes de poing suspendues à la paroi.

— Qu'est-ce que Cargill avait de si confidentiel à te dire ? demanda Bobby en ouvrant l'un des tiroirs.

— C'était juste un avertissement. Il nous conseillait de bien choisir ceux à qui nous accordions notre confiance.

Bobby lui tendit un chargeur, referma le coffre et effaça le code. Puis il s'appuya sur sa Chevy, les bras croisés, le regard dans le sien.

— Il ne t'aurait pas plutôt demandé de te méfier, toi, de tes fréquentations ? Je ne sais pas pourquoi, mais j'ai l'impression qu'il me soupçonne d'être impliqué dans cette histoire. Ou il s'imagine que je connais quelqu'un qui, lui, serait impliqué. Bah, qu'il aille au diable, lâcha-t-il avec une teinte de dégoût dans la voix.

Matt regarda distraitement par la fenêtre d'où l'on voyait autrefois les frondaisons verdoyantes du cèdre qui faisait la fierté de Julie. Il n'arrivait pas à déconnecter son esprit des abominations qu'avait décrites la jeune Laila.

— J'ai l'impression qu'on a trempé mon cerveau dans un bain toxique, ce matin. J'ai du mal à réaliser ce que cette pauvre gamine a…

Il se tut, incapable d'aller plus loin.

— Ouais, grogna Bobby. Et maintenant, on fait quoi ? On ne peut pas se permettre d'attendre. Je le pensais vraiment quand j'ai dit que la clé de cette affaire se trouvait dans cette mort suspecte à Encinal. Il faut que je signale ces nouveaux éléments.

— Pas à ta hiérarchie, en tout cas. Ce serait de la folie.

— Matt, les gars que je connais sont des types impeccables. Je réponds d'eux. Franchement.

— Pourquoi prendre ce risque ? répliqua Matt. Regarde Barstow et Flores. Ce sont des spécialistes et ils sont mis à l'écart. A mon avis, ce sont de bons flics, furieux que le dossier ait été refermé. C'est eux qu'il faut aller voir.

Bobby gratta une saleté collée sur la carrosserie rouge de sa Chevy.

— Ils risquent de me dénoncer pour avoir aidé à planquer un témoin comme ça…

— Bobby, dénichons cette bande de bâtards et tu verras qu'ils te nommeront chef.

23.

L'immense salle où travaillaient les inspecteurs de la section homicide sentait le tabac froid et le café oublié dans la machine. Des autocollants « Interdit de fumer » étaient collés partout, mais on les avait gribouillés avec fantaisie. L'odeur de cigarette imprégnait les murs ou s'échappait des vêtements de quelques fumeurs invétérés. Seule une demi-douzaine de bureaux étaient occupés. Tout ce petit monde était pendu au téléphone, prenant des notes au fil de leurs questions. Mais quand Matt était passé devant eux, tous avaient pris le temps de le dévisager.

— Vous nous avez fait venir un dimanche pour ça ? fulmina l'inspecteur Flores en s'enfonçant dans sa chaise.

Il portait un jean usé, une chemise rouge clair avec le blason des Hombres de Los Angeles peint sur le torse, et des tennis. Sa veste en jean pendait sur le dossier de sa chaise.

— Une seconde, Ed, intervint Barstow.

Assis sur le bureau de son collègue, il avait posé ses bottes de cow-boy sur une chaise. Matt savait pertinemment qu'ils avaient fait exprès de le mettre en position d'infériorité : Flores trônait derrière son bureau en maître de cérémonie et Barstow le regardait de haut. Matt, lui, était installé dans une chaise basse et inconfortable.

— Laissez-moi résumer ce que vous venez de nous dire, monsieur Lowell, et vous vous mettrez à notre place. D'abord, vous êtes en contact avec une fille que vous refusez de nous montrer, et même de nommer, mais dont vous affirmez qu'elle est victime d'un trafic, qu'elle a été amenée ici de force et qu'on l'a contrainte à se prostituer.

— Ce n'est pas ce que j'ai dit, le coupa Matt. Et c'est bien le problème. Cette fille n'est pas une prostituée : elle a été victime de viols répétés, c'était une esclave sexuelle. Elle n'était pas payée et elle ne voulait pas le faire. Elle n'a que quinze ans. On l'a soustraite à sa mère et emmenée ici illégalement…

— Vous savez que vous vous mettez vous-même dans l'illégalité en l'hébergeant, intervint Flores. Remettez-la aux services sociaux et nous irons lui parler.

Matt secoua la tête. Ils semblaient décidément ne pas vouloir l'écouter. Barstow leva la main avant que son confrère redémarre.

— Vous avez raison, monsieur Lowell. Ce n'est pas une prostituée. Continuons si vous le voulez bien. Donc, vous ne savez pas où elle était forcée d'offrir ses charmes, ni qui la forçait. Vous dites que plusieurs mineurs se sont échappés en même temps qu'elle de cet endroit inconnu et, parmi eux, la jeune fille retrouvée à Encinal. Ils erreraient maintenant quelque part sur les hauteurs de Malibu, mais vous ne savez pas où. Ensuite, votre maison a été attaquée par deux mystérieux agresseurs — ce que vous avez oublié de mentionner lors de notre dernier entretien. Et personne n'a signalé la fusillade.

— Mercredi dernier, vous niiez avoir vu qui que ce soit dans le canyon et, aujourd'hui, vous changez de version en avouant avoir menti. Vous croyez vraiment que nous pouvons d'un simple claquement de doigts mobiliser la police, et pourquoi pas l'armée, pour retrouver des victimes hypothétiques sur la base d'un récit aussi décousu ?

Flores leva les yeux au ciel comme s'il avait réellement peine à croire que l'on puisse être aussi naïf.

Barstow reprit, imperturbable.

— Vous recevez un message de cet ami. Il affirme qu'Aguilar a été assassiné et il a l'air paniqué. On le serait à moins. Aguilar a été abattu, puis on lui a troué le ventre. Pas très drôle, en effet. Et puis, ce type meurt lui-même dans un accident de voiture sur une route étroite, en pleine nuit, ce qui, malheureusement, est loin d'être rare dans un pays où les gens roulent comme des fous. Cela dit, nous allons parcourir le dossier concernant l'accident pour être sûrs qu'aucun détail n'a été oublié par nos collègues. Dans le message laissé sur votre répondeur, que je vous remercie d'avoir apporté, ce M. Halliburton dit qu'il est allé trop loin, qu'il ne sait pas comment, qu'il est désolé. Il dit aussi qu'il n'a pas réussi à le faire. Mais à faire quoi ? A prescrire des substances contrôlées à des célébrités pleines aux as pour mener la grande vie ? Peut-être fournissait-il aussi Aguilar, connu de nos services pour frayer avec les Fils de Satan, une bande de dealers de la pire espèce. Revenons au Dr Halliburton. Peut-être qu'il s'est tué, tout simplement. Après tout, sur votre cassette, il dit qu'il va en finir. Le problème, monsieur Lowell, c'est que tous vos témoins ont disparu. Il n'y a rien de concret.

Flores se balança sur sa chaise, les mains derrière la tête

— Vous êtes un homme intelligent. Ça ne vous a pas effleuré qu'il était risqué de mentir à des inspecteurs ? Maintenant que la seule autre personne à avoir vu ces gosses — Aguilar — est morte, nous ne pouvons nous appuyer que sur vos déclarations, et vous comprendrez aisément la confiance qu'elles nous inspirent. Et puis, supposons qu'ils existent vraiment, ces mômes. S'ils ont un minimum de bon sens, ils doivent être loin à l'heure qu'il est.

— Non. Ils n'ont pas de papiers, pas d'argent, et ils ne parlent pas un mot d'anglais. Et pourquoi est-ce que j'inventerais une histoire pareille ?

— Pour attirer les projecteurs sur vous, persifla Flores avec un sourire mauvais. Pour moi, ça tient la route.

Cet homme avait tiré ses propres conclusions et il ne voulait plus en démordre.

— Bon, d'accord, admit Matt, j'ai proposé de payer un enterrement. C'est tout. Rien de criminel.

— *Deux* enterrements.

Il soutint le regard froid de Flores. Il devinait que le policier cherchait à le pousser à bout. La pire des choses aurait été d'oublier la raison pour laquelle il était venu et de se laisser emmener sur des terrains minés.

— J'en ai marre de ces conneries ! cria soudain Flores en se jetant en avant, les pieds de sa chaise claquant sur le carrelage. Si on avait su tout ça quand Aguilar était encore en vie, alors là, oui, on aurait pu remuer ciel et terre. Maintenant c'est trop tard. Vous y penserez la prochaine fois que vous déciderez de mentir à la police.

— Ce que Flores veut dire, décrypta Barstow, c'est que nous sommes pieds et poings liés. Comme vous le savez, les corps ont disparu et les deux dossiers sont clos.

— Et que faudrait-il pour les rouvrir ?

Flores échangea un regard furtif avec son coéquipier. Ils parurent se comprendre parfaitement malgré l'absence de mots.

— Plus que ce que vous nous apportez là, *muchacho*. Nous, notre job, ce sont les meurtres. Mais si vous nous rapportez quelque chose de concret sur votre trafic, une preuve tangible, on s'y collera sur notre temps libre. Et si on trouve quoi que ce soit, on n'hésitera pas à le transmettre aux fédéraux. Pour l'instant, vous n'avez que dalle. Je rentre chez moi.

Barstow se redressa. La rencontre touchait à sa fin. Matt n'insista pas et se leva à son tour.

— Bien, merci de m'avoir reçu.

— Ouais, grogna Flores.

Poliment, Barstow accompagna Matt jusqu'à la porte. Là, il s'écarta pour laisser entrer quelqu'un.

Le nouveau venu le remercia d'un signe de tête. La cinquantaine, mince, les cheveux blonds, il salua Flores, puis se retourna vers Barstow, l'air amusé.

— Dites-moi, les gars, depuis quand mes inspecteurs se dérangent-ils pour venir bosser un dimanche ? Ne me dites pas que vous allez demander des heures sup' ?

— Non, répondit Barstow avec un rire poli. M. Lowell ici présent est venu nous livrer quelques éléments sur un dossier que nous venons de clore. Celui du cadavre non identifié de Malibu. Monsieur Lowell, notre chef, le capitaine Peters.

Peters opina du chef sans lui tendre la main.

— Dans ce cas. Je suis sûr que mes deux limiers apprécient votre démarche à sa juste valeur. Merci d'être passé.

Il sourit et se dirigea vers son propre bureau. Quand il se fut éloigné, Barstow tira une carte de visite de sa poche, se pencha sur un bureau à côté de la porte et griffonna un numéro.

— Voici mon numéro personnel et celui de l'inspecteur Flores. Si vous avez du nouveau, n'hésitez pas à nous appeler. Bonne journée.

Matt regarda derrière lui avant de sortir. Les deux inspecteurs étaient en grande conversation avec leur patron. Peters, les sourcils froncés, écoutait attentivement en hochant la tête.

Ils vont le faire, pensa Matt. Il était persuadé qu'ils allaient tout essayer pour rouvrir l'enquête.

La gorge étroite de Malibu Canyon s'élargissait au niveau de l'église presbytérienne. Tout en haut, une fois passé le col, l'océan Pacifique déroulait son tapis bleuté. La température avait chuté de plusieurs degrés et l'humidité faisait scintiller les tuiles orangées de ce coin montagneux où Annie Lautner s'était installée.

Matt se gara en bas de la résidence et coupa le moteur. Il

resta assis un moment derrière le volant pour réfléchir à ce qu'il allait lui dire. Quand il l'avait appelée quelques heures plus tôt, elle lui avait paru encore sous le choc de la mort de Phil. Quoi d'étonnant : elle avait vécu avec lui pendant des années. Matt soupira. Dans le meilleur des cas, elle lui déchiffrerait les passages les plus obscurs du message téléphonique de Phil. Au pire, elle l'enverrait balader en le traitant de tous les noms pour l'avoir dérangée avec ses histoires. Entre les deux, la moindre indication pourrait lui être utile. Il respira profondément et sortit de la voiture.

Annie habitait dans un complexe résidentiel formé de petits immeubles parfaitement intégrés dans le paysage. De la vapeur d'eau formait une sorte de couverture moelleuse au-dessus de la piscine de taille olympique. A l'opposé, dans une grande salle éclairée de néons, de nombreux résidents faisaient fondre leur graisse, actionnant des poids au bout de poulies ou courant sur des tapis roulants. Une vraie usine à formater les corps des plus résistants.

Il suivit un petit chemin formé de briques bordé de fougères et de buissons. Des feuilles de sycomores jonchaient la pelouse attenante. L'air était pur et embaumait le printemps. Matt grimpa les marches qui menaient à l'appartement d'Annie et appuya sur la sonnette. Il attendit deux bonnes minutes avant de sonner de nouveau.

— Annie, c'est Matt Lowell ! cria-t-il, sa voix résonnant étrangement dans la cage d'escalier.

Pas de réponse. Il s'écarta et contempla le palier. Sa porte était la seule de tout l'étage. S'approchant d'une fenêtre, il jeta un coup d'œil à l'océan. Les rayons du soleil crevaient les nuages et caressaient la masse noire de Point Dume. Le pain de sucre rappelait vaguement la Tête de diamant, un volcan hawaïen.

Après un instant, Matt retourna à la porte et frappa trois coups secs.

— Annie ! Tu es là ?

La porte s'ouvrit brutalement et alla rebondir sur le mur. De la main, Matt l'empêcha de revenir sur lui.

— Salut, Matt. Ça fait un bail, hein ? Entre.

Annie portait un peignoir en satin couleur pêche. Sous son bras, son petit chien blanc, Sammy, semblait sur le point d'étouffer. Les cheveux hirsutes, les yeux injectés de sang, elle se dirigea vers le salon en traînant derrière elle une forte odeur de cannabis. Matt ferma la porte et la suivit.

— Comment vas-tu, Annie ?

— Pas mal. Un verre ? marmonna-t-elle par-dessus son épaule. J'ai du Martini si tu aimes.

— Non, merci. Je voulais juste discuter un peu avec toi au sujet de Phil…

— Il est mort, c'est tout. Mort.

Elle laissa tomber son chien miniature au bord d'un énorme canapé de soie noire et s'affala à côté de lui, manquant de le propulser contre le mur d'en face. Son sens de la décoration était pour le moins déconcertant : un plancher et des meubles noirs, des murs blancs et, égayant le tout, des toiles qui semblaient avoir été choisies plus pour leur explosion de couleurs que pour leur valeur esthétique. Le salon donnait sur une cuisine ouverte et une salle à manger du même genre. L'un des charmes de l'appartement venait de l'immense baie vitrée par laquelle on pouvait admirer, derrière un balcon ouvragé, la magnifique baie de Palos Verdes.

Matt considéra le verre de Martini qu'elle venait de se servir : avec cette quantité d'alcool, il aurait pu servir trois verres normaux. Entre le pouce et l'index, elle tenait un cône dont les cendres tombaient sur la table en granite à côté du cendrier.

— Tu es sûre que ça va, Annie ?

— Non, je surnage un peu, mais je m'en sors, assura-t-elle en lui tendant le joint. Tiens, goûte ça. C'est du bon.

Il secoua la main pour refuser et ne put s'empêcher de ressentir une certaine compassion pour le pauvre Sammy dont la tête dépassait d'un nuage de fumée psychédélique.

— Merci, Annie, mais je…

— J'ai autre chose dans la chambre si tu veux… Ou un verre ?

— Non, merci. J'ai juste quelques questions à te poser. Après, je file et je te laisse tranquille.

— Vas-y, dégaine.

Elle eut un rire nerveux. Mal à l'aise, il remua sur son siège.

— Je suis désolé de ce qui est arrivé à Phil. Je sais que vous êtes restés ensemble pas mal de temps.

— Plus de cinq ans, précisa-t-elle, les yeux dans le vague.

Un sanglot lui souleva la poitrine. Avec l'impression d'être totalement impuissant, Matt décida de rester à sa place plutôt que de lui offrir une épaule amicale. Annie était une femme-enfant imprévisible. Qui savait où un geste affectueux le mènerait…

— Et merde, gémit-elle en essuyant ses larmes d'un revers de la main.

Matt se leva et alla chercher des mouchoirs en papier dans la salle de bains de la chambre d'amis. En pénétrant dans la pièce, il eut l'impression de se retrouver dans une caverne des Caraïbes. Sur les murs noirs étaient peints une multitude d'oiseaux exotiques écarlates et une créature bariolée aux allures de pélican semblait sur le point de plonger dans les toilettes, noirs eux aussi, encastrés dans le mur. Devant le miroir fumé, Matt se perdit dans ses souvenirs. Il se rappela la dernière fois où il était venu ici — une soirée d'anthologie. Deux ans plus tôt, Phil et Annie avaient invité pour le nouvel an toute la faune de Malibu. Matt et Ginn étaient partis assez tôt. Lui s'amusait bien, mais elle voulait arriver chez Ned et Julie avant que leurs enfants soient couchés.

La vie était si douce à cette époque-là. Et il ne s'en était pas aperçu assez tôt. Qu'en restait-il aujourd'hui ? Ginn, Bobby et lui avaient mis le doigt dans un engrenage qui risquait de leur dévorer le bras. Autour de lui, les gens mouraient les uns après les autres. Ginn le rendait fou en se laissant aller à son désir un soir pour le repousser le lendemain. Un avocat qu'il ne connaissait pas voulait semer la discorde avec son ami d'enfance, et deux inspecteurs opiniâtres s'obstinaient à le soupçonner de meurtre. Et comme si cela ne suffisait pas, il ressentait un trouble plus profond encore, un souvenir enfermé au fond de sa mémoire. Une souffrance qui le lançait régulièrement, telle une écharde fichée dans sa poitrine.

— Qu'est-ce que tu fabriques là-dedans, Matt ? brailla Annie depuis le salon. Tu ne trouveras rien. Je cache tout ce qui est intéressant.

— C'est bon. J'ai trouvé.

Il la rejoignit et déposa devant elle une lourde boîte noire d'où dépassait un mouchoir en papier. Elle se jeta dessus, mais la boîte lui échappa, heurta le cendrier et termina sa chute sur le tapis, au milieu des bris de verre et des cendres.

— Et merde ! lâcha-t-elle avant de crier : Tuti !

Une porte s'ouvrit de l'autre côté de la cuisine et une petite voix répondit :

— Madame Annie ?

— Viens nettoyer ce bordel.

Matt leva les yeux pour voir à qui elle s'adressait. Quelques secondes plus tard, une petite femme asiatique arrivait dans le salon munie d'une pelle et d'une balayette. Il lui sourit, mais elle évita son regard. Se mettant à genoux, elle commença à réparer les dégâts.

— Je ne savais pas qu'il y avait quelqu'un ici, déclara-t-il.

Peut-être qu'elle pourrait rester avec toi ce soir. Ça t'éviterait d'être toute seule.

— Bien sûr qu'elle va rester. Tu veux qu'elle aille où ? Elle habite ici.

— Oh, je ne savais pas, s'excusa-t-il en se demandant où elle pouvait bien dormir.

— Bon, qu'est-ce que tu avais de si urgent à me dire ? demanda Annie.

Elle essuya ses larmes, se moucha et laissa tomber le mouchoir devant sa domestique qui avait presque fini de nettoyer le tapis.

Un tableau effrayant, songea-t-il en passant d'Annie à l'Asiatique. *Les deux blancs discutent, confortablement assis dans un salon au mobilier choisi, pendant qu'une boniche aux yeux bridés s'écorche les genoux en frottant le sol.*

Annie suivit son regard et crut qu'il ne voulait pas parler en présence d'une tierce personne.

— Oh, ne fais pas attention à elle. Elle ne comprendra pas ce que tu dis. De toute façon, elle ne parle à personne.

Il la dévisagea. Elle n'était sans doute pas la personne la plus généreuse qu'il ait rencontrée, mais il ne se souvenait pas d'elle comme quelqu'un d'aussi insensible. Sans doute un effet de la drogue qu'elle fumait, et il ne pouvait rien faire pour changer ça.

— Annie, est-ce que Phil te parlait parfois de son boulot ?

— Son boulot ? Quoi, son boulot de médecin ? Non. Bien sûr que non. C'était pas éthique. Ouais, bon, il lui arrivait de m'avouer qu'une de ses patientes, une star à la mode, préférait les nanas aux mecs. Des trucs du genre. Rien d'important, quoi. Pourquoi ?

— Il ne t'a rien dit au sujet d'un centre de désintoxication pour gosses de riches à Malibu ?

— Non, il m'aurait pas parlé de ça. Les gosses ne m'intéressent pas.

Elle pointa un bout de verre avec son pied et tapota l'épaule de la domestique.

— T'en as oublié un bout, là. Sammy pourrait se couper ses petites pattes. Fais attention, grogna-t-elle avant de se tourner de nouveau vers Matt. Pourquoi tu me poses cette question ?

Son travail fini, la petite Asiatique se releva et attendit avec sa pelle pleine et son balai que sa maîtresse lui fasse signe de partir. Matt la regarda s'éloigner. Elle semblait glisser sur des coussins d'air. Même si Annie ne se comportait en mégère que lorsqu'elle avait fumé, il fallait que Tuti ait vraiment besoin de ce job pour supporter un tel traitement.

— Depuis combien de temps travaille-t-elle pour toi ?

— Qui, Tuti ? Elle a toujours été là. Cinq ans. Phil a acheté cet appartement quand nous étions ensemble et elle a débarqué immédiatement. Pourquoi ?

Elle présentait sa domestique comme s'il s'était agi d'un chat sauvage. Matt s'entendit poser une question qui ne lui serait même pas venue à l'esprit s'il n'avait pas rencontré Cargill le matin même.

— Et tu la paies combien ?

— Je sais pas. C'est Phil qui la paie. Enfin, qui la payait, rectifia-t-elle en réprimant un spasme. Il faut que je voie un avocat. Je ne sais pas ce qui va se passer maintenant. Nous n'étions pas mariés, nous n'avons jamais signé de contrat. Je ne sais pas ce qu'il avait prévu pour moi. Peut-être rien. Il avait tout juste la quarantaine, il ne s'attendait pas à mourir.

— Tu le trouvais comment ces derniers temps ? demanda-t-il.

— Comment ? Je sais pas, comme d'habitude. Pourquoi ?

Elle se pencha en avant pour attraper un autre joint. En bouffant, son peignoir révéla cette poitrine parfaite qui avait toujours fait l'admiration de Phil. Matt s'obligea à regarder ailleurs. Vrais ou pas, ses seins étaient réellement magnifiques. Annie le regarda par en dessous, consciente, malgré son état, de son charme. Elle tira une longue bouffée de son joint, ferma les yeux et garda la fumée emprisonnée dans ses poumons. Puis, après quelques secondes, elle laissa un fin serpent de fumée bleue se faufiler entre ses lèvres.

— Il m'a appelé le soir de sa mort, lui apprit Matt. Il avait l'air perturbé. Pas bien du tout.

— Phil ? Qu'est-ce qui pouvait bien perturber Phil ? Sa vie allait on ne peut mieux. Il avait tout ce qu'il voulait, du pognon, une jolie maison. Moi. On s'éclatait bien tous les deux. C'est pour ça que c'est aussi dur, expliqua-t-elle en s'enfonçant dans le canapé, les pieds sur la table basse. Bon, c'est vrai, il n'était pas très intéressé par les galipettes ces deux dernières semaines. Et ça, c'était pas son genre. D'habitude, on faisait ça au moins une fois par jour.

Tous les jours ? Phil Halliburton ?

— Qu'est-ce qu'il faisait à Latigo ce soir-là ? Il t'en avait parlé ?

— Non. Il ne me disait jamais où il allait.

— Est-ce qu'il gardait des affaires ici ? Des papiers ?

— Comme quoi, un testament ? Non. J'aurais bien aimé.

— Pas un testament, non. D'autres papiers, je ne sais pas, moi... Des dossiers, des notes de boulot, des lettres, des trucs comme ça ?

Elle secoua la tête en tirant longuement sur son joint.

— Pourquoi tu me poses toutes ces questions ?

— Il avait des papiers à moi et j'en ai besoin.

— Ben... Je ne sais pas trop où ils sont. Probablement à son cabinet. La nuit où il a eu l'accident, je suis passée chez lui pour prendre des trucs, des affaires personnelles, tu vois le genre. Je voulais pas que sa mère tombe dessus. Phil était originaire d'un village de bigots, près de Bakersfield. Des évangélistes qui se prennent tous pour le Christ ou la vierge Marie. Et sa mère est de ce genre-là, dit-elle en reniflant bruyamment. A mon avis, elle a du mal à concevoir qu'on puisse coucher avant le mariage. Alors, son fils... je sais même pas pourquoi je suis sympa avec cette carne. Bref, je vais peut-être y retourner demain. Je pourrais prendre certains trucs qui me plaisent. Je suis sûre qu'il aurait voulu que ça me revienne, de toute façon.

De grosses larmes se mirent à couler sur ses joues, mais Matt les voyait à peine.

— Tu as les clés ?

— Evidemment. On était comme mari et femme, tu vois... Oh, mon Dieu, c'est horrible, gémit-elle en se laissant aller contre le dossier du canapé, les yeux fermés.

— Annie, ces papiers que j'avais laissés à Phil... il faut absolument que je les récupère. Maintenant.

— Bon sang ! Matt, qu'est-ce qu'il y avait de si important chez lui ?

— C'est une affaire que nous traitions ensemble, un achat immobilier. J'ai besoin de ces papiers pour une réunion demain. Si tu voulais bien me prêter les clés, je pourrais aller les chercher.

Elle loucha sur son verre et s'aperçut qu'il était vide.

— Je vais m'en prendre un autre. T'es sûr que tu n'en veux pas ?

Il fit non de la tête.

— O.K. Mais j'ai pas les clés de son cabinet. Juste celles de sa maison. Et je veux que tu me les rapportes demain matin à la première heure, parce que j'ai besoin d'y aller moi aussi. Il aurait voulu que je le fasse. Elles sont dans la buanderie, derrière la cuisine. Dans le tiroir du haut.

Matt se leva aussitôt et fila derrière le comptoir qui séparait la cuisine du salon. En jetant un coup d'œil derrière lui, il vit

Annie ouvrir le bar, se servir un gin bien tassé et y ajouter quelques gouttes de vermouth. Il tourna doucement la poignée et pénétra dans la buanderie. Tuti était assise là, jambes croisées, sur un futon étroit qui devait lui servir de lit. Elle était à moitié cachée par des draps propres, suspendus à un fil à linge. A côté de la machine à laver, des vêtements mieux repassés qu'au pressing s'empilaient, pantalons en coton, chemisiers, T-shirts, toute une garde-robe dont Tuti prenait soin. Vue de près, elle semblait plus âgée. La quarantaine bien sonnée, sans doute. Elle se leva d'un bond en le voyant. Matt mit simplement son index devant sa bouche, alla ouvrir le tiroir, prit les clés et retourna dans le salon.

— Une dernière chose, Annie, et je te laisse tranquille. Est-ce que tu pourrais appeler l'assistante de Phil et lui demander de me retrouver à son cabinet ?

Le cabinet médical de Phil était à quelques minutes seulement de là.

— Quoi, maintenant ?

— Oui. Elle est déjà au courant pour l'accident ?

— Ouais, elle a vu ça à la télé. Elle, au moins, m'a appelée, pas comme sa maudite mère. Joan n'était qu'une alcoolo qui vivait dans une caravane jusqu'à ce que Phil la sorte de là. Il l'a prise comme assistante et lui a fait construire une belle villa.

Il n'en croyait pas ses oreilles. Annie s'enfonçait dans ses souvenirs, elle s'enfumait l'esprit avec son herbe et ses cocktails, mais il en avait appris plus sur Phil en cinq minutes avec elle que ces dix dernières années. Il pesa ses mots pour l'effrayer le moins possible.

— Annie, écoute-moi bien. Je voudrais que tu fasses attention à toi. N'ouvre la porte à personne et ne sors pas ce soir. Je te rapporte les clés demain matin, c'est promis.

— Quoi ? Tu crois que je suis trop défoncée pour parler à quelqu'un, c'est ça ? Eh ben, c'est pas le cas. Si tu trouves un testament quelque part, appelle-moi, O.K. ? Attends pas demain pour me le dire.

— Compris. Ne t'inquiète pas. Maintenant, appelle Joan et dis-lui de me rejoindre là-bas.

Si elle était chez elle, elle accepterait sûrement. Ils étaient allés ensemble à l'école à Malibu, du cours élémentaire jusqu'à leurs dix-huit ans.

Annie tituba jusqu'au téléphone accroché au mur de la cuisine. Elle manqua de trébucher sur Sammy que son affection débordante mettait en réel danger. Matt poussa un soupir de soulagement quand Joan décrocha. Une question, une réponse, et elle accepta d'ouvrir le cabinet pour lui.

En reprenant la route, Matt composa le numéro de portable de Ginn.

— C'est moi, dit-il quand elle répondit. Tout va bien ?

— Oui. Gaby a raccompagné Amira Ghoni chez elle. Après, elle rentre chez elle. Alors, comment ont réagi Flores et Barstow ?

— Pour faire court, ils pensent que nous n'avons rien de concret. Mais je crois qu'ils vont faire tout ce qu'ils peuvent pour que le dossier soit rouvert. Je te raconterai ça plus tard. Tu restes chez Bobby ce soir ?

— Oui, ne t'inquiète pas. Après ce que nous a dit John Cargill, j'ai aucune envie qu'il arrive quoi que ce soit à Laila.

Il y eut un silence, et il lâcha :

— Je t'aime, Ginn.

— Allô, allô ? Je ne t'entends plus. Je crois qu'on va être coupés. Bon, je raccroche.

— Non, attends ! Excuse-moi, je ne le dirai plus. Je viens de voir Annie Lautner…

Il reposa son portable. Il parlait dans le vide, Ginn avait déjà raccroché.

Il tourna dans Cross Creak Road puis prit l'autoroute de la

côte. Phil avait acheté un local sombre dans un immeuble triste et il avait dépensé une fortune pour le transformer en l'un des cabinets médicaux les plus élégants de Malibu.

En arrivant en bas de l'immeuble, Matt ne vit qu'une vieille Honda stationnée à l'ombre des arbres. Il se gara et alla sonner à la porte du cabinet. En y regardant de près, il s'aperçut que la porte était entrouverte : la serrure avait été forcée.

— Joan ? C'est Matt. Matt Lowell.

Il poussa la porte et découvrit l'étendue du désastre. Les trois portes vitrées étaient grandes ouvertes et tous les bureaux avaient été vidés de leur matériel informatique. Il ne restait plus un seul ordinateur, plus une imprimante, plus un fax.

Il appela de nouveau et entendit enfin la voix de Joan. Elle apparut sur le pas de la porte, blafarde. Elle avait perdu ce teint de pêche qui la rendait spontanément sympathique et ses yeux bleus semblaient crever son visage livide.

— Annie Lautner m'a appelée et m'a dit de te rejoindre ici. Sinon, je ne serais jamais venue un dimanche. Quand je suis arrivée, j'ai découvert ça. On a été cambriolé, déclara-t-elle d'une voix blanche. Tu peux croire un truc pareil, Matt ? D'abord, la mort du Dr Halliburton. Et maintenant, ce cambriolage… Je suppose que des junkies ont appris la nouvelle et se sont dit que c'était l'occasion de voler les médicaments qui les intéressaient.

— Tu as vérifié ? Il manque des boîtes ?

— Je n'ai pas eu le temps de vérifier. Quand j'ai vu ça, je suis juste redescendue pour appeler la police.

Le coupable n'avait peut-être pas eu le temps de s'attarder, songea-t-il, histoire de se rassurer. Peut-être avait-il dû filer précipitamment en voyant Joan arriver.

— Je ne sais pas, Matt, continuait-elle. Malibu n'était pas comme ça, il y a quelques années. Tous ces gens qui ont débarqué depuis… Nous étions tranquilles, avant.

Elle semblait à bout de nerfs.

— Quand tu dis ça, je n'ai pas l'impression qu'on a grandi dans la même ville, observa Matt.

— Oui, bon. Annie m'a dit que tu venais chercher des papiers t'appartenant. Elle n'était pas très claire au téléphone. Elle semblait un peu… bizarre.

— Oui. J'ai besoin des papiers concernant les adolescents à problèmes dont Phil s'occupait. Tu sais, le centre…

Il parlait d'une voix assurée comme s'il savait exactement ce qu'il cherchait.

— Le Dr Halliburton gardait toutes les informations concernant ces patients-là sur son ordinateur portable. Pourquoi en as-tu besoin ?

Il réprima un sourire de victoire. Enfin, il avait la preuve qu'il était sur la bonne voie. Il n'y avait plus qu'à tirer le fil de la pelote pour remonter jusqu'aux responsables.

— J'étais associé avec lui sur ce projet et nous avions prévu un rendez-vous demain avec des investisseurs. Je vais devoir leur expliquer ce qui est arrivé, mais j'ai besoin de ces documents.

— Je ne peux rien faire pour toi. Il ne me parlait jamais de ce dossier.

— Et pour la comptabilité ?

— Je ne m'en occupais pas. Il conservait toutes les informations concernant le centre sur son ordinateur portable. Si j'ai pris connaissance de ce dossier, c'est parce que j'ai ouvert un jour une facture de laboratoire par erreur. Je lui ai demandé comment nous allions la payer et avec quel compte, mais il me l'a arrachée des mains et m'a hurlé dessus en me disant que je n'aurais pas dû l'ouvrir. Comme si c'était ma faute ! s'exclama-t-elle d'une voix chevrotante. Alors que je travaillais avec lui depuis son arrivée à Malibu !

— Est-ce qu'il y avait l'adresse du centre sur la facture ?

— Je croyais que tu étais associé sur ce projet, remarqua-t-elle en levant les sourcils. Tu ne connais pas l'adresse ?

— J'ai besoin de savoir s'il y a eu rupture de notre clause de confidentialité, répondit-il en réfléchissant à toute vitesse pour ne pas se trahir. C'est tout, Joan. Les jeunes en question appartiennent à des familles très en vue. Et notre initiative ne vaut que si un embargo total est respecté sur cette affaire. J'ai besoin de savoir si ce contrat a été rompu, non par toi, mais par ce laboratoire, parce qu'il va falloir que je les rencontre eux aussi pour mettre au point l'avenir. J'ai besoin que tu me donnes le nom que tu as lu sur cette facture.

— Je ne sais plus. C'était il y a deux ans.

— Fais un effort. C'est vraiment très important.

— Je ne m'en souviens plus, Matt, répéta-t-elle avec une pointe d'agacement. Le Dr Halliburton voulait que j'oublie cet épisode, alors je l'ai oublié. Nous avions beaucoup de maladies inavouables parmi nos patients et souvent dans des familles bourrées de fric. Alors, quand on me demande d'être discrète, je le suis. Et je n'ai plus jamais reçu de facture de ce genre. Je ne vois pas pourquoi tu t'inquiètes autant.

— Et le nom de la société ?

— Arrête un peu, Matt. Je ne m'en souviens plus, d'accord ? Tu sais combien de factures je recevais chaque jour ? Je ne connaissais pas cette société, je te l'ai dit, et je ne m'en souviens plus. Il a gardé tout ça sur son ordinateur portable.

— Alors, il va falloir que je l'emporte.

— Non. Ça, ce n'est vraiment pas possible.

— Il est ici ?

— Eh bien, je n'ai pas vérifié, mais ça m'étonnerait. Il gardait toujours cet ordinateur sur lui. S'il avait pu l'attacher à lui avec une chaîne, il l'aurait fait.

— D'accord. Je jette juste un coup d'œil dans son bureau.

Matt entra dans la pièce. Un seul regard lui suffit pour

comprendre que si l'ordinateur avait été là, on l'avait embarqué avec tout le reste. Joan s'en rendit compte en même temps, silhouette fragile dans l'encoignure de la porte.

— Regarde-moi ça ! Ils sont même venus ici. Mon Dieu ! De toute façon, Matt, je ne peux pas te laisser prendre quoi que ce soit ici. La police ne va pas tarder à arriver et ils auront besoin de voir les choses telles qu'on les a laissées.

Il regagna l'entrée, Joan sur ses talons.

— Eh bien, merci pour ton aide. Je file avant que les flics arrivent. Je n'ai pas très envie qu'ils me demandent pourquoi je suis là et ce que je cherche. Est-ce que c'est trop te demander que d'oublier ma venue ?

— Oui, décréta-t-elle en braquant les yeux sur lui. J'ai entendu dire qu'ils s'intéressaient pas mal à toi, ces temps-ci. À cause du bébé que tu as trouvé sur la plage. Et de la fille qui est morte à Encinal. La mère, c'est ça ?

Matt lui adressa un regard froid.

— J'ai trouvé le bébé, Joan. Pas la mère.

— Oh, ne t'inquiète pas. Je te l'ai dit, je sais garder ma langue. J'ai été dressée pour ça. Ce n'est pas moi qui irai au-devant de leurs questions, mais s'ils m'interrogent, je serai bien obligée de leur répondre.

— Je comprends. Je suis désolé pour ce qui est arrivé à Phil, sache-le. C'était un mec bien.

— Mmm, dit-elle en haussant les épaules. Il était cool.

Sa voix se brisa sur ce mot. Matt quitta l'immeuble par la porte de derrière et rejoignit sa Range Rover en se cachant sous les eucalyptus. Il mettait le contact quand il vit une voiture de police arrêtée à un feu rouge, à deux pas de là. Il s'éloigna en vitesse.

Quelques minutes plus tard, il s'arrêtait devant la maison de Phil, construite sur le front de mer. Les façades, parfaitement blanches, n'avaient pas encore été colorées par le soleil californien. Un portail de bois sculpté séparait le jardin de la route et seuls des experts auraient reconnu un chef-d'œuvre de l'art hawaïen. A tout hasard, Matt sonna, attendit un instant, puis choisit une des clés du trousseau qu'il avait trouvé dans le tiroir d'Annie. Deux clés plus tard, le mécanisme moderne intégré dans le portail ancestral fonctionna enfin. Matt se glissa dans le jardin et referma la porte sur le bourdonnement énervant de l'autoroute toute proche. Il suivit les pierres noires qui dessinaient un chemin au milieu des arbres, puis pénétra dans l'immense garage de Phil en prenant soin de désamorcer le système d'alarme, comme Annie le lui avait conseillé.

Un escalier de bois menait à une sorte de palier sur lequel se trouvait trois portes. Peut-être le bureau de Phil était-il là, derrière l'une de ces portes. Cela valait le coup d'y jeter un coup d'œil avant d'entrer dans la maison elle-même.

Après avoir gravi les escaliers, il passa la tête par la première porte en s'attendant à trouver le capharnaüm habituel de ceux qui utilisent leur garage comme un débarras. Un fatras d'objets dont on se sert peu mais qu'on ne veut pas jeter. A la place, il découvrit une petite pièce éclairée par une rangée de lucarnes. Deux lits étaient superposés contre le mur avec des couvertures proprement bordées comme dans un hôtel quatre étoiles. Il y avait aussi deux chaises et une commode — vide. A part cela, rien. Une porte ouvrait sur une minuscule salle de bains, très propre, avec des toilettes et une douche. Et de l'autre côté, une autre porte. Matt la poussa et pénétra dans la seconde pièce. Une chambre, un peu plus coquette que la précédente. Il contempla le lit simple, légèrement plus large que les lits superposés mais tout aussi bien fait, la commode vide, le fauteuil confortable et l'élégant tapis à côté de la table. Pas de livres, aucune affaire personnelle : juste quelques meubles.

Où étaient-ils tous partis ? Phil avait une femme de ménage

salvadorienne, Lupe, et deux domestiques asiatiques comme Tuti.

Derrière la troisième porte, il tomba enfin sur le grenier où s'entassaient des tables, un canapé, un fauteuil bien rembourré, des rideaux de plusieurs couleurs... Il referma la porte et redescendit l'escalier.

Avant d'entrer dans la maison, son regard fut attiré par la verrière comme s'il la découvrait. Elle renfermait des trésors de verdure : des fougères géantes de Hawaii, des fleurs tropicales aux pétales aussi vifs que des plumes de perroquets et des arbres qui semblaient devoir bientôt crever le plafond de verre. Un ruisseau, comme créé par la nature elle-même, dessinait des entrelacs autour des plantes avant de se jeter dans une mare artificielle bordée de mousse et de galets noirs. La façade de la maison était un immense panneau de verre dépoli, gravé de motifs rappelant eux aussi la forêt hawaïenne, sa flore et sa faune exubérantes. L'air de la véranda, chargé du parfum musqué des plumeria, était humide et chaud. Le chauffage n'avait pas dû être débranché.

Comment avait-il pu ignorer que Phil était riche à ce point ? Ses voisins n'étaient-ils pas tous des industriels puissants et des milliardaires réputés ? Dans ce triangle d'or de Malibu où chaque arpent de terre coûtait des milliers de dollars, il avait acheté puis entièrement refait une superbe maison. Et ça, même un médecin reconnu n'aurait pas pu se le payer.

Matt choisit une nouvelle clé sur le trousseau et réussit à ouvrir la porte de la maison dès le premier essai. A l'intérieur, il faisait sombre et l'air sentait le renfermé.

Une fois passé le vestibule, Matt se retrouva dans une pièce immense qui devait prendre presque tout le rez-de-chaussée. Elle était richement décorée dans un style vaguement indochinois, avec des meubles de bois précieux, finement ciselés, qui donnaient envie de les caresser ou de s'y asseoir. Tout l'inverse de l'intérieur d'Annie, pensa-t-il. Une longue baie vitrée donnait sur une large terrasse au-dessus de la plage. Au loin, l'île de Catalina se déroulait comme une écharpe sombre tombée sur l'horizon et l'anse de Santa Monica s'incurvait jusqu'à la presqu'île de Palos Verdes. La nuit, cette baie était bordée du « collier de la reine », un magnifique chemin de réverbères devant lequel certains touristes passaient des heures à rêvasser.

— Il y a quelqu'un ? Lupe ?

Il appela plusieurs fois en arpentant la pièce. En vain. La maison était vide. Mais quelque chose dans cet immense séjour lui donnait l'impression que quelqu'un était passé par là. Certains cadres pendaient un peu de travers comme si on les avait déplacés avant de les raccrocher en vitesse. Sur un mur, l'élégante porte laquée qui cachait habituellement le téléviseur et la chaîne hi-fi était ouverte. Sur l'autre, la vitrine ne trônait plus au centre mais un bon mètre sur la droite. Des détails de ce genre, rien de très flagrant. Seulement, tout objet déplacé lui laissait penser qu'avant de passer au cabinet, quelqu'un était venu ici chercher quelque chose. Des documents sans doute, qui devaient expliquer beaucoup de choses — et peut-être salir du beau linge.

Matt prit le Glock dans sa poche et tenta de se déplacer sans bruit. Mais ses talons claquaient inévitablement sur le parquet ciré. Ses pas résonnaient comme dans une église.

La cuisine était équipée d'appareils électroménagers dernier cri. Les deux réfrigérateurs montaient presque jusqu'au plafond et une demi-douzaine de dindes auraient pu tenir dans le four chromé. Aucune surprise dans les tiroirs, ni sur les étagères : des boîtes, de l'argenterie et des serviettes de table brodées. Juste à côté, une superbe cave-à-vin était tapissée de râteliers sur lesquels dormaient les grands crus. Deux fauteuils en cuir encadraient une petite table ronde sur laquelle était encore posé un taste-vin.

Matt revint dans le couloir et monta à l'étage par un large escalier dont la rampe en marbre rose n'aurait pas dépareillé dans un palace de la French Riviera.

La chambre de Phil était, elle aussi, parfaitement démesurée avec son lit géant installé sur une estrade. Les fenêtres offraient sur toute la baie une vue panoramique. Matt fouilla la table de chevet sans rien trouver d'intéressant : pas d'agenda électronique, aucun papier. Même déception dans la salle de bains — même si, en d'autres circonstances, Matt aurait bien profité du bassin en marbre clair et décoré d'onyx, grand comme une piscine, dans lequel on pouvait se prélasser tout en regardant la côte en contrebas.

Dans la penderie en cèdre du Liban, il découvrit une pile de costumes posés à même le sol, rangés dans des housses, et des chemises bien pliées juste au-dessus. Aucun sous-vêtement dans les tiroirs, rien d'autre sur les étagères. Dans une pièce attenante étaient rangées avec le même soin les affaires d'Annie, chemisiers, frou-frou, nuisettes sexy et lingerie fine.

La seule chose qu'il avait apprise, c'était que le Dr Phil Halliburton ne devait pas s'embêter.

L'étage au-dessus était divisé en pièces plus modestes. Une petite salle de remise en forme, tapissée de miroirs, proposait les instruments de torture habituels de ceux qui prennent soin de leur corps : un rameur, des haltères et un tapis roulant devant la fenêtre pour courir tout en regardant Santa Catalina. La porte suivante ouvrait sur une petite salle de projection, équipée d'authentiques fauteuils de cinéma, sans doute achetés après une fermeture. Enfin, la dernière pièce était une sorte de petit salon au charme désuet, avec ses rayons de livres, ses deux fauteuils confortables et son petit bar en marqueterie.

Sur une table, Matt prit une photo glissée dans un cadre en argent. Elle représentait une femme aux traits tirés et un adolescent décharné d'une dizaine d'années, devant ce qui semblait être un préfabriqué coiffé d'un toit de tôle. Le garçon, visiblement ébloui par le soleil, faisait une grimace et avait mis sa main en visière. Les cheveux de la femme étaient attachés en arrière ; elle portait une robe informe et des sandales. En se penchant, il aperçut un deuxième cadre entre le mur et la table et se baissa pour le ramasser. On y voyait la même femme mais plus jeune, et seule. Ses cheveux blonds coupés court mettaient en valeur son visage. Elle était radieuse dans sa robe d'été verte qui laissait voir ses épaules, et ses jolis escarpins blancs. Derrière elle, Matt crut reconnaître une de ces maisons de style vaguement italien qui gâchent bien des paysages du sud de la Californie, avec leurs formes mornes et leur enduit pêche. La maison était située sur un terrain d'une belle superficie et ça, même à Bakersfield, cela devait avoir de la valeur.

Matt reposa les photos de la mère de Phil sur une étagère. Quelqu'un semblait avoir reçu pour instruction de nettoyer la maison de la cave au grenier. S'il y avait eu quelque part un ordinateur portable ou des dossiers personnels, ils devaient être loin, maintenant — voire avoir déjà été détruits. Malgré ses recherches minutieuses, il n'avait pas trouvé le moindre livre de compte, la moindre facture, le moindre Post-it. Même la cassette du répondeur s'était envolée.

Le soleil tombait sur Point Dume. Dans une heure, il aurait complètement disparu. Matt prit son portable.

— Je suis chez Phil, déclara-t-il dès que Bobby eut décroché. L'endroit a été fouillé. Il n'y a plus rien ici, plus la moindre note. Rien.

A l'autre bout du fil, Bobby poussa un soupir lourd de sens.

— Comment es-tu entré ?

— Annie Lautner m'a donné les clés.

— Ah… Alors, c'est peut-être elle qui est venue nettoyer la place en fouillant dans les affaires de Phil. Elle aurait tout emporté pour faire le tri plus tard.

— C'est possible mais peu probable. Elle m'a avoué qu'elle était passée vendredi, après avoir appris la mort de Phil, pour récupérer des affaires personnelles. Elle me l'aurait signalé si elle avait emporté autre chose. Je suis également passé au cabinet de Phil, et lui aussi avait été visité.

— Que cherchent-ils ? Et toi, est-ce que tu sais ce que tu cherches ?

Matt s'aperçut brusquement qu'il ne lui avait pas parlé depuis son entretien avec les inspecteurs.

— D'après Joan Brassart, Phil travaillait effectivement pour un centre de désintoxication pour les jeunes à Malibu. Mais c'est tout ce qu'elle sait. Il conservait toutes les infos sur son ordinateur portable. J'espérais le trouver ici, mais j'ai fait chou blanc. Tu pourrais vérifier si on a découvert un ordinateur portable dans la voiture de Phil ?

— Oui, je vais appeler mon pote aux renseignements. Et Barstow et Flores ? Ginn m'a dit qu'ils pourraient bien rouvrir l'enquête ?

— C'est possible. Je te raconterai tout ça dès qu'on se verra.

Dès que Bob raccrocha, Matt composa le numéro d'Annie. Elle décrocha à la dixième sonnerie.

— Annie, est-ce que Phil avait un coffre planqué dans sa maison ?

— Bien sûr. Il y en a un petit dans le dressing-room. Tu appuies sur le troisième panneau, sur le mur de gauche, et ça s'ouvre tout seul.

— Et il est assez grand pour contenir un ordinateur portable ?

— Non, c'est plus pour les bijoux, le liquide, ce genre de trucs. Phil gardait ce qu'il avait de plus précieux dans un coffre à la banque. C'est peut-être là qu'il a foutu son testament s'il en a écrit un. Mais je sais plus quelle banque c'était.

Matt posa une autre question.

— Est-ce que tu connaîtrais par hasard le nom de son avocat ?

— Ouais. C'est Duggan et je-sais-plus-qui. Me souviens plus… Duggan et Thumper, un truc du genre. Ils bossent dans le centre-ville.

— Alors, regarde dans les pages jaunes et vois au paragraphe « avocats » si tu arrives à le retrouver. Si c'est le cas, note le numéro et appelle-les demain. Ils auront sans doute une copie du testament. Et… tu as la combinaison du coffre ?

Il gribouilla sur un morceau de papier la formule qu'elle lui donnait, raccrocha, puis se dirigea vers le dressing-room. Annie n'avait pas menti. Il trouva dans le petit coffre un collier en diamant, deux montres en or et quelques autres bijoux valant plusieurs milliers de dollars chacun. Rien d'intéressant à ses yeux. Il traversait le salon pour sortir quand son portable sonna.

— Matt, fit la voix de Bobby, la voiture était complètement en bouillie. Ils n'ont rien trouvé, pas d'ordinateur, rien.

— Tu es sûr qu'ils ont bien cherché ?

— Pour eux, c'était un simple accident de la route. Ils ont fouillé les alentours pour voir si aucun autre corps n'avait été éjecté, mais ça m'étonnerait qu'ils aient passé le canyon au peigne fin. Ils n'avaient aucune raison de le faire. Où es-tu, maintenant ?

— Toujours chez Phil. Dis-moi, tu te souviens de ses domestiques ?

— Non. Je ne suis qu'un simple flic, je n'avais pas l'honneur d'être invité chez M. Halliburton. Je le croisais juste une fois l'an chez toi, pour la fête nationale. Pourquoi ?

— L'une avait des papiers en règle, mais pour les deux autres, deux Asiatiques, j'en suis moins sûr. Je ne sais pas trop d'où elles venaient, d'ailleurs, continua Matt en s'apercevant avec horreur combien ces servantes dociles étaient devenues comme des meubles dans le paysage. Ecoute, Bobby, j'ai reniflé toute la baraque du sol au plafond. Avant, elles dormaient dans des petites pièces aménagées au-dessus du garage, mais depuis, elles ont bel et bien disparu. Volatilisées, comme si elles n'avaient jamais existé. Annie a une domestique asiatique, elle aussi, et elle traite son chien mieux que cette pauvresse.

— Attends, je ne te suis plus… Phil est mort et les domestiques sont rentrées chez elles. Bon. Quant à Annie, c'est un beau brin de fille, mais si mes souvenirs sont bons, ce n'est pas une lumière. Qu'elle traite mal sa bonne, ça ne m'étonne pas vraiment. Tu fais allusion à autre chose ?

— Au trafic. Cargill nous a bien dit qu'on vendait les domestiques comme on vend les esclaves sexuels, non ? J'ai le sentiment que Phil Halliburton était trempé dans tout ça jusqu'au cou. Pas de bol, sa conscience est venue le tarauder et ça l'a tué.

Bobby médita sur cette hypothèse avant de répondre.

— D'accord, je crois que tu tiens quelque chose.

— A quelle heure pars-tu ?

— Dans quelques heures. Aujourd'hui, je travaille de 20 heures à 4 heures du matin.

— O.K. Bon, je fais un tour à l'endroit de l'accident avant que la nuit tombe. Je vais essayer de vérifier par moi-même qu'aucun objet, comme un ordinateur portable, n'a été éjecté pendant les tonneaux.

— Matt, fais gaffe. Ne prends pas de risques inutiles.

— Je serai chez toi avant ton départ.

24.

On ne pouvait pas rater le lieu où l'accident avait eu lieu. Les traces de freinage dessinaient sur l'asphalte deux épais traits noirs qui couraient jusqu'à l'endroit où la voiture avait défoncé le muret avant de plonger dans le ravin. Matt fit deux cents mètres de plus pour pouvoir se garer sur un espace panoramique probablement aménagé pour les touristes. Il ferma la Range Rover à clé et repartit à pied dans l'autre sens.

A en croire les rochers brisés par le choc et les arbustes écrasés, la Mercedes avait rebondi plusieurs fois avant de s'immobiliser. Impossible de dire, en revanche, si elle avait pris feu lors du premier impact. Cette partie du canyon avait été dévastée par l'incendie et, dans ce paysage brûlé qui s'étendait à perte de vue, même les quelques maisons que l'on apercevait sur la corniche n'étaient plus que des vestiges noircis par les flammes.

Dans un silence complet, Matt s'accroupit pour observer les traces de pneus, puis s'approcha du muret éventré. Il pensa à Tommy baignant dans une mare de sang, un couteau dans le ventre, puis à Phil carbonisé dans sa voiture. Toute sa vie, il avait arpenté ces vallons, escaladé gaiement ces rochers sans se demander une seule seconde s'il y était en sécurité. Des années de plaisirs partagés avec la nature, jusqu'à ces derniers jours. Il était tellement en colère qu'il avait envie de hurler. C'était comme si la mort était venue violer son jardin secret.

Il retourna à la Range Rover et attrapa la lampe torche qu'il gardait en cas de besoin. Dans une heure, il ferait nuit noire.

Il atteignit le fond du ravin moins difficilement qu'il ne l'avait imaginé. La terre craquelée par le feu avait bu toute l'eau des averses et la petite vallée était aussi sèche qu'en plein mois de juillet. Matt quadrilla mentalement le terrain pour entamer une fouille efficace et n'oublier aucun centimètre carré. Autour de lui s'étendait un paysage sinistre fait de terre noire et de granite. Des arbres calcinés jonchaient le sol avec, ici, les stigmates d'un second drame. Des éclats métalliques arrachés à la Mercedes étaient incrustés dans les branches et les troncs et une forte odeur d'essence flottait encore dans l'air.

Matt partit de l'endroit qui semblait être le point de chute de la voiture. Pendant une minute, il marcha vers l'ouest, en direction de l'océan, sa torche braquée sur la moindre parcelle de terrain, puis il se dirigea vers le sud en respectant la grille invisible qu'il avait établie. Une dizaine d'enjambées plus tard, il tournait vers l'est.

Une voiture se fit entendre sur la route, mais elle ne s'arrêta pas et le bruit du moteur se perdit après le col. Un peu plus tard, une autre voiture passa dans l'autre sens. Puis Matt n'entendit plus que le son mat de ses bottes sur la roche. Il n'était pas très optimiste. Il cherchait un objet d'une trentaine de centimètres, noir et gris, qui, s'il se trouvait bien là, se fondait complètement dans le paysage. Un objet qui était peut-être dans le même état que la voiture. Et qui, même s'il était récupérable, ne contiendrait pas forcément les informations qui l'intéressaient. Pourtant, malgré toutes ces incertitudes, il était là, bien décidé à profiter des derniers rayons du soleil.

Sa lampe accrocha sous un fourré une forme prometteuse. Il s'assit sur ses talons et la ramassa. Il ne fut pas surpris lorsque le rectangle noir se révéla être la porte d'un vieux four, probablement balancé de la route plusieurs mois plus tôt.

Il allait le jeter quand un bruit se fit entendre derrière lui. Il jeta un coup d'œil par-dessus son épaule. Aussitôt, la porte de four lui sauta des mains comme si elle était dotée d'une volonté propre et les balles se mirent à siffler autour de lui. Il roula derrière une grosse boule de granite. Le sang pulsant dans ses veines sous l'effet de l'adrénaline, il se tassa contre les rochers.

Les coups de feu claquaient de tous les côtés et résonnaient sourdement dans la vallée.

Les tirs cessèrent enfin. Il saisit le Glock coincé dans sa ceinture et tenta de localiser le ou les tireurs. Mais l'écho qui renvoyait les bruits de la fusillade ne lui facilitait pas la tâche. Doucement, sans un bruit, il ramassa une pierre et la lança le plus loin possible sur le côté. Quand le caillou toucha terre, le tireur le balaya d'une nouvelle rafale.

O.K., songea Matt en essayant de garder son sang-froid. Le type était embusqué quelque part à l'ouest, au même niveau que lui. Il ne pouvait donc pas l'atteindre par au-dessus.

Il étudia l'endroit en prenant bien garde de ne laisser dépasser aucune partie de son corps du rocher. Sous le soleil couchant, les ombres s'étiraient ; la pénombre commençait à inonder la vallée. Matt jeta une autre pierre, plus grosse que la précédente, contre le versant qui remontait vers la route et, en même temps, il se jeta dans la direction inverse. Il roula derrière une saillie en priant pour ne pas atterrir sur un serpent enroulé là dans l'attente d'une proie.

Le tireur retomba dans le piège et fit pétarader son arme. Profitant du vacarme qui résonnait dans tout le canyon, Matt courut se réfugier derrière un sycomore brûlé par l'incendie.

S'asseyant contre le tronc, il se passa la main sur le visage. Ses doigts en revinrent couverts de sang. Un éclat de roche avait dû le couper et, dans le feu de l'action, il n'avait rien senti.

Il effleura la plaie juste au-dessus de son front. Il grimaça de douleur et essuya son front du revers de la manche pour que le sang cesse de lui couler dans les yeux.

Il regarda autour de lui. Il envisagea un moment d'utiliser une nouvelle fois le leurre de la pierre avant de se raviser. L'effet de surprise passé, cela devenait un peu risqué. L'obscurité gagnait rapidement du terrain, rendant la visibilité quasi-nulle. Quand la lumière désertait le canyon, elle le faisait vite. Matt opta pour un chêne dont le tronc massif pourrait protéger sa fuite vers la route. Il se prépara mentalement, compta jusqu'à trois, puis quitta la protection rassurante du sycomore pour s'élancer vers le chêne et rouler derrière un fatras de racines et de terre.

Une rafale transperça le sycomore et suivit Matt jusqu'aux racines arthritiques du chêne dont certaines explosèrent littéralement. Le bruit des balles, comme les projectiles eux-mêmes, ricochait sur les rochers et l'écho des détonations était assourdissant. Puis, brusquement, tout s'arrêta. Matt entendit un homme crier quelque chose depuis la route. Impossible de comprendre, d'autant qu'il ne parlait pas anglais — ça, au moins, il en était sûr. Il rampa hors de sa cachette sachant que, si l'obscurité le protégeait un peu, elle l'empêchait aussi de localiser le tireur. Tout se qu'il pouvait distinguer dans la nuit naissante, c'étaient des branches calcinées, recroquevillées comme des doigts crochus sur des rochers aussi ronds que des joues d'enfants.

Il entendit un bruit de pas précipités qui se dirigeait vers l'ouest. Ils battaient en retraite. Un nouveau flux d'adrénaline le fit se relever d'un bond. Il tira plusieurs fois en direction des fuyards, chaque coup de feu le faisant reculer légèrement. Ces enfoirés étaient en train de s'enfuir. Il rechargea son arme et tendit le poing, mais il n'entendait même plus les pas des tueurs.

Rangeant le pistolet dans sa ceinture, il s'appuya sur une souche et testa sa solidité sous son pied. Puis il chercha de la main la moindre branche d'arbuste, la moindre aspérité qui lui permettraient d'avancer sans tomber. Tant bien que mal, il réussit à remonter jusqu'à la route et fit les quelques mètres qui le séparaient de sa voiture. Aucun autre véhicule n'était garé là. Peut-être s'étaient-ils arrêtés un peu plus loin pour éviter d'être vus et entendus.

Il jeta le Glock sur le siège du passager, mit le contact et démarra sur les chapeaux de roues. A mi-chemin de la descente, en sortant d'un tournant, il aperçut des feux arrière et écrasa la pédale de l'accélérateur. Les tueurs seraient obligés de s'arrêter au stop en bas de la pente. Alors, il pourrait au moins relever leur plaque d'immatriculation.

Ses espoirs furent vite déçus. Ils ignorèrent le panneau, tournèrent directement vers l'autoroute et coupèrent la quatre-voies sans même ralentir.

Matt les imita. Il grilla le stop et fonça dans les encombrements de ce début de soirée, zigzaguant entre les voitures qui se mirent à le klaxonner allègrement. Il ne quittait pas des yeux les feux arrière de ses agresseurs, mais il faisait déjà bien noir. Après quelques secondes, les phares rouges se perdirent dans le flot des dizaines de familles qui descendaient à Santa Monica pour profiter du week-end.

Il les avait perdus.

Relâchant la pédale de l'accélérateur, il s'autorisa enfin à respirer. Il tremblait encore et son cœur cognait douloureusement contre sa cage thoracique. Un 4x4 de couleur sombre avait filé en emportant ceux qui l'avaient agressé à son domicile. Un 4x4 sombre avait forcé Phil Halliburton à quitter la route. Et ce soir, c'était encore un 4x4 sombre qu'il venait d'apercevoir dans le faisceau de ses phares avant de le perdre de vue. Autre coïncidence, ses agresseurs de ce soir parlaient la même langue que ceux qui l'avaient attaqué chez lui. Tout cela ne suffirait sans doute pas à faire rouvrir le dossier, mais cela le confortait un peu plus dans sa conviction que tous ces éléments étaient liés.

Son portable se mit à vibrer dans sa poche. Il se contorsionna pour le prendre et colla l'appareil à son oreille.

— C'était un avertissement amical, monsieur Lowell. Nous aurions pu vous tuer, mais nous ne sommes pas allés jusque-là. Nous voulions simplement vous montrer que nous en étions capables. A vous maintenant de faire un petit effort. Arrêtez de fourrer votre nez là où il ne faut pas. Vous avez une vie confortable, non ? Alors, gardez-la. Vous avez tout à perdre à vous entêter.

— Allez vous faire foutre ! hurla-t-il dans son portable. Je vous trouverai, bande d'enfoirés ! Vous ne m'échapperez pas !

L'homme avait raccroché. Jetant son portable sur le siège du passager, Matt fronça les sourcils. Il connaissait cette voix. Et contrairement aux tueurs, celui-là était bien américain. Mais comment diable s'était-il procuré son numéro ?

25.

— Bobby, je te dis que je ne sais pas comment ils m'ont retrouvé.

Le portable collé à l'oreille, Matt s'approcha de la fenêtre de l'hôtel et écarta le rideau. Il avait préféré ne pas rentrer chez lui : même armé d'un Glock, il n'était plus en sécurité dans sa maison. Il avait donc opté pour une chambre de motel avec vue sur le parking. Mais même là, il ne se sentait pas rassuré. Il jeta un coup d'œil à l'extérieur. Au-dessus des réverbères, le ciel était noir comme l'ébène, sans lune. Il compta les voitures stationnées sur le parking : douze, comme tout à l'heure, et aucune n'avait changé de place. La plupart étaient immatriculées en Californie, mais deux voitures de sport sortaient du lot. Il plissa les yeux pour lire leurs plaques : Floride et Oklahoma. Elles venaient de loin.

— Je n'ai rien vu dans mon rétro, mais ils ont dû commencer à me suivre quand je suis parti de chez Phil.

— Je parie que tu n'as pas trouvé son ordinateur portable.

— Non. Cela dit, je n'ai pas vraiment eu le temps d'approfondir mes recherches.

— Tu as riposté, au moins ? s'enquit Bobby.

— Oui, mais ça ne servait à rien. Je ne tire pas aussi bien que toi, je n'y voyais rien et ça pétaradait autour de moi comme dans un film. Mais cette voix au téléphone, Bob… Je la connais et je l'ai entendue il n'y a pas si longtemps. Le problème, c'est que je n'arrive pas à me rappeler où.

Impuissant, il secoua la tête avant de reprendre :

— Après ce qui s'est passé, je ne prendrai pas le risque de venir chez toi. Est-ce que tu peux te faire porter pâle pour ce soir ?

— Je suis censé partir dans une demi-heure... Oh, et puis merde. J'ai le droit de m'être chopé une grippe intestinale, non ? D'autant que je n'ai pris aucun congé maladie depuis des lustres. Et toi, tu es sûr que ça va ?

— Oui, ne t'inquiète pas.

— Ginn est là. Tu veux lui parler ?

Matt n'eut pas le temps de répondre que la voix de Ginn parvenait à ses oreilles.

— Matt, tu es blessé ? Qu'est-ce qui s'est passé ?

L'inquiétude qui transparaissait dans sa voix lui mit du baume au cœur.

— Tout va bien, Ginn. Je pense qu'il s'agissait des mêmes types que la dernière fois, expliqua-t-il avant de lui raconter la fusillade. Ecoute, Bobby ne va pas travailler ce soir. Mais on n'est jamais trop prudent. Demain, reste chez lui avec Laila, je t'en prie.

— Gaby sera là. Et puis, si je disparais de la circulation, ça attirera les projecteurs sur moi — enfin, si quelqu'un m'observe, ce qui n'est sûrement pas le cas.

— On n'en sait rien. On ne peut être sûr de rien, sauf que ces types sont des fous dangereux, avec de sacrés vicelards à leur tête. Pense à ce qu'ils ont fait à Laila. Ginn, ces types fonctionnent sur un mode complètement différent du nôtre. Ils n'ont aucune règle.

Elle commençait à protester quand il l'interrompit. Une immense fatigue venait de le submerger comme si l'adrénaline qu'il ressentait encore quelques secondes auparavant l'avait brusquement déserté.

— Ginn, je suis complètement vidé, s'excusa-t-il en se laissant tomber sur le lit. Je te rappelle demain après avoir dormi et on en reparlera.

— O.K. Dors bien.

Il se réveilla avec l'impression qu'un groupe de hard-rock jouait dans son crâne, que le matelas avait été échangé contre la couchette d'un wagon de troisième classe, mais que, étonnamment, il était trois fois plus grand que le sien. Se redressant légèrement, il jeta un coup d'œil à sa montre. 5 heures. Trop tôt pour appeler Ginn. Avec un grognement, il se leva et marcha d'un pas hésitant jusqu'à la salle de bains. Il fouilla sans trop d'espoir dans les flacons — shampoing, savon liquide — à la recherche d'aspirine.

En désespoir de cause, il tourna les robinets, s'aspergea le visage d'eau froide et contempla son reflet dans la glace. Il approcha son nez du miroir. Son visage ne ressemblait à rien. La veille au soir, la réceptionniste du motel s'était gardée de tout commentaire sur ses vêtements crasseux et ses cheveux hirsutes collés par le sang. A l'évidence, elle n'était pas payée pour faire des réflexions. Il faut dire aussi qu'il avait tenté de s'arranger un peu avant de se présenter et, surtout, qu'il avait payé comptant. Mais là, après une nuit de mauvais sommeil, il avait vraiment une mine affreuse.

Il avait trente-six ans — quatre ans de moins que Phil le jour de sa mort. Peut-être que Ginn avait raison, après tout. Peut-être qu'il vivait sous le feu permanent de souvenirs mal encaissés, qu'il refusait de voir le sol sous ses pieds de peur qu'il ne s'ouvre et l'engloutisse. Il avait construit un mur autour de la mort de sa mère. Or, maintenant qu'elle n'était plus là, la vie devait bien continuer. Rideau. Il avait toujours détesté cette expression.

S'il n'essayait pas de comprendre pourquoi il ne se sentait pas capable d'offrir à Ginn ce qu'elle était en droit d'attendre, il la perdrait à coup sûr. Et tous ces instants qu'ils partageaient depuis quelques jours, cette sorte de complicité retrouvée, seraient gâchés à jamais. Il avait encore une chance. Ils discutaient, se disputaient, riaient ensemble alors que, deux semaines plus tôt, il n'y avait qu'un grand silence entre eux.

Il prit une douche, puis renfila ses vêtements froissés et poisseux. Le pistolet à sa ceinture, il quitta la chambre, réveilla l'employé de nuit pour lui rendre les clés et sortit. Dehors, il releva son col sous la fraîcheur matinale. Le même nombre de voitures garnissait le parking. Aucune n'avait bougé depuis 2 heures du matin — la dernière fois qu'il les avait observées. Il avait besoin de rentrer chez lui et il ne voulait pas être suivi. Il se dirigea vers les terres au niveau de Cross Creek Road, passa à toute allure devant la bibliothèque municipale, le City Hall et la croix monumentale érigée par l'université de Pepperdine. Il roula encore une dizaine de kilomètres vers le nord, puis fit demi-tour pour prendre l'autoroute jusqu'à Malibu Road. Il savait pertinemment que, s'ils voulaient lui faire la peau, ils pouvaient très bien planquer près de chez lui. Aucun besoin de le suivre. La paranoïa faisait son chemin en lui sans qu'il en ait conscience.

Sa maison lui parut plus triste que jamais. Les planches attaquées par le sel et les ans semblaient porter le deuil des arbres calcinés tombés autour d'elles. Au lieu de s'engager dans le jardin, il stoppa une centaine de mètres plus loin et descendit les escaliers d'un voisin jusqu'à la plage. La main posée sur le Glock, tel un policier en terrain hostile, il rejoignit sa maison en marchant silencieusement dans le sable. En dix minutes, il était rasé et habillé avec des vêtements propres. L'aspirine commençait à faire son effet. Il sortit après s'être collé un pansement sur le haut du front. L'air était toujours froid et humide, mais la brume marine se teintait des couleurs rosées du jour naissant.

Il s'arrêta en route pour prendre un café, puis remonta dans la Range Rover. Il fouilla dans la boîte à gants à la recherche de son portable et composa le numéro de Bobby. Il avait bien l'intention de persuader Ginn de ne pas aller travailler aujourd'hui. Malheureusement, le matin n'était pas le meilleur moment de la journée pour lui parler.

— Est-ce que Ginn a déjà pris son café ? demanda-t-il quand Bobby décrocha.

— Elle n'est pas là. Elle est allée chez John Cargill avec Laila. Elle ne t'a pas appelé ?

— Non, je ne suis pas au courant. Ça s'est passé quand ?

— Hier soir, tard. Juste après ton coup de fil, Cargill a appelé pour savoir si tout allait bien. Ginn et moi venions de discuter de ce qu'on allait faire par la suite. Je ne regrette pas de m'être fait porter pâle hier soir… mais tu sais que je ne vais pas pouvoir continuer comme ça longtemps. Il faut bien que je retourne bosser et je n'ai pas envie que Ginn et Laila restent ici toutes seules. En plus, Sylvie revient dans deux jours. Moi, je suis dans cette affaire jusqu'au cou, mais je ne supporterais pas qu'elle compromette sa carrière. Bref, il nous a semblé à Ginn et à moi que la maison de Cargill était la solution à notre problème.

Matt tenta de se rappeler si Cargill avait mentionné une femme ou une petite amie. Avec toutes les émotions qu'il venait de vivre, ce genre de détails lui était sorti de l'esprit.

— O.K. Et il habite où ?

— A Los Angeles. Dans le quartier de Beverly Glen.

Au moins, elle n'était pas très loin.

— J'aurais préféré que vous m'en parliez d'abord.

— Pourquoi ? Tu avais eu une journée infernale et tu venais

de te coucher. Elle m'a dit qu'elle t'appellerait ce matin sans faute.

Sauf que pour elle, le « matin » ne signifiait pas 6 heures.

— Et Barney aussi est chez lui ?

— Oui, répondit Bobby. Laila ne serait sans doute pas partie si Barney ne l'avait pas accompagnée.

— Tu as son numéro ?

— J'en ai deux. Tu as de quoi écrire ?

— Non, je suis sur la route. Je te rappellerai en arrivant au bureau. Avec un peu de chance, je ne vais pas tarder à récupérer mon chien. C'est déjà ça.

Il raccrocha sur un éclat de rire de Bobby.

Il arriva au cabinet à 7 heures. Mais dans l'immobilier, les affaires commençaient tôt et le téléphone sonnait déjà quand il ouvrit la porte de son bureau. Il se précipita sur le téléphone.

— Matt Lowell.

— Comment vas-tu par cette matinée radieuse ? lança la voix enjouée de Mike Greffen. Est-ce que tu es dans de bonnes dispositions pour discuter affaires ?

Mike attaquait dès l'aurore pour gagner de quoi payer la pension de son ex-épouse, satisfaire les besoins de l'actuelle et rembourser son emprunt. Autant de sujets sur lesquels il se lamentait volontiers pendant des heures, surtout après quelques verres.

— Bonjour, Mike. Comment ça va ?

— Bien, très bien. Un charmant petit immeuble vient tout juste d'arriver sur le marché. Huit étages. Le rez-de-chaussée était occupé par une banque. Il y a beaucoup de choses à sauver : moulures, panneaux en acajou… L'ensemble est parfaitement conservé et en plein centre-ville. Une affaire en or ! J'ai tout de suite pensé à toi.

— Une affaire comme le cloaque infâme que tu nous as montré sur San Julian Street ?

— Non, répondit Mike avec un rire un peu forcé. Mais je te signale au passage que celui-là est déjà parti. Au prix que je vous avais proposé. Et comptant. Vous n'avez pas été assez rapides.

— Et qui t'a pris ce joyau des mains ?

— La même société qui avait acheté l'immeuble de l'autre côté de la rue, l'Aurora Borealis Company. Elle a déjà acquis un paquet de bâtiments dans l'ancienne zone textile. Je crois qu'elle est canadienne. L'aurore boréale, les jolies lumières vertes dans le ciel du Yukon, tout ça… Les Canadiens arrivent en force sur le marché de Los Angeles depuis un petit moment. Si tu veux savoir ce qui intéresse la concurrence, viens donc jeter un coup d'œil à cette ancienne banque.

— Pourquoi pas ? Envoie-moi le dossier et j'en parlerai à Ned.

— Ça marche. Mais si ça vous plaît, ne traînez pas, cette fois. Il y a des requins qui nagent dans les eaux de la ville. J'ai entendu dire que Donad Trump était à Los Angeles.

— Mike, tu crois vraiment que je vais me taper la tête contre les murs parce que je suis soi-disant en concurrence avec Trump sur une banque désaffectée ?

— Tu ne changeras jamais… Bon, tu auras les papiers sur ton bureau avant midi. Si tu veux voir la bête, tu m'appelles et on se fixe une heure.

Après avoir raccroché, Matt composa le numéro de portable de Ginn. Il écouta avec impatience le répondeur, puis lui laissa un message afin qu'elle le rappelle au plus vite. Il téléphona ensuite à Bobby qui lui donna les numéros personnel et professionnel de John Cargill. Lequel n'était ni chez lui, ni à son travail. Matt laissa deux messages et raccrocha en pestant comme un putois. Dernière tentative : le bureau de Ginn au cas où elle aurait finalement décidé de travailler. Et un dernier message sur un quatrième répondeur.

Il n'y avait plus qu'à attendre qu'on le rappelle. Poussant son fauteuil vers la fenêtre, il contempla la place en contrebas. Un mois avant Noël, les gens flânaient dans les rues commerçantes pour acheter leurs cadeaux, au milieu des sapins illuminés et des vitrines savamment décorées. Cela lui rappela le temps où il n'était pas seul. Le temps où lui aussi flânait dans les rues animées à la recherche de cadeaux.

Revenant à son bureau, il alluma son ordinateur. Trump n'était pas un concurrent ; le cabinet Lowell, malgré son succès, n'avait pas les épaules assez larges pour rivaliser avec un tel poids lourd. Les Canadiens, en revanche, étaient peut-être à leur portée. Il tapa plusieurs mots-clés sur son clavier, mais il ne trouva aucun site correspondant à l'Aurora Borealis Company sur Internet. Une entourloupe de plus ?

Poussé par son intuition, il accéda ensuite à un plan général de la ville de Malibu et l'étudia attentivement. Il avait toujours ressenti une grande admiration envers la mythique May Rindge. Cette femme étonnante avait été la dernière propriétaire d'un immense domaine connu sous le nom de Rancho Malibu. Elle s'était battue jusqu'au bout pour garder intact ce terrain grand comme un comté et avait dépensé une bonne partie de sa fortune dans des procès contre la Société des Chemins de fer qui voulait couper le territoire en deux. Dans les années 1920, la vieille May payait toujours des hommes armés pour surveiller la clôture de son domaine. Bien sûr, la Société des Chemins de fer avait fini par l'emporter. Bobby et lui étaient d'ailleurs tombés au cours de leurs promenades sur des portions de rails rongés par la rouille, abandonnés depuis longtemps. C'était la route qui, dès 1929, avait pris le relais. Le XXe siècle avait poursuivi son œuvre et le domaine de Rancho Malibu avait été entièrement démantelé. De ces terres qui s'étendaient de la vallée de Santa Monica à Point Mugu, il ne restait plus aujourd'hui que des centaines de parcelles, des lotissements pour milliardaires où les plus chanceux avaient obtenu à un prix dérisoire un lopin avec vue sur la mer.

Matt tapa l'adresse de Phil et la carte zooma sur un lieu-dit enregistré au cadastre sous le nom de Carbon Beach. Un beau terrain en longueur sur l'une des portions de côte les plus prisées de toute la Californie.

Un coup d'œil à sa montre lui apprit qu'il était 8 heures passées. Il décrocha le téléphone. Pour avoir des informations sur une propriété, quelle qu'elle soit, il s'adressait immanquablement à son contact de la United Title Company. Ce dernier était capable de lui révéler non seulement le nom du propriétaire, depuis quand, de combien de mètres carrés, mais aussi la date et le prix de la transaction.

— United Title Company, répondit une voix féminine.

— Bonjour, c'est Matt Lowell, du cabinet Lowell. Est-ce que Bill Winer est là, s'il vous plaît ?

— Je vous le passe.

Une petite musique résonna dans le téléphone, puis une voix masculine se fit entendre.

— Salut, Matt ! Ça va ? Qu'est-ce que je peux faire pour toi ?

— Excuse-moi de te déranger, mais j'ai besoin d'une recherche rapide sur un lot appelé Carbon Beach, à Malibu.

— O.K. Il te faut ça pour quand ?

— En fait, pour tout de suite.

Il savait que Bill accéderait à sa requête sans rechigner. Depuis quatorze ans, ils entretenaient des relations très cordiales, se rendant mutuellement service, et cela leur avait profité à tous les deux.

— O.K. Donne-moi les détails et je te trouve ça.

Pendant qu'il attendait, Matt tenta d'appeler Annie Lautner. Il ne fut pas surpris de tomber sur son répondeur. Bien qu'il la connaisse mal, il ne faisait aucun doute qu'elle était tout sauf une lève-tôt. 8 heures, c'était sans doute beaucoup trop tôt pour elle. Il raccrocha sans laisser de message.

L'autre ligne sonna presque aussitôt et Bill Winer se mit à lui raconter toute l'histoire de la Carbon Beach depuis la conquête de l'Ouest.

— Attends, Bill. Je ne veux que les renseignements concernant les cinq dernières années.

— Ah. Eh bien, la propriété a changé de mains il y a cinq ans. L'actuel propriétaire, l'Aurora Borealis Company, l'a achetée pour un peu plus de quinze millions de dollars.

Matt crut que son cœur allait se décrocher de sa poitrine. Il tenait enfin quelque chose, même s'il ne savait pas très bien quoi — du moins, pas encore. En tout cas, la même société qui achetait en ce moment des immeubles dans le centre-ville était propriétaire de la maison de Phil. Elle avait eu les moyens de débourser plus de quinze millions de dollars, sans compter les travaux d'aménagement. Phil Halliburton avait vécu dans une propriété d'environ vingt millions de dollars, une somme que même les plus grandes stars parmi ses patients n'auraient pas pu débourser.

— Est-ce que le nom du Dr Philip Halliburton apparaît dans le dossier ?

— Une seconde, je regarde... Non, répondit Winer après un long silence. Juste cette Aurora Borealis Company.

— Qui s'est chargé de la transaction ?

En général, les compagnies de ce type étaient impénétrables, mais les papiers officiels gardaient au moins la trace de la personne qui s'était occupée de l'achat. Il s'agissait le plus souvent d'un cabinet d'avocats.

— Duggan et Thurman, répondit Winer en lui donnant une adresse sur Figueroa Street, à Los Angeles.

« Duggan et je-sais-plus-qui », avait dit Annie. Duggan et Thurman. Les avocats de Phil étaient également les agents d'Aurora Borealis Company. Une société qui possédait la maison de Phil, en plus de grignoter le quartier du textile. A moins que Phil ait été lui-même dans l'immobilier — et pas en dilettante. Pendant toutes ces années, il n'en avait jamais parlé à Matt alors que l'immobilier était l'un des sujets de conversation favoris des californiens. Mais il y avait tant de choses dont il avait oublié de lui parler…

— Matt, tu es toujours là ?

— Oui. Dis-moi, j'aurais besoin de savoir si l'Aurora Borealis Company possède autre chose dans la région de Malibu.

Il réfléchit un moment. Phil Halliburton avait été tué sur la route de Latigo Canyon.

— Et j'aimerais avoir la liste des propriétaires de toutes les parcelles dans un rayon de trois kilomètres autour de Latigo Canyon. Ainsi qu'une carte précise de l'endroit.

— Tu veux ça pour quand ?

— Combien de temps te faut-il ?

— Midi, ça te va ?

— Parfait, merci. Envoie-les-moi dès que tu les as.

Il rappela Annie Lautner et laissa sonner une bonne douzaine de fois avant de raccrocher. Vu la quantité de drogue et d'alcool qu'elle avait ingurgité la veille, elle était sûrement encore dans un demi-coma.

Ned arriva au bureau vers 9 h 30, parfaitement décontracté. Matt lui fit part de la conversation qu'il avait eue avec Mike Greffen, puis ils discutèrent de deux ou trois projets en cours. Matt rappela Annie une troisième fois, toujours sans succès. Cette fois, il laissa un mot sur son répondeur afin de l'informer qu'il venait lui rendre les clés de Phil.

Il ralentit en arrivant devant la résidence et se gara à la même place que la veille. Un athlète faisait des brasses dans la piscine olympique. Derrière la baie vitrée de la petite salle de sport,

Matt aperçut une jeune femme en collant léopard qui travaillait des fessiers déjà fermes sur le tapis roulant.

Il gravit les marches de l'immeuble d'Annie deux à deux et sonna à sa porte. Pas de réponse. Il frappa plusieurs fois, sans plus de résultat. Il redescendit, traversa le hall et contourna le bâtiment de façon à avoir vue sur le balcon. Des palmiers nains, des géraniums géants et des impatiens de toute beauté jaillissaient de grandes jarres en terre cuite. Un voilage s'était enroulé autour de l'armature en aluminium de la baie vitrée et flottait doucement au-dehors.

Matt retourna devant sa porte et sonna de nouveau avant de marteler le panneau avec son poing, de plus en plus fort.

— Annie, c'est Matt Lowell. Tout va bien ?

Toujours pas de réponse. Il ne pouvait pas attendre éternellement. Alors qu'il se baissait pour mettre le trousseau sous le paillasson, son œil fut attiré par une tache blanche derrière l'une des jarres ivoire qui flanquaient la porte. Il entendit un petit gémissement.

— Qu'est-ce que tu fais là, mon grand ? demanda Matt en tendant les bras vers le petit chien d'Annie.

Le petit terrier maltais remua la queue et se jeta dans ses bras. Ses huit cents grammes tremblaient comme un moteur de mobylette. Matt le caressa pour le rassurer et regarda à l'intérieur du cœur doré qui pendait à son collier fantaisie. Sammy Lautner, était-il écrit, suivi du numéro d'Annie.

— Comment as-tu réussi à sortir, Sammy Lautner ? Et où est maman ?

Ses cheveux se hérissèrent soudain. Défoncée comme elle l'était la veille, il n'était pas surprenant qu'Annie ne réponde pas, mais jamais au grand jamais elle n'aurait laissé sortir son chien tout seul. Et sa domestique Tuti avait sûrement pour instruction d'appliquer la même règle.

Matt choisit fébrilement une clé sur le trousseau qu'Annie lui avait donné et la glissa dans la serrure. La porte s'ouvrit.

L'atmosphère était encore saturée par la marijuana et les bougies parfumées au camélia de la veille.

— Annie ! appela-t-il. C'est Matt. Je te rapporte tes clés.

Il ferma la porte derrière lui, posa le chien par terre et se dirigea vers le salon.

Il était vide. Matt alla refermer la baie vitrée, puis se dirigea vers la cuisine. Rien dans l'évier. Le lave-vaisselle était plein mais propre.

— Tuti ?

Il frappa deux coups à la buanderie, puis, surmontant son appréhension, ouvrit la porte. La pièce était vide elle aussi. Du détergent en poudre avait été renversé par terre et quelqu'un avait réparé le gros des dégâts. Mais le futon avait disparu, tout comme le linge plié avec application. Il n'y avait plus de draps pendus au fil, plus même de fil.

Comme si Tuti avait disparu en emportant les quelques affaires de son cagibi.

Tout cela avait un air de déjà-vu.

Il visita toutes les pièces. Aucune trace d'Annie nulle part, mais partout, la même impression que chez Phil : quelqu'un semblait avoir fouillé l'appartement de fond en comble et remis les objets à leur place — ou presque. Le lit était fait, avec son couvre-lit de soie noire parfaitement centré. Mais dans la salle de bains, les serviettes n'avaient pas été utilisées. Après vérification, il n'y avait pas non plus de serviettes mouillées dans le panier en osier de la buanderie.

Dans la cuisine, le pauvre Sam reniflait son bol sec comme le Sahel. Matt le remplit d'eau, puis fouilla dans les placards à la recherche des boîtes de nourriture pour chien. Après l'avoir fait manger, il le prit sous son bras et quitta l'appartement. En refermant la porte, il décida finalement de garder les clés. Il dévala les escaliers et alla jeter un coup d'œil à la place de parking d'Annie. La jaguar verte s'était elle aussi volatilisée.

— Je sais qu'elle ne t'aurait pas laissé sortir tout seul, Sam. Alors, qu'est-ce qui s'est passé ? murmura Matt. Tu as une idée ?

Le chien était le fidèle compagnon d'Annie, son bébé. Elle ne sortait jamais sans lui et tout le monde saluait cette petite tête de peluche blanche qui sortait de son sac tressé.

Pendant quelques secondes, Matt envisagea d'appeler la police. Sauf qu'il n'avait pas grand-chose à dire. Il s'imaginait en train d'expliquer : « Son chien était dehors, sa domestique est partie, sa voiture n'est plus là, les serviettes sont bien rangées… Et j'ai l'impression que c'est louche parce que les domestiques de son ex-petit ami, qui vient de mourir, ont disparu également. »

Sam toujours sous le bras, il se dirigea vers la salle de gym. Tournant le dos à la porte, la femme au corps de rêve continuait ses exercices sur une musique techno-rap.

Matt prit le petit chien à deux mains et le hissa pour plonger son regard dans ses pupilles noisette.

— Si ça ne marche pas, Sam, je viens te chercher. Tu as ma parole.

Il ouvrit la porte de la salle de gym, le posa sur le lino et le poussa gentiment en avant avec la main, avant de refermer la porte.

Cette femme avait sûrement déjà croisé Annie et son chien, et elle trouverait le numéro dans le pendentif. Et puis, il était si mignon avec sa houppette blanche comme neige… Si Annie réapparaissait, elle n'aurait aucun mal à retrouver son Sammy adoré. Sinon, peut-être cette fille s'inquiéterait-elle de l'absence de sa voisine et aurait la présence d'esprit d'alerter les autorités.

En tout cas, c'était ce qu'il espérait.

26.

Debout devant la baie vitrée, Matt attendait que John Cargill veuille bien le recevoir. Le bureau de l'avocat était situé au dix-septième étage d'une tour de Century Park East. La vue était spectaculaire : on avait un aperçu panoramique de Beverly Hills jusqu'aux gratte-ciel du centre-ville en passant par Century City. En arrière-plan, on pouvait même apercevoir les pics couronnés de neige de San Gabriel. Les montagnes étaient souvent masquées par un voile de brume, mais lorsque le temps était clair, comme aujourd'hui, elles se dévoilaient dans toute leur splendeur.

Sur la route qui le conduisait à Los Angeles, Matt avait tenté de joindre Ginn. Il ne savait pas s'il devait commencer à paniquer ou mettre son silence sur le compte d'une batterie déchargée.

Il se retourna quand Cargill surgit à de son bureau, la main tendue.

— Désolé de ne pas vous avoir rappelé, mais ça a été une matinée infernale. Vous savez comment sont les lundis matins… Mais entrez.

Lui aussi avait effectivement beaucoup de travail le lundi. Mais comme Cargill était le seul à pouvoir lui apporter des réponses, il avait préféré venir les chercher plutôt que d'attendre un coup de fil.

L'avocat lui indiqua un fauteuil, contourna son bureau et posa le doigt sur l'Interphone.

— Nikki, mon ange, du café s'il te plaît.

Tournant le dos à ce paysage époustouflant dont Matt avait du mal à décrocher son regard, il assit sa grande carcasse dans son fauteuil de cuir.

— J'imagine que vous devez être pressé d'avoir des réponses, mais j'attends toujours que mon contact me rappelle pour vous en dire plus. Ça peut prendre encore un jour ou deux.

— En fait, ce n'est pas pour ça que je suis venu. J'ai cru comprendre que vous hébergiez Laila, Ginn et mon chien Barney.

— Oh, je vois. Oui, ils vont bien, ils sont en sécurité. Quand j'ai appelé pour prendre des nouvelles hier soir, il était clair que M. Eckhart allait bientôt être en difficulté. C'est pourquoi je lui ai proposé d'accueillir tout ce petit monde. C'est temporaire, bien sûr. Votre chien est adorable, d'ailleurs.

La porte s'ouvrit et une jeune femme vint poser sur le bureau un plateau avec deux tasses, une cafetière, du sucre et des biscuits.

— Je fais entièrement confiance à Bobby, déclara Matt lorsqu'elle fut repartie. Je suis sûr que vous n'avez pas évoqué vos doutes devant Ginn, mais c'est aussi pour cette raison que vous l'avez encouragée à partir, n'est-ce pas ? Parce que vous, vous ne lui faites aucune confiance.

Cargill n'acquiesça ni ne nia ses allégations.

— Je suis désolé, nous aurions sans doute dû vous avertir, mais Ginn m'a parlé de l'agression que vous aviez subie. Elle m'a également dit que vous aviez reçu un coup. C'est pourquoi nous avons décidé de vous laisser vous reposer.

— C'était gentil de votre part. Le problème, c'est que je n'ai toujours pas eu de ses nouvelles.

— Laila lui prend beaucoup de temps et d'énergie. Mais je

vous assure qu'elles vont très bien toutes les deux. Je vais vous donner mon adresse, comme ça, vous pourrez aller les voir.

L'avocat jeta un coup d'œil discret à sa montre. Matt comprit qu'il fallait qu'il fasse vite s'il ne voulait pas l'agacer un peu plus. Mais il avait besoin de réponses et c'était lui l'expert.

— Vous avez dit quelque chose hier à propos des personnes vendues par les trafiquants qui fournissent des esclaves, petites mains, domestiques ou objets sexuels.

— Oui, c'est un vrai problème et qui s'accroît chaque année.

— Je me suis rendu au domicile de Phil Halliburton hier. C'était le médecin qui avait vu Laila et qui est mort récemment dans un accident de voiture. Il avait trois domestiques, deux Asiatiques et une Salvadorienne. Elles ont toutes disparu. Et sa maison a été fouillée.

Cargill ouvrit la bouche pour parler, mais Matt leva la main.

— Il y a autre chose. Annie Lautner, l'ancienne compagne de Halliburton, avait elle aussi une domestique, une Asiatique, qui dormait dans la buanderie derrière la cuisine. Je suis passé ce matin pour voir si Annie allait bien. Il n'y avait personne. Les deux femmes semblent avoir disparu elles aussi.

— Matt, commença Cargill en croisant les mains, quand on se retrouve face à ce genre de trafic pour la première fois, on a tendance à le voir partout, même là où il n'existe pas. La plupart des domestiques travaillent pour des agences. Elles peuvent changer de patron du jour au lendemain.

— C'est possible. Mais j'ai fait une recherche sur la propriété de Phil Halliburton, Carbon Beach. Il apparaît que la maison et son terrain valent au moins vingt millions de dollars. Il a également acheté une propriété pour sa mère à Bakersfield. Même si je ne peux encore rien prouver, je commence à me demander s'il n'était pas une pièce majeure de tout l'édifice.

Cargill hocha la tête.

— On peut commencer par là. C'est un très bon début. Mais si vous voulez mon avis, vous devriez laisser tomber tout ça. Ce milieu est encore plus dangereux que vous ne l'imaginez.

— Autre chose, savez-vous quoi que ce soit sur un cabinet appelé Duggan et Thurman ? Il est installé dans le centre, sur Figueroa.

— Je le connais, bien sûr, répondit Cargill, manifestement piqué au vif. Pourquoi cette question ?

— Ce sont les avocats de Phil Halliburton. Et ils servent aussi d'agents à l'Aurora Borealis Company. Cette société est en train d'acheter des immeubles entiers dans l'ancien quartier du textile. Je me demande s'ils ne sont pas en train de créer un réseau d'ateliers clandestins.

— Je vais passer quelques coups de fil et mettre un détective privé sur le coup. On verra bien ce qu'on peut obtenir sur Duggan et Thurman et sur l'Aurora Borealis Company.

— Merci. Je connaissais Phil depuis des années et c'est toujours dur de croire qu'il trempait dans un trafic de chair fraîche. J'espérais trouver quelque chose sur son ordinateur portable, un nom, une adresse… mais l'ordinateur est introuvable et quelqu'un a vidé sa maison. Il ne reste rien. Pas une lettre, pas un document…

— Ils ont embarqué les papiers ? dit Cargill, étonné. C'est étrange.

— Pas vraiment. Il est possible que l'homme chargé de fouiller la maison ne parlait pas anglais. Alors, il a tout pris par précaution.

— Oui, ça se tient.

Deux petits coups secs furent frappés à la porte et Nikki passa la tête par l'entrebâillement.

— Votre rendez-vous de 11 h 30 est arrivé, monsieur Cargill.

— Je ne vais pas vous déranger plus longtemps, déclara Matt en se levant. Merci de m'avoir reçu.

L'avocat écrivit quelques lignes sur un carnet, arracha la page et la lui tendit.

— Voici mon adresse. Ma maison est située environ trois kilomètres au-dessus de Beverly Glen. C'est facile à trouver.

L'hacienda espagnole de Cargill s'étendait sur un grand terrain tout au bout d'un lotissement d'une douzaine de maisons. Un hameau de luxe dans un canyon coupé du monde et pourtant proche du campus de l'université de Los Angeles. Quand Matt se gara dans l'allée, Gaby était sur le pas de la porte avec Barney. Le chien lui sauta dessus en le voyant au risque de le déséquilibrer. Matt lui frotta la tête en riant.

— Où est Ginn ? demanda-t-il après avoir embrassé Gaby.

— Elle est allée voir la gouvernante de Phil, Lupe Vasquez.

Au-dessus de sa tête, un geai émit un petit cri qui aurait aussi bien pu être le sien tellement il était abasourdi.

— Lupe ?

— C'est ce qu'elle m'a dit.

Il prit son portable dans sa poche et composa le numéro de Ginn. Une fois de plus, il tomba sur sa messagerie.

— Elle ne répond toujours pas. Je laisse des messages depuis ce matin. Pourquoi a-t-elle fait ça, Gaby ?

— Bobby lui a appris que Lupe avait quitté la maison de Phil. Elle a pensé que ce serait une bonne idée d'aller s'assurer que Lupe et sa fille allaient bien.

— Et vous l'avez laissée partir ?

— J'aurais dû l'en empêcher ? demanda Gaby en haussant un sourcil.

— Bien sûr que oui ! Qu'est-ce qu'elle va faire, hein ? Frapper à toutes les portes de Malibu jusqu'à ce qu'elle la trouve ?

— Mais qu'est-ce que vous racontez ? répliqua-t-elle, visiblement interloquée. Ginn est allée là où elles se retrouvaient une fois par mois quand Lupe était de repos. Ah, j'oubliais : vous ne pouviez pas savoir. Elles ont pris cette habitude après votre séparation. Lupe l'a appelée un jour, au désespoir. Sa fille avait un problème, je ne sais pas quoi, et elle avait peur que le Dr Halliburton s'en aperçoive. Elle savait que Ginn était avocate. Ma fille a réussi à faire retourner la gamine à l'école et lui a trouvé un conseiller pour la suite.

Du Ginn tout craché. Il ne savait même pas que Lupe avait une fille. Il n'y avait d'ailleurs aucune raison pour qu'il le sache, et Ginn encore moins. Mais elle était comme ça.

— Où ont-elles rendez-vous ?

— Je ne sais pas. Elle ne me l'a pas dit.

Son portable sonna. Il leva un index vers Gaby et lui demanda de l'excuser un instant.

— Ginn ?

— Non, c'est Ned. On a un problème au Contessa. Tu peux venir ?

— Maintenant ? Quel genre de problème ?

— Une bande de SDF a pris possession de plusieurs appartements qu'on venait juste d'achever. Ils demandent une conciliation et c'est avec toi qu'ils veulent parler.

— Avec moi ?

— C'est ce qu'ils ont dit. Matt Lowell.

— Manny Gonzales ne peut pas s'en occuper ?

— Il a essayé, mais c'est toi qu'ils demandent.

— Je ne peux pas venir tout de suite. Dis à Manny d'appeler les flics.

— Non. Ils affirment être des vétérans du Viêt-Nam. D'après Manny, ce n'est pas vrai, mais on ne peut pas prendre le risque de les faire traîner dehors par les flics. Tu imagines un peu le coup que prendra notre cabinet si les journaux s'emparent de cette histoire ? Il faut que tu viennes et que tu débrouilles ce sac de nœuds.

— Je ne peux pas partir. Je dois absol…

— Je m'en fous, le coupa Ned d'un ton sec. J'aurais bien voulu y aller moi-même, mais le bras droit du maire débarque ici dans dix minutes et Chet Barnes en est déjà à sa deuxième tasse de café dans la salle de conférences. Matt, je te rappelle qu'on a une affaire à faire tourner, ici. Le reste peut attendre.

— Ecoute, Ned, tu n'as pas idée de…

— Non, c'est toi qui m'écoutes ! Les premiers locataires doivent emménager ce week-end. Alors, quelle que soit ta mission urgente, oublie-la ! Il faut que j'y aille. Appelle-moi de là-bas.

Et il raccrocha. Matt replia son portable avec une telle rage qu'il manqua de le casser.

— Bordel !

— Quoi ? interrogea Gaby, l'air inquiet.

— Ned croit qu'on a un gros problème sur l'un de nos chantiers. Mais avec lui, il y a toujours un gros problème.

Pourtant, il savait que régler ce type de contretemps étaient de son ressort. C'était son job, pas celui de son frère.

— Vous partez ?

— Non. Je dois d'abord parler à Laila.

— Et comment ferez-vous sans traducteur ? Matt, allez-y, occupez-vous de votre chantier. Moi, j'appelle Amira et je lui demande de venir. A votre retour, Ginn sera sûrement rentrée.

Il hésita, puis finit par se rendre à la raison. Il avait des responsabilités qu'il se devait d'assumer vis-à-vis de Ned et du cabinet.

— D'accord. Je reviens dès que possible. Mais si Ginn vous téléphone, dites-lui de m'appeler tout de suite.

*
* *

Il s'engouffra dans le hall du Contessa et se dirigea directement vers la réception. L'hôtesse d'accueil qui se cachait derrière l'un des immenses bouquets trônant sur le comptoir, lui adressa un bonjour timide.

— Les squatteurs ne sont pas passés par ici, balbutia-t-elle, visiblement inquiète. Sinon, nous les aurions retenus. Ils ont dû se faufiler pendant que nous étions occupés.

— Ce n'est pas grave, Molly. Personne ne vous accuse.

Le hall sentait la peinture fraîche et le parfum des fleurs. Sur les murs, de somptueuses tapisseries italiennes rivalisaient de beauté avec des mosaïques. Dans la cour intérieure, des ficus aux feuilles émeraude prenaient le soleil de ce début d'après-midi. Matt traversa la cour pour rejoindre Manny Gonzales, le chef de travaux. Ce dernier, penché sur une table de chantier, observait un plan sur lequel Susan Dean lui montrait quelque chose. Elle portait un casque de protection sur ses boucles rousses et cela lui donnait un air de madone des chantiers.

En la voyant, Matt fut assailli par un terrible sentiment de culpabilité. Il ne l'avait pas appelée alors qu'il avait promis de le faire.

— Bonjour, Susan. Je ne m'attendais pas à te trouver là. Ça fait une semaine que je ne suis pas venu et vous avez fait du beau travail. Vraiment.

— Merci, dit-elle en levant les yeux. On a fini à temps, heureusement. Je m'occupe d'un autre projet maintenant et je suis juste passée pour m'assurer que tout était en place avant l'arrivée des locataires. J'ai entendu dire que tu avais des problèmes. Manny viens juste de me prévenir, expliqua-t-elle avec un sourire poli, avant de se tourner vers le chef de chantier. Bon, je suis dans le Florence si on me cherche.

Le Florence : l'un des trois immeubles du projet Contessa auxquels on avait donné des noms de villes italiennes. Les trois bâtiments étaient séparés par de magnifiques allées bordées de verdure — une réussite.

— Quand tu sortiras, viens me voir pour que nous réglions les derniers détails sur les intérieurs. Ça ne devrait pas nous prendre très longtemps.

Avec un hochement de la tête à l'attention de Manny, Susan saisit un panneau sur lequel était punaisé un plan et s'éloigna vers le Florence.

Matt la regarda jusqu'à ce qu'elle disparaisse. Il poussa un soupir. Il l'avait fait souffrir et c'était bien la dernière chose qu'il aurait voulu.

Manny sur ses talons, il revint sur ses pas et pénétra de nouveau dans le Rome.

— Bon, explique-moi tout.

Manny était un ancien marine — voire une caricature d'ancien marine. Ses cheveux grisonnants étaient coupés ras selon les exigences de l'armée. Carrure de GI, musculature d'acier, il portait sur un avant-bras la formule « Semper Fi » gravée en vert et, sur l'autre, le symbole des Etats-Unis — un aigle aux ailes déployées, un faisceau de flèches entre les serres.

— J'ai fait ce que tu m'as dit au téléphone. Ça a marché. J'ai appelé la camionnette de restauration et je leur ai proposé de venir en bas, dans la grande salle. Ils sont tous sortis des appartements pour descendre.

Le Rome, situé entre les deux autres immeubles, hébergeait une salle commune, une salle de sport et la bibliothèque, en plus de deux étages d'appartements.

— Ils sont toujours là-dedans en train de manger, continua Manny. Tu sais, j'ai fait le Viêt-Nam et la première guerre du Golfe. Dans toute la troupe, il y a peut-être un ou deux anciens combattants. Mais franchement, je n'en mettrais pas ma main au feu. Si tu veux mon avis, c'est une bande de paumés qui a envie de nous faire chanter. Moi, je te les prendrais par la peau des fesses et je te les foutrais dehors sans discuter. Mais Ned n'est pas d'accord.

Matt ouvrit la porte et faillit défaillir en respirant l'air putride qui régnait dans la pièce. Un mélange de sueur, d'huile de friture, de piquette et de mauvais café. Manny avait recouvert la grande table centrale d'un immense plastique sur lequel s'empilaient maintenant des assiettes en carton dégoulinantes de gras, des serviettes chiffonnées et des canettes vides.

Matt jeta un regard circulaire à la douzaine d'hommes installés autour : un groupe hétéroclite, moitié de blancs, moitié de noirs. Ils portaient des T-shirts déchirés ou des chemises trouvées dans des poubelles, et des pantalons sans forme, usés sous tous les ponts de la ville. Des vêtements qui, un jour peut-être, avaient eu des couleurs.

Matt sentit immédiatement que quelque chose clochait. Au lieu de rester assis à discuter ensemble, ils papillonnaient autour de la table, l'un tapant du pied, l'autre se levant, un troisième mettant un peu de nourriture dans un sac. Ce n'était pas un groupe réuni par l'infortune, mais un agrégat de clochards.

— Bonjour, je suis Matt Lowell, lança-t-il d'une voix agréable. On m'a dit que vous vouliez me voir.

C'était décidément très bizarre. Ils voulaient soi-disant lui parler, mais aucun d'eux ne leva les yeux pour le regarder.

— Bon. Peut-être que l'un de vous peut parler au nom des autres, poursuivit-il en s'approchant du premier à sa portée. Pourquoi pas vous ?

Le noir décharné lui jeta un regard inquiet et secoua la tête sans dire un mot. Son voisin à la peau vérolée de ceux qui échangent la drogue contre la méthadone tenta une phrase.

— On veut un chouette appartement dans cette jolie résidence.

— Comment vous appelez-vous ?

— Spike.

— Très bien. Bonjour, Spike. Bon, qu'est-ce que je peux faire pour vous ?

— Un chouette appartement dans cette jolie résidence.

— Manny ne vous a pas expliqué que nous n'avions déjà plus rien de libre ?

Un junky noir, de l'autre côté de la table, secoua sa tignasse de cheveux collés par la crasse. Il avait un faux air de Bob Marley dans ses derniers jours.

— Un chouette appart' et du boulot. Comme ça, on pourra vous payer le loyer. On n'est pas des voleurs.

— Vous ne sauriez pas quoi en foutre si on vous proposait du boulot, grogna Manny. D'ailleurs, je ne vous ai pas proposé du nettoyage il y a quelques mois ?

Matt observa de nouveau cette bande de clochards. La plupart devaient fréquenter les hôpitaux pour obtenir leur dose de médicaments.

— Excusez-moi une minute, dit-il en se levant.

Il alla réfléchir à la fenêtre, regardant sans les voir les jardins que le paysagiste Benny Pressman avait créés au pied de l'ensemble. Cette discussion ne tenait pas debout. A l'évidence, ces hommes jouaient un rôle et récitaient des formules bien apprises. Il consulta sa montre. Il était presque 13 heures et Ginn ne l'avait toujours pas rappelé.

Il retourna à sa place d'un pas décidé.

— Bon, je suis désolé, mais tous les appartements sont loués. Si vous voulez, Manny ici-présent vous donnera les adresses d'un ou deux autres endroits. Pour ce qui est du boulot, il peut vous trouver des ménages.

— Ah ouais ? brailla Spike avec une fausse assurance. Ben, si c'est comme ça, on va appeler toutes les télés, les radios, le *Los Angeles Times*... Tout le monde, quoi.

— Un chouette appartement dans cette jolie résidence, bredouilla un homme aux yeux vitreux à l'autre bout de la table.

— Mais qui vous a mis cette idée dans la tête ?

Matt se tourna vers Manny. Ce dernier avait l'air hors de lui.

— Je leur ai demandé le nom de leur ancienne unité, leur grade et leur matricule, mais aucun n'a su me répondre. Si ce sont des vétérans, alors moi je suis le grand manitou du Monde libre ! Foutons-les dehors que je puisse reprendre mon travail. Je bosse, moi.

— Eh, une minute ! Nous, on veut... euh, un chouette appartement dans cette...

— Ça suffit ! le coupa Matt. Qui vous a envoyés ici ? Et pourquoi ? Vous me dites qui vous a demandé de faire ça et vous gagnez deux nuits au Adlon.

L'hôtel Adlon était un établissement assez connu sur East Fifth.

— Va te faire enculer ! hurla Spike. On marche pas dans tes combines ! Qu'ils aillent se faire foutre au Adlon, avec toutes leurs règles à la con. Par contre, on prend l'argent liquide, ajouta-t-il plus calmement en arborant ses chicots couleur terre.

— Pas d'argent, répondit Matt sèchement.

— Moi, deux nuits au Adlon, ça me va, lâcha une voix timide. Si tu me jures que j'ai une baignoire, ça roule.

— Parfait.

Matt se leva et rejoignit le bonhomme, les bras croisés.

— Alors, qu'est-ce que c'est que cette mascarade ?

L'homme jeta un regard méfiant au dénommé Spike, puis se jeta à l'eau, les yeux baissés.

— On nous a filé dix dollars chacun pour faire venir Matt Lowell et le retenir ici...

Une terrible déflagration couvrit la fin de sa phrase, faisant trembler tout l'immeuble. Paniqués, les clochards se levèrent comme un seul homme et se ruèrent vers la sortie en jouant des coudes et même des poings afin de passer en premier. Matt et

Manny durent se débattre pour parvenir à se dégager. Matt se précipita à leur suite et s'arrêta une seconde à la réception où la pauvre Molly s'était recroquevillée derrière son comptoir.

— Ça va ? demanda-t-il.

— C'était quoi ? Un tremblement de terre ?

— Non, une explosion. Sans doute dans l'un des deux autres bâtiments. Appelle les secours, mais ne bouge pas d'ici ! cria-t-il tout en courant vers la porte d'entrée. Les secours, tout de suite !

Les clochards étaient déjà loin. Manny Gonzales et sa troupe d'ouvriers se dirigeaient déjà vers un nuage de fumée qui s'élevait au-dessus des arbres fraîchement plantés. Le chef de chantier faisait tout à coup vingt ans de plus que son âge.

— Seigneur…

Depuis la rue, des dizaines d'ouvriers mais aussi des passants, les cheveux blanchis par les particules de plâtre, observaient, hagards, les décombres. Un pan de mur d'une quinzaine de mètres s'était effondré près de l'entrée du Florence. Les arbres du jardin, plantés depuis quelques jours, avaient été brisés par la chute des parpaings. Certains, complètement renversés, présentaient leurs racines aux regards hébétés. Les voitures étaient littéralement éventrées, leurs vitres gisant en mille morceaux sur le sol. Le sifflement des alarmes ajoutait encore à la confusion. Matt se faufila dans la foule à la recherche d'un casque de chantier.

— Où est Susan ?

— Oh, mon Dieu ! s'écria Manny. Elle était dans le Florence ! Elle voulait y faire une dernière inspection.

Matt courut vers l'entrée de l'immeuble transformée en une bouche béante à moitié cachée par une fumée opaque.

— Il y a quelqu'un d'autre là-dedans ? demanda-t-il à Manny qui l'avait suivi.

— Non. Le Florence était fermé. Tout était prêt pour le grand jour.

Le chef de chantier toussa, puis, se retournant, il hurla :

— Jaime, compte les hommes ! Reste où tu es, mais compte les hommes !

Matt dut escalader un tas de béton et de métal pour pénétrer à l'intérieur. Il s'aida des mains de façon à écarter des fragments de poutres encore fumants et trébucha sur un bout d'évier craché par l'immeuble. De la fumée mêlée de particules remplissait l'air et l'on n'y voyait pas à trois mètres. Matt plissa les yeux afin de tenter d'évaluer les dégâts. Cet immeuble qui faisait sa fierté ressemblait maintenant à un bâtiment pris sous les bombes dans le Beyrouth des années 1980. Des débris de marbre jonchaient le sol, un trou béant avait remplacé les armoires en chêne poli et les câbles de l'ascenseur pendaient mollement dans une cage ouverte à tous les vents.

— Susan ! Tu m'entends ?

— Je vais chercher du renfort et des machines pour transporter les gravats, déclara Manny derrière lui.

— Très bien. Mais demande à tout le monde de rester dehors. Et coupe le gaz et l'électricité !

— Compris.

Tandis que Manny escaladait le même tas de gravats pour ressortir, Matt se dirigea vers ce qui restait des escaliers.

— Susan ! cria-t-il dans le grincement inquiétant de l'immeuble. Susan !

Il voulait à tout prix rester calme, mais un sentiment de panique incontrôlable l'envahissait, lui donnant envie de vomir. Il essaya de reprendre son souffle et respira la fumée qui lui donna aussitôt une quinte de toux. La poussière était si dense qu'il avait l'impression d'avoir respiré des cailloux.

— Susan ! Susan, tu m'entends ?

— Matt ? appela une voix presque inaudible. Matt, je suis là.

Elle était vivante ! La voix semblait venir du rez-de-chaussée et non de la cage d'ascenseur. Presque une bonne nouvelle.

— Ça va ? Où es-tu ?

— Appartement 4.

— Tu es blessée ? demanda-t-il en redescendant les marches disloquées.

— Oui, je crois. Je n'arrive pas à sortir.

— Ne bouge pas et reste calme. J'arrive.

Le hall était un vrai parcours du combattant. Il fallait non seulement éviter les gravats sur le sol, mais aussi les lampes qui oscillaient sous le plafond au bout de cordons ombilicaux promettant plus de mort que de vie et dont certains jetaient des étincelles. D'autres câbles électriques, dénudés, trempaient dangereusement dans les tapis imbibés d'eau de l'ancienne réception. Matt s'efforça de ne pas trop penser au gaz qui devait se répandre dans l'air. L'appartement 4 était sur la gauche et donnait sur la rue. La porte — du moins, ce qu'il en restait — pendait mollement sur un gond. Il la poussa comme une porte de saloon et tenta de garder l'équilibre sur le sol défoncé. Les planches s'étaient soulevées sous la chute de trois mètres du faux plafond.

— Susan ?

— Chambre principale, lui répondit une voix faible.

Il la trouva allongée sur le seuil de la salle de bains. Elle avait, collée au front, une plaque de plâtre sillonnée de sang. Son visage aussi était marbré de rouge et ses jambes étaient emprisonnées sous la coiffeuse de la salle de bains.

— Matt, je n'arrive plus à bouger.

— Tout va bien se passer, Susan.

Il souleva délicatement la coiffeuse, heureux d'avoir opté pour du bois parce que le granite prévu initialement était trop cher. Le pantalon de la jeune femme était déchiré, mais ses jambes semblaient avoir peu souffert — en tout cas, elles n'étaient pas cassées. Il tenta de réfléchir rapidement. Il aurait préféré ne pas la bouger, ainsi qu'on l'apprend en secourisme, mais Manny n'avait sans doute pas encore eu le temps de couper le gaz. Ils n'étaient pas à l'abri d'une nouvelle explosion. Hors de question d'attendre ici l'arrivée des secours.

— Je vais te sortir de là. Tu peux passer tes bras autour de mon cou ?

— Depuis le temps que j'attends ça… Aïe. Je plaisante. Je vais essayer.

Il se baissa et les fragments du miroir crissèrent sous son genou.

— O.K., on y va.

Il glissa un bras sous ses épaules, un autre sous ses cuisses, et la souleva. S'il ne sentait pas l'odeur du gaz, il pouvait presque le voir envahir la pièce sournoisement ; il commençait même à en sentir les effets. Susan gémissait à chaque pas.

— Tiens bon, Susan. On sera dehors dans une seconde.

Comme guidé par sa propre peur, Matt évita tous les obstacles, franchit le salon encombré et le hall, puis escalada sans encombre le tas de gravats de l'entrée. Dehors, la cohue était indescriptible : la foule de curieux se scindait toutes les cinq secondes pour laisser passer un camion de pompiers, une voiture de police ou une ambulance, toutes sirènes hurlantes. Matt entendit quelqu'un crier au milieu du vacarme et deux infirmiers posèrent une civière à côté de lui. Il y allongea Susan avec précaution, puis fit un pas en arrière pour laisser les médecins s'occuper d'elle.

Il se retourna et se plia en deux, pris d'une quinte de toux qui tenait plutôt du spasme. Ses poumons et sa gorge avaient moins souffert pendant l'incendie de Malibu. En soulevant la civière, l'un des ambulanciers lui jeta un regard inquiet.

— Monsieur, ça va ?

— Oui, acquiesça Matt, même s'il avait du mal à aligner trois mots. Occupez-vous plutôt d'elle.

Il respira profondément, deux fois, trois fois, puis se tourna vers Susan pour lui adresser un sourire rassurant. Elle portait déjà une minerve et les secours étaient en train de fixer ses bras avec des bandes velcro. Quand il monta à l'arrière de l'ambulance, elle lui prit la main et la serra aussi fort qu'elle pouvait, comme une enfant.

— Qu'est-ce qui s'est passé ? bredouilla-t-elle. Matt, tout a explosé. Qu'est-ce qui s'est passé ?

— Je ne sais pas encore. Mais ne t'inquiète pas, Susan, ils vont prendre bien soin de toi. Je t'appelle plus tard.

Elle effleura son front de sa main, puis regarda le sang sur ses doigts.

— Je ne dois ressembler à rien, murmura-t-elle.

— C'est le cuir chevelu. Ça saigne beaucoup, mais ce n'est pas grave. Ton visage n'est pas touché. Tu es toujours aussi jolie.

Les médecins lui firent signe qu'ils allaient fermer les portes. Matt descendit de l'ambulance.

— Je t'appelle dans la journée, Susan.

— D'accord. Et je mets cette promesse sur quel compte en banque ?

— La Lloyds de Londres.

Les portes se refermèrent et l'ambulance fendit la foule en sens inverse. Une autre équipe insista pour vérifier son état. Il prit une bouffée d'oxygène, leur donna le jour de la semaine, le nom du président, et suivit les mouvement d'un stylo qu'on faisait osciller devant ses yeux. Il refusa de les accompagner à l'hôpital, mais promit de revenir les voir s'il se sentait mal.

Une journaliste d'une chaîne locale, qu'il avait déjà croisée, lui braqua un micro sous le nez.

— Monsieur, comment vous appelez-vous ? Qui est la personne que vous avez secourue ? Est-ce votre petite amie ?

— Excusez-moi, grommela-t-il en la repoussant.

Il scruta la foule jusqu'à ce qu'il aperçoive Manny à côté d'un camion de pompiers. Il était entouré d'un groupe d'hommes en costume qui semblaient l'écouter attentivement. Malgré la distance, Matt put lire le soulagement sur son visage quand il lui fit un signe de la main. Il se fraya un passage au milieu des tuyaux, des sauveteurs affolés et des talkies-walkies avec l'impression d'être dans un film.

En entendant son portable sonner, il le porta machinalement à son oreille et répondit.

— Matt Lowell.

Une voix désormais familière le cloua sur place.

— Vous ne m'avez pas pris au sérieux, semble-t-il. Nous pouvons aller beaucoup plus loin. Gardez vos distances, maintenant. Fermez votre gueule et passez votre chemin. C'est clair ?

Matt sentit son cœur accélérer dans sa poitrine jusqu'à atteindre des records de vitesse. *Reste calme,* songea-t-il. *Fais-le parler et écoute bien.*

— C'est vous qui êtes responsables de l'explosion ?

— Oh, disons que c'était une bête fuite de gaz. Ce sera sans doute la conclusion des enquêteurs : un accident. C'est très facile à organiser, ce genre de petites sauteries. Vous le savez aussi bien que moi. Mais nous pouvons faire beaucoup plus de dégâts encore, Matt.

Les sourcils foncés, il écoutait attentivement tout en fouillant la foule des yeux comme si son interlocuteur était fondu dans la masse.

— O.K., O.K. Je jette l'éponge. Mais comment saurai-je que vous allez vraiment me laisser tranquille ?

— Eh bien, vous vérifierez que les enfants de Ned se portent bien. Arrêtez de poser des questions, fermez votre grande gueule et vivez la vie agréable qui s'offre à vous. Pensez à votre copine, Ginn. Vous n'avez pas envie qu'il lui arrive quelque chose, pas vrai ?

Le sang de Susan n'avait pas encore séché sur sa chemise et, à ces mots, ses nerfs le lâchèrent.

— Espèce de fils de pute ! hurla-t-il. Elle n'a rien à voir avec ça !

Des dizaines de regards se posèrent sur lui et les journalistes accoururent, attirés par les cris, violant le périmètre de sécurité à la recherche d'un scoop.

Flic, pensa-t-il. *Oui, ce type est flic.*

27.

Ginn roulait à trente à l'heure tout en vérifiant le numéro de la rue sur l'adresse que lui avait donnée son assistante. Mais la circulation était telle qu'il était de toute façon impossible de distinguer le numéro des immeubles. Seul le facteur du quartier aurait réussi à s'y retrouver.

Cette zone était un mélange de maisonnettes entourées de jardins minuscules et d'immeubles de trois ou quatre étages. Quelques grandes bâtisses de style espagnol n'avaient gardé de leur majesté d'antan que des traces. Une vieille Toyota quitta sa place le long du trottoir, juste devant Ginn. Elle profita de l'aubaine et s'y gara. De l'autre côté du trottoir s'élevait un immeuble un peu lépreux badigeonné de stuc jaune. Elle sortit de la voiture et prit garde à ne pas se tordre la cheville sur les dalles inégales qui menaient aux boîtes aux lettres : elle était au numéro 603. Elle appuya sur sa clé pour actionner la fermeture automatique des portes de sa BMW et descendit la rue.

Le quartier était animé pour un lundi. Les gens allaient et venaient. Deux pitbulls sans colliers ni muselières reniflaient tranquillement le caniveau. Un vieux magnétophone accroché à un portail crachait un rap assourdissant. Plus loin, une bande de jeunes arborant des tatouages sur leurs biceps rebondis écoutaient religieusement un petit teigneux qui ne leur arrivait pas à l'épaule. Ils la regardèrent passer en la gratifiant de rires bien gras et de commentaires en espagnol qu'elle fut heureuse de ne pas comprendre. Elle passa son chemin rapidement et continua à lever la tête toutes les trente secondes pour vérifier le numéro des portes.

Le numéro qu'on lui avait indiqué occupait le rez-de-chaussée gauche d'une résidence espagnole dont les murs étaient avantageusement habillés d'un bougainvillée. Les fenêtres étaient protégées par des grilles en fer forgé et des voitures se faisaient face dans les contre-allées délabrées, de chaque côté d'une bande d'herbes folles.

Après avoir sonné, Ginn vit du coin de l'œil qu'une des persiennes avait bougé. Elle recula légèrement afin qu'on puisse voir son visage. Il y eut des bruits de pas, un échange de voix, puis le claquement du verrou qu'on tourne. La porte, retenue par une chaînette, s'entrouvrit de quelques centimètres et une vieille dame la dévisagea en plissant les yeux. Malgré ses rides, elle avait conservé sa beauté passée avec ses long cils noirs et ses cheveux blancs tirés en arrière.

— *Buenos días, señora*, déclara Ginn en souriant. J'aimerais voir Lupe Vasquez, c'est ici ?

Un main fragile, abîmée par l'arthrose, retira la chaînette et la tira à l'intérieur avant de refermer à clé. Ginn comprit brusquement que la vieille femme était morte de peur.

— Est-ce que Lupe est ici, *señora* ? s'enquit-elle avec douceur.

La pauvre femme secoua la tête. Ginn jeta un coup d'œil dans le salon équipé du strict minimum, un canapé, deux chaises dépareillées, un vieux téléviseur et une table de jeu recouverte d'un tapis vert en piteux état, sur lequel on avait posé un vase de fleurs en plastique. Sur les murs étaient affichés les portraits du Christ, de la Vierge Marie et des deux Kennedy assassinés. La pièce n'était pas chauffée. Deux valises étaient posées sur le pas de la porte d'une minuscule chambre où Ginn devina un petit lit étroit, une table de nuit ordinaire et une lampe de chevet.

Lupe Vasquez sortit de la chambre et referma la porte derrière elle. Elle était la copie conforme de celle qu'avait dû être la vieille femme un peu avant la quarantaine : une jolie peau olive, de grands yeux noirs en amande et de longs cheveux anthracite réunis dans un chignon un peu lâche.

Evitant son regard, Lupe alla poser un bras autour des épaules de la vieille femme à qui elle parla tout doucement en espagnol. La vieille posa une ou deux questions d'une voix tremblante et lança des regards angoissés à Ginn alors que Lupe la ramenait dans un fauteuil en face de la télévision. Trente secondes plus tard, les dialogues d'une sitcom en espagnol résonnaient dans le salon.

Lupe revint vers Ginn.

— Elle a la terreur, expliqua-t-elle. Elle est Maria Ortiz, je vous parle déjà d'elle.

En effet, mais elle n'avait pas précisé que Maria Ortiz allait vers ses quatre-vingts ans.

— Je suis désolée, s'excusa Ginn. Je ne voulais pas l'effrayer.

Lupe haussa les épaules et balaya la pièce d'un mouvement de la main.

— Ça est tout ce qu'elle a. Mais elle loue la chambre pour petit extra et elle pense que si le propriétaire découvre, il la fait partir. Elle ne peut pas lire, pas écrire. Toute sa vie elle est femme de ménage, comme moi. Pourquoi vous êtes ici ?

Ginn la regarda de plus près et la métamorphose de son visage la stupéfia. Lupe était une belle femme, mais aujourd'hui, la fatigue et la peur creusaient de nouveaux sillons autour de sa bouche et de ses yeux, en travers de son front. Tous les muscles de son visage semblaient s'être détachés de son crâne pour vivre leur propre vie.

— Je suis venue voir si vous alliez bien, Angeline et vous. Je peux m'asseoir ?

— Oui, bien sûr. Faites.

Lupe alla chercher une chaise pliante derrière la table de jeu et la lui offrit avant de s'asseoir à côté d'elle.

— Comment va Angeline ? s'enquit Ginn.

L'histoire typique d'immigrants, avait-elle pensé quand Lupe était venue la trouver. Cette dernière devait travailler dur pour faire vivre sa petite famille. Elle avait donc placé sa fille chez une amie, Maria Ortiz, en échange d'un petit pécule. Tout ce qu'elle voulait, c'était offrir à sa fille de quatorze ans un meilleur départ dans la vie que celui auquel elle avait eu droit. Mais malheureusement, Angeline avait son caractère et ses idées. Elle avait commencé à fréquenter des garçons peu recommandables, elle s'était attiré des ennuis avant d'être finalement exclue de son école. Ginn lui avait évité d'être condamnée pour vandalisme et lui avait trouvé un autre établissement. Après de longues heures d'efforts, elle n'avait envoyé à Lupe qu'une facture de trente dollars.

— Elle part, répondit Lupe.

— Mais elle va bien, au moins ?

— Oui. Elle est avec mon frère dans le désert.

— Vous partez aussi, à ce que je vois, constata Ginn en montrant les valises du menton.

Le son du téléviseur monta d'un coup, faisant trembler les murs. Lupe bondit sur le poste, baissa le son et revint s'asseoir. Elle serra les lèvres et respira profondément par le nez.

— Je ne sais pas pourquoi vous êtes ici, madame Ginn. Je ne sais rien.

— Vous ne savez pas ce que je vais vous demander, mais peut-être que vous en savez plus que vous ne l'imaginez. Je suis ravie d'apprendre qu'Angeline et vous allez bien. Mais j'aimerais aussi savoir ce qui est arrivé aux deux autres femmes qui travaillaient avec vous. Betty et Eva, c'est ça ?

— C'est comme ça que le docteur les appelle.

— Elles ont trouvé un nouveau travail ?

La Salvadorienne haussa les épaules sans la regarder.

— Lupe, insista Ginn en se penchant vers elle, vous vous souvenez de mon... de M. Lowell ? Il est allé dans la maison du Dr Halliburton hier et toutes vos affaires avaient disparu. Est-ce que vos deux collègues sont parties en même temps que vous ?

Lupe tourna la tête en direction de la télévision et fit semblant de regarder le programme en cours.

— Lupe, s'il vous plaît, la supplia Ginn. Je suis sûre que vous savez où elles sont.

— Le Dr Halliburton est mort, répliqua Lupe avec un nouveau haussement d'épaules. Elles sont parties, c'est tout.

— Elles ont laissé une adresse ?

Elle secoua la tête.

— Alors, comment pourront-elles toucher leur dernier chèque ? Elles ne vont pas faire une croix sur cet argent.

— Je ne sais pas.

— Et vous, Lupe, vous avez reçu votre dernier chèque ?

— Le docteur me paie avec des billets. Je ne paie pas les impôts.

— Et il payait Betty et Eva de la même manière, en liquide ?

Lupe fit signe qu'elle ne savait pas et tendit le bras pour redresser les fleurs en plastique dans le vase. Sa main tremblait. Ginn la prit dans les siennes.

— Lupe, de quoi avez-vous si peur ?

La pauvre femme posa sa main libre sur celle de Ginn et dit en sanglotant :

— Ma petite Angeline, c'est une fille gentille et elle va bien maintenant. Vous avez été très bonne avec nous, madame Ginn. A la maison du docteur, des hommes viennent prendre Betty et Eva. Peut-être elles sont mortes. Je ne sais pas, j'ai très peur et je cours dans le sable. Ils ne me voient pas.

— Mon Dieu, Lupe ! Quand est-ce arrivé ?

— Vendredi soir, après la venue de Mme Annie. Elle pleure, elle nous dit que le docteur est mort dans un accident. Betty et Eva vont se coucher. Moi, je reste dans la maison, je m'assois dans le salon comme s'il est à moi, vous comprenez ? J'entends des hommes venir et je vois les lumières dans le jardin. Je sors regarder et les hommes montent les escaliers pour aller dans nos chambres. J'entends Betty et Eva qui crient. Je cours très vite. J'attends longtemps et puis je reviens avec la terreur et je monte tout doucement. Tout propre, tout rangé, mais Betty et Eva parties. Je fais mes bagages et je prends le premier train de samedi pour venir ici. J'envoie Angeline chez mon frère, mais je reste ici pour aider Maria. Maintenant, je pars aussi.

Ses lèvres et ses mains tremblaient fortement.

— Pourquoi n'avez-vous pas appelé la police ?

Lupe lui lança un regard qui montrait bien combien elle trouvait la question stupide.

— Mais vous avez des papiers en règle, maintenant, insista Ginn. Vous n'avez plus rien à craindre de la police.

La Salvadorienne secoua la tête en silence.

— Et si je viens avec vous ? On va aller voir la police tout de suite et on va leur raconter ce qui s'est passé. On ne peut pas embarquer les gens comme ça, comme s'il s'agissait de vulgaires objets. En tout cas, pas dans ce pays.

Comme pour se libérer de sa pression, Lupe se leva et alla se réfugier dans la minuscule cuisine.

Ginn la suivit. Elle la regarda verser de l'eau dans une bouilloire cabossée avant d'allumer la cuisinière avec une allumette et d'y poser le récipient.

— Vous me cachez des choses, déclara Ginn. Dites-moi d'abord d'où elles venaient.

Sans mot dire, Lupe ouvrit le placard et en sortit une boîte contenant du café bon marché. Puis elle se tourna vers Ginn avec un air de défi.

— D'accord. L'Indonésie. C'est ce qu'ils disent. Un village en Indonésie.

— Est-ce qu'elles ont des amis ici, à Los Angeles ?

— Non, pas d'amis.

Un petit nerf se mit à tressauter au-dessus de son œil. Elle fronça les sourcils et posa ses doigts sur sa paupière. Ginn sentit une étrange appréhension l'envahir.

— Lupe, s'il vous plaît, expliquez-moi.

La Salvadorienne s'appuya contre le comptoir, les épaules tombantes, comme si son dernier regard de défiance lui avait volé tout ce qui lui restait d'énergie. Visiblement, résister l'épuisait et elle finit par capituler. Des larmes se mirent à couler le long de ses joues. Elle ouvrit un tiroir et en sortit une serviette en papier pour s'essuyer le visage. Puis elle commença son histoire, entrecoupée de sanglots.

— Elles travaillent, Betty et Eva. Tout le temps, tout le temps. Elles ne sortent pas, ne trouvent pas l'argent, ne parlent pas beaucoup. Elles pleurent pour leurs enfants, tout le temps elles pleurent. Elles veulent revenir dans leur village, mais elles n'ont plus de passeports, plus de papiers, pas l'argent. Elles pensent que leurs familles sont massacrées si elles essayent de partir. Et elles n'ont pas d'endroit où aller, de toute façon. Le docteur me dit que tout va bien, qu'elles mangent bien, qu'elles ont un jour des habits et beaucoup d'argent pour retourner chez elles.

Ses mots trébuchaient les uns sur les autres. Maintenant qu'elle avait commencé à parler, elle semblait ne plus pouvoir s'arrêter.

— Le docteur me dit que je m'occupe bien de sa maison,

poursuivit-elle. Comme je parle bien anglais, je vais être la patronne des autres. Le docteur est très gentil avec moi, Ginn, comme vous. Il m'aide pour mon permis séjour, pour mon permis travail et pour Angeline. J'ai besoin de mon travail pour ma fille et peut-être mon fils que je veux bien amener du Salvador, bientôt. Si je vais à la police, ils disent que j'aide les clandestins, ils prennent ma carte verte pour travailler. Je vois le père Galvan pour confession. Il me dit que je dois aller à la police, mais je préfère partir, bredouilla-t-elle avant qu'un sanglot plus fort que les autres manque de l'étrangler. Ils font du mal à Betty et Eva. Peut-être ils les tuent. Peut-être ils viennent me chercher ou la police m'enferme si je vais lui dire.

Sans voix, Ginn traversa la cuisine et vint poser un bras sur son épaule. La peur de cette pauvre Lupe était presque palpable. Et comment ne pas comprendre ? Phil Halliburton… Elle avait toujours ressenti un sentiment de malaise en sa présence, comme s'il avait une pierre à la place du cœur. C'était évident ne serait-ce que par la façon dont il traitait Annie Lautner. Il lui avait volé toute humanité. Il ne lui parlait jamais, ne lui demandait jamais son avis et ne l'écoutait pas quand elle osait intervenir. C'était une sorte de poupée qu'il habillait et déshabillait, l'affublant de bijoux et d'accessoires, avant de la sortir en ville comme on montre sa voiture.

— Lupe, c'est affreux, ce qui s'est passé. Ecoutez, j'ai un ami, un avocat, qui connaît bien ce genre d'affaires. Il s'occupe des gens obligés de travailler sans être payés. Vous allez m'accompagner chez lui et il nous dira ce qu'il faut faire, d'accord ? Tout va bien se passer, je vous le promets. Il ne va rien vous arriver.

Lupe se débattit pour se dégager de son étreinte. Ses yeux brillaient autant de colère que de souffrance.

— Comment vous pouvez être sûre ? répliqua-t-elle. Les hommes viennent dans la maison du docteur. Dans sa maison ! Ils font du mal à Betty et Eva. Je les vois. Moi, je pense à Angeline et je vous dis la même chose qu'à père Galvan : non.

Elle regagna la cuisinière et éteignit le feu sous la bouilloire qui s'était mise à siffler.

— Je vais avec ma fille chez mon frère dans le désert. Nous sommes en sécurité là-bas.

28.

Matt décida finalement de ne pas rejoindre Manny malgré ses signes répétés. Il réussit à se défiler avant que la meute de journalistes le rattrape et courut jusqu'à la réception du Rome. Molly avait resurgi de derrière son comptoir. Elle faisait les cent pas en se rongeant les ongles devant les portes vitrées de l'entrée qui, étrangement, n'avaient subi aucun dégât.

— Oh, monsieur Lowell, qu'est-ce qui s'est passé ? Personne ne me dit rien.

— Une fuite de gaz, sans doute. Susan est blessée, mais elle est en route pour l'hôpital.

— Oh, mon Dieu ! Elle va s'en tirer ?

— Oui, tout ira bien. Molly, je veux que vous appeliez Ned pour lui apprendre ce qui s'est passé.

— Je l'ai déjà fait juste après avoir appelé les secours. Il est en route, il ne devrait pas tarder à arriver.

— Très bien, merci. Quand il arrivera, dites-lui que je le rappellerai plus tard.

— Vous partez ?

— Oui.

Il referma la porte sur le visage un peu effaré de Molly et prit un chemin détourné pour rejoindre sa voiture. Par chance, il avait garé la Range Rover suffisamment loin pour qu'elle n'ait pas souffert de l'explosion et pour qu'elle ne soit pas emprisonnée par le cordon de sécurité.

Cinq minutes plus tard, il roulait en direction de l'ouest sur l'autoroute de Santa Monica. Il faisait déjà sombre quand il arriva au cabinet à Brentwood. Quand il ouvrit la porte, la dizaine de personnes travaillant dans les bureaux se jeta sur lui avec inquiétude. Parmi elles se trouvaient plusieurs collaborateurs qu'il connaissait depuis la création du cabinet et qui avaient accouru pour prendre des nouvelles, ainsi que les membres du petit personnel. Ces derniers n'avaient pas eu le cœur à rentrer chez eux. Matt dut les rassurer sur le fait qu'il allait bien, que personne n'était mort, que les blessures de Susan n'étaient que superficielles, etc. Après quelques minutes, il parvint à s'échapper et rejoignit le silence apaisant de son bureau.

Il s'enferma dans les toilettes attenantes et se passa de l'eau sur les mains et le visage. Il aurait eu besoin d'une bonne douche, mais faute de mieux, il utilisa une serviette pour enlever comme il le pouvait les débris de plâtre emprisonnés dans ses cheveux. Sa plaie à la tête s'était remise à saigner. Il épongea le sang avec un gant de toilette, puis essuya tant bien que mal celui de Susan sur sa chemise avec la serviette mouillée. Enfin, il prit deux aspirines pour essayer de dissoudre son terrible mal de tête.

Sur son bureau, il trouva un petit mot de Marni qui lui indiquait qu'elle était partie au Contessa avec Ned, ainsi qu'un long tube en carton avec un Post-it collé dessus : *« Voici un dossier envoyé par* United Title Company *en fin de matinée. Marni. »* Matt ôta le capuchon du tube et déversa les plans et les cartes qu'il contenait sur son bureau. Il les contempla quelques secondes sans les voir. Il était incapable de se concentrer alors qu'il ne savait pas où se trouvait Ginn. Il remballa tous les papiers dans le tube avec la ferme intention de les étudier plus tard et composa pour la vingtième fois le numéro de Ginn. Répondeur. Il mit le tube de carton sous son bras, éteignit la lumière du bureau, puis sortit en adressant un signe à tous les employés.

Le cœur battant, il roula à tombeau ouvert jusque chez Cargill. La BMW de Ginn était garée dans l'allée à côté d'une Taurus blanche et de la Renault de Gaby. Il resta assis un instant sur son siège pour permettre à son pouls de ralentir. Il venait de vivre une journée en enfer — ou plutôt deux journées, voire trois. En fait, le cauchemar durait depuis deux semaines maintenant et il était tout simplement mort de fatigue. Ses poumons le brûlaient, suite aux vapeurs toxiques du Florence, et le fait d'échafauder les pires hypothèses concernant Ginn avait mis son cerveau dans un état qui aurait inquiété n'importe quel médecin un peu compétent. Il prit une longue inspiration, puis sortit et se dirigea vers la maison.

Ginn apparut sur le pas de la porte avant même qu'il ait eu le temps de sonner. Sous le porche éclairé par des spots cachés dans les bougainvillées, elle se détachait comme une icône.

— Ginn, tu n'écoutes jamais tes messages ? s'écria-t-il en la prenant dans ses bras. Je t'ai appelée toute la journée.

Elle répondit à son étreinte avant de reculer subitement comme si elle venait de se souvenir qu'elle n'avait pas le droit de se laisser aller. Matt resta devant elle, les bras ballants.

— Qu'est-ce qui t'a pris de disparaître de chez Bobby comme ça, sans me prévenir ?

— Je suis désolée. Tu étais tellement épuisé dimanche soir… J'ai pensé que la meilleure chose à faire était de te laisser te reposer. Ce matin, j'ai dû passer au bureau pour m'occuper d'une affaire et j'ai essayé de t'appeler de la voiture, mais la ligne était complètement brouillée, expliqua-t-elle en refermant la porte derrière lui. Lupe Vasquez m'a raconté que la nuit où Phil est mort, des hommes ont débarqué chez lui pour emmener les deux domestiques. De force. Lupe a réussi à se cacher, mais elle a eu la peur de sa vie. Elle a envoyé sa fille Angeline chez son frère à Barstow et je l'ai accompagnée à l'arrêt de bus tout à l'heure afin qu'elle les rejoigne.

La voix de Gaby s'éleva depuis les profondeurs de la maison.

— Ginn, c'est Matt ?

— On parlera plus tard, chuchota Ginn en lui serrant le bras. Ne leur dis rien de tout ça. Je n'ai pas envie de les effrayer, d'accord ?

Il la suivit dans le hall, descendit quelques marches et se retrouva plongé dans l'atmosphère feutrée d'un grand salon éclairé par des lumières tamisées. Les rideaux avaient été tirés devant les fenêtres. Deux canapés en cuir blanc se faisaient face autour d'un foyer central en pierres. Sur les murs, des tableaux trahissaient l'éclectisme du maître des lieux : quelques impressionnistes, un Braque, un Klimt… S'il s'agissait d'originaux, même pour la moitié d'entre eux, il y en avait pour une véritable fortune.

— Je vous avais dit que Ginn serait là quand vous reviendriez, déclara Gaby avec un grand sourire.

En découvrant son visage abîmé et ses vêtements salis, elle fronça les sourcils.

— Mais où êtes-vous allé vous fourrer, Matt ? On dirait que vous revenez de la troisième guerre mondiale.

Ginn parut noter elle aussi son état et posa la main sur sa bouche, retenant au dernier moment un cri de surprise.

— Il y a eu un accident au Contessa. Probablement une fuite de gaz. C'est un bazar monstre, mais on réussira à réparer tout ça. Est-ce que Cargill est là ? Je n'ai pas vu sa jeep à l'entrée.

— Monsieur va travailler en Bentley, expliqua Ginn avec un sourire en coin. La jeep, c'est uniquement pour le week-end. Ça ne doit pas trop s'accorder avec les us et coutumes de Century City, je suppose.

— Laila sait que je veux lui parler ?

— Elle t'attend. Ça devrait bien se passer.

Laila, vêtue d'un joli survêtement vert, était assise sur un canapé avec Amira Ghoni dans une bibliothèque entièrement tapissée de livres, devant la cheminée. A ses pieds, Barney profitait lui aussi du feu. La pièce n'était pas grande, mais il s'en dégageait une ambiance sereine et automnale — mélange de chrysanthèmes, de bûches crépitantes et de reliures en cuir.

Matt se baissa pour caresser son chien et se tourna vers l'adolescente.

— Bonjour, Laila. Ça a l'air d'aller beaucoup mieux.

Il avait failli dire qu'elle était très jolie, mais il s'était retenu à temps : ce n'était sûrement pas ce qu'elle avait envie d'entendre, en tout cas d'un homme. A dire vrai, elle était plus que jolie. Une vraie beauté, que rien n'avait su détruire, commençait à se dégager de son visage juvénile. Ses cheveux, sorte de cascade sombre, tombaient sur ses épaules en dessinant des entrelacs. Ses cernes avaient disparu, ses pommettes avaient repris leur couleur naturelle et, surtout, cette affreuse tristesse qui bouleversait ses traits semblait s'être atténuée.

Elle leva la tête. Pour la première fois depuis leur rencontre, ses grands yeux noirs plongèrent directement dans les siens. Il n'était pas préparé à un tel choc. Il eut à la fois envie de la prendre dans ses bras, de s'en excuser, de la protéger et de la remercier. Il avait été incapable de sauver le bébé sur la plage, mais elle, au moins, était bien en vie. Et il ferait tout pour retrouver les responsables de ses mauvais traitements.

Il sourit. Elle lui sourit en retour. Certes, ce n'était qu'un tout petit sourire à moitié dessiné, mais Matt sentit son cœur se réchauffer d'un coup. Il caressa le revers de sa main de l'index. Elle ne s'écarta pas ni ne tressaillit.

— Merci d'être restée, madame Ghoni. Je voudrais en savoir plus sur la maison où Laila a été emprisonnée. Il y a des chances qu'elle soit dans la région de Malibu, mais j'aimerais savoir si Laila peut m'en dire plus. Chaque détail compte.

Il se tourna vers la jeune fille et lui posa une première question.

— Laila, est-ce que tu pouvais voir la mer depuis la maison ?

Elle fronça les sourcils sans le quitter des yeux comme si elle essayait désespérément de le comprendre.

Amira Ghoni traduisit et la jeune fille répondit d'une voix douce et ciselée :

— Des fenêtres du haut, oui.

Les fenêtres du haut. Cela signifiait qu'il y avait au moins un étage au-dessus du rez-de-chaussée.

— Combien d'étages avait la maison ?

— Deux.

— Combien de chambres ?

Il cherchait à déterminer s'il s'agissait d'une petite maison de deux étages comme il y en avait des milliers ou d'une de ces immenses résidences qui avaient fleuri sur les pourtours de Malibu comme dans tout le comté de Los Angeles.

— Je ne sais pas, répondit Laila en secouant la tête. Beaucoup.

Donc, ce n'était pas une petite maison. Pendant près d'une demi-heure, Matt continua à poser des questions par l'intermédiaire d'Amira Ghoni. Laila faisait de son mieux pour répondre. Matt remarqua que l'une de ses mains ne quittait pas la crinière de Barney. Elle jouait machinalement avec son pelage pendant que son autre main restait sagement posée sur sa cuisse. Toute l'hystérie qu'elle avait manifestée les premiers jours s'était complètement envolée.

— Tu avais ta propre chambre ?

— Oui.

— Que voyais-tu de ta fenêtre ?

— Des arbres. Et des collines.

— Et depuis les autres pièces de la maison, tu voyais quoi ?

— D'une autre fenêtre, je pouvais voir une fontaine avec des statues.

— Très bien, Laila. Quel genre de statues ?

— Blanches.

— Elles représentaient des personnes ?

Elle acquiesça.

Il poursuivit avec le même genre de questions. Les statues s'élevaient devant la maison et il y avait un grand bassin au milieu d'une cour recouverte de gravier. Des voitures faisaient souvent le tour de la fontaine. Elle avait aperçu d'autres bâtiments, de l'autre côté de la cour.

— Est-ce que la maison était au sommet d'une montagne ?

— Non. Il y avait des collines partout autour.

— Alors, tu étais dans un canyon ?

— Oui, mais je pouvais voir la mer.

La villa pouvait se trouver à peu près n'importe où à Malibu.

— D'accord. Et le portail, tu te souviens du portail ? Il ressemblait à quoi ? Il était en fer ?

— Je ne sais pas.

— Laila, fais un effort. Tu es passée par ce portail quand tu t'es enfuie. Essaie de te souvenir à quoi il ressemble.

Amira Ghoni traduisit la question, écouta sa réponse, puis posa deux autres questions avant de revenir vers Matt.

— C'était un grand portail de bois qui s'ouvrait en son milieu. Il y avait autour deux hauts piliers en pierre.

Matt hocha la tête et décida de poser une question plus délicate.

— Est-ce que tu serais capable de reconnaître les hommes

qui…, commença-t-il en cherchant ses mots. Les hommes qui visitaient la maison, tu les reconnaîtrais ?

— Je n'ai vu personne, murmura Laila en secouant la tête. Juste des grosses voitures. Je suis arrivée là la veille de l'incendie.

Ce qui expliquait pourquoi Kanita ne savait rien d'elle, même pas son prénom.

— A quelle distance de la maison était le feu quand vous vous êtes enfuis ?

Laila secoua la tête, ramena ses bras sur elle et commença à se balancer d'avant en arrière tandis qu'un gémissement strident s'échappait de sa gorge. Matt voulut poser son bras autour de ses épaules, mais elle le repoussa. Tout son corps tremblait. Ginn, qui était assise dans un coin, se leva et s'approcha d'elle. Matt lui céda sa place afin qu'elle puisse la prendre dans ses bras.

Il avait dit quelque chose qui l'avait effrayée, mais quoi ?

Il raccompagna Amira Ghoni à sa voiture en la remerciant, puis revint se réchauffer dans le salon devant le foyer. A part le crépitement du feu, la maison était plongée dans un silence rassurant. Le bois, le cuir, les tableaux accrochés aux murs, les appliques diffusant une lumière dorée… Tout cela formait un tableau idyllique pour qui ignorait qu'il y avait dans la pièce à côté une petite Bosniaque kidnappée pour devenir une esclave sexuelle.

Matt fixa les flammes en tentant de faire le point sur ce qu'il avait appris. Pas grand-chose, en réalité.

— Elle s'est calmée, annonça Ginn en le rejoignant. Maman est avec elle.

— Est-ce qu'elle a dit autre chose ?

— Non.

— J'ai juste demandé à quelle distance était le feu. Je ne comprends pas ce qui a pu lui faire peur.

— Tu sais, Matt, avec tout ce que cette gamine a vécu, on

ne peut pas savoir quel mot va réveiller ses souvenirs douloureux.

Elle s'installa sur l'un des canapés et le fixa dans les yeux.

— Bon, maintenant, explique-moi ce qui s'est réellement passé. Tu as du sang sur ta chemise.

Il lui raconta les vraies raisons de l'explosion et lui parla des menaces qu'on lui avait faites au téléphone.

— Je connais cette voix, Ginn. Et je suis sûr que si je continue, ils n'hésiteront pas à s'en prendre à toi, puis à Ned, à Julie, à leurs enfants. Ils ne reculeront devant rien.

— Alors, il faut que tu en parles à ton frère.

— Pour qu'il aille directement chez les flics ? C'est ce que je ferais à sa place.

Ginn eut une grimace presque imperceptible. Aussitôt, elle détourna la tête et fit semblant de regarder le feu. Il comprit ce qui l'avait blessée. Il venait tout simplement d'avouer que, dans la position de Ned, il se serait comporté comme un mari et comme un père. Ce qu'il lui refusait obstinément.

Il avait cru à de vraies retrouvailles ces derniers jours, mais devant ses paroles malheureuses, voilà que le fossé s'était recreusé entre eux.

— Est-ce que ton cabinet d'avocats utilise toujours ce détective privé… Tu vois de qui je parle ? demanda-t-il.

— Oui, l'ancien flic. Wendell Graff.

— C'est ça. Vous lui faites confiance ?

— Oui, sinon on ne l'embaucherait pas. Pourquoi ?

— Tu crois qu'il pourrait veiller sur Julie et les enfants ?

— Graff fera tout ce que tu lui demandes sans te poser de questions. Et s'il est déjà pris, il t'indiquera des collègues qui s'acquitteront de leur tâche tout aussi discrètement.

— Impeccable, dit Matt en se levant. Tu pourras me donner son numéro ? Et demain, à la première heure, je me mets à la recherche d'une grande maison de deux étages avec un grand portail de bois en sachant qu'il ne reste peut-être que des cendres à cet endroit.

Il attrapa sa veste et se dirigea vers l'entrée.

— Tu n'es pas obligé d'aller jusque-là, observa Ginn en le raccompagnant.

— Tu as entendu Laila comme moi. Je ne peux pas rester là à attendre que les contacts de Cargill le rappellent. En plus, je connais parfaitement Malibu et ça pourrait s'avérer utile.

— Qu'est-ce que tu vas dire à Ned ?

— Juste assez pour qu'il fasse faire un certificat médical à ses gosses. Mais pas trop pour qu'il coure au poste.

— Où vas-tu dormir, ce soir ?

Rêvait-il ou voulait-elle le retenir auprès d'elle ?

— Chez moi.

— Non, Matt, ne fais pas ça. Va à l'hôtel ou chez Bobby. Mais ne rentre pas chez toi.

— Ne t'inquiète pas pour moi.

— Mais si, je m'inquiète. Je suis sérieuse, Matt. Va chez Bobby, s'il te plaît.

Son visage exprimait une angoisse si sincère qu'il ne put s'empêcher de s'approcher et de poser ses lèvres sur les siennes. Juste une caresse avant qu'elle ait eu le temps de protester.

— D'accord. Et toi, tu m'appelles.

Il suivit la route de Las Flores Canyon plongée dans l'obscurité et tourna au niveau du cèdre martyr qui marquait désormais l'entrée de chez les Eckhart.

Il coupa le contact et scruta la maison pendant quelques secondes. Toutes les pièces semblaient plongées dans le noir, sauf une. Dans celle-là, de la lumière filtrait à travers les rideaux. Etrange. Bobby était censé être en service et Sylvie n'était pas encore rentrée de San Diego. Le Glock coincé dans sa ceinture, il sortit de la Range Rover, referma doucement sa portière, puis marcha sans bruit jusqu'à la maison. Là, il jeta un coup d'œil par la fenêtre éclairée.

Bobby était affalé sur le canapé, en train de regarder une série policière à la télévision. Rassuré, Matt alla frapper à la porte et ouvrit sans attendre la réponse.

— Je croyais que tu étais de nuit, lança-t-il en entrant.

— Le planning a changé.

Bobby leva la tête et ouvrit des yeux ronds en découvrant son état.

— Qu'est-ce qui t'est arrivé ?

— C'est une longue histoire. Si tu me donnes une bière et un sandwich, je te donne tous les détails.

— Assieds-toi. Je vais mettre un steak sur le gril, déclara-t-il en passant dans la cuisine. On dirait que tu as eu une dure journée.

Bobby avait toujours adoré l'art de l'euphémisme. Il ouvrit le frigo avec un pied, sortit deux canettes de bière et en fit glisser une sur le comptoir en direction de Matt.

— On peut dire ça comme ça.

Matt décapsula sa canette et en prit une longue gorgée. Puis, pendant que Bobby surveillait le steak tout en préparant une vinaigrette, il lui résuma la situation, depuis l'explosion jusqu'aux révélations de Laila.

Dix minutes plus tard, Bobby glissa le steak sur une assiette avec un peu de salade et vint déposer le plat devant Matt, une serviette sur l'avant-bras. Quand ses papilles entrèrent en contact avec la viande, Matt s'aperçut qu'il était complètement affamé.

— Alors, demanda-t-il, la bouche pleine, qu'est-ce qui est grand, avec un portail de bois et deux piliers de chaque côté ?

— A peu près une baraque sur deux à Malibu. Une sur quatre si on ne compte que celles qui ont des statues dans un beau bassin. Au fait, personne n'a signalé de disparition au commissariat. Soit Annie est revenue, soit personne à part toi ne s'est encore aperçu de sa disparition. En revanche, les propriétaires d'un camping-car qui avaient élu domicile du côté de Solstice Canyon ont déposé une plainte pour vol. Selon eux, les coupables pourraient être des gosses qu'ils ont vus rôder dans le coin ces derniers jours. Les voleurs ont emporté des vêtements féminins et de la nourriture, mais ils ont laissé la télé et le téléphone portable. La gardienne du camping a rapporté qu'elle avait effectivement vu un groupe de jeunes il y a deux jours. Elle n'y avait pas prêté attention plus que ça, mais elle croit se souvenir qu'il y avait une jeune fille noire, d'environ dix ans, et que les autres, un peu plus âgées, avaient les cheveux blonds.

— Elle n'a pas vu un garçon avec elles ?

— Non. Mais vu sa déclaration, je suis persuadé que ce sont nos gosses. Je lui ai laissé mon numéro pour qu'elle me rappelle immédiatement si elle les revoit.

— Je vais aller lui parler.

— Non, je m'en charge. Je suis aussi redescendu dans le ravin où Phil est mort. Je n'ai pas trouvé d'ordinateur portable, mais j'ai ramassé ça, déclara Bobby en sortant de derrière le comptoir une bonne demi-douzaine de douilles. Et j'en ai sûrement laissé pas mal là-bas.

— J'en ai trois à la maison. Je les ai retrouvées dans mon jardin après l'attaque.

— Parfait. Si on peut prouver qu'elles appartiennent à la même arme, nous tenons un premier lien.

— Dès demain, je vais faire un tour à Latigo Canyon. Je suis quasiment persuadé que cette baraque maudite se trouve dans le coin. J'ai les plans des parcelles, avec les noms des propriétaires dans un rayon de quatre kilomètres. Il n'y a que quelques centaines de propriétés sur toute la zone. Si la maison est dans le coin, je la trouverai, affirma Matt comme pour s'en convaincre lui-même. Si j'ai de la chance, le maître des lieux va encore me tirer dessus et je le dégommerai une bonne fois pour toutes.

— Je te trouve bien intrépide tout à coup, commenta Bobby en souriant.

Matt lui rendit son sourire et se leva.

— Je suis sur les rotules. Ça ne t'ennuie pas si je dors là cette nuit ?

— Fais comme chez toi.

— Alors, je vais commencer par prendre une bonne douche.

Matt marqua un panier en lançant sa canette dans la poubelle près de l'évier. Il fit semblant de boxer l'épaule de Bobby, lui dit bonsoir et disparut dans la salle de bains.

29.

Matt se réveilla aux premières lueurs du jour après une nuit réparatrice. Son sommeil avait été lourd, mais il ressentait encore les courbatures de la veille. Quand il émergea de la chambre d'amis, il tomba sur Bobby qui buvait tranquillement une tasse de café. Encore à moitié endormis, ils n'échangèrent que quelques mots avant de quitter la maison.

La journée s'annonçait froide et humide comme souvent en novembre. Il flottait dans l'air une odeur de sel et de romarin, encore polluée par des relents de cendre. Bobby enfourcha sa Harley et suivit Matt sur la route de Las Flores jusqu'au café au pied de la colline. Ils prirent leur petit déjeuner en vitesse, puis Bobby partit travailler. Matt rejoignit la Range Rover et composa le numéro de Wendell Graff, le détective privé. Ginn lui avait laissé ses coordonnées sur son répondeur pendant qu'il était sous la douche.

— Oui, Mlle Chang m'a appelé pour me dire que vous aviez quelque chose à me demander. Alors, monsieur Lowell, que puis-je faire pour vous ?

Il était 7 heures du matin et Graff avait décroché à la première sonnerie. Plutôt bon signe, se dit Matt.

Graff écouta attentivement ce qu'il voulait : deux hommes armés pendant quelques jours, l'un devant le domicile de Ned à Santa Monica, et l'autre, dans l'allée juste derrière. Un boulot à commencer immédiatement.

— Nous avons bien sûr des autorisations de port d'armes, répondit Graff. Mais si le recours aux armes s'avère nécessaire, je ne saurais trop vous conseiller de vous adresser directement à la police.

— C'est bien ce que j'ai l'intention de faire, monsieur Graff. Seulement, je dois d'abord réunir quelques éléments et j'ai encore besoin de deux ou trois jours.

Matt se garda bien de lui donner des détails et Graff n'en demanda pas.

— Très bien, dit-il après un silence. Mlle Chang s'est portée garante de vous, ça me suffit. Je me posterai devant la maison et l'un de mes hommes surveillera l'autre côté. J'ai quand même besoin d'une précision : qu'est-ce que nous allons surveiller ?

— Je dois passer un coup de fil avant de vous en dire plus là-dessus. Je vous rappelle dans l'heure.

Matt raccrocha. Le parking du café se remplissait à vue d'œil. Des dizaines de Californiens s'y arrêtaient pour acheter le journal et prendre un café avant d'aller au travail. Une matinée normale, en somme. Matt, lui, avait un flingue à la ceinture et envoyait deux gorilles protéger son frère. Il avait l'impression que cela faisait une éternité qu'il n'avait pas eu une journée normale. Bien décidé à ne pas se laisser abattre, il composa le numéro de Ned. Ils parlèrent de l'état de Susan Dean, des dégâts occasionnés au Contessa, des problèmes d'assurance et de l'enquête qui avait été ouverte. Enfin, Matt en vint à la vraie raison de son appel.

— Ned, est-ce que Julie et les enfants sont avec toi ?

Il y eut un silence.

— Bien sûr qu'ils sont ici, répondit Ned. Où veux-tu qu'ils soient ? Il est 7 heures. Les garçons sont en train de manger leurs céréales avec leur mère.

— Ecoute, il s'est passé un certain nombre de choses dernièrement. Je te raconterai tout dans le détail plus tard, mais pour l'instant, je voudrais que tu fasses exactement ce que je te dis. N'envoie pas les garçons à l'école aujourd'hui et demande à Julie de rester avec eux. Et ça vaut pour toi aussi, Ned : ne bouge pas de chez toi aujourd'hui. Je t'envoie un type qui s'appelle Wendell Graff. Il va venir avec un gars à lui. Ce sont d'anciens flics, des mecs sûrs.

— Tu as pris un coup sur la tête ou quoi ? Tu sais que tu commences à me faire peur, Matt ?

— Par pitié, écoute-moi. Tout est lié au bébé que j'ai découvert sur la plage et à l'adolescente qu'on a retrouvée morte près de la route.

— Si c'est le cas, il vaudrait mieux que tu m'expliques ce qui se passe.

Matt connaissait la voix de son frère quand il avait peur. Et c'était le cas maintenant. Il savait aussi que si Julie apprenait la présence des vigiles, elle serait prise de panique.

— Je ne peux pas. Pas tout de suite. J'ai trop de choses à te raconter. Tu vas devoir me faire confiance. Donne-moi une journée.

— Est-ce que ma famille est en danger ?

— Je n'en suis pas sûr. C'est pour ça que je t'envoie deux types pour veiller sur vous. Wendell Graff et son collègue ne quitteront pas la maison des yeux. Il y en aura un devant et un derrière. Et ne parle de ça à personne, ni à la police, ni à Julie. Je te promets que je te raconterai tout avant la fin de la journée.

— Matt, est-ce que tu as fait quelque chose que je devrais savoir ?

— Tu veux dire… est-ce que j'ai quelque chose à voir avec ces morts ? Non, bien sûr que non. Je n'arrive pas à comprendre moi-même ce qui se passe exactement, c'est pour ça que j'ai besoin d'une journée de plus. Mais je sais qu'il y a une très sale affaire derrière tout ça. L'explosion n'était pas un accident.

— Pas un accident ?

— Non, répondit simplement Matt.

Ce n'était décidément pas le moment de lui en dire plus. Un silence pesant s'installa sur la ligne. Matt arrivait presque à entendre son frère penser.

— D'accord, maugréa enfin Ned. Je te donne la journée. Je vais bosser à la maison et trouver une excuse pour garder Julie et les enfants avec moi. Mais je veux avoir de tes nouvelles ce soir et pas demain. Tu appelles, tu passes, tu te débrouilles. Compris ?

— Je t'appelle sans faute. Fais attention à toi, conclut Matt avant de raccrocher.

Il poussa un soupir et rappela Graff pour lui donner l'adresse de Ned sur Montana Avenue, un lotissement aux allées bordées d'arbres bien taillés, réservé aux familles aisées.

— C'est simple : ne laissez personne entrer, ni par devant, ni par-derrière, ordonna Matt. Mon frère est au courant de votre arrivée.

Une journée. Il n'avait pas de temps à perdre. Sa montre marquait déjà 8 heures. La première chose à faire était de s'enquérir du sort d'Annie Lautner.

Quand il arriva à sa résidence, il n'y avait personne dans la salle de gymnastique. Aucune trace de la jeune sportive et toujours pas de Jaguar verte sur le parking. Un Post-it était collé à sa porte :

« Salut, Annie. Apparemment, Sam s'est fait la malle, mais tu as du bol, je l'ai récupéré. Appelle-moi quand tu reviendras et passe prendre un pot. Mais ne te presse pas de me le reprendre. Il est tellement chou ! Kate. »

Annie avait bel et bien disparu.

En partant de chez elle, Matt prit l'autoroute en direction du nord et tourna sur la droite lorsqu'un panneau fatigué, appuyé sur un abri-bus, lui indiqua Latigo Canyon. Il écrasa la pédale de l'accélérateur. Il avait parcouru six bons kilomètres sur une route sinueuse quand le muret écrasé par Phil apparut au détour d'un nouveau lacet. Quelques secondes plus tard, il revoyait les traces noires des pneus avant le plongeon fatal. Il se força à ralentir. La route de Latigo Canyon était une succession de virages mal redressés, d'épingles à cheveux et de ravins qui grignotaient l'asphalte. Même sans tueurs pour vous pousser à la faute, l'endroit s'avérait traître. Le soir de sa mort, Phil descendait vers la vallée, songea Matt. S'il venait de la maison décrite par Laila, la demeure devait se trouver plus haut, quelque part au-dessus du lieu de l'accident.

Pendant trois bonnes heures, il scruta toutes les collines des alentours. Les troncs et les branches noircis par l'incendie étaient déjà colonisés par des pousses d'herbes folles d'un vert tendre. Le prochain printemps serait sûrement sublime dans le coin. Des fleurs d'une rare beauté — orchidées sauvages, gueules de loups — avaient pour habitude de pousser sur les cendres après chaque incendie. Dans les endroits habités, des maisons totalement détruites par le feu côtoyaient des bâtisses plus chanceuses. Matt tourna à un carrefour où un arbre de boîtes aux lettres semblait indiquer un lotissement caché par un bosquet. Ignorant les panneaux « Interdit de passer » et « Propriété privée », il fouilla du regard tous les recoins démasqués par l'incendie et découvrit un véritable labyrinthe de sentiers. Il jetait régulièrement un coup d'œil à ses cartes pour n'oublier aucune des maisons enregistrées au cadastre.

A la fin de la matinée, il observait le hameau de Monte Verde du haut d'un versant escarpé. D'après ce qu'il avait lu dans la presse, ces quelques maisons serrées au fond d'un canyon rocailleux avaient été parmi les premières à être évacuées pendant l'incendie. Au tout début, des vents changeants avaient laissé croire aux pompiers qu'ils réussiraient à sauver Monte Verde, mais une soudaine bourrasque l'avait finalement condamné. Une vraie désolation. Il descendit dans le canyon et roula lentement entre les voitures calcinées, les cheminées en brique effondrées par terre, les tracteurs sur leurs jantes et les dépouilles d'arbres morts.

La route se divisait après un château d'eau lui aussi abattu par les flammes. Alors qu'il hésitait sur la direction à prendre, un détail lui revint à l'esprit. Quelque vingt ans plus tôt, il était venu ici avec Bobby. Des copains surfeurs les avaient mis au défi de rencontrer le gourou Bannerjee — un Indien maigre comme un clou, d'à peu près leur âge, qui avait pour habitude de se montrer dans la région de Malibu au volant d'une Rolls Royce rutilante, avec des planches de surf sur le toit. Ce personnage incroyable s'était fait construire une sorte de palais avec vue sur la mer. Bobby et Matt étaient donc montés jusqu'ici pour proposer des cours de surf au gourou. Des gardes enturbannés leur avaient refusé le passage, mais ils avaient quand même réussi à jeter un coup d'œil à travers le portail. Matt se rappelait avoir aperçu une immense maison blanche de deux étages, avec un nombre incalculable de fenêtres. Puis, un jour, sans crier gare, le gourou Bannerjee et ses disciples s'étaient volatilisés et l'endroit avait été vendu.

Matt prit le chemin de droite qui menait à l'extrémité du canyon. Vingt ans plus tôt, ce lacet était bordé de sycomores et de chênes centenaires. Les lauriers-roses et les feuilles de tabac sauvage ajoutaient alors des nuances rouges et or à cette nature exubérante. Ne restait aujourd'hui de ce petit paradis qu'un paysage lunaire. Il suivit la piste sinueuse sur environ cinq cents mètres jusqu'à ce qu'il parvienne devant l'entrée du domaine.

Les piliers en pierre n'avaient pas bougé malgré le feu et les années. Mais le portail de bois ciselé d'époque avait été remplacé par une grille en métal, fermée par une chaîne. Détail troublant : des bandes en plastique blanc avaient été installées sur la grille et tout le long de la haie à moitié brûlée.

Qu'y avait-il de si important à cacher dans le domaine pour qu'on se soit empressé de le soustraire à la vue des curieux aussi vite après l'incendie ?

Matt fit demi-tour et alla garer la Range Rover un peu plus loin, dans le sens du retour. Au cas où.

Il prit le Glock, vérifia le chargeur et coinça l'arme dans sa ceinture. Puis il revint au portail à pied. Un silence de mort régnait autour de lui : pas un chant d'oiseau, aucune rumeur de cette vie sauvage qui faisait jadis bruisser chaque bosquet. Mais en s'approchant du portail, il entendit des voix masculines derrière la clôture. Un engin toussota en attendant que le moteur veuille bien démarrer. Matt sentit son sang pulser dans ses veines. Il attrapa le pilier le plus proche, glissa ses pieds dans une anfractuosité et se hissa d'un bon mètre pour regarder discrètement par-dessus les bandes blanches.

A une cinquantaine de mètres, le chemin était barré par une caravane en chrome, accrochée à un 4x4 assez impressionnant. Les arbres qui bordaient l'allée n'étaient plus que l'ombre d'eux-mêmes. Au bout du chemin se dressaient les ruines du manoir qu'il avait aperçu vingt ans plus tôt. Une partie de l'escalier en marbre avait survécu aux flammes, mais les marches menaient maintenant à un deuxième étage presque entièrement détruit. Des débris jonchaient la grande cour circulaire. Vases d'albâtre, fontaine en marbre, statues… Le feu n'avait rien épargné. Tout cela, Matt en était sûr, avait été rajouté après leur passage par le gourou Bannerjee.

A l'autre bout de la propriété, il devina les vestiges d'autres bâtiments, chambres supplémentaires, garages ou bureaux, sans doute. Seuls quelques murs étaient encore debout.

Il remarqua une pelleteuse garée non loin de là. Le bruit de moteur venait d'un bulldozer qui poussait les gravats vers un endroit reculé de la propriété. Matt reporta son attention sur la caravane et remarqua alors un autre véhicule caché derrière. Des jantes étincelantes, un pare-chocs élégamment courbé, cette capote, cette peinture vert métallisé... La jaguar d'Annie.

Il descendit de son poste d'observation, vérifia que le Glock était toujours là et longea la clôture jusqu'à la falaise où elle s'interrompait brutalement.

Le grillage était moins haut qu'à l'entrée. Matt attrapa un poteau, grimpa sur un fil de fer et passa une jambe de l'autre côté. Quand son pied toucha terre, il passa l'autre jambe. Il venait de pénétrer en territoire ennemi.

Le bruit de ses pas était largement couvert par le moteur du bulldozer. En revanche, l'incendie avait laissé la roche à nu : plus un arbuste, plus un fourré pour couvrir sa progression. Se pliant en deux, il courut jusqu'à une annexe et s'accroupit derrière un pan de mur à moitié effondré.

De là, il observa chaque fait et geste. Apparemment, la pelleteuse avait creusé la terre par endroits avant de reboucher les trous avec les déblais. Il flottait dans l'air une mauvaise odeur difficile à identifier.

Toujours plié en deux, Matt sortit de sa cachette et se remit à courir vers la caravane. Il se cacha derrière le 4x4 juste au moment où la porte de la caravane s'ouvrait. Un homme interpella d'une voix forte le conducteur du bulldozer. Le moteur de la machine continua à ronronner et l'homme marmonna quelque chose. Il alluma une cigarette, descendit les deux marches de sa roulotte de luxe et alla se poster devant le bulldozer, là où le conducteur serait forcé de le voir. Cette fois, le moteur renâcla avant de s'arrêter. Les deux hommes échangèrent quelques phrases et le machiniste descendit de son engin.

Matt retint son souffle. Sa cachette était assez proche pour qu'il distingue les traces de morsures laissées par Barney sur le conducteur. Il n'était pas sûr de reconnaître le second. Il n'avait pas bien vu ses agresseurs la nuit où ils l'avaient attaqué chez lui. De toute façon, peu importait. Si cet endroit était bien celui dont avait parlé Laila, ces gars étaient mouillés dans cette affaire jusqu'au cou.

Pour la première fois de sa vie, il ressentait l'envie de tuer.

Les deux hommes revinrent à la caravane, passant à deux pas de sa cachette. Les mâchoires crispées, Matt sortit son arme, prêt à débarrasser la terre de cette vermine, mais il se ravisa. Ces hommes n'étaient que des exécutants. S'il les tuait maintenant, les véritables responsables du trafic prendraient la fuite et seraient libres de relancer leur sordide réseau ailleurs. Il les regarda donc entrer dans la caravane sans faire un mouvement. Leur heure était comptée. Ce n'était tout simplement pas le bon moment.

Tapi près d'une fenêtre, il entendit une discussion en anglais sans tout comprendre. Quand le silence retomba, il comprit qu'il venait d'écouter une conversation téléphonique. Un coup de fil passé et non reçu, puisqu'il n'avait pas entendu la sonnerie. Il mémorisa le numéro du 4x4 et jeta un coup d'œil par l'une des vitres teintées de la Jaguar. Les sièges étaient recouverts de cuir blanc. Oui, c'était sûrement celle d'Annie, mais il mémorisa quand même la plaque, histoire de le vérifier.

Avec beaucoup de précautions, il s'éloigna de la caravane et revint sur ses pas. Il s'aperçut en chemin qu'il offrait son dos à l'ennemi. L'idée d'une balle lui traversant le corps lui fit presser le pas jusqu'au grillage qu'il enjamba sans difficulté. Une fois de l'autre côté, son regard fut attiré par une petite silhouette sur un sentier escarpé qui descendait au fond du canyon. Il reconnut tout de suite le jeune Hassan. Que diable faisait-il ici ? Il réprima l'envie de l'appeler. Vu la configuration des lieux, l'écho de sa voix aurait alerté les deux hommes qui se seraient empressés de le rejoindre pour lui régler son compte.

Matt longea le mur et rejoignit la Range Rover là où il l'avait laissée. Il grimpa derrière le volant, mit le contact et fonça sur la petite route en direction de Monte Verde. Il prit ensuite le premier tournant à gauche, fit encore quelques dizaines de mètres et s'arrêta. Sortant de voiture, il se posta en bordure de la route à l'abri des regards. Hassan avait disparu. Il l'appela, mais personne ne répondit.

Il remonta dans la voiture et repartit en s'obligeant à rouler normalement. Au détour des virages, il apercevait par intermittence l'océan qui caressait la côte en contrebas. Il se remémorait les articles de presse qu'il avait lus sur Monte Verde, le lendemain du drame. L'ordre d'évacuer avait été donné alors que les flammes menaçaient de dépasser la crête pour fondre sur la vallée. Tous les habitants s'étaient rués sur leurs voitures en même temps — et sur la seule route permettant de quitter le canyon. Cela avait ralenti leur fuite et provoqué une belle panique. Les gosses, eux, avaient sans doute emprunté des sentiers d'animaux et des passages périlleux dans la montagne pour regagner la mer. Comment avaient-ils trouvé cette énergie après avoir échappé à tant d'horreurs ? Plus que la course des flammes dans leurs dos, la perspective de fuir leur cauchemar avait dû leur donner des ailes.

En arrivant à Latigo, il décida d'appeler Bobby.

— Je crois que j'ai trouvé l'endroit. Tu te souviens du gourou à la Rolls, Bannerjee ?

— Oui, répondit Bobby après un instant de réflexion. C'est lui qui vivait reclus au bout de Monte Verde Canyon, c'est ça ?

— Exactement. J'ai vu la voiture d'Annie Lautner là-haut. J'ai relevé la plaque pour en être sûr. Et j'ai le numéro d'immatriculation d'un 4x4 noir. Tu peux vérifier tout ça ?

— Pas de problème. Beau boulot, mon vieux.

Matt lui donna les deux numéros et quelques détails, puis ils convinrent de se retrouver pour discuter plus longuement de la marche à suivre. Après avoir raccroché, il ramassa sur le siège du passager les relevés cadastraux afin de connaître le propriétaire de la parcelle.

Lorsqu'il arriva à la bonne page, ses yeux s'immobilisèrent sur le nom. Il lui fallut quelques secondes avant de pouvoir en détacher le regard. Il reposa la feuille et fixa un point droit devant lui, la nuque contre l'appuie-tête. C'était comme s'il était devenu insensible. Comme si aucune découverte, même la plus stupéfiante, ne lui faisait plus rien.

Pourtant, physiquement, il avait l'impression que ses poumons allaient exploser.

30.

— Je veux qu'on coince ce bâtard, répéta Bobby sans décolérer. Il nous faut plus de preuves, sinon il va nous filer entre les doigts.

Cela faisait une bonne heure qu'ils discutaient sur la façon de ficeler un dossier solide. Matt était un peu abruti, mais il savait qu'au fond de lui, une rage intense attendait d'exploser.

Un coup de Klaxon leur annonça que Ginn venait d'arriver. Matt l'avait appelée tout en se dirigeant chez Bobby. Il alla ouvrir la porte tandis que son ami attrapait une troisième tasse sur l'étagère et la remplissait de café. Quand Ginn sortit de la voiture, elle était pâle, mais ses yeux noirs brillaient comme deux pierres précieuses.

— Tu as trouvé, murmura-t-elle en le serrant dans ses bras.

Il passa la main dans son dos et la plaqua contre lui pour mieux la sentir.

— Je crois. Et j'ai aperçu Hassan, ce qui veut dire que les gosses traînent toujours dans le coin.

— Deuxième bonne nouvelle, alors. Ne t'inquiète pas, Matt. On va les retrouver et ils auront toute l'aide dont ils ont besoin.

Elle se dégagea de son étreinte et pénétra dans la maison. Après avoir salué Bobby, elle posa son châle en cachemire sur le dossier d'une chaise et se mit à étudier la carte dépliée sur le comptoir de la cuisine.

— Alors, où est-ce que ça se trouve ?

Matt se pencha par-dessus son épaule, retraça son parcours dans Latigo canyon avec l'index et s'arrêta sur une immense parcelle située à la périphérie de Monte Verde.

— Comment sais-tu qu'il s'agit bien de cet endroit ? Tu as vu la maison ?

— Ce qu'il en restait. Le feu l'a presque entièrement détruite, mais c'est bien le bon endroit. J'ai vu au moins un des deux types qui m'ont attaqué. Il avait encore sur le bras les marques de morsure laissées par Barney. Et il y avait un gros 4x4 noir sur la propriété.

Il ne mentionna pas la voiture d'Annie Lautner. Il lui en parlerait plus tard en choisissant ses mots. Il lui décrivit la vue sur la mer et les statues brisées près de la fontaine. Les comptes rendus faits par la presse sur l'évacuation du canyon finirent de la convaincre.

— Les gosses sont sortis par l'entrée et ils ont dû redescendre jusqu'à la baie en passant par les rochers. Ça a sûrement été très difficile, mais ils l'ont fait. Je pense que Laila pourra facilement nous en dire plus là-dessus.

— Et qui est le propriétaire ? s'enquit Ginn avec gravité.

Matt respira profondément.

— L'Entreprise Lagâchette. C'est Jake Broagan, Ginn.

Abasourdie, elle leva les yeux de la carte pour le considérer.

— Jake Broagan ? répéta-t-elle après un silence comme si elle n'arrivait toujours pas y croire. Qu'est-ce qui te fait penser qu'il s'agit de Jake ?

— « La Gâchette », c'était le surnom que nous lui avions donné quand nous étions ados, répondit Bobby à la place de Matt. Parce qu'il avait envie de dégainer son machin dès qu'il voyait une fille passer. A l'époque, il avait trouvé l'expression assez flatteuse. C'était déjà un sale petit pervers.

Elle attrapa un tabouret et s'y assit.

— Ce n'est qu'un surnom. Ça ne suffira pas à incriminer Jake.

— Ce n'est peut-être pas assez pour délivrer un mandat d'amener, mais ça va me permettre d'avancer.

— Et il n'y a aucune chance que ce soit une coïncidence ?

— Lagâchette ? Ça m'étonnerait, répondit Matt en secouant la tête. Et puis, on commence à avoir un lien solide entre les différents éléments. Phil n'était pas propriétaire de la maison dans laquelle il vivait. Elle avait été achetée par une compagnie du nom d'Aurora Borealis. Bobby vient de vérifier le numéro d'immatriculation du 4x4 que j'ai vu à Monte Verde et il appartient à la même boîte. Le puzzle commence à se mettre en place : Jake invite Phil là-haut dès qu'il achète le domaine, il le présente à ses amis, tous complices, et Phil devient l'un de ses courtiers.

— Et il commence à vivre comme un millionnaire dans un palace qu'on lui prête gentiment, enchaîna Bobby. Tout ce qu'on lui demandait, c'était de se taire, de fermer les yeux sur les horreurs qu'on faisait vivre aux mômes et de s'assurer qu'aucun d'entre eux n'était malade. Peut-être même qu'il avait aussi pour mission le renouvellement de la chair fraîche... On va retrouver ces gosses. Ils nous raconteront exactement qui faisait quoi.

Matt prit la main de Ginn.

— Il y a autre chose. J'ai vu une Jaguar verte dans l'enceinte du domaine. Là aussi, Bobby a vérifié la plaque. C'est celle d'Annie.

— Et tu as vu Annie ? Non, bien sûr que non.

Elle se mit à pleurer. Le téléphone accroché au mur de la

cuisine sonna. Bobby décrocha et s'éloigna pour être plus tranquille.

Ginn repoussa la carte d'un doigt comme si elle était imbibée de poison.

— Même si Jake possède cet endroit, ça ne veut pas forcément dire qu'il est impliqué. Peut-être qu'il ne sait pas comment sa propriété est utilisée. Franchement, pourquoi se serait-il mêlé à un trafic aussi tordu ? Il peut avoir autant de filles qu'il veut. Quant à l'argent, il en a déjà plein les poches.

— Ce n'est pas l'argent qui le motive, mais le pouvoir. Il a vécu à l'ombre d'une légende et il sait très bien qu'il n'a pas les épaules assez larges pour se mesurer à son père. Comme il ne pouvait pas créer mieux, il a préféré détruire. Les plus faibles qu'il a toujours aimé abuser avant de les jeter comme des mouchoirs en papier. Apparemment, son envie s'est accrue progressivement jusqu'à atteindre cette abomination. C'est bien la pire chose qu'il pouvait faire à son père. Si Nate apprend ça, avec son passé…

— Bon sang, Matt ! Si c'est vrai, ce n'est pas seulement tordu, c'est carrément diabolique ! Voilà un type qu'on voyait souvent. On connaît sa femme, ses enfants… Il avait l'air de les aimer…

Il préféra ne pas répondre. Ginn avait besoin d'un peu de temps pour encaisser la nouvelle. Mais il lisait dans ses yeux qu'elle ne tarderait pas à voir la réalité en face. Elle avait toujours subodoré quelque chose de malsain chez Jake Broagan.

Bobby reposa le téléphone.

— C'était la propriétaire du camping, annonça-t-il avant d'expliquer en deux mots à Ginn le vol de Solstice Canyon. Elle dit qu'elle a vu deux filles rôder autour de chez elle ce matin. Quant à savoir s'il s'agissait des mêmes qu'hier, elle ne sait pas. Elle les a appelées, mais les gamines se sont enfuies à toutes jambes. Impossible de savoir où elles sont parties.

— Juste deux filles ? demanda Matt avec inquiétude.

— C'est ce qu'elle m'a dit, répondit Bobby en attrapant ses clés. Je file là-bas voir si je trouve quelque chose.

Matt le retint.

— Non, attends. Si elles voient une voiture de police et un mec en uniforme, elles vont se cacher. Tant que Hassan est toujours dans le coin, je suis persuadé qu'elles ne bougeront pas. Je crois qu'il est plus urgent de faire venir Jake pour voir ce qu'il a à dire.

— Et si tu te trompes ? avança Ginn.

— Je m'excuserai, répondit-il simplement.

Bobby haussa les sourcils.

— Et comment vas-tu le faire venir ? Tu débarques dans son bureau, tu le chopes par le col et tu le traînes dehors sans que personne s'en aperçoive ?

— Non, je vais l'appeler et demander à le voir.

— Il ne pourra sûrement pas tout de suite. C'est un homme très occupé. Plus qu'on ne le soupçonnait…

— Là-dessus, je peux vous aider, intervint Ginn en décrochant le téléphone.

Matt se tenait à côté des portes du bar Le Lierre du rivage à Santa Monica. A 15 h 30, par cet après-midi nuageux, l'établissement était très calme. Quelques clients buvaient un verre assis sur les chaises en osier à deux pas du bar. Dans quelques heures, l'endroit se transformerait en boîte de nuit, accueillant les transfuges du dernier studio de cinéma et les publicistes à la mode.

Matt aperçut Jake, un verre devant lui, assis à une table discrète dans un coin du restaurant. Il se cacha un instant derrière un palmier nain pour l'observer. Jake était d'une élégance impeccable. Son costume, sa coiffure, tout chez lui respirait la réussite d'un jeune homme nourri au sein de ce que les Etats-Unis offrent de meilleur. Il dégageait même une certaine aura, le charme indéfinissable de ces gosses de riches chez qui on reconnaît une certaine hérédité.

Impassible, Jake jeta un coup d'œil à sa montre, regarda la porte d'entrée avant de revenir à son verre. Matt contourna l'entrée principale, traversa le patio agrémenté de plantes exotiques et se présenta devant les portes vitrées situées tout près de la table de Jake.

Ce dernier se retourna en entendant la porte s'ouvrir. Quand ses yeux rencontrèrent ceux de Matt, une ombre parut passer sur son visage, immédiatement remplacée par un sourire convenu. Il se leva, la main tendue.

— Je ne peux pas croire que je suis en face de Matt Lowell dans un bar, en plein milieu d'une journée de travail.

— Comment ça va, Jake ?

— J'ai appelé ton cabinet dès que j'ai appris la nouvelle pour le Contessa. Ned m'a parlé des dégâts. Si je peux faire quoi que ce soit, n'hésite pas à me le dire. Je te proposerais bien de prendre un verre, mais j'attends quelqu'un.

— Ginn m'a chargé de te dire qu'elle s'excusait.

Jake lui adressa un sourire grimaçant qui le ramena vingt ans en arrière, lors d'une soirée passée dans la résidence d'été des Broagan à Malibu. Jake avait jeté son dévolu sur une jeune fille déjà dotée d'un petit ami. Il la dévorait du regard, impatient, et elle lui lançait des œillades aguicheuses par-dessus l'épaule de son petit ami. Deux jours plus tard, la sœur de cette fille, de dix ans à peine, était violée. On n'avait jamais retrouvé l'agresseur.

Jake se rassit et appela le serveur d'un signe.

— Eh, Matt, ne me fais pas le coup de la jalousie. C'est Ginn qui m'a appelé, pas l'inverse, O.K. ? Bon, parle-moi un peu de cette fuite de gaz. Comment va Susan Dean ?

— Finis ton verre, Jake, ordonna Matt en décommandant le serveur de la main. Je voudrais t'emmener quelque part.

Jake eut un rire qui sonnait faux.

— C'est quoi, cette histoire ? D'abord, Ginn m'appelle pour me fixer un rendez-vous que j'espérais galant. Après, c'est toi qui débarques pour m'annoncer qu'elle ne viendra pas. Et maintenant, tu me proposes un tour en voiture ?

— Ça ne prendra pas longtemps.

— Ecoute, il va falloir reporter ça à une autre fois, répliqua Jake en regardant ostensiblement sa montre. Je peux me libérer pour une heure ou deux si c'est une jolie femme qui me le demande. Dans le cas contraire, tu sais comment ça se passe.

Il vida son verre, jeta négligemment un billet sur la table et se leva. Son sourire avait disparu. Matt se demanda s'il savait, en traversant le restaurant, qu'il le suivait de près. En tout cas, il n'en montra rien.

La circulation sur Ocean Avenue s'était un peu améliorée, mais les trottoirs étaient noirs de monde. Au niveau de l'embarcadère de Santa Monica, les lumières de la grande roue tournaient à la verticale dans le brouillard tandis que les voitures avançaient sur l'échangeur, tous phares allumés, le bruit des moteurs couvrant la musique des forains.

Jake retrouva son ticket de parking au fond de sa poche et le tendit au gardien. Matt l'attrapa.

— On prend ma voiture.

— Eh ! Qu'est-ce que tu fabriques ? protesta Jake. Je ne vais nulle part ! Ou plutôt si : je retourne à mon bureau.

Matt saisit son bras avec force.

— La Range Rover, là-bas, tu la vois ?

Il s'était garé juste en face, prévoyant sa réaction.

— Si c'est à cause de Ginn Chang, grommela Jake en tentant

de dégager son bras, je te l'ai dit : c'est elle qui m'a appelé. Alors, laissez-moi en dehors de vos disputes.

— Ça n'a rien à voir avec Ginn.

Matt s'efforçait de conserver son calme. Ce qui n'avait rien d'évident. Entendre le prénom de Ginn sur les lèvres de ce salopard lui donnait la nausée. Voyant que le gardien du parking les considérait bizarrement, il resserra son emprise autour du bras de Jake.

— Retire tes sales pattes de là, Matt ! Tu commences vraiment à m'emmerder.

Le gardien parlait maintenant à un collègue et tous les deux les regardaient d'un air mauvais, prêts à intervenir. Matt résista à l'envie de pointer le Glock dans le dos de Jake pour l'obliger à obéir. Mais il n'allait pas l'abattre devant plusieurs témoins et sans avoir appris toute la vérité. Il enfonça ses doigts plus profondément dans son bras.

— Je te jure que ça ne prendra pas longtemps.

— Là, tu dépasses les bornes, tu sais ? Et qu'est-ce que je fais de ma bagnole ?

— Ne t'inquiète pas pour elle. Je te ramènerai.

Il le jeta littéralement sur le siège du passager et courut prendre place derrière le volant. Jake ayant déjà rouvert la portière, il empoigna fermement sa veste et le ramena à l'intérieur avant de refermer la porte.

Jake se tourna vers lui avec un regard assassin et lui assena un violent coup de poing à l'épaule.

— Non, mais tu es devenu complètement dingue !

Matt fit gronder le moteur et démarra en trombe.

— Calme-toi ou tu vas avoir une attaque.

— Va te faire foutre ! Si ce n'est pas à propos de Ginn, c'est quoi, alors ?

— On va voir un terrain.

— Quoi ? Et c'est pour ça que tu me kidnappes ? Tu n'as pas eu l'idée de m'appeler pour fixer un rendez-vous ?

Matt s'arrêta au feu rouge, puis redémarra en faisant crisser les pneus. Il prit l'autoroute du Pacifique et fonça vers le nord.

— O.K. Elle est où, cette putain de propriété que je dois absolument voir maintenant ? demanda Jake avec un soupir.

« Une maison de l'horreur », selon les termes de Cargill. Matt s'agrippa à son volant comme pour calmer sa colère. Il prit une profonde inspiration et alluma la radio en mettant le volume au maximum. La voix de Billie Holliday remplit la voiture de ses mélopées mélancoliques. Jake plaqua ses mains sur ses oreilles en grimaçant. Au moins, il allait se taire.

Quand la Range Rover dépassa le carrefour de Civic Center à Malibu, Bobby fit vrombir le moteur de sa Harley et se mit à la suivre à quelques mètres de distance. Ils s'étaient répartis les rôles avant de quitter Las Flores. Ginn descendrait au camping pour tenter de savoir s'il y avait des caravanes inutilisées pendant la semaine. Le cas échéant, elle irait les voir et essaierait de repérer d'éventuels squatteurs. Bobby, lui, avait été chargé d'attendre Matt au bord de l'autoroute et de le suivre.

Jake jeta un coup d'œil anxieux au rétroviseur. Il aperçut le motard et l'identifia malgré son casque.

— J'ai l'impression que tu te fais des idées, mais je ne sais pas quoi. Ce serait sympa d'éclairer ma lanterne, sinon j'appelle quelqu'un de plus haut placé que ton ami Eckhart qui nous file le train, grommela-t-il en sortant son portable de sa poche.

— Vas-y, appelle. Tu lui dis de nous rejoindre à la grande maison au-dessus de Monte Verde.

Jake laissa ses mains retomber sur ses cuisses. Il semblait s'être calmé d'un coup, mais la tension avait augmenté de plusieurs crans dans la voiture.

— Quelle maison ?

Matt ralentit et tourna vers Latigo Canyon. Il vérifia dans son rétroviseur que Bobby le suivait bien, puis vit du coin de l'œil la main de Jake se crisper autour de son portable. Apparemment, il crevait de trouille.

— Quelle maison ? répéta-t-il d'une voix blanche. Pourquoi diable est-ce que tu m'emmènes là-haut ?

Matt ne répondit pas. Il en avait déjà trop dit et cela laissait du temps à Jake pour construire sa défense. Une légère brume glissait dans le lit du canyon. Le ciel bas plongeait la vallée dans une demi-pénombre ; la nuit allait bientôt tomber sur Monte Verde. Matt accéléra jusqu'à la petite route qui montait vers l'ancien domaine du gourou Bannerjee. Là, à une centaine de mètres du portail, il coupa le contact. La Harley de Bobby était déjà sur sa béquille. Derrière l'enceinte, on entendait encore le moteur des engins de terrassement. Avec tout ce bruit, personne n'avait dû les entendre arriver. Tant mieux. Cela leur permettrait de bénéficier de l'effet de surprise.

Bobby ôta son casque, l'enferma sous le siège de la moto et rejoignit la Range Rover. Vêtu en civil, il portait des bottes dont les bouts étaient recouverts de métal et un blouson en cuir. Un Beretta 9 mm était glissé dans sa ceinture.

— Allez, on sort du carrosse, La Gâchette, ordonna Matt.

Le visage de Jake se figea en une grimace qu'il ne lui avait jamais vue. Sa pomme d'Adam montait et descendait au-dessus de son nœud de cravate impeccable. Voyant qu'il ne bougeait pas, Matt se fit un plaisir de sortir le Glock et de le braquer sur lui.

— Sors de là, Jake.

Jake se contenta de tourner la tête et baissa les yeux sur l'arme. Un filet de sueur perla sur sa tempe avant de glisser jusqu'à son menton. Sa peur était telle qu'il semblait sur le point de vomir.

N'y tenant plus, Bobby ouvrit la portière, le fit sortir sans ménagement et le plaqua contre la Range Rover.

— Dis donc, La Gâchette, j'ai l'impression que tu es dans une sacrée merde aujourd'hui, pas vrai ? Et il n'y a pas le gentil Hoffman pour te sauver la mise. Tu ne peux acheter personne ce coup-ci, pas même un mercenaire.

Les yeux de Jake se posèrent brièvement sur lui, puis sur Matt, avant de revenir à Bobby.

— Je n'y comprends rien. D'accord, c'est moi qui possède ce domaine... Je veux dire, l'*Entreprise Lagâchette*... O.K., c'est moi. Mais je le loue à une boîte qui organise des conférences, des week-ends de détente — ce genre de trucs. Ils se mettent en rond et chantent sous la lune, qu'est-ce que j'en sais. De toute façon, regardez l'état de la propriété : tout a brûlé. Il n'y a plus rien.

— Moi, je ne vois rien à travers cette clôture. Pourquoi ne nous ferais-tu pas visiter ? proposa Bobby en tirant le Beretta de son étui.

— Je vous ai dit que je louais le domaine. Je ne peux pas débarquer comme ça sans crier gare. De toute façon, les grilles sont fermées et je n'ai pas la clé.

Matt n'avait pas envie de discuter avec cette ordure qui tentait de gagner du temps dans son costume à trois mille dollars et ses chaussures faites sur mesure. Il rangea le Glock dans sa ceinture, contourna la Range Rover et ouvrit le coffre. Après avoir attrapé les grandes pinces coupantes qu'il avait trouvées dans le garage de Bobby, il se dirigea vers le portail. Jake le suivit d'un pas chancelant, poussé par le Beretta.

— Je ne comprends pas pourquoi vous faites tout ça. Franchement, je ne sais rien sur ce qui se passe ici. Je vous le jure.

— Alors, tu n'as pas besoin de t'inquiéter, répliqua Bobby. Mais on sait qu'une demi-douzaine de gosses ont été séquestrés ici. Ils ont sûrement des choses très intéressantes à nous raconter.

Les jambes de Jake se dérobèrent. Il manqua de s'effondrer, mais se rattrapa à la grille. Son visage était devenu livide.

— Je vois que tu comprends ce que ça signifie, reprit Bobby. Les jurés ont généralement la main très lourde envers ceux qui maltraitent les enfants.

En quelques coups de pince, Matt fit sauter la chaîne. Il poussa la grille et laissa passer Jake que Bobby tenait toujours en joue. Ils s'engagèrent sur l'allée qui menait à la caravane. La Jaguar d'Annie n'avait pas bougé. Seule nouveauté : une Lexus noire était maintenant garée derrière le 4x4. Le bruit venait de la pelleteuse qui continuait à retourner la terre.

Matt marchait avec le Glock pointé vers le sol, prêt à s'en servir dès qu'il le faudrait.

— Il y a pas mal de monde par ici. On va laisser notre grand ami La Gâchette marcher devant, d'accord ? Ils seront peut-être rassurés de voir débarquer le patron.

Les dents de la pelleteuse creusaient une tranchée large et profonde. Après une longue minute, le conducteur s'aperçut qu'il était observé et tourna la tête vers eux. Il coupa le moteur et sauta de sa machine. La cinquantaine bien sonnée, il avait une carrure d'athlète et une certaine prestance.

— Vous êtes sur une propriété privée, les mecs. Vous n'avez rien à foutre ici. Alors, je vous conseille de vous casser, et vite.

En l'entendant, Matt eut l'impression que tous les autres sons s'évanouissaient, ne laissant plus que cette voix. Ce débit un peu traînant, ces intonations texanes… C'était la voix des coups de fil anonymes. La voix de l'homme qui couvrait de rubis sa jeune femme drapée de satin rouge à la soirée de Nate

Broagan. La voix de l'homme qui était venu parler à Flores et Barstow lors de son entretien avec eux. Bon sang, il aurait dû faire le rapprochement plus tôt !

Il portait un pantalon de costume noir, une chemise blanche et une cravate dont il avait simplement desserré le nœud. Rien à voir avec le bleu de travail d'un terrassier. Il marcha d'un pas décidé dans leur direction. Ses chaussures de prix étaient maculées de terre et de suie.

— C'est Rafe Peters, murmura Bobby à l'oreille de Matt. Le capitaine Rafe Peters. L'un des plus haut gradés parmi mes patrons.

Quand Peters arriva à quelques mètres d'eux, il reconnut Jake. Une expression de surprise courut sur son visage.

— Monsieur Broagan, vous n'auriez pas dû venir. Hoffman m'a déjà appelé. Je vais m'en occuper.

Il découvrit alors Bobby et Matt et blêmit. Même ses lèvres blanchirent comme si le sang les avait désertées. Il se reprit presque aussitôt et fit comme s'il n'avait jamais vu Matt auparavant.

— Messieurs, je suis officier de police et vous avez pénétré sur une scène de crime. Je dois vous demander de quitter les lieux immédiatement.

Apparemment, il n'avait pas reconnu Bobby. Sans son uniforme, ce dernier n'était qu'un citoyen de plus. Et le capitaine Peters avait des centaines d'hommes sous ses ordres. Il n'allait rien lâcher.

— Peut-on savoir où est Annie Lautner ? s'enquit Matt.

Peters cligna des paupières. Ses lèvres se pincèrent un peu plus.

— Je vous avertis une deuxième fois, mais je ne me répèterai pas. Vous interférez dans une enquête criminelle. Je vous laisse une minute pour déguerpir. Si vous ne partez pas, j'appelle des renforts et je vous fais arrêter.

— Du calme, déclara Bobby posément. Nous nous promenions juste dans le coin, nous n'avons rien fait de mal. Est-ce que vous incluez M. La Gâchette ici-présent quand vous nous demandez si gentiment de partir ?

Matt avait la sensation désagréable qu'ils étaient observés. Des regards semblaient braqués sur eux.

— Fais gaffe, murmura-t-il à Bobby. Il y a d'autres mecs qui nous épient.

Il désigna la caravane du menton, puis courut l'arme à la main dans cette direction, monta les marches et déboula à l'intérieur, le canon pointé devant lui. Ce qu'il découvrit le fit vaciller sur ses jambes. Il s'appuya à la paroi et prit une grande bouffée d'air pour ne pas vomir. Il jeta un nouveau coup d'œil à la scène. Une fraction de seconde, mais cette vision d'horreur s'imprima aussitôt dans son cerveau. Deux hommes gisaient dans leur sang sur le plancher métallique de la caravane. Leurs torses étaient fendus de haut en bas suite à des coups de couteau portés avec une sauvagerie sans nom. Ils avaient aussi reçu une balle en pleine tête. Le visage du plus grand était réduit en bouillie ; quant au second, c'était l'arrière du crâne qui avait disparu. L'odeur du sang frais, mélangée à celles de la cigarette froide et de l'ail, finit de retourner l'estomac de Matt. Les deux hommes avaient été surpris pendant qu'ils mangeaient. Des reliefs de repas, éclaboussés de sang, maculaient la table de camping installée au milieu de la pièce. On les avait abattus à bout portant, puis traînés sur le sol et charcutés comme un boucher n'oserait pas le faire d'une carcasse. Matt n'avait jamais vu de scène de meurtre auparavant, mais même lui devinait la barbarie et la haine qui avaient motivé cette tuerie.

Secoué, il descendit lentement les marches de la caravane. Ses jambes le soutenaient à peine.

— Ils sont morts, bredouilla-t-il à Bobby. Tous les deux. On leur a tiré une balle dans la tête avant de les poignarder.

— Les Fils de Satan sont venus ici ? demanda Bobby, l'air incrédule. C'est exactement comme ça qu'ils ont refroidi Tommy.

— Non, pas les Fils de Satan.

— Si, intervint le capitaine Peters. C'est une affaire de drogue. J'ai trouvé ces deux cadavres en arrivant.

— Et après, vous avez vu la pelleteuse et vous avez pensé que, tant que vous y étiez, vous testeriez bien vos talents de paysagiste, c'est ça ? Matt, il faut qu'on appelle la police, insista Bobby en gardant Jake et son acolyte en joue avec son Beretta.

— Je m'en suis chargé, déclara Peters avec un agacement destiné à cacher sa gêne. Je suis le capitaine Peters de la police criminelle de Los Angeles. Maintenant, soyez gentils, baissez ces armes et laissez-moi travailler.

Il se dirigea vers sa Lexus.

— Il va chercher son flingue ! cria Bobby.

Matt se rua sur lui et tenta de le ceinturer. Mais l'homme était plus costaud que lui. Il parvint à se libérer et courut jusqu'à sa voiture. Bobby tira, faisant voler en éclats la lunette arrière.

Peters roula à terre, ouvrit la portière côté conducteur et attrapa son arme.

Avant qu'il ait eu le temps de tirer, un coup de feu claqua. Jake Broagan tomba à genoux, la main sur son cou, d'où un jet de sang venait de jaillir comme un geyser. Un second tir le toucha en pleine poitrine. Il tangua un moment, puis tomba à la renverse. Il était déjà mort quand il heurta le sol en soulevant un nuage de cendres.

Sans hésiter, Peters fit feu en direction du bâtiment en ruine d'où provenaient les tirs. Puis il tourna le canon vers Bobby. Matt le visa, mais Bobby se montra plus rapide. Peters tomba derrière la portière de la Lexus en lâchant son pistolet encore chaud.

Bobby courut vers la voiture. Matt, lui, s'élança vers le mur du garage en ruine sur lequel Peters avait tiré. Une partie de lui-même se doutait de ce qu'il allait découvrir. Le petit corps était là, dans une mare de sang. Hassan tenait dans sa main le pistolet volé chez Jimmy McPhee. Il savait que Tommy avait laissé les Fils de Satan abuser de ses amies sans réagir et il lui avait tiré une balle en pleine tête avant d'exprimer toute sa rage d'adolescent avec un couteau. Matt tomba à genoux pour le prendre dans ses bras. Le garçon portait encore le sweat qu'il avait laissé dans le refuge d'Encinal, dix jours plus tôt. La blessure qui déchirait sa poitrine ne laissait aucun espoir.

Matt se pencha quand il vit bouger ses lèvres. Un seul mot murmuré, tel un souffle.

— Mort ?

— Oui, il est mort. Tu as tué Jake Broagan, Hassan.

Le garçon lâcha un dernier soupir et ses prunelles bleues s'éteignirent brusquement.

Matt retint ses larmes. Il le pressa contre sa poitrine en prononçant quelques mots comme s'il pouvait encore l'entendre.

— Tu as été un bon gars, Hassan. Tu les as vengées.

Le cadavre d'Annie Lautner fut déterré peu avant minuit. La police scientifique venait de retrouver les restes de plusieurs autres personnes dans une sorte de fosse commune, juste à côté du manoir. Toute la zone avait été quadrillée par les unités spécialisées. Le bruit monotone du générateur n'était entrecoupé que par les radios des voitures de police qui crachaient toutes les cinq minutes des consignes aux équipes. Les gyrophares d'une bonne douzaine de véhicules, garés dans l'allée ou à l'extérieur de la propriété, apportaient un peu de lumière dans l'obscurité de cette nuit sans lune.

Un groupe s'affairait autour du coffre de la Lexus. Barstow et Flores s'en détachèrent et s'approchèrent de Matt, qui discutait avec John Cargill à côté des tranchées. Bobby avait utilisé la radio de Peters pour avertir le commissariat central de Malibu de ce qui représentait déjà un quadruple meurtre. Matt, lui, avait préféré avertir Cargill. Il savait que cet homme, travaillant depuis des années contre le trafic d'êtres humains, grimperait dans sa voiture dès qu'il apprendrait la nouvelle.

L'air grave, Flores alluma une cigarette et rangea l'allumette éteinte dans sa poche.

— Je pensais que vous aimeriez savoir que nous avions trouvé un ordinateur portable dans le coffre de Peters. Il n'est pas en très bon état et on l'a sûrement crypté. Mais nos équipes techniques arriveront sûrement à le faire parler.

— De toute façon, Peters a déjà commencé à passer à table, enchaîna Barstow d'un air lugubre. Ce fils de pute essaie bien sûr de sauver sa peau en chargeant les autres. Je n'aurais jamais imaginé ça de lui. Rafe Peters. Médaille du travail. Une carrière qui nous faisait tous rêver. Je lui aurais filé mes gosses pour le week-end sans hésiter, à cet enfoiré.

Peters avait été placé dans une ambulance, avec une blessure profonde au bras droit. Bobby s'était d'abord demandé s'il allait le laisser se vider de son sang et il le lui avait bien fait comprendre. Mais l'homme avait trop de choses à leur apprendre. Bobby lui avait donc passé un garrot autour du bras. Avant qu'il réponde aux questions de ses collègues, Matt avait eu le temps de lui demander une petite faveur : omettre le petit épisode des jeunes rôdant autour du camping. Inutile de les envoyer tout droit vers les services sociaux, voire ceux de l'immigration, après ce qu'ils avaient vécu. Quelques jours de plus permettraient peut-être de trouver une solution.

Barstow continuait à leur faire part des révélations de Peters tout en consultant ses notes.

— Cette propriété appartenait à Jake Broagan, un fils de millionnaire. C'était lui qui chapeautait tout le groupe. Les deux corps découverts dans la caravane sont ceux de deux Albanais, Gazmir et Fakaj. Ils servaient de gardes du corps, allaient chercher les mômes à l'aéroport, s'assuraient que les victimes récitaient bien leur leçon en passant les douanes.

— Vous avez eu de la chance d'en réchapper, Matt, intervint Cargill. Les Russes sont à la tête des principaux trafics en ce moment, mais ils adorent prendre des Albanais comme hommes de main. Leur solution préférée, à ceux-là, c'est de tuer le premier qui dépasse.

— La chance n'a rien à voir là-dedans. Peters nous a confié que des consignes avaient été données de ne pas tuer M. Lowell. La mort du bébé et de sa mère pouvait être classée tranquillement. Mais si M. Lowell disparaissait, personne n'aurait pu empêcher une enquête de grande ampleur. Avec le risque que les enquêteurs remontent jusqu'à Broagan et Peters eux-mêmes. Non, l'ordre était d'intimider M. Lowell et son entourage afin de le pousser à lâcher l'affaire.

Flores tira sur la fin de son mégot et souffla une volute de fumée bleue.

— Les Albanais ont découvert l'ordinateur portable au fond de Latigo Canyon. Un certain M. Hoffman a ensuite envoyé Peters ici pour venir le récupérer en personne.

— Bon sang, fit Matt à voix basse.

— Vous connaissez ce M. Hoffman ? demanda Flores.

— Oui, c'est un ami de la famille Broagan depuis des décennies.

Matt n'alla pas plus loin, préférant leur laisser découvrir le reste par eux-mêmes. Il songea au père de Jake qu'il avait déjà vu si faible deux semaines auparavant.

— Pour en finir avec Peters, reprit Barstow, il prétend avoir découvert les deux Albanais morts en venant chercher l'ordinateur. Il dit n'avoir aucune idée de l'auteur des meurtres. Il aurait fouillé la propriété pour s'assurer qu'il n'était pas dans les parages avant de se mettre au boulot pour nettoyer un peu la place. Il s'apprêtait à enterrer les corps quand Bobby et vous êtes arrivés avec Broagan.

— Une arrivée opportune, commenta Flores. Peters affirme ne rien savoir du jeune homme qu'il a tué. Pour le moment, nous partons sur l'hypothèse que c'était l'une des victimes qui a tenu à se venger de ses tortionnaires. Vous avez peut-être quelque chose à ajouter, monsieur Lowell ?

Matt s'aperçut brusquement que Flores avait retrouvé cette attitude mi-méfiante mi-agacée qu'il affichait lors de leurs précédentes rencontres.

— C'était un des gosses dont je vous ai parlé.

— Et vous avez une idée de l'endroit où nous pourrions trouver les autres ?

— Non, désolé, répondit-il après avoir croisé le regard de Cargill.

— Ils sont les seuls à pouvoir nous dire pourquoi une partie des enfants n'a pas pu quitter le château quand ils se sont enfuis. Des enfants qui, eux, sont morts brûlés vifs. C'est une bonne question à leur poser, monsieur Lowell, vous ne trouvez pas ?

Il acquiesça de la tête afin de ne pas se compromettre. Les jeunes filles n'étaient pas encore sorties d'affaire. Les trafiquants n'étaient pas du genre à laisser en liberté des victimes susceptibles de les dénoncer.

— Concernant les restes humains que vous avez découverts dans la fosse, vous savez à combien de personnes ils correspondent ? demanda Cargill pour changer de sujet.

— Au moins une dizaine, répondit Flores avec un soupir. Et encore, nous n'en sommes qu'aux recherches préliminaires. On continue à trouver des os et des tissus calcinés. A en juger par la taille, il s'agit essentiellement d'individus jeunes. Mais vu l'état des restes, les identifications s'annoncent très difficiles, d'autant plus q'il s'agit de clandestins.

— Ils avaient sûrement des domestiques ici, un jardinier, du petit personnel pour garder propre leur manoir infernal, observa Barstow, l'air dégoûté.

Tous les quatre se turent pendant plusieurs longues secondes.

— Peters les connaît peut-être, avança Cargill.

— Pas forcément. Il affirme qu'il n'est jamais venu ici en tant que « consommateur ». Il a une femme jeune, jolie et très dépensière. Ce qui l'intéressait, lui, c'était l'argent qu'il recevait en échange de sa protection. J'espère que l'ordinateur va nous donner des noms pour remonter la filière. Les clients, les victimes, leurs origines…

Ils s'écartèrent afin de laisser passer une voiture banalisée qui se gara à côté de plusieurs véhicules de police. Quatre hommes en costume noir en sortirent. Les gyrophares dessinaient des tatouages mouvants sur leurs visages.

— Tiens, voilà les cow-boys du FBI, siffla Barstow entre ses dents.

— C'est l'agent spécial Pierce et ses hommes, déclara Cargill en les regardant s'approcher. Ian Pierce. J'ai bossé avec lui sur certains dossiers. Un type bien. Excusez-moi.

Il alla leur serrer la main, puis les accompagna jusqu'à l'ambulance où était soigné Peters.

— Il va falloir qu'on y aille, dit Flores en fixant Matt. Vous allez tenir le coup ?

Matt haussa les épaules. Un musicien semblait jouer de la batterie dans sa tête, ses muscles étaient douloureux et il avait l'impression que toute son âme avait été aspirée hors de son corps. A part ça…

— Ouais, dit Flores en lui donnant une tape amicale. Je vois.

Consolez-vous en vous disant qu'un grand nombre de pourritures a débarrassé le plancher grâce à vous. Bon, on y va.

Matt chercha son portable dans sa poche et appela son frère comme il l'avait promis. Ned était debout. Il attendait le coup de fil avec impatience. La discussion fut assez longue, sans non plus s'éterniser. Matt répondit à plusieurs de ses questions et ne promit pas d'être au bureau à la première heure le lendemain.

Il prit ensuite une bonne minute pour contempler la scène surréaliste qui se déroulait tout autour de lui.

Puis il appela Ginn.

31.

L'air marin, mélange de sel et d'iode, balayait doucement la terrasse. Un croissant de lune d'un blanc immaculé se reflétait dans l'eau, tel un chemin argenté vers l'horizon. C'était un de ces soirs secs, clairs et rafraîchissants qui embellissent la côte de Malibu au début du mois de décembre.

Matt ferma les yeux et inspira profondément. Il ne se lassait pas des parfums de l'océan, ni de sa musique.

— Les phoques sont de sortie sur les récifs, murmura Ginn. Tu les entends ?

Elle était blottie contre lui sous le plaid qu'ils avaient toujours utilisé pour profiter des soirées d'hiver comme celle-ci sur la terrasse. Matt caressa sa nuque chaude et sa main se perdit sur la courbe de son dos. *Bien sûr que nous sommes faits pour être ensemble*, songea-t-il.

— Oui, je les entends.

Le chœur grave des phoques ressemblait aux polyphonies d'un troupeau d'éléphanteaux. Matt suivit des yeux un bateau de pêche qui glissait en direction de Point Dume. Barney ronflait gentiment à leurs pieds.

Au cours des trois dernières semaines, ils avaient eu bien peu de nuits calmes comme celle-ci. Un déferlement médiatique avait volé l'essentiel de leur intimité. Dans les premiers jours qui avaient suivi les macabres découvertes de Monte Verde, des dizaines de journalistes accrochés à leurs micros et à leurs caméras avaient littéralement campé devant la maison de Matt, à l'affût du moindre mot, du moindre souffle. Chaque jour ou presque, on apprenait qu'une nouvelle personnalité, jusqu'alors insoupçonnable, était impliquée dans l'affaire. Le *Los Angeles Times* avait mis sur le coup une équipe de journalistes réputés dont les enquêtes seraient sans doute retenues pour le prochain prix Pulitzer. Mais Matt obtenait l'essentiel de ses informations par ses deux nouveaux « colocataires », Barstow et Flores, qui travaillaient jour et nuit sur le dossier. C'étaient eux qui lui avaient appris l'arrestation de Hoffman. Eux aussi qui lui avaient dit qu'un magistrat très haut placé s'était suicidé.

En quelques jours de fouille sur les hauteurs de Malibu, les enquêteurs avaient mis au jour le plus grand scandale concernant le trafic d'êtres humains de toute l'histoire du pays. Aucun fait divers ne pouvait rivaliser dans le sordide avec celui-ci. Le manoir vers lequel Jake Broagan acheminait ses esclaves sexuels n'était qu'une toute petite partie d'un réseau beaucoup plus large. Une organisation tentaculaire qui enlevait des femmes et des enfants pour assouvir les pulsions de certains riches clients, leur servir de domestiques ou suer sang et eau dans des ateliers clandestins. La fameuse Aurora Borealis Company avait commis une belle imprudence en ne masquant pas son nom sur certains actes de propriété, comme celui de la maison de Halliburton. Cela avait permis à Matt, puis au FBI, de remonter jusqu'à des ateliers protégés par des barbelés dans le quartier de San Julian Street. Sans ce fil conducteur, ce ne serait resté qu'une affaire de prostitution infantile, simplement plus grave que les autres à cause du nombre de morts.

John Cargill et les agents fédéraux lui avaient donné une

sorte de cours accéléré sur le trafic sexuel — des leçons qu'il aurait préféré ne jamais entendre.

Les clubs très privés, comme celui qui venait d'être découvert à Malibu, étaient florissants en Californie. Ils proposaient ce qu'ils appelaient « la fine crème », c'est-à-dire de très jeunes garçons et des filles, parfois vierges, à des tordus richissimes prêts à offrir des fortunes pour assouvir leurs fantasmes. On avait retrouvé les comptes du fameux manoir sur l'ordinateur de Halliburton. Peu surprenant qu'on lui ait confié cette tâche, vu l'obsession du médecin pour l'argent. Les droits d'admission au club étaient de cent mille dollars, rien moins, et les accros repayaient la même somme chaque année.

Matt avait néanmoins appris que ces clubs pour pervers pleins aux as étaient rares. Une fois que les enfants et les adolescents, garçons ou filles, avaient été « consommés », on les recyclait dans des maisons closes et des hôtels sordides, où des proxénètes leur prenaient les trois quarts de leur paye. C'était le sort qui attendait les gamines d'Encinal si elles n'avaient pas réussi à s'enfuir pendant l'incendie.

— J'ai parlé à John Cargill aujourd'hui, reprit Matt après un long silence entrecoupé par les jeux des phoques. Nate Broagan l'a appelé ce matin. Le pauvre homme est complètement détruit, mais il veut aider sa cause. John a décidé d'accepter son offre. Après tout, Broagan a des amis très influents à Washington.

— Le plus urgent pour l'instant, c'est de trouver un endroit pour les filles. Elles ne peuvent pas se cacher chez Cargill plus longtemps. Les hommes de Wendell Graff surveillent bien la maison jour et nuit, mais c'est toujours un peu dangereux. Et puis, John a certainement envie de récupérer son intimité.

Ginn avait découvert les gamines, épuisées et mortes de faim, dans une caravane vide du camping. Ne connaissant pas d'autre endroit sûr, elle les avait emmenées chez John Cargill.

— J'en parlerai à John. Je voulais leur trouver un endroit à elles, mais il paraît que Nate Broagan a déjà proposé de les installer dans la Maison d'Hannah. Crois-moi, il leur assurera toute la protection et tous les soins dont elles pourraient avoir besoin.

Ils avaient appris que les jeunes filles avaient effectivement été témoins de certains meurtres. A part Hassan et les cinq adolescentes, leurs tortionnaires avaient ligoté tout le monde au moment où les flammes avaient franchi la crête. Les domestiques, les gardiens et quatre autres filles. Le petit groupe de fuyards les avait entendus hurler quand le feu s'était lancé à l'assaut du manoir.

— Ce serait vraiment très généreux de la part de M. Broagan. Si seulement cela pouvait le consoler... Les filles auraient enfin un peu de confort et des infirmières pour prendre soin d'elles. Elles pourraient reprendre leurs études... Il y aurait sûrement aussi une place pour leurs mères si jamais on les retrouvait.

Cargill était en train de se démener pour qu'on accorde aux gamines des visas T, un document officiel octroyé par la Maison Blanche pour les victimes d'esclavage sexuel désireuses de témoigner. Toutes les filles — Kanita, Iris, Nives, Laila et même la petite Soudanaise, Mura — avaient accepté de raconter leur calvaire dans les détails devant la cour. Le FBI s'était forgé le sentiment qu'une seule bande, de dimension internationale, organisait les différents trafics du début à la fin.

— Le son de l'océan, les phoques sur les rochers... Ça m'a tellement manqué, murmura soudain Ginn à l'oreille de Matt.

C'est le moment de se lancer, songea-t-il avec une pointe de nervosité. Trouverait-il les bons mots ? Et si elle le repoussait ? Après les épreuves qu'il lui avait fait vivre ces deux dernières années, il ne lui en voudrait pas.

— Pourquoi ne raserait-on pas cette vieille baraque pour se construire une vraie maison à la place ? Qu'en penses-tu ?

— Est-ce que c'est une proposition ?

— Oui. C'en est une.

— Il va falloir que tu me laisses un peu de temps pour y penser, dit-elle en souriant.

— Tout le temps que tu veux, Mei Hua.

Il prit sa main dans la sienne et ils restèrent là un long moment sans rien dire, face à l'océan, au fond de leur canapé en rotin.

— Je vais prendre un bain, déclara Ginn en se levant.

C'était un rituel chez elle. Elle ne l'aurait sacrifié pour rien au monde.

— O.K. Je serai là quand tu sortiras.

Barney sur ses talons, Matt descendit l'escalier qui menait à la plage et enfonça ses pas dans le sable mou. Ses pensées vagabondaient. Il songea à Bobby en se demandant comment il arriverait à lui faire accepter deux billets pour une île lointaine pour le remercier de son aide. Il avait oublié l'anniversaire de son père. Il l'appellerait demain avant d'aller s'occuper de ses chevaux. Il se souvint ensuite de la première fois où il avait vu Hassan, et de la dernière. Puis il pensa à Ginn, à ce qu'il lui demandait : se laisser aller à l'aimer de nouveau. Un sacré pari.

Il ramassa un bout de bois et le lança au loin pour faire courir Barney. Tant de gens étaient morts. La première victime avait été ce bébé, âgé seulement de quelques heures. Ginn lui avait appris que la petite fille était née pendant l'année du cheval et que l'élément associé au cheval était le feu.

Traditionnellement, les enfants du signe du cheval quittent

la maison très tôt et l'année du cheval représente toujours une période de changements importants.

Il ne savait pas encore ce qui allait lui arriver ensuite, mais il se sentait prêt.

NOTE DE L'AUTEUR

Selon les Nations Unies, quatre millions de mineurs, parfois âgés de cinq ans à peine, sont vendus chaque année, contre leur gré, pour servir d'esclaves sexuels, de domestiques ou de travailleurs clandestins.

L'Europe centrale et orientale apparaît aujourd'hui comme l'une des principales sources de ce trafic. Une première route part des Balkans, passe part l'Allemagne pour aboutir aux Etats-Unis, soit directement, soit après une escale en Amérique latine.

Les Etats-Unis, et notamment Los Angeles, sont donc une des destinations principales de ce trafic d'êtres humains. On y compte des victimes issues de cinquante pays différents.

En l'an 2000, la législation américaine s'est enrichie de nouvelles lois pour lutter contre ce fléau. Grâce à ces textes, si une victime meurt dans le cadre de ce trafic, les responsables du réseau risquent la prison à vie.

BEST SELLERS

Les Best-Sellers Harlequin, c'est la promesse d'une lecture intense : romans policiers, thrillers médicaux, drames psychologiques, sagas, ce programme est riche d'émotions.

Ne manquez pas, dès le 1er janvier :

L'ombre de la mort, de Heather Graham • N°244
Dans le milieu de la danse, Lara Trudeau était une diva, une artiste exceptionnelle qui collectionnait les trophées depuis des années. Sa mort au beau milieu d'une compétition laisse donc bien des questions sans réponse. Comment cette femme si ambitieuse a-t-elle pu avaler un mélange mortel de médicaments et d'alcool juste avant d'entrer en piste ? L'enquête conclut à une overdose accidentelle, mais pour Shannon Mackay, manager du studio où enseignait Lara, le doute subsiste. Le doute… et la peur aussi. Un inconnu qu'elle n'a fait qu'entrevoir ne lui a-t-il pas murmuré : « Vous serez la prochaine », juste avant que Lara ne s'effondre ?

La piste du mal, de Gwen Hunter • N°245
Partie en randonnée avec sa fille Bella, Mac Morgan espère oublier dans le calme et la solitude des monts Appalaches son ancien calvaire de femme battue. Grave erreur… Son excursion se transforme en descente en enfer lorsque sa route croise celle d'un dangereux psychopathe, Delano Gregory, qui l'agresse par surprise et la laisse pour morte avant de kidnapper Bella. Malgré ses blessures, Mac réussit à prévenir la police et, passant outre l'opposition des enquêteurs, se lance sur la piste du ravisseur. Commence alors une traque sans merci au milieu d'une nature de plus en plus hostile. Une traque que Mac mènera au péril de sa vie, poussée par la terreur de ne jamais revoir sa fille vivante…

Affaires secrètes, de Bonnie Hearn Hill • N°246
Employée dans un journal à San Francisco, Reebie Mahoney reçoit un jour un étrange appel d'une dénommée Jeanette Sheldon, qui lui affirme avoir été la maîtresse d'un ancien président des Etats-Unis. L'inconnue semble avoir d'importantes révélations à lui faire, mais lorsque Reebie se rend chez elle, c'est un cadavre qui l'attend…

De quel lourd secret Jeanette était-elle détentrice ? Et pourquoi avait-t-elle choisi de se confier à Reebie ? A peine la jeune femme a-t-elle le temps de s'interroger que les morts se multiplient autour d'elle. Bientôt prise pour cible, elle n'a d'autre choix que de découvrir quels liens l'unissaient à la défunte… avant qu'il ne soit trop tard.

L'étrangleur de Sandpoint, de Brenda Novak • N° 247
Lorsque Caleb Trovato, écrivain et ancien membre de la Police Criminelle, apprend que son ex-épouse est sans nouvelle de sa jeune sœur Susan depuis plusieurs jours, il ne peut s'empêcher de craindre le pire : Susan a disparu dans un quartier de Seattle où onze femmes ont été retrouvées assassinées par le passé. Se pourrait-il que « l'étrangleur de Sandpoint », comme le surnommait la police, soit de retour dans la région ? Le suspect numéro un, Ellis Purcell, s'étant suicidé sans qu'on ait jamais pu prouver sa culpabilité, Caleb décide d'entrer en contact avec sa fille, Madison Lieberman, pour éclaircir ce mystère…

Le passé meurtri, de Karen Young • N° 248
Ecrivain reconnu, Elizabeth Walker s'efforce depuis toujours d'oublier les drames qui ont jalonné sa vie : la mort tragique de ses parents, la perte de ses deux petites sœurs, qu'elle n'a jamais revues depuis leur adoption, et son enfance à elle, ballottée de famille d'accueil en famille d'accueil. Blessée, elle vit désormais en solitaire. Jusqu'au jour où sa meilleure amie Gina se voit menacée de perdre la garde de sa fille… Cette fois, Elizabeth se révolte contre ce qu'elle considère comme une injustice de trop. Puisqu'il faut se battre, elle le fera. Pour Gina. Pour la petite Jesse, sa filleule adorée. Et pour se donner enfin une chance de prendre son destin en main.

Un amour défendu, de Rebecca Brandewyne • N°56 (*réédition)*
Issu d'un milieu pauvre et marginal, Renzo Cassavettes s'est hissé au sommet à force de détermination et de talent. Devenu un journaliste brillant et puissant, il se sent enfin prêt à affronter son passé, à retourner chez lui, dans sa ville natale, d'où l'ont chassé dix ans plus tôt le racisme, les préjugés sociaux et une accusation de meurtre. Surtout, il se sent digne de reconquérir Sarah Kincaid, qu'il aime depuis l'enfance et à laquelle aucune épreuve n'a pu le faire renoncer. Il ignore cependant que ces dix ans d'absence ont tissé autour de Sarah un secret. Et que, dans une ville comme la sienne, l'éternité entière ne suffirait pas à effacer certaines haines…

La collection BEST-SELLERS est en vente au rayon poche Harlequin.

COMMANDE... COMMANDE... COMMANDE...

COMPLÉTEZ VOTRE COLLECTION !

Collectionnez les grands succès de la littérature féminine...

... et découvrez les romans de votre collection BEST SELLERS que vous n'avez pas encore lus !

6,08 € par roman

- ❐ N° 92 LA CLANDESTINE, de Jasmine Cresswell
- ❐ N° 93 L'INNOCENCE BAFOUÉE, de Karen Young
- ❐ N° 96 FLAGRANT DÉLIT, de Carla Neggers
- ❐ N° 100 CHASSÉS-CROISÉS, de Laura Van Wormer
- ❐ N° 102 LA MÉMOIRE DÉROBÉE, de Sharon Sala
- ❐ N° 109 SECRETS ET TRAHISONS, de Jennifer Blake
- ❐ N° 110 LA DERNIÈRE PROMESSE, d'Elizabeth Gage
- ❐ N° 111 DANGEUREUSE ALLIANCE, de R.J. Kaiser
- ❐ N° 112 L'INVITATION, d'Heather Graham
- ❐ N° 121 ZONE INTERDITE, de Howard Simon
- ❐ N° 123 LA FUGITIVE, de Debbie Macomber
- ❐ N° 132 L'HÉRITAGE MEURTRIER, de Jasmine Cresswell
- ❐ N° 136 L'APPÂT, de Taylor Smith
- ❐ N° 188 SOMBRE MACHINATION, de R.J. Kaiser
- ❐ N° 194 LE PRIX DU SCANDALE, de Ann Major
- ❐ N° 222 LE SANG DU CRÉPUSCULE, de Maggie Shayne
- ❐ N° 223 FATALE DESTINATION, de Laurie Breton
- ❐ N° 224 LE TRIANGLE DU MAL, de Gwen Hunter
- ❐ N° 225 EAUX MORTELLES, de Karen Harper

COMMANDE...COMMANDE...COMMANDE...

Ces volumes sont disponibles auprès du Service Lectrices dans la limite des stocks. Si vous souhaitez commander certains titres, cochez les livres choisis et indiquez vos coordonnées dans le bon de commande ci-joint.
Chaque volume est vendu au prix de 6,08 €, auquel s'ajoutent 2,30 € par colis pour la participation aux frais de port et d'emballage.
N'envoyez pas d'argent aujourd'hui, une facture accompagnera votre colis.

Renvoyez ce bon à : Service Lectrices HARLEQUIN
CÉDAP / BP 77 - 94232 CACHAN CEDEX.

Mme ❐ Mlle ❐ Si abonnée, n° : ⊔ ⊔⊔⊔⊔⊔⊔⊔

NOM ____________________

Prénom ____________________

Adresse ____________________

Code Postal ⊔⊔⊔⊔⊔ Ville ____________________

____________________ Tél. : ⊔⊔ ⊔⊔ ⊔⊔ ⊔⊔ ⊔⊔

Adresse e-mail ____________________

Signature indispensable

Date d'anniversaire ⊔⊔ ⊔⊔ ⊔⊔⊔⊔

Le **Service Lectrices** est à votre écoute au **01.45.82.47.47**
du lundi au jeudi de 9h à 17h et le vendredi de 9h à 15h.

Conformément à la loi Informatique et Libertés du 6 janvier 1978, vous disposez d'un droit d'accès et de rectification aux données personnelles vous concernant.Vos réponses sont indispensables pour mieux vous servir. Par notre intermédiaire, vous pouvez être amené à recevoir des propositions d'autres entreprises. Si vous ne le souhaitez pas, il vous suffit de nous écrire en nous indiquant vos nom, prénom, adresse et si possible votre référence client. Vous recevrez votre commande environ 20 jours après réception de ce bon.

Offre réservée à la France métropolitaine et soumise à acceptation.

ABONNEMENT... ABONNEMENT... ABONNEMENT...

ABONNEZ-VOUS!

2 livres gratuits*
+ 1 bijou
+ 1 cadeau surprise

Choisissez parmi les collections suivantes

AZUR : La force d'une rencontre, l'intensité de la passion.
6 romans de 160 pages par mois. 18,84 €* le colis.

EMOTIONS : L'émotion au cœur de la vie. 3 romans de 288 pages par mois.
13,68 €* le colis.

BLANCHE : Passions et ambitions dans l'univers médical.
3 volumes doubles de 320 pages par mois. 15,69 €* le colis.

LES HISTORIQUES : Le tourbillon de l'Histoire, le souffle de la passion.
3 romans de 352 pages par mois. 15,83 €* le colis.

PASSION : Rencontres audacieuses et jeux de séduction.
6 romans de 192 pages par mois. 19,38 €* le colis.

DÉSIRS : Sensualité et passions extrêmes.
2 romans de 192 pages par mois. 6,46 €* le colis.

DÉSIRS/AUDACE : Sexy, impertinent, osé.
2 romans Désirs de 192 pages et 2 romans Audace de 224 pages par mois.
14,82 €* le colis.

HORIZON : La magie du rêve et de l'amour.
5 romans de 160 pages par mois. 15,70 €* le colis.

AMBRE : Romantique, intense, passionnée. 3 romans de 256 pages par mois.
11,40 €* le colis

BEST-SELLERS : Des grands succès de la fiction féminine.
3 romans de plus de 350 pages tous les mois. 18,24 €* le colis.

BEST-SELLERS/INTRIGUE : Des romans à grands succès, riches en action, émotion et suspense. 2 romans Best-Sellers de plus de 350 pages et 2 romans Intrigue de 256 pages par mois. 20,90 €* le colis.

MIRA : La passion de lire. 2 romans grand format de plus de 400 pages tous les mois. 20,80 €* le colis. Attention: certains titres Mira sont déjà parus dans la collection Best-Sellers.

**Plus 2,30 € par colis pour la participation aux frais de port.*

VOS AVANTAGES EXCLUSIFS

1.Une totale liberté
Vous n'avez aucune obligation d'achat. Vous avez 10 jours pour consulter les livres tranquillement chez vous et décider ensuite de les garder ou de nous les retourner sans rien nous devoir.

2.Une économie de 5% sur chaque volume
Vous bénéficiez d'une remise de 5% sur le prix de vente public.

3.Recevez ces livres en avant-première
Les romans que nous vous envoyons, dès le premier colis, sont des inédits de la collection choisie. Nous vous les expédions avant même leur sortie dans le commerce.

ABONNEMENT... ABONNEMENT... ABONNEMENT...

Oui, je désire profiter de votre offre exceptionnelle. J'ai bien noté que je recevrai d'abord gratuitement un colis de 2 livres* ainsi que 2 cadeaux. Ensuite, je recevrai un colis payant de romans inédits régulièrement.

Je choisis la collection que je souhaite recevoir :

(☑ cochez la case de votre choix)

- ☐ **AZUR** : Z5ZF56
- ☐ **EMOTIONS** A5ZF53
- ☐ **BLANCHE** : B5ZF53
- ☐ **LES HISTORIQUES** : H5ZF53
- ☐ **PASSION** : R5ZF56
- ☐ **DÉSIRS** : D5ZF52
- ☐ **DÉSIRS/AUDACE** : D5ZF54
- ☐ **HORIZON** : O5ZF55
- ☐ **AMBRE** : ØP5F53
- ☐ **BEST-SELLERS** : E5ZF53
- ☐ **BEST-SELLERS/INTRIGUE** : E5ZF54
- ☐ **MIRA** : M5ZF52

*sauf pour la collection Ambre : premier colis payant, et les collections Désirs et Mira = 1 livre gratuit.

Renvoyez ce bon à : Service Lectrices HARLEQUIN
BP 20008 - 59718 LILLE CEDEX 9.

N° d'abonnée Harlequin (si vous en avez un) ___________

Mme ☐ Mlle ☐ NOM ___________

Prénom ___________

Adresse ___________

Code Postal ______ Ville ___________

Tél. : ___________

Le Service Lectrices est à votre écoute au 01.45.82.44.26
du lundi au jeudi de 9h à 17h et le vendredi de 9h à 15h.

Conformément à la loi Informatique et Libertés du 6 janvier 1978, vous disposez d'un droit d'accès et de rectification aux données personnelles vous concernant. Vos réponses sont indispensables pour mieux vous servir. Par notre intermédiaire, vous pouvez être amené à recevoir des propositions d'autres entreprises. Si vous ne le souhaitez pas, il vous suffit de nous écrire en nous indiquant vos nom, prénom, adresse et si possible votre référence client. Vous recevrez votre commande environ 20 jours après réception de ce bon. Date limite : 31 décembre 2005.

Offre réservée à la France métropolitaine, soumise à acceptation et limitée à 2 collections par foyer.

Composé et édité par les
éditions Harlequin
Achevé d'imprimer en octobre 2005

BUSSIÈRE
GROUPE CPI

à Saint-Amand-Montrond (Cher)
Dépôt légal : novembre 2005
N° d'imprimeur : 52253 — N° d'éditeur : 11670

Imprimé en France